朱生龙 著

贝壳里的梦

王松山

谨以此书献给中国改革开放四十周年
纪念热爱教育事业的父亲逝世十周年

向伟大祖国致敬 向教育事业致敬 向天下父母致敬 向人民教师致敬

甘肃人民出版社

图书在版编目（CIP）数据

贝壳里的梦 / 朱生龙著． -- 兰州：甘肃人民出版社，2018.11（2024.1重印）
ISBN 978-7-226-05390-4

Ⅰ. ①贝… Ⅱ. ①朱… Ⅲ. ①纪实文学－中国－当代 Ⅳ. ①I25

中国版本图书馆CIP数据核字（2018）第285189号

责任编辑：高文波　张　菁
书名题写：王松山
封面设计：杨学亨

贝壳里的梦

朱生龙　著

甘肃人民出版社出版发行

（730030　兰州市读者大道568号）

河北浩润印刷有限公司印刷

开本 787毫米×1092毫米　1/16　印张 27.25　插页 25　字数 376千
2018年12月第1版　　2024年1月3次印刷
印数：9001～11000
ISBN 978-7-226-05390-4　　　　　　　定价：68.00元

序 言
珍珠生跃马中原 展翅上腾

□ 王建煊

可爱的朱生龙老师

本书的作者是甘肃省靖远县第一中学"珍珠班"的班主任。他对"珍珠生"的付出令人感动,他对"珍珠生"的期盼与教导,有如父子之情。他被推荐担任新华爱心教育基金会理事,他就是出生在贫困山村的朱生龙老师。

这本书叙述了朱生龙老师有幸参加"捡回珍珠计划",并真实记录了陪伴和培养"寒门学子"成长成才的种种细节及内心的激动与感受,大家看了这本书,也定会对"教育是一项伟大的慈善事业"沉思良久,对教育的责任和担当沉思良久。

幼苗已成栋梁才

最近有位"珍珠生"写了篇关于"捡回珍珠计划"的诗给我,诗写得非常生动,全诗很长,我摘录其中四句,来跟大家分享:

幼苗已成栋梁材,大鹏展翅搏云天。
喜看珍珠多俊才,倍添豪情心甘甜。

这四句话描写的,可以是"珍珠生"自己,他们的父母及老师,所有捐款的爱心天使,基金会的工作同仁,甚至还包括了许多的旁观者,当然更包括本书的作者朱生龙老师在内。

珍珠生，
不一樣就是
不一樣！
王建煊
2016年11月P日

王建煊 1938年8月出生，安徽合肥人，美国哈佛大学博士。曾获美国艾森豪奖等荣誉称号。著有《富足：人生的心灵捕手》《租税法（三十版）》等多部作品。2004年发起"捡回珍珠计划"帮扶"寒门学子"六万多人。先后创办了台湾财团法人爱心第二春文教基金会、台北市无子西瓜社会福利基金会、美国 Renewal Foundation INC、浙江省新华爱心教育基金会、缅甸 Chit Mit Tar 基金会。

    刚进高中的"寒门学子"，多数个头不大、瘦小、沉默。高中毕业进入大学，就有了大改变，人人一副跃马中原、展翅上腾的气派，他们对自己的未来充满了豪情壮志，心中始终是甘甜的。

    "珍珠生"是如此，我们家长、捐款人及"育珠"的老师们，看到"珍珠生"个个都能旭日东升，心中不也是充满了豪情而倍增甘甜吗？我们应该都会在想，**我们真的做对了一件大事**。

我们都是击鼓的人

非洲刚果有句谚语：击鼓的人常不知鼓声可以传多远？这句谚语用在"捡回珍珠计划"上最为贴切。出钱出力的爱心天使，辛苦"育珠"的老师们，我们都是击鼓的人。接受爱心的"珍珠生"，表现有可能很平庸，但也可能极为不凡，**出色到可能成为人类的救星。**

例如发现青霉素拯救亿万人生命的细菌学家弗莱明（Alexander Fleming）博士，他的成长背景很类似现在的"珍珠生"。他出生在英国贫农家庭，七岁父亲去世，16岁因贫困辍学，后因获姑母一笔遗产，得以继续学业。1909年获博士学位，1945年获诺贝尔生理学及医学奖。如果当时英国有"捡回珍珠计划"，弗莱明一定会是位"珍珠生"。弗莱明博士的姑母是位击鼓人，无意之中使亿万人获救，**她万万没想到，鼓声居然能传这么远。**

各位爱心朋友、各位老师，基金会的同仁，你们都是击鼓的人。鼓声传多远，现在或许大家都不知道，但我们相信，"鼓声"一定会传遍天涯海角，造福人类。每想及此，心中就无限欣慰，**我们是何等有幸，能够参与"捡回珍珠计划"，成为击鼓人。**

珍珠生，孩子们，加油呀！

"捡回珍珠计划"帮助"寒门学子"成长成才，我们努力地为光耀中华民族、照亮全世界的"中国梦"增光填色，关键人物甚多，但重要的是学高为师、身正为范的各校老师，你们是培育"珍珠"的人。当然，最重要的是"珍珠生"自己的努力。心存感恩、敬畏生命，"珍珠生"虽生在"寒门"，但我们的国家一直走在爱心大国的路上，只要是有良知的人都会伸出援助的双手为你们点亮生命。对于"珍珠生"本身而言，你们可以说是"捡回珍珠计划"的"产品"，"产品"如果令人刮目相看，每提起"珍珠生"，大家就会不约而同点个"赞"。诚如此，"珍珠生"自己的表现就太重要了，**所以各位"珍珠生"，好孩子，加油呀！**

珠光闪亮蕴大爱

□ 张克让

朱生龙老师的《贝壳里的梦》即将问世，可喜可贺！邀我作序，盛情难却。幸有浙江贤哲王建煊先生的序一在先，对朱生龙老师及其大作已有很高评析，大树底下好乘凉，我就可以信马由缰随便补充几句作为铺垫。

古人云："文无定法。"我想序也可以"无定法"，随便说。只要把对作者和读者想说的话真真切切地写下来，放在书的前面，就可以算作序了。当然，这只是我个人的粗识陋见，不一定正确，不妥之处，请批评指正！

我与朱生龙老师正式交往，是从2017年开始的。2017年6月10日，靖远一中为了庆祝建校75周年，邀我去北京和一些知名校友聚谈。当晚八时许，应邀者除了我和杨振杰、马天霖几人，其他都是靖远一中的历届学生，如朱发忠、王承德、常连荣、展学习、刘俊清、丁成赟等，陈化兰、许继红还分别从哈尔滨及石家庄乘机、坐车赶来。靖远一中去的领导除了校长薛国治、副校长朱永贵，还有办公室主任朱生龙。朱生龙老师主要是做组织和服务工作的，他那热情积极、任劳任怨的服务态度与一丝不苟、认真负责的工作作风，给我留下了难以忘怀的深刻印象。

回来后，我便有意打听朱生龙老师的情况，好多人都异口同声地说：朱生龙老师可以说是一中才俊、教苑新秀，干工作认真踏实。他在一中工作已有十多年，不管是教思想政治课还是当班主任，一贯都是勤勤恳恳、兢兢业业、夙兴夜寐、呕心沥血。每年高考，他的学生除了大面积丰收，出类拔萃者亦比比皆是。三年前，他积极申报"珍珠班"项目，为帮扶靖远县"寒门学子"尽心尽力。2015年暑期，朱生龙老师跑遍靖远县18个乡镇家访"寒门学子"，整个家访虽然没有一分钱的酬劳，但在和他后来的谈话中知道，他觉得很幸福、很值得。后来浙江省新华爱心教育基金会到靖远一中实地考察的爱心人士感动于朱生龙老师的认真和执着，认为他是一位不可多得的好老师，并发函建议学校确定朱生龙老师担任靖远一中首届"珍珠班"班主任，

序言

张克让 1936年出生,甘肃甘谷人,中共党员,甘肃省特级教师,曾任靖远一中校长、靖远师范学校校长、甘肃教育学院(现甘肃文理学院)副院长。1986年被评为全国教育系统劳动模范,1988年当选为第七届全国人大代表,1989年被国务院授予全国先进工作者称号。教育专著《滋兰树蕙录》荣获第五届中国西部地区教育图书特等奖。八十岁高龄完成长篇小说《风雨沧桑文武图》、自传《渭黄春秋》等作品。

希望他能够担此重任,干出成绩,干出特色,干出水平。刚刚过去的三年中,朱生龙老师教育这些"珍珠生"一定要"堂堂正正做人,踏踏实实做事,勤勤恳恳读书,点点滴滴积善"。伯乐识骥,功夫不负苦心人,三年时间,成绩卓著。不说别的,光看今年的高考,"珍珠生"可以说是全部发光,崭露头角。中国人民大学、北京师范大学、中国政法大学、北京科技大学、同济大学、四川大学、中山大学、兰州大学、西南大学、江苏大学等名校也都竞相录取，一本上线率72%，二本上线98%。人们纷纷议论说："这些被捡来的贫困生，虽说中考成绩不都是很优秀，但看高考后的成绩，称他们为'珍珠生'的确是名副其实，一个个光芒四射，映照长空。苔花虽小，只要给他们辛勤浇水，按时施肥，一旦形成气候，完全可与牡丹争艳。"

在这短短的三年时间里，王老先生与爱心人士曾多次来靖远访视"珍珠生"。每次家访，都是朱生龙老师陪同。不管是赤日炎炎、酷暑烧烤，还是冰封雪冻、寒风刺骨；不管是翻山越岭、披荆斩棘，还是涉水跃涧，冲雾穿霾，他们都无所畏惧，苦累不计。大家心中只有一个信念："为捡珍珠怀大爱，一往无前志不衰。"

应基金会的邀请，朱生龙老师先后去浙江、台湾参加学习培训，也作为全国"捡回珍珠计划"项目合作校唯一一名以班主任身份成为"浙江省新华爱心教育基金会"的理事会理事，也曾受邀到浙江等地参会做报告。他那有理有据、真爱无私、远见卓识的发言，受到了与会者的一致赞扬，掌声不绝，好评如潮。

也许是感念朱生龙老师带"珍珠班"的所作所为，爱心人士在热情访视"珍珠生"之际，还为朱生龙老师创建的"珍珠之家""大爱书屋"捐赠潘公凯先生墨宝："黄金非宝书为宝，万事皆空善不空。"这副对联，真可谓字字千钧、掷地有声，句句含情、情深似海。这也是鼓励"珍珠生"一定要好好学习、热心向善，争做品学兼优的好学生。当然，也是对朱生龙老师带班的肯定和赞许。

当我第一次看到朱生龙老师的书稿时，我很惊讶，是因为那些跃然纸上很平凡却很不平常的叙述着实"惊出人一身冷汗"。这位不仅乐于实践，还善于总结的一线教师用无私的大爱写成的这部近30万字的佳作《贝壳里的梦》，让我竟然牺牲了一些锻炼的时间认真地阅读完。这本书不但记述了他陪伴和教育"珍珠生"的点点滴滴，并且从中提炼出了不少符合教育规律的成功经验，晓之以理、动之以情，让人心悦诚服。他把他的办学宗旨概括为"爱心"、"感

恩"、"诚信"、"励志"四大词语，字字玑珠，言简意赅。特别是对那些"寒门学子"，他一遍一遍地家访、一次一次地说教，他坚信教育就是最直接最彻底的精准扶贫，他坚信不放弃就有希望。从书稿的内容中我们可以清晰地感触到那种师生间浓厚的情谊和朱生龙老师"爱教育"的情怀。滋兰树蕙酸甜苦，启智铸魂精气神，他无怨无悔地为自己热爱的教育事业付出，书稿中的一字一句都值得我们去品味和思考。我在出版《滋兰树蕙录》的时候，曾任甘肃省人大常委、省政协副主席的朱宣人先生题词"振兴民族的希望在教育，振兴教育的希望在教师。"我在读完这部书稿时，最先想到的是这两句话。

清初大学问家顾炎武在其巨著《日知录》中指出："文之不可绝于天地间者，曰明道也，执政事也，察明隐也，乐道人之善也。若此者，有益于天下，有益于将来，多一篇，多一篇之益矣。"笔者认为，这部《贝壳里的梦》，就是一本有益于天下、有益于将来、有益于社会、有益于人生的好书，值得一读，值得认真读，值得仔细读，值得慢慢咀嚼，值得细细品味。

朱生龙老师的《贝壳里的梦》，它为广大教育工作者提供了一个真实而独特的参照系统，同时也为学生和家长提供了一本学习的好教材。书中所蕴含的教书育人的丰富经验和为人处世的人生哲理，值得每一个教育工作者和广大学生及其家长仔细研究、认真借鉴。我作为教育战线上的一名老兵，除了自己再认真研读，还恳切希望所有的教育工作者和广大学生及其家长细细品读，定会受益匪浅。

祝愿朱生龙老师能够以此书为契机，更加发奋努力，使"贝壳里的梦"和我们伟大的中国梦紧密的衔接在一起，硕果大丰收，更上一层楼！

我已年逾八旬，耳聋眼花，说话为文，难免语无伦次、颠三倒四。不妥之处，敬请广大读者理解！理解万岁！

是为序。

张克让
2018年夏 于兰州雁滩 蕴真斋

一心向阳 用力生长

□ 黄崇美 颜妏如 袁虹 王晓红

甘肃省靖远县第一中学首届"珍珠班"是在浙江省新华爱心教育基金会"捡回珍珠计划"项目的统一运筹下,由爱心妈妈慈善会和中国华侨公益基金会崇世基金共同捐资成立的第一个"爱心妈妈崇世珍珠班"。2004年在北京成立的爱心妈妈慈善会,2016年正式加入崇世基金并成为其专项,历年来二者合力成就了诸多慈善计划。坚持"用爱尊崇生命,用心扶世助人",无数乐善好施的追随者用行动诠释着慈善是财富最完美的归宿。

助力教育,有爱、有奇迹!感谢"爱的力量"让那些追梦的孩子在黄土高原上一心向阳,用力生长……

记得四年前在甘肃面谈家访"珍珠生"的紧凑行程下,经白银市侨联张秘书长联系,我们在会宁和努力想争取崇世爱心基金在靖远一中创办"珍珠班"的吴校长和朱老师交流山区孩子的教育现实与理念,从晚上11点半一直到凌晨1点,大家为孩子筑梦锲而不舍的教育家精神也感动着我们。

后续和朱老师到靖远抽样家访时,一路颠簸黄土飞扬,亲见他对每个孩子状况的了若指掌与真情流露。我亦见证了一个个生命故事背后散发出的无奈艰辛,却努力不愿放弃的微笑,任谁都想给他们一个希望,一个选择未来的机会。

于是,第一次,主动和浙江新华爱基会提出指定在靖远一中开办珍珠班的意愿;第一次,和学校提出确定朱老师担任珍珠班主任的开班要求。同时,为了支持这群特困特优的高中生,爱心妈妈慈善会和崇世爱心基金特地携手合作,第一届"爱心妈妈崇世珍珠班"在爱基会的支持下顺利开班。

迄今每年都要到靖远两次,难忘每次面对面朱老师言传身教和小珍珠们点滴的触动。今年朱老师获得崇世爱心基金首届"崇世菁育奖",衷心感谢朱老师在爱的路上,给我们机会一起坚毅不移并肩前行。

——崇世爱心基金创办人和爱心妈妈慈善会第二任会长 黄崇美

与朱生龙老师结缘于2015年第一届"爱心妈妈崇世珍珠班"。在开班仪式与面谈家访的短暂停留里，让我们特别触动的是朱老师和小珍珠们亦师亦父的相处点滴与情谊。

经由朱老师的规划协助，爱心妈妈慈善会捐赠近一千本图书与十台电脑在该校成立了"大爱书屋"，让小珍珠们得以通过阅读和网络与大山以外的世界接轨。此外，借由朱老师的班会分享，我们也从爱心妈妈大家庭中招募了12位来自甘肃地区的北大医学部、北师大同学和部分珍珠大学生开展了"珍珠引路"项目，根据高中三年的成长轨迹设定不同主题进行书信交流与分享。来自学长学姐的文字和薪传中有解惑有砥砺，为小珍珠们前方未知的人生燃亮引路的光。

与朱老师携手同行的近一千个日子里，感恩他无日无夜无私无怨的付出，在捡回的51颗小珍珠身上，我们看到了他们生命中得以重新绽放的璀璨光芒。

—— 爱心妈妈慈善会第四任会长　颜奴如

2016年我第一次走进靖远一中，第一次参加"珍珠生"家访！朱老师作为珍珠班第一任班主任一直默默陪同，详细介绍。他操着地域特色很浓的普通话如数家珍地聊着他的小珍珠们，最常挂在嘴边的就是：这个娃儿啊……那个娃儿啊……那份舐犊之情不经中缓缓流淌，那么真、那般醇，让我也会不禁想起自己成长中给予我无私呵护的老师们，沁人心脾！

联欢会上朱老师说：为了咱"珍珠生"的未来我就豁出去了，干什么都愿意啊！于是他亮开歌喉倾情演唱"农民工我的好兄弟"：抖落满身的黄尘，怀揣美好的愿景……

他饱含深情地演绎中透着认同、坚毅、激励、期待、祝福……西北汉子的胸膛里是一团火，点燃着自己，温暖着孩子们，不少孩子潸然泪下！珍珠班的孩子们多么幸运，在人生的艰辛历程中有这样一位会读心的老师，用生命陪伴着他们，也必将会影响他们的一生！

我始终珍藏着这段录像，有机会就会放给北师大的学生们看一看，借此激励更多的师范生成为无数的"朱老师"，捡拾更多的珍珠！

—— 爱心妈妈慈善会第五任会长　袁　虹

贝壳里的梦 / 点亮生命与爱同行

  2018年的靖远行，第一次见到了朱老师！作为爱心妈妈资助的第一届"珍珠班"的班主任，朱老师的工作是具有开创性的。第一届"珍珠班"学生顺利考入高等院校，孩子、家长、爱心妈妈们都欢欣鼓舞！我不禁思忖着朱老师会有什么新的打算呢？今年参加偏远地区家访的朱老师带上了几名从小就在县城里长大的学生，为的是让她们"见识一下"同伴们的贫困生活环境，激励她们发奋努力学习。"帮助这些贫困地区的学生完成学业，是真正的精准扶贫！"对他的话，我深有同感。非常期待他即将问世的大作，我相信这不仅是他多年工作感悟的记录，同时也是一个感召！

  青年人是祖国的希望，教师是青年人重要的引路人和伴行者，教师强则少年强！少年强则中国强！希望朱老师的书能激励身边的同行者，希望朱老师秉承着一颗赤子之心，将爱永远传递下去！

—— 爱心妈妈慈善会第六任会长 王晓红
2018年11月

2018年8月6日下午，在学校"五之堂"举行靖远一中首届"珍珠班"学生见面会。"珍珠班"捐助方，清华大学特聘教授，白银市侨联，中共县委统战部，靖远县教育局等主要领导出席，全体"珍珠生"及部分教师代表参加，靖远一中校长、党总支书记薛国治致辞。

点亮生命 玉汝于成

□ 薛国治

尊敬的王主席、黄女士、李教授、张女士、张秘书长、韩局长、梁部长，各位爱心人士、老师们、同学们：

大家好！

今天在靖远一中五之堂举行"崇世爱心基金2018年励学活动"。首先，让我代表靖远一中全体师生对各位的到来，表示热烈的欢迎！对享受崇世励学资助的同学和今年顺利考入大学的首届"珍珠生"表示祝贺！并对各位领导、爱心人士多年来一直支持和关心我校及"珍珠生"的学习与生活表示衷心的感谢！

今年是我校首届"爱心妈妈崇世珍珠班"毕业，"珍珠班"毕业生51人，一本上线36人，上线率72%，二本上线98%。"珍珠生"马宗涛考取靖远县文科状元，被中国人民大学录取，有18名同学被北京师范大学、西北工业大学、同济大学、中山大学、四川大学、中南大学、中国政法大学、兰州大学、西北农林科技大学、陕西师范大学等985、211院校录取，真是硕果累累，成绩喜人。作为校长，我感到非常高兴，也非常激动，借此机会我代表学校向各位同学再次表示热烈的祝贺，并致以良好的祝愿：祝你们学业有成，前程似锦！

我校自2015年申报成功第一届"珍珠班"以来，各级爱心组织热切关心，教育主管部门大力支持，社会广泛关注。目前，我校以"珍珠生""珍珠班"开展的各项工作，成了我校一道亮丽的风景线。三年来，同学们热爱学校，尊敬师长、团结同学，刻苦学习、克服困难，团结一心、奋力拼搏，为学校争了光、添了彩，也给学校留下了一笔宝贵的财富。三年来，我们"珍珠班"的教师团队，个个兢兢业业，尽职尽责，一丝不苟的关心和教育着大家，其间不知道发生了多少动人的故事。尤其是我们的班主任朱生龙老师。三年多来，为了我们"珍珠生""珍珠班"倾注了大量心血。记不清他与在座的大家进行过多少次地谈心、谈话；记不清他多少次开着自己的车进行家访；记不清多少次孩子们没了伙食费，他掏着自己的腰包，不让孩子挨饿；高考成绩出来了，最忙的是我们的班主任，记不清他多少次地琢磨过每一个同学的高考志愿，让每一个孩子梦想成真，我也记不清有多少个"记不清"，他是一个师长，更是一个家长！我提议让我们以热烈的掌声感谢三年来关心过、支持过、帮助过我们的每一个人！

点亮生命、玉汝于成，作为承办"珍珠班"的学校，我们会继续加强与社会爱心组织的合作与联系，不断总结工作经验、完善工作机制，继续做好各项工作，为办负责任的教育、人民满意的教育而努力奋斗！

请基金会各位爱心人士放心，学校在市县相关部门的大力支持和正确指导下，我们一定会把学校的各项工作做得更好！

薛国治，男，1962年12月出生，甘肃靖远人，中共党员，中学高级教师，2016年10月任甘肃省靖远县第一中学校长、党总支书记。先后任靖远县北滩中学校长、靖远县第三中学校长等职。曾被授予靖远县"十佳"校长，白银市优秀园丁，陇原"四有"好老师，全国普法工作先进个人等荣誉称号。

自 序
亲近教育的诗和远方

靖远,黄河流域一颗璀璨明珠,丝路古道一处雄浑重镇,西部教育一方文化名邑。数千年来,居住在这里的先民崇文重教、耕读传家,用智慧的触角和勤劳的汗水缔造了悠久的教育文化。作为黄河流经最长的县域,大河弘风,浩浩不息,新时代的家乡人正用豪迈的"奋进之笔"绘就大美教育的"绿水青山"。

我任教的甘肃省靖远县第一中学地处靖远县城南的乌兰山下。1942年5月,学校肇始建设,首开靖远县普通中学教育之先河。建校初期,时任靖远县县长郝遇林亲任"靖远县立初级中学"筹委会主任,在新生开学时挥毫写下"弘风训世"以励后学;甘肃省国民政府任命陇上知名教育家、甘肃省临时参议会议员苏振甲先生为首任校长。学校自创建伊始,特别是新中国成立后,代代尊师筚路蓝缕,百折不改衷心;莘莘学子,砥砺奋进,万难不移其志。历届校友建功于大江南北,创业于长城内外,扬名于五洲四海,院士、科学家、将军、学者、专家、教授、国家干部等优秀学子芳及九洲、省、市县状元蜚声陇上。2017年11月,母校1990届校友张巨岩先生来校讲学,谈起当年考取"甘肃省文科状元"的经历,他说他其实并没有想过一定要考省状元,只是自己作为一个贫困家庭、农村长大的孩子,期间的甘苦总不能忘怀,学校的老师像亲人一样的关心和呵护他,是老师的大爱改变了他的人生轨迹,他理应努力学习、心存感恩、回报社会,虽然他现在在美国工作,但临别时用毛笔写下了"世事沧桑心事定,胸中海岳梦中飞"以表心境。

后来,我有幸拜访了当年引荐张巨岩校友从乡下转入靖远一中上学的周玉林老师,周老师说:"寒门学子",只要人心不寒,一切都是温暖的,老师对学生好一些、多做一些好事是应该的。

为人师者,德配天地;助人乐者,温恭朝夕。我从偏远的乡村走来,感谢教育给我人生旅途中的无限风景,"寒门"出生的我面对"寒门学子"时总有一种别样的感情,黄河臂弯里滚着黄土长大的孩子,或许天生就有一份对黄河水和黄土地特别的情谊和感悟。

2014年10月,我有幸与"捡回珍珠计划"结缘。2015年秋季,当教师以来第一次背起爱心的背包在我县十八个乡镇里走巷串户,全然是为了"那些因家庭贫困被迫放弃学业的孩子,就像一颗颗埋在地下黯然失色的珍珠,必须将他们捡回来,设法帮助他们接受良好的教育,使他们成为闪闪发光的珍珠。"

"捡回珍珠计划"是台湾爱心人士王建煊先生2004年为帮助"寒门学子"而发起的一项爱心助学工程。有幸参与其中,也给了我一次又一次亲近家乡的机会。也许是感怀扶贫济困的包容与豁达,抑或是感动那些"寒门"的劳苦和辛酸,或者是育人的良知深深触动了我的灵魂,我利用寒暑假或者周末去家访,那些渴望帮助的眼神就像突然找到了久别的亲人一样,满含泪水的双眼,抱在胸前不停揉搓的双手似乎在焦急地等待着"希望之神"的降临,每一次的离别都希望能尽快地重逢。

大象无形、大音希声,想想自己成长的岁月,又何尝不是为了一顿"大米干饭"和"一碗牛肉面"而努力地奋斗过。细细想来,黄土地里走出来的山里娃,在不断的磨炼和感念中砥砺前行,一直在寻找活着的意义……

教育的这条路上,虽修远以周流,但能附身于教育这个职业,我是幸运的、也是幸福的,因为,我喜欢"教师是人类灵魂的工程师"这句话,感谢加里宁对教师的赞誉,当然,也使我对自己的职业多了一份尊重和敬畏。

教师，就是站在讲台上用粉笔"击鼓的人"，教育就是最直接最彻底的精准扶贫，不论是物质的，还是精神的，正像培根说的那样："教师是知识种子的传播者，文明之树的培育者，人类灵魂的设计者。"因为一名学生，是一个家庭的希望、一个家族的荣耀，也可能是一个民族的脊梁、一个国家的栋梁，甚至是全世界人民的"救星"。

教师，肩负着时代赋予的责任和担当行走在教书育人的大道上，那些被岁月风雨浸润过的地方，是灵魂深处的宁静和培育生命的坚守。作为一名教师，陪伴着一届又一届学子在岁月的轮转中岁岁年年，那确是生命旅途中最美的风景。

教师，从走上讲台的那一刻起，一颗素然之心在每一个清新的晨曦，都会憧憬风轻云淡的一天带给自己幸福的释然，因为教育是师生灵魂的互动，是最大的民生；因为我们面对的不仅仅是一个生命的个体，而且是国家强大的人力资源和民族复兴的智慧和希望。

蓦然回首，又一届高中学子已然毕业，只不过这一届学生特别了一些。51位"精准扶贫户"的孩子因为爱相聚在一起，我们相互帮扶和鼓励着一起走过高中三年，对于我这个班主任来说，一千多个日日夜夜面对那些拼了命努力奋斗的"寒门学子"是灵魂的洗礼也是良知的拷问，身后那一串过往的足迹深深浅浅，慢慢地习惯了在繁华街头的淡泊，在静谧山村的养心，记忆中的一切，都是那么曼妙和美好。

朱熹说："天不生仲尼，万古如长夜"，孔子弘泗上之沦风，训世千古，教化于四方，"夫子以仁发明斯道，其言浑无罅缝。孟子十字打开，更无隐遁。（《陆象山全集》）"。"判天地之美，析万物之理，察古人之全；寡能备于天地之美，称神明之容。是故内圣外王之道，闇而不明，郁而不发，天下之人各为其所欲焉以自为方。悲夫！百家往而不反，必不合矣！后世之学者，不幸不见天地之纯，古人之大体。道术将为天下裂。（《庄子·天下篇》）"，"为天地立心，为生民立命，为往圣继绝学，为万世开太平。（北宋张载）"，谁又能游离于"仁义礼智信，温良恭谦让"之外的世界"格致正诚，修齐治平"呢？

"其实我们大部分人都不是出身豪门,都是要靠自己的。你要相信命运给你一个比别人低的起点,是希望你用你的一生去奋斗出一个绝地反击的故事,这故事不是一个水到渠成的童话没有一点人间疾苦,这故事是有志者事竟成,破釜沉舟,百二秦关终属楚;这故事是苦心人天不负,卧薪尝胆,三千越甲可吞吴。"当北大农村贫困家庭出身的刘媛媛在"我们家就是寒门,不,我们家就没有门"的成长故事中掷地有声地演讲《寒门学子》之后,《人民日报》评论:在今天这样一个充满无限可能的时代,寒门能否出贵子,很大程度上并不是一个关于"命运"的话题,而是一个关于"奋斗"的故事。对于我来说,在刚刚过去的这三年里,陪伴着 51 名"故事"的主人公成长,也许只有亲身经历才能体会到其中滋味,我之所以要记录下黄河臂弯、大西北黄土地上这些"寒门学子"砥砺成长的真实故事,也是一个班主任在教与学中的深切感触,也希望接触到这本书的读者,能在书中主人公"不一样就是不一样"的生活环境和奋斗历程中得到感悟,真正找到自己生命的价值和活着的意义。

我们每一个人都有受教育的权利,不论是起点、过程还是结果,教育的公平问题关系每一个人的切身利益,也关系着国家地区的经济社会发展,关系着人心向背。

岁月静好,安之若素,怀着爱心与匠心从知到行,教育的乐趣无处不在。我深情地爱着生我养我的这片土地,认真地享受着伴我成长的教育生活。因为"捡回珍珠计划",我背起爱心的背包,寻遍家乡十八个乡镇,走进那些贫苦家庭的院门,和那些贫困家境的孩子从相遇到相聚,宛若一曲岁月的长歌。太多的感动和记忆,恰似无数个跳跃和流动的音符,在如风的光阴中泛着生命的韵律之美。也许,这就是 "看似寻常最奇崛,成如容易却艰辛"的教育真味吧。蓦然回首,真的感谢生命里那些不经意的相逢;感怀成长中那些唯美的意外;感恩生活中那些来自远方的朋友。

高中三年的班主任工作,每天从早晨五点半到晚上十一点多,每天都重复着"我走娃未醒,我归娃已睡"的生活,大多数时间都要陪伴那些奋斗在高考路上的莘莘学子。或许,这就是教师这个职业的责任和使命。三年前,我将那些贫困家庭的孩子串成线,他们对着黄河呐喊"我不认输";三年后,

那些奋发向上的孩子在爱的包围圈中织成网,不问西东、不负流年,用优异的"成绩"向苍天回应"我也能行",51位"寒门学子"虽生如苔花,但他们成长的故事却在历史的长河中散发着牡丹一样的芬芳,闪耀着"珍珠"一般的光芒。

那一天,我们一同观看中央电视台"经典咏流传"……诗人袁枚的一首《苔》让我们热泪盈眶,却给了我们无尽的力量,"如果没有那次眼泪灌溉,也许还是那个懵懂小孩,溪流汇成海,梦站成山脉,风一来花自然会盛开,梦是指路牌,为你亮起来,所有黑暗为天亮铺排,未来已打开,勇敢的小孩……"

吟唱这首诗文的是一位到贫困山区支教的老师和一些来自贫困山区的孩子。也许动了情的情才会用深情,上了心的人才会在心上,触景生情,境由心生。我们同样是老师,同样面对的是贫困家庭的孩子,"我也是一样的,从山里出来的,也不是最帅的那一个,也不是成绩最好的那一个……找到一些生命的价值,这个比我们的外表更重要……"

曲已扬,声不息。无言之中的掌声,感动过后的喝彩,拥抱之后的泪水,揪心也走心,用心也上心,正如庾澄庆老师说:"孩子的声音太纯朴了,干净到有点让人心疼"。是的,"让人心疼"!我想,在"苔"的韵律里应该有另一种意境,就是一个人生命的价值和活着的意义。

刚刚过去的这三年,是我参与"捡回珍珠计划"的三年,也是最让我刻骨铭心的三年,这三年的感触似乎超过了过去十多年自己对教育和人性的反思。陪伴那些"寒门学子"一起走过,我不会说"累,并快乐着",但我真的感悟到"烛光,在越黑暗的地方越亮"。当然,最黑暗的地方需要烛光,更需要阳光。即使在那些"白日不到处"的角落,也需要我们树立起"挪威南部小镇尤坎(Rjukan)的三面大镜子"。

人,生而不同。有些人生命刚开始就似苔花般无人问津,有些人还未出生就如夏花般的绚烂。在这个物欲横流、知识多元化的时代,我不知道那些贫苦家庭孩子靠自身的坚强能撑多久,但我知道,他们需要帮扶,需要给他们力量,更需要给他们一束光的映照。

俗话说:"家家有本难念的经"。生活中,我们都是诵经的主人。一曲

"苔"的韵律深深震撼着我的心灵。想想自己家访"寒门学子"的那些画面,回味那些家长意味深长的渴盼,难以抑制的心酸浸润着我的灵魂,冲刷着我的良知。一支素笔,一纸烟雨的繁华;一颗冰心,三生三世的渐修,感悟生命的况味,让人不由想起袁枚的另外一首《苔》"各有心情在,随渠爱暖凉。青苔问红叶,何物是斜阳?"

康震老师的一句话我非常喜欢:你越阳光,你就更阳光;你更阳光,你就是阳光。让我们不要在为"白日不到处"有些许的感伤,不要让阳光很近,我们却无法触摸和感受阳光的温度。在这个美好的时代里,我相信:"苔"不会再"被遗落在那潮湿阴暗的角落""冷落"三百年,而"苔花"会在更多生命的呵护和关爱下,在爱的土壤里成长,在阳光的沐浴下绽放生命平凡而卓越的美。

是的,生命来之不易。我们不能用盲目的攀比心理在先辈的静默中宣泄自己无知的觊觎,我们要用努力到无能为力的心态,挺起胸膛,昂首前行。春风阳光不到的地方,我们的青春照样萌动。就是做米粒一般微小的苔花又能怎样,我们绝对不会有丝毫的自惭形秽,依然要像那美丽高贵的牡丹一样,自豪地盛开,只要有生命,我们至少能用自己的尊严,拼搏到感动自己。

一个人的旅行,一群人的风景。面对那些可爱的"珍珠生",我就像一个富足的"珠宝商"一样,感悟着教育的另一种美。行走在厚厚的黄土地上,那种泥土的气息越拍越厚;绕行在母亲河的臂弯,黄河儿女的情谊愈行愈浓。在教育这个神圣的殿堂里,我们教师能做到的,就是把一盏一盏"烛台"摆放在"白日不到处"的每一个角落,让责任和担当时时在灵魂里闪光。相信,那些"烛光"会给生命一种力量、给灵魂一个方向,给未来无限的希望。教育的路上,只有我们心存感恩、敬畏生命,甘为人梯、乐为红烛,那如米小的"苔花"才会有更多的机会如牡丹般盛开,如珍珠般璀璨。

写下这些"行走"的感悟,为了不要忘却那些触动人灵魂的记忆,也因为那一路爱与感动的风景中,我不愿放下,也不敢放下爱的背包,因为教育的路还很长。接受爱、传递爱,我想教育和慈善的本质是一样的,都是源于仁爱的给予和道德的福报。正如"捡回珍珠计划"的创办人王建煊先生说的:有爱走遍天下,不放弃,就有希望,我们都是击鼓的人,我们不

知道鼓声能传多远。

一个特别的班级,三年特别的陪伴,生活中的那些"不容易"和成长中的"不一样",那些寒门学子努力的故事虽朴实和平淡,却有着人生的大滋味,"努力到无能为力,拼搏到感动自己"的誓言不仅激励着我们本身,也一定会激励更多的人重新认识生命的价值和活着的意义。

高中三年,只是人生的一处驿站,光阴虽已流逝,但我相信——爱会留下来,爱会传出去。蔡元培先生说:要有良好的个人,就要先有良好的教育。但愿,美好的教育能在人类教育的良知中始有健全之精神,养成人格之事业,成就民族伟大复兴之伟业。教育需要大爱、更需要"精准扶贫",这不是"教育公平"的一句口号,而是对中华民族复兴的责任和对祖国未来的担当。培养好那些应该被培养好的学生,帮助那些急需帮助的学生,就是教育人最真诚地付出和最美好的福报。

靖远一中1987届校友、中科院院士陈化兰女士对学弟学妹说:放眼世界,志存高远。我想,我们做老师的,更应该有那样的胸怀和格局,因为,大胸怀才能办大教育,三尺讲台上,我们真的不能估量"粉笔"敲打出的"鼓声"到底能传多远!

"莫听穿林打叶声,何妨吟啸且徐行。"行走在"捡回珍珠"的这条路上,虽"竹杖芒鞋",但我从来都没有感到疲惫和困累,因为我的心中充满了希望,尤其是对那些在困苦中奋力拼搏的孩子。我想,如果我们都能成为一束光,每一个人都能努力"燃烧"自己,照亮别人,那我们的民族和祖国的未来一定会更美好、更幸福,教育才会有更唯美的诗意和远方。

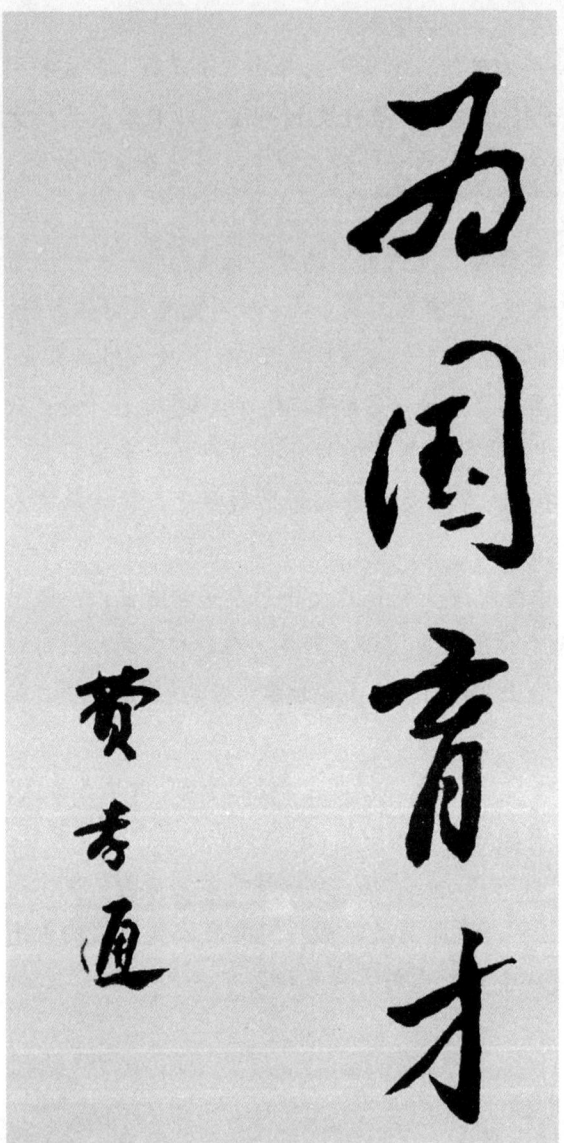

费孝通 著名社会学家、人类学家、民族学家、社会活动家,中国社会学和人类学的奠基人之一,第七、八届全国人民代表大会常务委员会副委员长,中国人民政治协商会议第六届全国委员会副主席,民盟中央主席。

1989年9月,为靖远一中题词,勉励后辈发扬优良传统,不忘初心,脚踏实地,为国育才。

郝遇林 "甘肃省靖远县第一中学"前身"靖远县立初级中学"筹委会主任,时任靖远县县长。曾主修《靖远县新志》。

靖远县立初级中学的创建,开启了靖远县普通中学教育先河。1942年10月学校建校之初先生为学校题词。

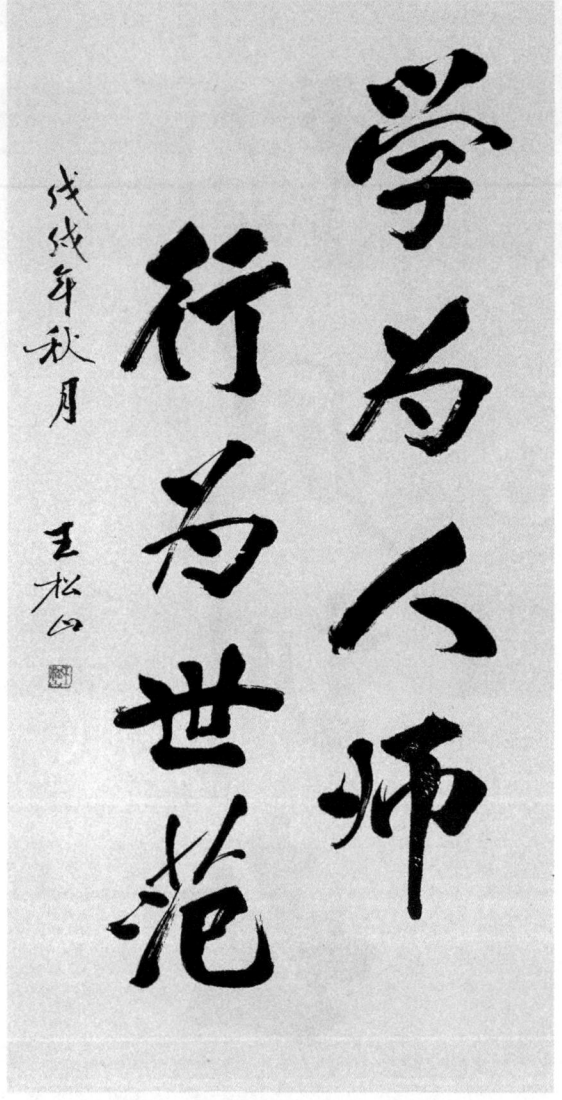

王松山 曾任兰州师范专科学校（现兰州城市学院）、西北师范大学、兰州大学党委书记，甘肃省教委主任、甘肃省人大教科文卫委员会主任等职。

2018年9月，86岁高龄的王松山先生为《贝壳里的梦》题写书名并题词。

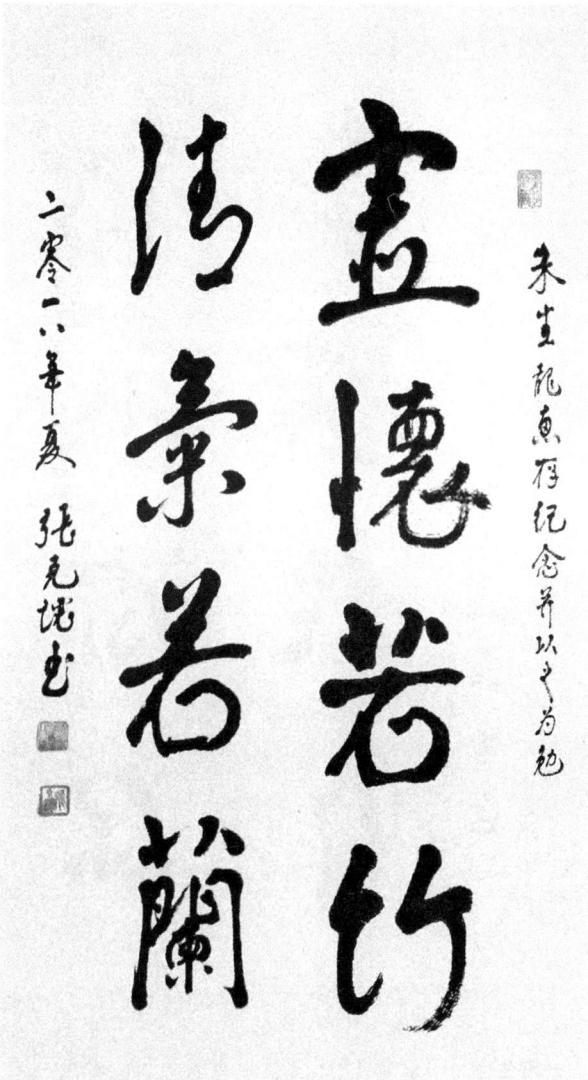

张克让 1936年出生,甘肃甘谷人,中共党员,甘肃省特级教师,曾任靖远一中校长、靖远师范学校校长、甘肃教育学院(现甘肃文理学院)副院长。1986年被评为全国教育系统劳动模范,1988年当选为第七届全国人大代表,1989年被国务院授予全国先进工作者称号。

2018年7月,82岁高龄的张克让先生为作者题词以之为勉。

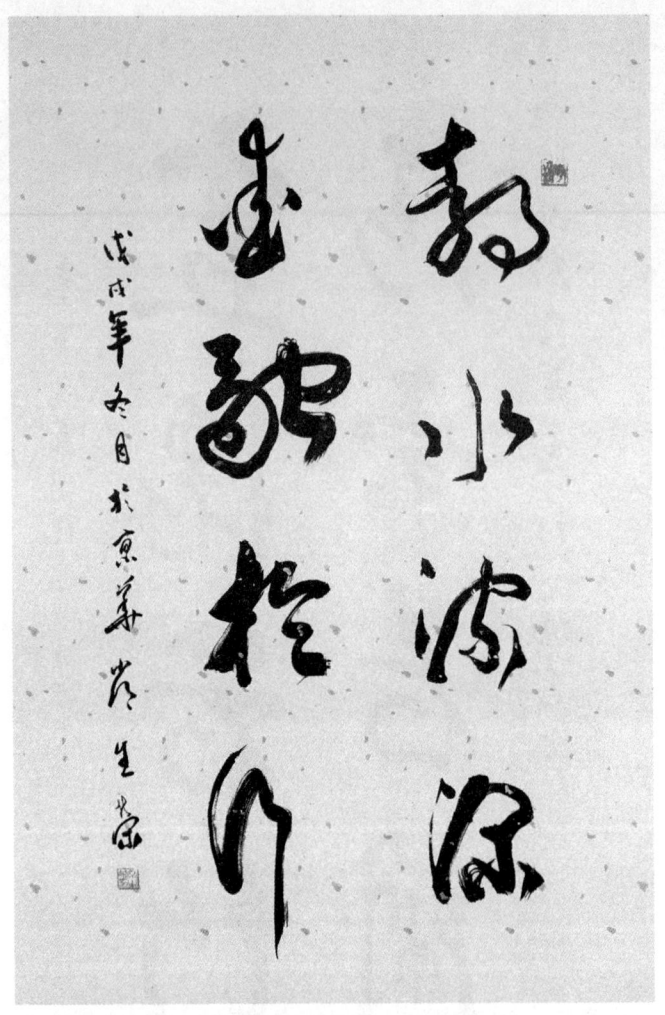

常生荣 1952年11月生,甘肃靖远人,靖远一中1969届校友。中国人民解放军少将军衔。曾任解放军总政治部"双拥"局局长、国家国防工作办公室主任、总政治部群众工作办公室主任,中国人民解放军总装备部通用装备保障部政委。曾为学校《靖远一中校史》、"五之堂"题词,先后拜请费新我、李铎、启骧、夏湘平等著名书法家为母校题写"耸翠楼""甘肃省靖远县第一中学"等。

2018年11月22日常生荣将军再次回访母校,并为作者题词:静水流深,爱融于行。

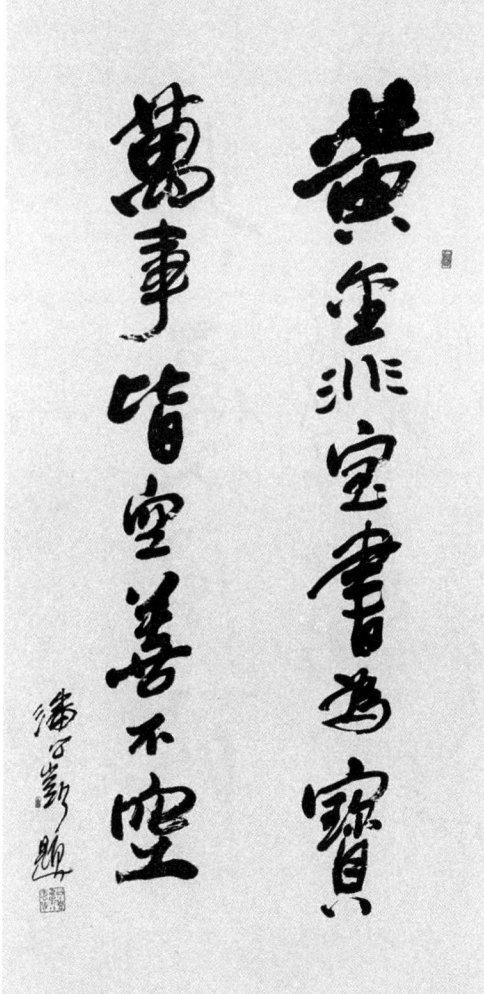

潘公凯 曾任中央美术学院院长,并兼任中国美术家协会副主席,全国政协委员、中国画艺术家、美术史论家、博士生导师、教育部人文社科研究项目评审委员。

2017年11月,赵蜀远、赵马冰如夫妇、黄崇美女士一行来靖远一中访视"珍珠生"时赠送先生墨宝。

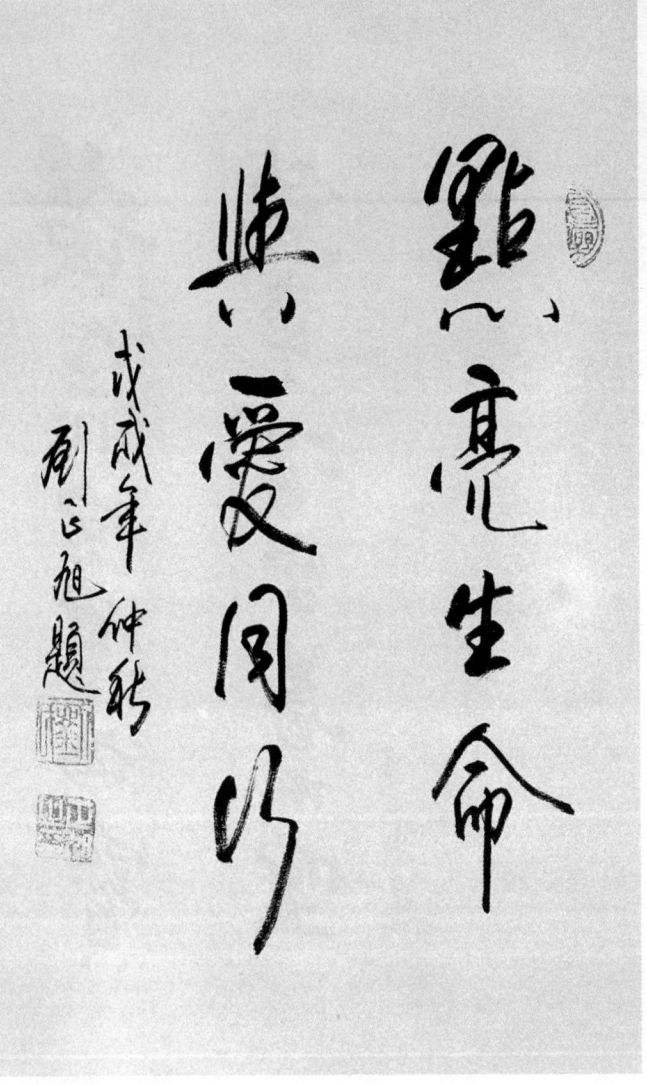

刘正旭 1949年9月生,甘肃靖远人,中共党员,中学高级教师,"甘肃省优秀园丁"。曾任靖远县第六中学校长等职。现为中国书画家协会会员,被授予"德艺双馨""当代杰出书画艺术家"等荣誉称号。书法作品多次获全国书画展览金奖,部分作品入编《当代中国书画家精品选集》。

2018年10月,刘正旭先生为《贝壳里的梦》题写寄语。

作者与"捡回珍珠计划"发起人王建煊先生(左一)合影

作者与浙江省新华爱心教育基金会理事长秦荣华夫妇合影

作者陪同王建煊夫人苏法昭女士（右一）在黄土高原看望"珍珠生"

2015年4月17日，傅静老师（左二）和潘瑜老师（左一）访视准"珍珠生"家庭

2015年10月，赵马冰如女士（右四），中国华侨公益基金会崇世基金创办人黄崇美女士（右三），爱心妈妈慈善会会长颜妏如女士（右二）来校访视"珍珠生"，白银市侨联张明琴女士（右一），吴贵栋校长（左一）陪同

2015年11月，链家集团副总裁、北京链家公益基金会执行理事长贾生平女士（左三）一行在白银市侨联秘书长张明琴女士的陪同下来校看望"珍珠生"

"珍珠班"开班仪式,浙江省新华爱心教育基金会原秘书长姚霁光先生一行来校访视"珍珠生"并与同学们互动交流

2016年9月,北京爱心妈妈慈善会会长袁虹女士(前排右四)一行来校访视,并与"珍珠生"互动

2016年11月,王建煊先生(右三)一行来校访视,并与"珍珠生"做分享交流

2017年12月,"珍珠引路"项目启动,北京爱心妈妈慈善会原会长颜奴如女士和两位北大学生来校做寒假回访,并与"珍珠生"交流互动

省、市县相关领导莅临学校指导工作,并在"大爱书屋"开展"书香校园""黄金阅读"专题研讨,并提议在我校积极开展校园"黄金阅读"活动

2017年12月,赵蜀远、赵马冰如夫妇(右三、右四)及黄崇美女士(左四)来校考察访视"珍珠生",县委常委、统战部长辛燕(左三)、县教育局长韩亮(左二),市侨联秘书长张明琴(右一),校长薛国治(右二)及三名"珍珠班"班主任在"大爱书屋"合影留念

珍珠缘——黄土高原的那些"珍珠"

高一新生季,爱使我们相聚在一起

开班仪式

邀请博士生团队进班交流分享

奔跑——时代在召唤

"珍珠生"与来自美国的同学交流学习

春　游

心的家园

参加志愿服务活动

运动会 我们斗志昂扬

一起包饺子，感受家的味道

感谢有你，有你真好

感恩家长会

我们一起……游

2016年3月,作者赴台湾学习交流。图为在台湾卫理女子中学参观

2016年11月,兰州"珍珠大学生"来我校与"珍珠生"进行分享交流活动

2016年11月,作者在白银市首届美德教师表彰大会上作主题报告

2017年5月,作者在靖远县教育系统"重品行、树形象、做榜样"主题教育活动上作报告

那些年,我们一起走过!

2017年第九届全国"珍珠生"夏令营首次在靖远一中举行

陪伴"珍珠生"的日子,风景这边独好!

毕业季,青春不散场,备好行装再出发……

我们毕业啦!

2018年7月,作者在浙江省新华爱心基金会"珍珠之家"作班级经营管理报告

2018年8月,崇世爱心基金2018年励学生见面会在靖远一中"五之堂"举行,市县相关领导出席,全体"珍珠生""励学生"参加。作者获首届"崇世菁育奖"

2018年10月,"捡回珍珠计划"陕甘宁区域育珠论坛在靖远一中成功举办

2017年12月16日,作者赴浙江参加"浙江省新华爱心教育基金会"第二次理事会

2018年9月,作者陪同崇世基金负责人黄崇美女士(右三),爱心妈妈慈善会会长王晓红女士(右二)一行家访"珍珠生"

追求卓越
放飞梦想

韩亮
2017.11.1

2017年11月，中共靖远县委常委、统战部长辛燕（左二），靖远县教育局长韩亮（左一）一行进班看望"珍珠生"并寄语同学们："爱让珍珠耀""放飞梦想，追求卓越"

教育之精气神成于心力之和合，国风之谐协，万物之融荣。

　　教育的意义无他，
　　只在于~人心向暖……
　　有人问：教育的价值和意义是什么？
　　我说：教育的价值和意义就是一个人、一群人的坚守。不需要刻意装扮，也不需要蓄意渲染，只在乎默默地奉献。轮回的三百六十五天，似乎不懂黑夜和日间，抑或也错过了雨雪华年。一切，平淡如初、安之若烟。醉美的青春邂逅了无问西东的香草美人；灵魂的安然静谧了地老天荒的心甘情愿。
　　人生，有缘无怨；生命，有终无憾。

2018年11月，作者和新一届学生赴清华和北大开展研学活动。
文以载道、培风鹏高，"赶考"永远在路上……

生如蜡烛，我愿意燃烧起来，从顶烧到底，一直都是光明的！

朱生龙

2018.11.22

目　录

序一　珍珠生跃马中原 展翅上腾　　王建煊
序二　珠光闪亮蕴大爱　　　　　　　张克让
序三　一心向阳　用力生长　　　　　黄崇美　颜妏如　袁虹　王晓红
序四　点亮生命 玉汝于成　　　　　　薛国治
自序　亲近教育的诗和远方

第一章　大河弘风起　浩浩不息

安放在贝壳里的梦和幻影 /…3
探寻灵魂的栖居地 /…11
唯美的遇见 留给苦难一个背影 /…15
山沟沟里的映山红 /…21
爱聚平湖 重塑人生下半场 /…25
诗与苟且 谁会做寒门外的看客 /…66
飞越浅浅的海峡 /…79
生命 在文化的吟唱中回眸 /…91
人心向暖 寒门不寒 /…98
一个人的旅途 一群人的风景 /…122

第二章　阡陌寻桃李　坐看云起

生活 要配得起苦难赐予生命的坚强 /…134
逆境出人杰 没有梦想何必远方 /…145

大山里的歌声 抖落一地凡尘 /…155
如果没有这次相聚 也许我早就嫁人了 /…163
生命会结束 但爱会留下来 /…170
蘑菇小屋里的"蓝精灵" /…178
即使遍体鳞伤 也要活得漂亮 /…183
枸杞红了的季节 梦 启航了 /…191
不期而遇的风景 清风徐来 /…198
未来 我愿意做父亲的那双大手 /…203
土墙上 那最美的"壁画" /…209
雪山下 那道印有几串足迹的沟壑 /…215
最终的远行 不需要孤苦的呻吟 /…224
不吃苦 你要青春干什么 /…231
生命只有一个方向 转身便是悬崖 /…237
荒草塬上哭泣的断亭 /…242

第三章 黄河儿女情 爱融于行

陪伴 珍珠之家的幸福 /…257
经历 遇见最美的意外 /…265
苦难 洗净铅华的从容 /…270
梦想 不要跌倒在路上 /…275
同行 追逐青涩的不舍 /…279
善缘 予人玫瑰的馨香 /…311
情谊 实习老师的尺素 /…317
善良 校园欺凌的戒尺 /…324
奋斗 没有退路的人生 /…326
惜福 第五十一颗珍珠 /…329
释怀 有你真好的因果 /…338
清歌 绚丽洁白的顿悟 /…341

　　素笔　一纸烟雨的繁华 /…345
　　旅途　一路圣洁的风景 /…351
　　祝福　愿今生永如初见 /…355

第四章　鼓浪与天齐　静水流深
　　教育的理想与价值 /…363
　　教育的贫穷与富有 /…368
　　教育的无奈与冷漠 /…373
　　教育的修养与境界 /…379

第五章　修远以周流　其道大光
　　教育　最直接最彻底的精准扶贫 /…385
　　教师　最伟大最荣耀的金牌职业 /…397
　　教书　最本真最修心的雕塑工程 /…402
　　育人　最博爱最无私的情智园丁 /…408

鼓声　仍在激扬　　周玉林 /…417
千磨万砺出珍珠——读《贝壳里的梦》后　李晓 /…420
丹心华章　馨香久远
　　——欣阅朱生龙老师《贝壳里的梦》陈建平 /…421
"文"与"礼"是梦的双翼　苏其智 /…422
老师　我们走在您三年前走过的路上　马舒心 等 /…424

后　记 /…427

挥扇遙望耕晚雨

湖光秋月两相和 潭面无风镜未磨 遥望洞庭山水色 白银盘里一青螺

拨衣闲坐沐晨风

大河弘风起　浩浩不息

黄河,华夏儿女的母亲河。祖厉河,属黄河上游支流之一,源出甘肃省会宁县南华家岭。南源厉河是甜水,东源祖河是苦水,祖河和厉河在会宁县城南汇合,祖厉河由此得名。祖厉河北流经会宁县、靖远县城西的红咀子后注入黄河。河水因含盐碱较多,水味苦咸,故又称苦水河。《靖远县志》载:祖厉河"源出祖厉南山,绕城入黄河,远芳侵古道,山空碧水流,扫尽秋容夜夜风,风光寥廓总难穷"。汉武帝时期,以河名命县名,所以靖远县古为祖厉县,直到南北朝北魏时废弃,沿用这一名称达500年之久。《汉书·武帝纪》载:"五年冬十月,行幸雍,祠五畤,遂逾陇,登崆峒,西临祖厉河而还。"

贝壳里的梦
点亮生命与爱同行

祖厉河水虽苦,但河堤上勤劳勇敢的劳动人民却用双手描绘出了有名的"靖远八景"之一:"祖厉秋风"。每年秋收时节,祖厉河两岸稻谷飘香,金风送爽,呈现出一派特有的田园风光,靖远八景之"祖厉秋风"由此得名。明代诗人路升写诗赞曰:"秋到河干作意清,西风袅袅素波生。月明沙岸老渔卧,唯听前山落水声"。

相传,女娲就是用这里的泥土造人的,所以我们的皮肤和这里泥土的颜色一样。这虽是一个美丽的传说,但正是那些留存在人们心中的文化印记才造就了这里生生不息的农耕与教育文化。

祖厉河畔,黄河岸边,一个偶然的机会我与"捡回珍珠计划"结缘,那些爱心人士不远万里来到大西北那个偏远的小山村,全然是为了给那些需要帮助的学子一些安慰和鼓励。"点亮生命,与爱同行",她们的慈心、善心和感恩的心深深地触动了我的灵魂,让我在无数个夜晚也做着"贝壳里的梦"。人心向暖,寒门不寒,在这个富而好礼的国家,谁会站在"寒门"的窗外挥手离去。

至少,每一个有良知的人都不会走开,我们做教师的更不会离去,更不敢走开,因为我们面对的不仅仅是一个孩子,而是一个家庭、一个家族,甚至是国家的未来和民族的复兴的希望!

安放在贝壳里的梦和幻影

　　一个特别的班级,一段特别的记忆,陪伴学生的这三年,感悟教育人生的一千多个日日夜夜,行走在捡回珍珠的路上,正如顾城《生命幻想曲》中写的:把我的幻影和梦,放在狭长的贝壳里,柳枝编成的船篷,还旋绕着夏蝉的长鸣,拉紧桅绳,风吹起晨雾的帆,我开航了……

　　"我还有多少爱,我还有多少泪,让苍天知道,我不认输,感恩的心,感谢有你……"一首熟悉的歌谣,一曲走心的旋律,在追逐梦想的路上再次感悟那些暖心的语言,突然,身体里积蓄了很强的能量,似乎前行的路上,任何雨雪和荆棘都无法阻挡。

近几日,我连续走访了一些贫困学生家庭,心中多有感慨。

这一行动缘于白银市侨联张明琴秘书长联系中国华侨公益基金会崇世基金创办人黄崇美女士准备在靖远一中设立"珍珠班"的提议。当然,"准备设立"还要向浙江省新华爱心教育基金会申报获批。

2014年9月13日下午3时,白银市侨联张秘书长给吴贵栋校长打电话,说是有一个很好的教育扶贫项目,希望学校能重视和申报。随即,吴校长通知我准备好学校的一些资料,驱车前往会宁县第三中学。在去会宁三中的路上,吴校长说此行的目的是关于申请、申报"珍珠班"的事宜。

在我的印象中,白银地区仅有白银市第一中学和会宁县第三中学分别在2007年和2008年设立了"珍珠班"。至于"珍珠班"的"前世今生"自己真的不太了解。坐在车上,我一边听吴校长谈有些需要注意的事项,一边在手机上搜寻关于"珍珠班"的相关信息。

大约一个小时的行程,我们来到会宁县第三中学。学校负责接待的老师告诉我们:"闫校长陪同爱心人士一起去家访,到吃晚饭的时候才能回来。"

"珍珠生"、"珍珠班",在我的脑海里是两个新鲜的词语。其实,更"新鲜"的是"那些因家庭贫困被迫放弃学业的孩子,就像一颗颗埋在地下黯然失色的珍珠,必须将他们拾回来,设法帮助他们接受良好的教育,使他们成为闪闪发光的珍珠。"

我们在校园里参观,当大家来到"光荣榜"前面的时候,我大吃一惊:会宁三中,一个地处乡镇的普通高中,生源情况不是很好,但赫然映入眼帘的有"珍珠班"的学生考入"北京大学"的录取字样。"珍珠班"、"寒门学子"、"北京大学"、生源状况不好、地处乡下……一连串的"关键词"从脑海中闪过,别有一番滋味在心头:这一次来体会"珍珠班"的味道,肯定有很多的收获。直面现实,作为一个教师不由心中一颤,这也让我对接下来接触"珍珠生"有了更多的期待。

傍晚时分,天气阴沉沉的,我们在校门口第一次见到了那些晚归的爱心

人士。初次见面，会宁三中的闫校长为我们做了简单介绍。来家访的是崇世基金负责人黄崇美女士一行。相互打过招呼后，我们开始了这一特殊的学习旅程。

在教学楼的那个拐弯处，几十个身穿统一服装的孩子早早地等候在那里热情欢迎远方来的客人，而后是拥簇着一同前往学校食堂用餐。我注意到那些孩子身上穿的衣服和校园里其他学生穿的校服不一样，应该是统一定制的，衣服的后面有一个小人模样的标识，边上印有一句话：有爱走遍天下。那些孩子在见到爱心人士时所洋溢出的热情和激情，又一次让我深有感触。

闫校长给我们讲他们申办"珍珠班"的一些情况和那些"珍珠生"的故事。后来，闫校长告诉我们：这些爱心人士周六坐飞机、汽车从北京赶到会宁，第二天又坐汽车、飞机回北京，不耽误周一正常上班。用黄崇美女士的话说"在会宁与这些'珍珠生'们一起吃饭、一起度过一个愉快的周末是幸福的，也是快乐的。"

这是我第一次与社会慈善人士接触，看着那些"珍珠生"脸上流露出诚挚、朴实、快乐的笑容，我想到了我和我的学生，一股强大的暖流在心中翻滚，生活无法交换，也无需交换，一个人没有选择出生的权利，可是有拼搏未来的机会。物质的贫困仅仅是一时的，只要精神不倒、信仰还在，路就在脚下。

在学生的食堂，又一次让我感触良多的是"不要把麻烦留给别人"。来时干干净净的饭桌，在大家离去的时候依然是那么的干净，谁都会把自己用餐的地方收拾得干净如初。简单可口、又很实惠的快餐，所有人都吃得津津有味，谈笑风生的聚餐场景，其乐融融，幸福如家。

晚饭过后，我们跟随大家一起走进"珍珠生"的教室。推开"珍珠班"教室门的那一刹那，我的心湖里，再一次泛起了涟漪：温馨如家的教室，一种真诚和朴实的味道扑面而来。教室四周墙壁上挂满了爱心标语和小饰品，"珍珠生"早已将桌凳摆成了一个圆圈，这里将进行的是一堂感恩的聚会，孩子们热切和渴望的眼神似乎在迎接久别的亲人。当然，我们算是幸运的"过客"了。

那些原创的欢迎词，那些朴实的赞美诗，那些我们近乎听不懂的乡音，那些真诚、真实的小品节目……这一切发生在那个充满浓浓深情与爱意的圈子里，我们无暇顾及教室外面的世界了，那些小"珍珠"感恩的一颦一笑、一举一动都让人情不自禁地为之鼓掌叫好。

一位来自北京20来岁的部队文工团摄影师，一边给大家发着从北京带过来的面包和巧克力，一边分发上一次来这里拍的照片，一边讲着部队的那些事。励志人生的点点滴滴，温馨与鼓励的话在耳边萦绕，也伴着一阵一阵发自内心深处情如泉涌的抽泣声。

"我爱你们……感谢爱心妈妈……""珍珠生"的呐喊声回荡在整个夜空。"我也爱你们，今天的你们是祖国的未来，坚守诚信与爱心的诺言，不要因为你们物质的贫困摧毁了你们成长成才的斗志，努力、坚持，不放弃就有希望……"黄崇美女士对孩子们的鼓励让我心生敬意。

不知不觉，感动，从黄昏到了黑夜。

走出那幢教学楼,外面已飘起了淅淅沥沥的小雨。离别的场景,细雨没有阻挡爱的传递,"珍珠生"们将自己准备好的小礼物争先恐后地递到叔叔阿姨手中。借着教室里面的灯光,那些洋溢着感动与深情的脸庞泛着几缕晶莹,分不清是雨花还是泪光。也许,只有相互拥抱的心跳才知道。

当然,我们此行的目的不止于此。感受爱的宽容与博大,期待"爱"的种子在我们靖远的黄土地里落地生根、开花结果。

入住宾馆后,张秘书长上楼下楼为我们联系。因为是第一次见面,也因为已经是晚上11点多了,我们害怕这种没有事先约定的交谈不能如愿,但很快我们就有了见面的机会。直到凌晨近1点的时候,关于"珍珠班"在靖远能否申办的事宜初见头绪,至少给了我们希望。

真诚的告别之后,我们趁着夜色、带着感动,一路赶回靖远。因为黎明,我们还要继续为了我们热衷的事业努力。

今夜,爱的旅程没有感觉到心的疲惫。

"有爱走遍天下,不放弃就有希望。"一句朴实的话语,却道出了人生的真谛和活着的意义。教师这个职业的本质是充满大爱的,爱的传递又何尝不是一名教师对本职工作的良心与责任。

回程的路上,我想起一位教育家说过的一句话,我们培养学生,就要有"面对一丛野菊花而怦然心动的情怀。"

从会宁三中回来的第二天,我便开始查阅一些关于"珍珠班"的资料,也着手收集一些在校贫困生,也包括九年级家庭贫困学生的资料,准备申报2015年秋季"珍珠班"。特别要说的是中考之前收集九年级贫困家庭的资料是有些困难的。因为九年级的学生还没有被高中录取,提前着手搜集资料,走乡串户访视学生家庭,很容易让别人认为是高中学校"抢生源"、"挖生源"的手段。虽说是对贫困家庭学生的摸底,但毕竟是第一次做这样的事情。心生忐忑,但还是坚持要去做,因为我所做的毕竟是在帮扶我们靖远贫困家庭的孩子,我想只要是有良知的人都会理解和支持的。

贝壳里的梦 / 点亮生命与爱同行

心若安宁，便是晴天；秉承生命的圣意，不为自利，只为利他，唯有心存大爱、真诚相待，走过的日子里才会冰雪消融、春暖花开。

2015年的第一场雪，没有阻挡我走访学生的行程。因为责任、因为希望，也因为一个教育人心中的梦想。

整理好资料，拿起相机，背着背包，开始了一段新的旅程！

久违的瑞雪，从车窗的缝隙里挤进来，索性打开窗，让雪花亲吻脸颊，让柔柔的、涩涩的，带着几分泥土气息的味道在血液里游走。

一路电话，一路感触，一路心灵的洗礼……从西滩、东湾、到三滩……我的第一次实地家访由此开始。电话的这一头，我是真诚的，在电话的那一头……我也是真诚的！

一户接着一户，有感动有感触，也有让自己"惊出一身冷汗的"思考。

家访的学生，有的根据地址找，有的用电话联系。符合"珍珠班"条件的，学生家庭的贫困状况是超出我想象的；当然，也有不符合"珍珠班"条件的，那种家境也是超出我想象的。

不论是符合条件还是不符合条件的，我都以诚相待，但感动确实是真实的，那种感动是农村走出来的我自己对自己的感动……因为我是八十年代在农村成长起来的一代人。我走访的大多是农村孩子的家庭，农民的质朴，乡下人的热情，一杯热水，没有任何的矫揉造作。家长一把辛酸泪、一腔肺腑言，那种对未来美好生活的渴望和期盼，给了我太多的感怀和反思。

拨通家长的电话，说清家访的缘由，家长从开头的感谢一直说到最后的感谢。家访的时候，我让学生填那张准"珍珠生"的调查表，虽然我不知道能不能申报成功，但我是认真做的。有的孩子，填表时的慎重，几乎每一栏都在用心灵给我传递一种真实与坦诚的信息。每当信息填错一处时，那种紧张与慌乱，让人反倒感觉几份亲切。学生本人，我来时他站着，我走时他也站着，那种我来时的羞涩、尊重和走时的真诚、感恩让我真的看见了未来，看到了希望。

那些物质贫困、道德不匮乏的家庭，对待慈善人士的资助是那么的渴望和向往。他们对"珍珠班"流露出的感恩和信任，让人心里踏实了许多。当谈及如果"珍珠班"会申报成功，捐助者会按照我们登记的地址来逐一家访时，家长那种热情似乎是一种急切的渴盼。

感动之余，还是想把另一种经历写下来……

反思，农村走出来的我对自己的反思。也许"90"后，"00"后成长起来的这一代人我有很多不懂，但却对"70"后那些父辈的心思感到困惑。

拨通家长的电话，说清家访的缘由，家长的话从开头的条件一直谈到最后的条件。家长告诉我：钱不钱都是小事，娃娃学习成绩好，关键是"班"一定要进去，如果进不了"班"，那我们就选择到其他学校去上学；要么就是我和某某领导关系比较好之类的话。当我说捐助方还要家访的时候，一句"到时候，你提前打电话，我随便找个贫困的家庭让他们来看看……"的回答着实"惊出我一身冷汗"。

学生填表的草率，几乎每一栏都在用凌乱给我传递一种虚假与烦躁的信息。每当信息填错一处时，那种不屑与淡定，让人感觉几份无奈。从进门的那一刻起，几乎感受不到一点"礼遇"，似乎我一厢情愿的到来感觉很多余，或者是有求于他们。家长表现出来的无聊、无理和白眼让我无奈和汗颜，心生满满的失望和悲凉之情。

家才是教育的根。那些物质不贫困，自我显摆的家庭，觉得自己孩子考试分数高，学校就应该给予所有的"照顾"和满足自己所有的"条件"，我只能说这是一种病态的价值观带给教育的侵扰。也许，这是"唯分数论"教育环境里滋生的"稗草"，"抢生源"留下的"后遗症"。究其根源，问题到底出在哪里？

……

无言的面对，无声的回答，倒是给了我一个欣慰的"警示"，也给了我更加要做好"捡回珍珠"的信心和力量。这一程的家访，不论是希望还是失望，我都愿意迎着"光"追求心中的理想，因为，教育一定会为寒门学子打开一扇温暖的窗。

"天空没有留下翅膀的痕迹，但我已经飞过……"。教育的世界里，有感动，也有失落。也许，纯粹的智慧永远无法弥补道德的缺失。仁者爱人、义者助人、礼者敬人、智者明人、信者诚人，教育的目的应当是向人传送生命和道德的气息，都是为了延续《三字经》中"人之初，性本善"的善缘。老子说："天下皆知美之为美，斯恶已；皆知善之为善，斯不善已。故有无相生，难易相成，长短相形，高下相倾。"美丑、善恶都是相对的。人们都知道什么是美，丑也就一清二楚了；都知道什么是善，不善就一清二楚了，且"相形"越是强烈，"长短"就越是分明，更能对比出芸芸众生对待自身美好的"善根"了……

2015年1月30日

探寻灵魂的栖居地
——从一位学生的留言想到的

一篇《安放在贝壳里的梦和幻影》的感想随笔，我上传到了QQ空间里面，有很多同学给我留言，也积极地关注着"珍珠班"申报工作的进展。

伴随着QQ消息提示音熟悉而急促的声音，其中一位学生的留言又让自己"多愁善感"了。随即写下这些记忆，感谢小杨同学：传递正能量，未来会变得更好！

"看过老师的文章了，的确是很用心在做着教育，读完心有所思，学校申办'珍珠班'确有它的好处，可总觉得有自尊的孩子恐怕都不愿被挑出来吧。破旧的家也不愿被人一次次的'回访'吧。那样是不是会非常局促不安的。虽得到资助，但学生会顶多大的压力去学习啊，而且，学不好还无法交代，让学生总觉得是为了满足那些慈善人士的爱心或者说自我感觉。助学有很多种办法，捐设施、设立奖学金还是比较好的，这样也可以培养学生的自信心和自尊心。寒假的时候，我在工厂打工，见了很多不平事才真正发觉教育的重要。那些工人普遍跟我们年纪差不多，却因为较早辍学，'三观'缺失、得过且过。同来的大学生遇事也是看客心理，毫无维权意识，的确教育有漏洞，陋习难除。可是一个人一份力量，我相信只要我们用心去做，尽自己能力做到最好总有效果的！我们这些您带出去的学生，都会带着您的期许趁年轻让自己变得更强，遇事能多些迎难而上的勇气少些无能为力的懦弱。传递正能量，未来会变得更好的！"

还有一串对白留言：

"你手里攥着千头万绪，攥着一千个线头，但是一个针眼一次只能穿过一条线"。习近平总书记在同中央党校第一期县委书记研修班学员座谈时，用自己的经历建议年轻人不要熬夜。但这些同学显然是正在熬夜了。同学们的这段聊天记录是深夜"00:18"，同学们依然在关注和思考那篇文章中的"蛛丝马迹"。从心底里，我很感谢这些学生。情不自禁，摸摸熟悉的键盘，给这几位同学回信息：

感谢小杨同学，我在会宁三中第一次接触"珍珠班"的时候，时间虽然很短，但是从那些"珍珠生"的眼里没有看出自卑，反而是很快乐，甚至是幸福。那些捐助者对孩子们的关爱，至少是超出我想象的。借着周末大老远地来看看，说些安慰和鼓励的话，一起吃饭、一块活动，用爱心陪着那些孩子成长。寒暑假的时候，也会带着这些"珍珠生"和自己的孩子一起玩，一起学习，或者是参加一些"夏令营"活动。如果是家里特别贫困的（这必须通过家访），也会给家庭或多或少的再捐助。身患疾病的，不管是学生本人还是学生的亲人，她们都会关照帮扶，甚至是带到北京、上海等地帮助治疗。有时，也会让这些学生和一些知名学者、专家教授或者是同学们崇拜的偶像见面，听会宁三中的闫校长讲，孩子们喜欢的大明星刘若英女士也曾到学校和同学们做分享交流，并且一起活动……至少，"珍珠班"是那些孩子成长的一个平台，也给了那些孩子生活中不少的"意外"和成长感悟的机会！

在会宁三中的那次邂逅，那些"珍珠生"不服输的斗志和对美好未来生活地渴望远远超出我的认知。我问过几位"珍珠生"，他们都没有提钱的事，说到最多的就是："至少这个世上有人关爱我们，我们虽然穷，但活出了穷人的尊严，我们必须努力，一定要活出个'人'样来。"这些话从那些孩子的口中说出来，应该是发自肺腑的。一所乡下的普通高中，生源状况可以说是很不好的情况下能有那样的教学成绩，能有学生考上清华、北大等名校，不得不让人再次回味那天的情景，学生们发自内心的"呐喊"声，也许，这正是当下社会，或者说正是目前教育所需要的一种内在的潜质和力量。

说这些话不是"顶礼膜拜"，而是有感而发的一种态度……至少这是真诚的。

敢于正视贫穷，才能创造和争取不贫穷的机会，至少不是道德的残缺。感谢心中有爱的同学们，且行且珍惜，相信：传递正能量，未来会变得更好。

至于捐助的方式，我不能有所微言。只是觉得：受捐助的学生应该正确面对和对待捐助者的关爱和付出。传递爱是一种胸怀，接受爱是一种担当。当别人在我们最困难的时候伸出援助之手，那才是真正的雪中送炭。面对爱的帮扶和给予，我想我们的骨子里应该没有那种虚伪和造作。生活中，即使不能将我们"接受爱"的福报大声说出来，但在心中至少要留存"传递爱"的因子，生命中，切不要将爱的绿洲荒芜成冰冷的沙漠。

物质的极度贫穷，当生存都成了问题的时候，何谈发展？捐助者的给予和帮扶，是提振那些需要帮助者面对生活的信心，帮助他们搭建一条通往成功的桥梁，而不是自私的索取。

第一次将这些贫困家庭的孩子聚在一起，我非常希望他们"聚是一团火，散是满天星"，但毕竟这一切才只是个开始。至于高中三年的效果，到底是"加法""减法"还是"乘法""除法"，我真的无法判断，也不敢贸然定论。因为"捡回珍珠"的这条路，我才刚刚背起爱心的背包。

行走在捡回"珍珠"的路上，怎样才能找寻到散落的"珍珠"而不是一颗颗顽石，三年的高中生活到底会有一个怎样的结果，这条路真的很长、也很难走，需要这些孩子以及孩子家长的认知度和理解力，也更需要学校层面的大力支持。

也曾听到有人站在道德的边缘，歇斯底里的呼喊：这个世界都欠我的。也许只有"爱"的"堤坝"，才不会让这个世界的"歇斯底里""决堤"；也许只有爱的坚守，才能找到教育灵魂的栖居地。

末了，用小杨同学的话做一个结尾：一个人一份力量，我相信只要我们用心去做，尽自己能力做到最好总有效果的！

唯美的遇见 留给苦难一个背影

大河弘风起浩浩不息

2014年4月17日,"珍珠班"项目负责人首次到靖远一中考察。

下午5时,电话铃声急促地响起,张校长打电话通知我,浙江省新华爱心教育基金会的有关人士要来学校考察设立"珍珠班"事宜,让我准备好相关资料,晚上8点去火车站迎接。

又是一个阴云低垂的傍晚,虽时至四月,但依然是冷风飕飕。张校长和我早早地来到学校把车擦得干干净净,准备迎接来自远方的客人。

"为什么不接电话呢?"张校长一脸疑惑。

"没听见吧,不方便,还是在火车上睡着了"我也在一旁瞎捉摸。

"打了好几个电话没接。"张校长盯着手机急匆匆地走来走去。

是啊,按照平常的做法都是电话联系好,然后我们去接,何况都是第一次来靖远,不熟悉情况,天气又阴冷,这可如何是好。看看时间已近8点,焦急地等待中我不由拿出手机拨通了电话。这一回电话接通了。当我说明要去火车站接两位老师时,电话的那一头传来亲切的声音:"喂,您好。很感谢你们为我们提前联系好宾馆,我们下火车就直接去宾馆了,天气晚了,就不打扰你们了。"

我想这也不方便啊,人生地不熟的,想极力地说服对方让我们去接,也是尽尽地主之谊，但还是被一连串的"谢谢"拒绝了。

这怎么还不让人去接呢，干工作这么长时间了，真的还是第一次遇见首次来靖远还不让我们去车站接的客人。想了想，是否远方的客人另有安排？脑海里快速地闪过了几个乱乱的念头。

怎么办？心里感觉不去迎接一下真有点过意不去，也有些不礼貌，所以就开车直接去宾馆。

到了宾馆，我们看见了两个陌生人在前台付款领房卡。我们一开始没有贸然打招呼，问了问前台服务员得知就是我们要见的客人。在张校长和他们打招呼的时候，我的心里猛地一怔：一位戴着眼镜的女士，瘦高的个子……，是一位来自宝岛台湾的客人，发丝已花白，还在周密的行程中为"爱"而奔波，不辞劳苦走遍祖国大江南北"捡回珍珠"的品质和精神让人心生敬意。

几句问候和祝福的话语："您好，我是傅静"，"您好，我是潘瑜"，谦和中肯的自我介绍让人心里面觉得暖暖的。我们很想热情地帮助他们，心里想：这么晚了肯定没来得及吃饭吧，带远方的客人一起去吃晚饭，也算是接风洗尘了。可是傅老师和潘老师就连大大的背包也没有让我们帮着提，一连串的"没事""我们自己来""我们自己随便吃点""谢谢你们啊"让我们觉得无所适从，也让我们的想法变得有些"天真"。

"我带您上楼吧"我想这应该可以吧，没想到又是被"没事""我们自己来"拒绝了。

有朋自远方来，都说客随主便，这不是有违常规吗？自己搭车来宾馆，这么晚了自己随便吃点，又自己去找房间，这怎么能行呢。我还是坚持送两位老师上楼去。

"谢谢，谢谢，我们明天早上 8:30 在学校见。"

"我们明天 8 点来宾馆接两位老师。"

"不用，不用，我们坐车来宾馆的时候看见学校了，不远，我们自己走过去就行，不能打扰学校的正常教学哦。"

　　两位老师一连串的"拒绝"让我和张校长站在那里觉得特别惊讶和"不一样",犹如梦幻一般。这样的见面似乎有些"不近人情"。但在这件事过后,这样的"简约"却留给了我们深深地思考。

　　简单的见面在非常礼貌的"拒绝"中告一段落。

　　因为吴校长开会不在学校,张校长打电话给吴校长汇报情况,吴校长说:"应该接接人家啊"。但实际情况让身在外地的吴校长也感到惊讶和"不一样"。吴校长说明天早上一定赶回学校接待,表示对客人的尊重和对这次机会的珍惜,并嘱托张校长和我认真对待,不敢有一点的马虎。

　　晚上,几个同事问及下午接待的情况时,我一时没有说出啥来。当我若有所思地给他们提起刚刚发生这梦幻并有些"尴尬"的"接待"时,同事们的感觉也都是惊讶和"不一样"。

　　也许正是因为这种惊讶和"不一样"我们对两位老师的来访更有期待。

　　4月18日早8:30,两位老师准时来到了学校。吴校长和学校领导,还有为开设"珍珠班"调配的任课教师在乌兰堂欢迎了他们。

简短直接的开场，傅老师和潘老师做了自我介绍后，说明来意，访谈工作正式开始。

我不想在这里"复制"访谈的内容，我只是想说说访谈结束后与会人员的感受："爱心人士不远万里来到我校，这本身就是一种爱的传递。""这是功在千秋的事，咱们靖远贫困家庭的娃娃多，确实需要帮扶。""教育教做人，以德为先，讲诚信、讲责任、讲担当、讲公平、讲公正，不知道咱们能不能做到。""就是不一样，品质教育、素质教育，不给'珍珠班'下高考分数指标，注重责任和担当、素养和品质，以德树人，这是大爱啊。""学校应该珍惜这一次机会，教育抓德育，没错。"

设立"珍珠班"的初衷是让那些真正需要帮助的特困生不因经济拮据而辍学，更不能因为现实而自卑。所以要求学校也必须担当起一定的责任，为需要帮助的贫困学生减免学费、住宿费，以品质教育为先、以诚为本，精诚合作，奠基未来。

访谈会结束以后，两位老师们到校园、教室和学生宿舍等处了解了一些基本情况，接着就是走访准"珍珠生"家庭。

很高兴能陪同两位老师再次走访那些准"珍珠生"的家庭。一路上我简单的介绍我们靖远县的风土人情、民俗民风以及已经走访过的一些学生家庭的状况，两位老师很认真地倾听并将准"珍珠生"的摸底调查表用照相机一页一页地拍照。

走进学生的家中，两位老师热情的问候、耐心的询问、真诚的鼓励，几句热心的家常话就将那种陌生人的距离融化得无影无踪。他们认真地用相机记录着那些值得关爱和帮助的痕迹。对于那一个又一个贫困的家庭，两位老师的每一句话都是希望的讯息，每一步行程都是爱的传递。

傅老师和潘老师在70多岁的赵爷爷家停留的时间最长。狭小的出租屋，挤放着两张高低铺和一张窄小的单人铺。70多岁高龄的爷爷奶奶和两个孙子、两个外孙共同挤住在一间低矮的出租房内。奶奶正在准备中午的饭菜，矮小的桌子上堆放着几个土豆和一些苦苦菜，奶奶默默地注视着来访的客人，一句话也没有说。赵爷爷从兜里面掏出政府颁发给他家的低保证，含着泪花讲述他们家的悲惨家世，一遍一遍地提及他们听话、争气的孙子。我不知道来自远方的客人能否听懂那些让人心酸的家乡话，但我从两位老师认真的表情中能感悟到他们的真诚和温情。两位老师详细了解了几个孩子的学习和生活情况，临别时，留下了一串爱的祝福，似乎和小地桌上那两杯热茶一样炽热，一样滚烫……

走访结束，我们多想让两位老师再深入地了解学校和我们承办"珍珠班"的想法和诚意，也很荣幸的和两位老师坐下来做了些交流。两位老师给了我近一个小时的陈述时间，我用自己带班的经历、做法和满腔的希望向两位老师表达学校申办"珍珠班"的期待，两位老师也给了我很大的鼓励和安慰。他山之石，可以攻玉，言语间再一次被两位老师"有爱走遍天下，不放弃就有希望"的包容和博爱所融化。

一个早上的家访工作扎扎实实，近一个小时的座谈交流让我受益匪浅。滴水可见阳光，两位老师连一口水都顾不上喝的工作热情和细致朴实的工作作风让我们由衷的敬佩。这是工作的精致，是爱的极致。

全部工作结束的时候已是12点20分了。张校长在校门口等着，本想着中午和两位老师一起吃个便饭，算是对两位老师的感谢，没想到又是被"没事""我们自己来""我们自己随便吃点"拒绝。

因为要赶下午4点的火车，我们提出用车直接将两位老师送往兰州火车站的想法也让两位老师客气地拒绝了。两位老师唯一的要求只是让我们告诉他们去兰州的汽车站在哪里就行。

4月18号，418，我突然想起我大学时代所住宿舍的号码，也许这样的数字之间没有一点关联，但大学时代418宿舍留下的那些感动被这半天的行程掀起。那些年，因为贫穷饥肠辘辘，因为学费倍感煎熬，因为那一沓沾满父辈汗水的零钱而泪湿青衫，因为同学的帮助而心存感恩，因为拿到爱心资助金而欣喜若狂,也因为人世间那颗金子般感恩的"红心"……

站在校门口,看着两位老师又匆忙地踏上另一段爱心传递的旅途。似乎,我感觉到了那些"寒门学子"渴望求知的期盼有了一线希望。我不知道我们身边有多少被"丢进垃圾桶的珍珠",但我能感觉到有一股力量正在唤醒那些散落"珍珠"的灵魂。

安于尘世,爱心相依。两位老师克勤克俭、尽职尽责,不是矫揉造作而是以身作则。于无声处听惊雷,这一次的接待工作简约而不简单,简单而不平凡。行胜于言的切身体会,精神的洗礼远远超出了物质的诱惑。小爱寄于心,大爱化于行,那些散落在祖国大江南北的"珍珠"必将被那些心存大爱的天使用不停跋涉的脚步串起,那些小小的"珍珠"必将幻化成跳动的音符聚成气势恢宏的乐章在人类社会的真爱中绕梁。

2015年4月20日,农历三月初二,小雨。今天是我农历的生日。记得王建煊先生说:"母亲才是生日的主角。"在这个伟大的感恩日里,就借这两天的心路历程化于笔端,有真、有爱,更有一份细腻的感触在其中。镇时贤相回人镜,报德慈亲点佛灯,心绪漪漪,以文记之。

大河弘风起浩浩不息

山沟沟里的映山红

活着的意义 到底是什么

活着的意义 在于爱与牵挂

活着的意义 就是我为我爱的人活着

活着的意义 就是不断的经历

活着的意义 就是敢于担当 勇于奉献

活着的意义 就是要让别人快乐

活着的意义 就是为了寻找活着的意义

……

也许，每个人都在寻找自己活着的意义。对我而言，我也在寻找，寻找那份属于自己生命的狂欢和命运的激荡。回首我走过的每一段旅途，每一个激励我向前所谓的梦想都是那么的不值一提，但却成了我人生永远的回忆。

我是一个从农村走出来的孩子，带着家乡泥土的气息。一路走来，我试图拍打和洗净那些尘土的记忆，却越拍越厚，越洗越多。

上小学一年级的时候，在老家那个广袤的黄土滩上，平地挖一个坑，拿一本书，坐下去，叽里呱啦的读上一阵书，就算是上学了。天阴下雨，土坑里积了水，就放假了；农忙时节，老师们都去收拾庄稼，也就早早地放假了；

寒冬腊月，下雪了、刮风了，也就放假了。那时候的记忆，留在课本上的很少，大多都是将记忆埋藏在泥土里的。

小学三年级的时候，走几里路去另一个村上学，早上升国旗的时候拿一顶镶有五角星的帽子挂在杆子头上，用一个绳子从另一头拉起来，就算是"升国旗"了。两三个老师用口琴、笛子和二胡演奏上一首《义勇军进行曲》，十几个学生围着那个木头杆子，大声地唱完《国歌》以后，规规矩矩敬个少先队队礼，然后大声说出自己的梦想。我记着第一次升国旗的时候，大家挨着喊自己的梦想，有科学家、解放军、作家等等，因为排队按照个子大小，那时候我个头最矮，轮到我的时候，我说我的梦想是"我长大要顿顿吃上大米干饭"。说完的结果可想而知，挨一顿打，老师再纠正一番，从此我的梦想就变成了："我的梦想是成为一名农业科学家。"

带着那个梦想，一直到六年级。那时候回家问父亲，"大米干饭"和"农业科学家"那一个梦想更好些。父亲告诉我的答案是：回家就是"大米干饭"，到学校就是"农业科学家"。

小时候，因为家乡非常干旱、缺水，秋季的时候都种一种农作物就是糜子，所以我们都吃"黄米糁饭"长大的。那时候城里人说：吃黄米糁饭扎嗓子眼呢。因为城里有黄河流过，他们种水稻，所以他们吃"大米干饭"。

在我的记忆中，第一次吃"大米干饭"是在小学二年级的时候。父亲从外地带回来一小袋大米，母亲为我们焖了一大砂锅"大米干饭"，并且炖了一大锅酸菜片土豆条。饭桌上父亲告诉我们：这是宁夏的大米，好吃。只记得那一顿饭吃了好多，那一粒一粒的大白米，再来一些香喷喷的酸菜土豆，连锅底的锅巴都吃得一干二净了，至于碗底的"油水"，都是舔得干干净净的。那以后，吃饭的时候总想那顿"大米干饭"的味道。

六年级毕业要上初中了，我们又到十几公里外的村子背着书包去上学。有一年的冬天，父亲带着我去县城"长见识"，给我记忆最深的是县城里面那个小饭馆的一碗牛肉面。初到县城，我连东南西北都分辨不清楚，便紧紧跟在父亲的后面,看着那些高高低低的屋子和鳞次栉比的铺面,来来往往的城里人,满脑子都是好奇。父亲说去吃上一碗热乎乎的牛肉面。说心底话,家乡的牛倒是有,但牛肉却没吃过。心里嘀咕,这"牛肉面"是个啥样子,用牛肉做的面?那吃起来肯定美气得很。一边想着一边坐在那个小饭桌上等,一会儿两碗热腾腾的牛肉面端到了父亲和我的面前。

父亲一边将他自己牛肉面碗里的几小块牛肉往我碗里夹,一边说:"儿子,好好吃,香得很!"那时候我傻乎乎的用筷子在碗里面搅和,心里嘀咕:牛肉面里面的牛肉呢?难道就这么几个肉渣渣?

父亲似乎看出了我的心思,转身去买了一盘真正的牛肉,然后告诉我说:"儿子,这是牛肉,这是面"然后指了指牛肉盘子和两碗牛肉面说:"这就是牛肉——面,好好吃。"

顿时,心里美滋滋的,心想:就是嘛,牛肉面就应该是这样的。心情一好,胃口大开,呼呼啦啦一会儿工夫面和牛肉都下肚。吃完用手左右开弓擦擦嘴,这才发现父亲除了吃自己的那一碗面,别的都让我吃了。父亲坐在对面一直看着我笑:"吃饱了没,儿子。"我说:"吃饱了。"

有一句话说"娘老的心在儿女上,儿女的心在石头上"。一碗牛肉面让我长久的回味,每每想起来,总能看见父亲就坐在我对面笑着给我说:"吃饱了没,儿子。"

后来,初中三年我的目标就是那"一碗牛肉面"了。心里总是想着考上高中到城里去才会有更多机会吃上一碗牛肉面。那时候,我给同伴说,县城里面的牛肉面有多香有多香,比家乡的"臊子面"香得多。听得伙伴们直咽唾沫,有的嘴角边直接流下了哈喇子,然后用袖子擦擦继续听我讲。

每一次讲,都觉得吃那一碗牛肉面的感觉就像神仙一样,飘飘欲仙。

"一碗牛肉面"的梦想几乎都在梦里出现过。到后来,我如愿的考到城里上学。那时候,一碗牛肉面1块2毛钱。我一周的伙食费是5元钱。所以,我每周选择星期一的中午去吃一碗牛肉面。当然,那只是一碗纯粹的面了。

每次去的时候,我都会带上自己的饭盒子,并告诉老板,将面直接盛到我的饭盒子里面。因为我的饭盒子要比饭馆里面的碗大得多。老板不会给你太多的面,但会好心的给你多舀一大勺子汤。因为,那时一碗"牛肉面"根本填不饱肚子,多舀一些汤可以带回宿舍继续泡馍吃,至少要比白开水泡馍有味道一些。

也许,极度的痛苦才是精神的最后解放者,唯有此种痛苦,才强迫我们大彻大悟。后来,我学会了面对任何困难的勇气和信心。遇事不会有太多的彷徨,只会向着"光"的方向砥砺前行,并告诫自己:人不畏难、难亦不难,人难事难、难上加难。有人说,选择一条"不寻常"的路,也许会孤独。但在我心里,圆融的孤独者也是一种生活的方式,真正的孤独者在街上不在山上,不在一个人的时候而是在一群人的中间。因为我喜欢把有意义的事情做得有意思,抑或是把有意思的事情做得有意义。不管怎样,我将成长的那些记忆藏在字里行间,也许是一个孤独者的信马由缰,但那种自由而无用灵魂的背后,记忆沉淀了生存的价值和活着的意义,也在沉淀着山沟沟里的那洼映山红,也因为在那洼山梁里,有我最敬爱的父亲辛劳的足迹和永世的坟冢。2009年10月30日,农历九月十三父亲与世长辞。那是我做班主任的第一个秋天,父亲走了,他用生命为我们开辟了一条教育的阳光大道,用生命捍卫了他一生对教育事业的执着坚守,留给了我们无尽的感念与思考——有一种爱,活着就不要错过!

大河弘风起浩浩不息

爱聚平湖 重塑人生下半场

也许是缘分,也许是感动,抑或是因为爱与爱的惜以相惜。为"珍珠班"而努力,我只是希望为学校、为家乡的贫寒学子尽一份自己的责任。让我没有想到的是,基金会来函指定让我担任靖远一中首届"珍珠班"班主任。当校长语重心长地告诉我担起这一份责任时,我突然想起了父亲在世时经常说的那些话:"人在做,天在看,积德行善的事情要做,还要做好。"

2015年7月12日至18日,我幸运地踏上了赴浙江平湖参加"2015年第八届全国珍珠班校领导暨班主任培训"会议。因为珍惜这一行程,所以,从车子在熟悉的街道上飞驰的时候,我便开始用日记的方式记录了这一"不同寻常"的轨迹——真情永驻,爱聚平湖。

2015年5月21日上午10时21分，收到基金会"第八届全国珍珠班班主任暨校领导培训计划"邮件，即刻汇报校长，吴校长决定申请再增派1人参加培训，遂填表报名回复基金会。

了了觉知，不着见闻，问心何来？因境而起。因为缘分，因为感动，也因为爱与爱的延续，才有了这次因爱而生的旅程……

浙江省新华爱心教育基金会

通 知 [2015] 第 005 号

浙江省新华爱心教育基金会办公室　　　　2015 年 4 月 30 日

2015 年珍珠班申请通过、准备招生

尊敬的甘肃省靖远县第一中学　　校长：

贵校 2015 年珍珠班合作申请书已接获，感谢您们对"抢回珍珠计划"的支持！

一、本会已对贵校申请资料进行初步审核并派员实地考察，在预访与贵校交流过程中发现，贵校对本珍珠计划之本旨以及办理珍珠班之各项规划尚不完备，但感于贵校申办珍珠班之诚意，以及与贵校的办公室主任朱生龙老师的接触中，认为朱主任在贵校带领学生的经验或有助于领领珍珠班，建议安排朱主任担任首届珍珠班班主任，以利于珍珠班在贵校的启动与推展。

二、贵校现在即可将"抢回珍珠计划"列入今年的招生计划中，并按照贵校申请书所列招生范围，**以 40 名正取，4 名备取为原则**，按照贵校申请书所列招生范围，开展各项招生工作。希望贵校严格按照《珍珠班施行细则》中关于"双特"学生之规定，深入调查并尽可能全面家访，务必招收合"双特"之学生。

三、本会将待 2015 年度捐款总额确定后，与贵校确定珍珠班班名，并将制作好的《珍珠班协议书》寄往贵校，完成后续《协议书》盖章事宜。

四、为加强贵校与本会沟通联结，使珍珠班工作做到及时高效，请贵校负责人填写附件**主要联络人名单表**，并传至珍珠班管理邮箱：xhaxefcn@qq.com。本会为了便于珍珠班管理特开设 QQ（号码为 249331935）和 QQ 群（号码为 44989934），请具体负责珍珠班的老师加入为 Q 群，

五、《珍珠班施行细则》为珍珠班办理的依据，请各位珍珠班负责老师研读后遵照办理。

期待我们未来更好的合作，帮助珍珠班学生接受良好的教育，并完成捐款人之托付！

主送：甘肃省靖远县第一中学
抄送：甘肃省侨联、白银市侨联

2015 年 7 月 12 日　晴

昨夜将准备好的背包认真检查了一遍，放在门口的储物架上，舒舒服服睡到凌晨 3 点 30 分。简单洗漱后，背着背包开车前往校门口和张副校长还有政教处的张主任一起启程。

4 点钟，我们准时出发。

黎明前的靖远县城在母亲河的臂弯里依偎，静谧而轻柔。乌兰山巍峨、苍翠的轮廓大气磅礴，钟鼓楼雄浑、伟岸的雄姿古朴典雅，黄河大桥的身段妩媚娇柔……汽车在县城的怀抱里绕行，车外凉风习习，车内谈笑风生。因为太早，街道两边的商铺和饭馆都还没开门。要不，美美地吃上一碗牛肉面再加上一盘牛肉再出发那"底气"就更足了。

从一个"鱼米之乡"到另一个"鱼米之乡"，一边是东海之滨的魅力之城，一方是黄河怀抱的丝路古镇。两座城市似乎有同一时期的历史起点，都属"文

化之邦"的城邑，一条爱的丝带将不同的时空联接，没想到这段旅途不是源于休闲，而是因为一串"珍珠"的光环，旅途的开始很是期待……

汽车在京藏高速上飞驰，要是往常，也许大家早已昏昏欲睡了。可今天没有，都在谈论着教育或者是对这次行程的期许等等。一路奔驰到兰州中川机场，刚6点的样子。我们换好机票，经过细致的安检在候机室等候上机。因为早到的缘故，偌大的候机位上就我们一行三个人。

7时30分，我们通过登机走廊登上开往上海浦东的飞机，我的座位在走廊边上，不能俯瞰天外世界，心里多少有一点遗憾。顺手拿起一份报纸胡乱地翻了起来。也许有人要说：走廊边多好，上厕所方便。可是，我是第一次坐飞机"上天"哦。

"先生，您好，请系好安全带。"漂亮的空姐穿着一套蓝色的礼服在提示我。

我环顾四周，每坐满一排机位，空姐就将座位上面储物箱盖子合了起来。很快，飞机就要起飞了。

我回头看了看我后面一排，咦，怎么靠窗户边两个座位都空着呢。我眼睛直勾勾地看着那两个座位，心里正在嘀咕，空姐甜美的声音又提示我："先生，有需要帮助的吗？"

"有啊"纯粹是本能的一句话，有啥有啊，我心里在想：自己在发呆，人家提醒你，有啥有啊，但话已经说出去，那也得"自圆其说"了。

"您好，我想坐到窗子边上去。"这也是心里话啊。

"先生，现在不行，那是应急出口。"

"哦，my god！"我心里一阵忙乱，快速的"扫描"了一下座位上面的提示语，瞬间的感觉智商变为"零"了。

心里怦怦砰地乱跳，我抓紧拿起报纸遮在脸上，感觉天地之间就我一个人了。

第一次，总有那么些"无知"，但却充满了好奇。

飞机徐徐滑动，广播里的一些安全提示让我的思绪稍微平静了一些。

视频里在提示一些安全注意事项。飞机在跑道上滑行了不大一会儿，瞬间，在一阵急促的颤抖中起飞。"大鹏一日同风起，扶摇直上九万里"，我闭着眼睛，感受那种"穿越"的心跳。飞机一直在上升，那种持续的推背感真爽。很快，云层罩在了窗外，就像起了大雾一样。过了几分钟，飞机外明亮了起来，还好，阳光不是太刺眼，一种飘飘欲仙的感觉，很惬意。曾经向往着在天空飞翔，梦想实现的满足感确实很美。

"运气背了点"我又在想，虽然在天上飞却看不见窗外的美景，索性就闭目养神了。我和空姐要了一条薄毯子，眼睛一闭，准备睡觉，刚把自己包严实，突然，脑子里面迸出一个讯息，那空姐的声音在耳边回响"先生，现在不行，那是应急出口。"

"现在不行"，那现在呢？

一时有点小激动，转眼我就打消了这个念头，转头又看看"紧急出口"几个字又睡倒了。

可是怎么也睡不着，老想那几个字，索性厚着脸皮再问问。

"请问……"看见空姐走过来，我忍不住发问。

"等飞机飞行平稳后是可以的，请注意不要拉下上面的……"

听到这话，我有点疯的感觉，就前面那句话我听得很清楚，后面的只记得是注意安全等等的话语，一下子，觉得空姐的笑容咋就那么甜呢。

激动了几秒钟，我屏住自己的呼吸，心想，咋这么"土包子"呢，不就是看一看飞机外面的世界吗。

第一次的好奇、机会的来之不易，听到飞机平稳飞行的广播提示后，我就坐在了机窗边上。这个座位刚好在飞机的机翼旁边，长长的机翼看起来很清晰，也许是没有具体参照物的原因，飞机在空中感觉像没动一样。窗外的世界真美，飞机已经高过云层，不，是云海，下面白茫茫一片，祥云飘荡，仙境一般。俯瞰天外的世界，就像小时候趴在高高的无量山上看冬天的雪景一样,厚厚的云层恰似银装素裹的北国,云天分明的层次给人心情爽朗的感觉,阳光透过机窗,不是那么炙热和刺眼,倒是很舒服的感觉。飞机在高空平稳的飞行,激动的心情稍微平缓了些。

正当我看的出神的时候,空姐开始发早点了,一盒航空配餐,一个清真包子,一杯热咖啡。

一边吃,一边看,天的蓝,晶莹剔透;云的白,高洁绚丽。

飞机上是不能用手机的,我只能在笔记本上记录下那"飞一般的感觉"了。

两个半小时的行程,很快。距离上海浦东机场半小时的时候,广播提示飞机开始下降。

我一直注视着窗外,看那变幻的云天给我视觉的冲击和震撼。

窗边的机翼有时上有时下,坐在里面感觉的不是很明显,但用眼睛看着就别有一番滋味,真有展开双臂飞翔的感觉。雾霭重重,飞机穿透云层,哇!祖国的大好河山一览无余,江山如画,就像个巨大的沙盘一样,美得让人陶醉。

飞机越飞越低,地面上的物体越来越清晰,外面不知什么时候飘起了小雨,像水洗过一样的城市,感觉甚好。

飞机落地的震撼,说不出的感觉,却很享受。出了机场,我们一边谈着坐在飞机上的感觉,一边直接坐车去上海南站。

上海不愧为中国经济、交通、科技、工业、金融、会展和航运中心之一。作为远东最大的都市之一,"中国商业橱窗"的美誉名副其实。

透过车窗,一路的美景目不暇接,特别是那拔地而起的高楼、设计惊艳的立交桥和一辆接一辆的豪车给人印象颇深。

到达上海南站,进站的时候,我们听一些人说,因为台风的影响,可能没有车去浙江。我们心里一阵紧张,打听了一下出租车的价钱,虽然贵些但还是决定简单地吃些饭后就去。

初到上海,确实能感觉到那种"经济"的味道。那价格不菲,碟子里的

菜"精致"也很"节俭"。在吃饭的时候我们从旁边客人的聊天中听到了一个欣喜的消息：汽车站有去嘉兴的汽车。

我们很快吃完饭赶到上海南站买票，幸运的是这趟车刚好剩下最后三张票。也许，这一切真的都是天赐的机缘吧。

拿到票，我们按照座位号码坐，当然，只能是最后一排的"雅座"了，我们三个一字排开坐在最后一排，也许真的有点累了，车开动的时候，我们系好安全带就开始睡觉了，也应了那句话：上车睡觉，下车尿尿，心情好了拍拍照。

汽车一路疾驰，迷迷糊糊睡了一会儿，转头看外面的景色，也许是到了上海的郊区，路边的人字形的房屋，红瓦白墙，别具特色。也不知啥时候进入浙江地界，最明显的就是那些房子变成了灰瓦白墙，有的是黑瓦白墙，也有很少的红瓦或者其他颜色的瓦房点缀在其中，大多都是二层到三层的房屋，比起北方的房屋有些狭窄。

一路看，给人印象最深的是路边企业厂房特多，有的直接就以"*氏**公司"这样姓氏的名目给自己的企业命名，大大小小的广告牌随处可见，经济繁荣的气息扑面而来。

这块属于长江三角洲上的冲积平原,从建筑物上那泛着绿的、发霉的标志就可以清晰地看出这里的湿度很大。

汽车停在了一个叫"服装城"的地方,我们下车坐公交直接去新华爱心高中。下午5时,我们来到目的地。

车门一开,又热又潮的空气扑面而来,第一感觉:就像站在蒸笼里一样。既来之,则安之。

到了新华爱心高中,门楼上"平湖市新华爱心高级中学"几个大字金光灿灿。门口站着四名背着绶带的学生,两个男生,两个女生,阳光灿烂地迎了上来,帮我们提包引路,进门迎面就是一个醒目的广告牌,牌上写着"我们都是不同父不同母的兄弟姐妹,有你真好",我们在南面的"实践楼"一楼门厅报到。

四层高的"实践楼",上面用中英文横排写着"谢谢您点亮我的人生",竖排写着"成功不会从天上掉下来,缺乏品德的人是祸害",平实而有感召力的话语已经让人耳目一新了。

这里放了一排桌子,有老师和学生在这里服务。我们也见到了四月份来我校走访的傅静老师和潘瑜老师。两位老师一句"我们终于将您给'骗'来了"的话,让我多少有几份激动。申办珍珠班的那段时间,几经波折,那时候我们多想被多"骗"一次。现在,我们真的来了,我们要对尊敬的傅老师和潘老师还有基金的爱心人士真心地说一句:"谢谢你们!"

我们来了,我知道在自己的肩膀上又有了更多的责任和担当,突然觉得这地方不是那么陌生,倒是有几分亲切和熟悉。

几位同学帮我们登记好以后,带我们去住宿的地方。我们经过一个小广场,草坪上一块石头上刻着"爱心·信心"的字样,一路我们经过了"世仁国际图书厅"和"泽惠文体馆",穿过一道"月亮门",然后到师生住宿处,师生公寓都是单面楼。张校长被安排在南面教师公寓楼上的502室,我和张主任被安排在北面学生公寓的203和208室。在一楼领取了钥匙和空调遥控器以后，两位同学将我们带到二楼。门贴上都写着名字，四个人一间，很好找，我们到宿舍的时候，门还是锁着的，看来我们是早到的一拨人了。开门进去，宿舍很整洁，简单而简约，高低铺，宿舍带有卫生间，日常用具等一应俱全。

放下包，赶紧在床上躺下，一天的旅途确实有些困了。稍作休息，我们一行便下楼开始第一轮的参观学习。说参观学习，也就是熟悉一下校园和周边的环境了。我们先是在校园里面转了转。学校不大，很紧凑、也很精致，每栋楼都起了名字，楼的墙面上都有金光灿灿的标语，花园的周围插着好多不同颜色的旗子，每一面旗子都代表一个班，而且上面都有自己班级的口号和标识。

这里和我的家乡有差不多一个小时的时差，转眼间，就到吃晚饭的时候了。

吃饭，这里提倡"不把麻烦留给别人"，是自带筷子和勺子的。

我们一起去食堂，两层食堂的墙壁上用中英文写着"我发誓一定孝敬父母，我决心一定把书读好"的字样。进门的门顶上写着"爱心·诚信·责任"六个大字，门边上的警示牌和提示语温馨而简单，里面的布置给人很清新的感觉。

来这里培训的老师真不少，餐厅里面排队就餐，很有序，也许都还生疏，所以都是互相看看，笑笑，打个招呼，然后拿起一次性的餐盘用餐。

我们同行的三个人坐在一起吃饭，盘子里面的菜除了洋芋丝和西红柿炒鸡蛋，其他的菜说不上名字，但几乎都与酱油有关，还有咸菜和咸菜汤，简单但很实惠。

这次培训的老师来自全国25个省区，我们发现老师们吃过饭以后，自己用纸巾擦干净桌子，然后拿着盘子到固定的地方放好，再去清洗筷子，最后离开。

当然了,发现就是为了学习和借鉴,我们三个人相视一笑,都想到了那句话:"不要将麻烦留给别人。"

我们都很感怀:就是不一样!

确实,早上还在靖远,下午就到了千里之外的平湖,昨天还在自家的床上,今天晚上就到了这里,现代的文明和科技的进步真的能让人体味到"地球村"的感觉。

吃过饭,我们准备去学校外面转转。

出校门,在学校门楼的北面写着"不放弃就有希望"几个大字。出了校门,对面是"大润发",一个大型综合超市,我们沿着学校所在的新华中路南行,然后顺着解放路去这里很有名的一个景区——东湖。东湖是"金平湖"的一颗璀璨明珠,古时原是陆地,在东汉顺帝永建二年(公元127年),由于地壳变动,地表塌陷成湖,名为当湖。晋隆安五年(公元401年)改为东武湖,又称东湖,雅名鹦鹉湖、鹉湖。2007年2月,东湖景区被评为国家AAAA级旅游景区。古时喻为"九龙港",俯瞰犹如一幅"九龙戏珠"图。环湖风景秀丽,古诗赞曰:"九里湖光九里城,九川环碧霭烟生,支流远带群龙合,巨浸中开一槛平。"

一路上,我们相互谈了一些来这里的感受,兴致都很好。来到东湖边上,凉风习习,一眼秀丽,沁人心脾般的舒畅。因为时间的缘故,我们不能全部转完,只是将沿途的风景点记住,在学习培训的间隙再来转转,也算是先"踩点"了。简单的游览了一番,拍几张照片,然后返回。

回学校的路上,我们买了瓶矿泉水和雪糕一路溜达,这里的消费不是太高,路上碰见一个书摊,因为住的地方没电视,也没网络,所以买本书消磨时间何乐而不为。我捡了一本厚厚的《传家宝全集》,也算是这一周培训的"夜宵"了。俗话说,千里路上不捎针,我这叫千里路上买本书。其实,晚上看看中华优秀传统文化也算是陶冶情操了。

我们回到学校的时候,已经是晚上9点多了,回到宿舍,我拿起基金会发的培训计划安排认真翻阅。每一天都安排得很细致、很周全，有些诸如"茶歇"等别有味道的新名词也算是长见识了，也很期待。

晚上10点左右的时候，同宿舍的另外一位宁夏育才中学的王老师来了。问及他们关于"珍珠班"的事情，他说他们办"珍珠班"好几年了。

"我也是第一次来培训，听培训过的老师说，真的很特别。"王老师这样说。

"我们学校是第一次申办'珍珠班'，当然了，我也是第一次来这里培训……"我将学校争取申办"珍珠班"到这次培训的一些事情简单地做了交流。他说，他具体不清楚是怎样申办的，他以前给"珍珠班"代课，今年带班。他只是说，他们学校对这个班是非常重视的。

他在讲，我在听，对"珍珠班"的期许，也许会随着明天的培训萌生出很多新的感受。

躺在床上，关了灯，我们继续聊关于"珍珠班"的事情，一直聊到晚上近12点钟，为了保证明天不被瞌睡虫盯住，就开始进入梦乡了……

2015年7月13日　晴　多云

"用爱尊崇生命，用心扶世助人。"第一天的培训开始。

这里早上4点多天就亮了。洗漱完毕，拿上培训的资料先去食堂吃饭。

早点：花卷（面里和着菜叶），馒头（长方形的），面条（好像是和了酱油，也拌了菜的那种），咸茄子（有指头蛋大的那种），菜包子、肉包子、煎包子、油条、咸菜、花生米、煎鸡蛋、煮鸡蛋、辣子丁，还有紫菜汤。自助餐的形式，来自25个省区的一百多个人有序地排队、打饭、用餐……

这种氛围自从大学毕业以后就再没有感受到了。而在这里，没有喧闹声，只有浓浓的礼仪谦让和儒雅之风。

基金会全体工作人员有的穿着黄色的T恤衫，有的穿着蓝色的T恤衫，见面都会主动向我们打招呼，相互都会问"老师好"，大家都亲切的称他们为"小黄人"和"蓝精灵"。

那种热情和礼节确实让人感觉不一样。

在这众多的人当中,我发现了一个慈眉善目,精神头很足,始终面带笑容的老人。

来的时候我看过关于基金会的一些资料,我知道这位慈眉善目的老人就是"浙江省新华爱心教育基金会"的创办人王建煊先生。

出于对王老的尊重,没有贸然过去打招呼,只是稍微地走近他,去发现这位老人精神的光影里,到底有什么样神奇的东西在促使他发起"捡回珍珠"这项伟大的工程。

不小心被王老发现了,王老微笑着和我打招呼,我赶紧迎上去问王老好,王老厚实的双手很有力量,但让我最惊讶的是王老的那条皮带,掉了漆,脱了皮……当时,我的内心世界里就像飓风飚过一样,亚洲最佳财政部长——朴实无华、真实而饱经风霜的人生阅历透过这条皮带显露出来,不得不让人心生敬佩。

距离培训开始还有一段时间,我抓紧坐在图书馆对面的那个小树林里,拿出手机再去了解王老及他的基金会。

"王建煊先生深刻地认识到中国地大人多,贫富差距亦大,有许多孩子读书一级棒,但因为家庭贫困而无法念书。个人脱离贫困要靠教育,国家富强要靠教育,全人类生活水平的提高靠教育,我们中国必须由人口大国转变为人力资源大国,其方法当然还是教育。"王老于2004年发起并实施"捡回珍珠计划",2007年在浙江创办了"新华爱心教育基金会",在国内25个省区共有32所高中开设"珍珠班",对家庭特困、成绩优秀的"寒门学子"进行帮扶。

千里之行,始于足下;人才教育,始于品德。倘若品德低下,纵有雄韬伟略,也不是合格人才。但品德教育不应是一筐套话,不是一纸空文。基金会以"母亲节"为契机,在"珍珠生"等受捐助群体间开展了别开生面的品德教育活动,寓教于乐，全面发展。

带着更多的期待，8点，我们准时在"世仁图书国际厅"二楼开始学习培训。

能容纳下大约三百人的报告厅，简约整洁。投影上打着"第八届全国珍珠班校领导暨班主任培训"的会标。

培训开始，由基金会秘书长姚霁光先生主持。

姚霁光先生，60岁左右，高高的个子，穿着代表基金会的黄色T恤，带着一副椭圆形的眼镜，说话声音不大，很随和，讲话很有条理性。

首先是王老致辞："强大的台风，没有阻挡我们来这里，爱使我们相聚在一起……"王老平和的声调，柔和的语速，没有讲稿，很沉稳地站在台上，便开始了与我们的交流和分享。

"爱是力量的源泉，爱是最强有力的武器。"王老从抗战胜利70周年切入主题，讲述那段"技不如人"的悲壮历史，王老哼唱了几句国人耳熟能详的"长城谣"，这位77岁的老人，眼里噙满了泪水。似乎，那段屈辱的岁月在祖国奋斗的征程中重现。王老告诉我们，中国的力量决定在中国人的脑袋里，由一个人变成一个人才，从一个人口大国要变成一个人才大国，教师的任务是巨大的，责任是重大的。

王老讲起一个真实的故事：有一个女孩，当她立志为一个贫瘠的山区的教育事业付出一生的时候，在那间破旧茅草屋的墙壁上写下了这样一句话："我毫不犹豫地将我的生命奉献在这片土地上。"王老深情地对我们讲，他之所以创办基金会、创办新华爱心高级中学、捐资希望学校、实施"捡回珍珠计划"，是因为他用行动告诉大家：他也会将余生奉献在中国的教育事业上。

视其所以，唯行方是真。我坐在后面的座位上认真聆听，路径窄处，留一步与人行；滋味浓时，减三分让人尝，看着王老用饱经沧桑的生活阅历为我们娓娓道来，那些话语，真的很触动人心。

　　什么是幸福？幸福是建立在别人的幸福之上。王老讲述"一个镜片的故事"：一个小孩子的眼镜，一个镜片破了。因为家里穷，他就用一个镜片看黑板。有一天，一位老师给了他不多的钱，让他配制了另一个眼镜片。这位小孩子，因为"破镜重圆"，他开始特别喜欢上这位老师的课，也因为此，他开始带着一颗感恩的心发奋努力。后来这个孩子登上了大富豪榜，而他本人却用一生的感恩在回报他的老师和这个社会。

　　"一盒水彩笔的故事"：因为家庭贫穷，有一位小孩子买不起水彩笔，所以每当上图画课的时候总会给老师说"我忘记带了。"所以每次都要挨老师的板子，一直到学期结束，他一直都挨板子。也许，老师这样对待学生的方式会扼杀一个孩子学习美术的天分。

　　当王老讲述这样的故事情节的时候，似乎，我回想起我小的时候，也算是"触景生情"吧，我静静地倾听、默默地感受。

　　对待孩子，每当遇见一件事情，一定要想到这件事情背后的故事，帮助解决，这才是我们教师的伟大之处。

王老很用心讲，我用心听。一句："我所讲故事的主人公就在今天会议的现场"语惊四座，大家的目光在会场里找寻，一位坐在前排看起来和蔼可亲、50多岁的先生站起来向我们示意。而这位站起来给我们打招呼的先生就是基金会新任副理事长秦荣华先生……

用王老的话来说："我不知道他肚子里面卖的什么药，我只知道他心中有爱。"

王老用一个个真实的故事在为我们进行心灵的引航。77岁的老人，他毫不犹豫地把自己的全部奉献给所有苦难的人，他的快乐来自于帮助过的人能快乐地成长。

王老说2015年全国珍珠班的一本上线率达到了68%，他的心中充满了喜悦，但他发问："学生学习成绩好，一定是一个好学生吗？"我们更加要注重学生的思想道德修养，所以"我们高兴，但不自满。"失去灵魂的优秀是要不得的，品德教育不只是靠讲的，是要靠我们每一个人的行动。

王老讲了一个孩子在自己生日那天为母亲洗脚的实例，他再一次用亲身的经历为我们讲述"给母亲洗完脚，这个学生好像吃了什么药一样，突然变了"的故事。

变了，因为吃了"爱"的药，是他本身内在的驱动力作用的结果。所以，为"人师"就要动用智慧，努力地推进品质教育。这次培训会，各个学校的老师风雨无阻，是爱让我们相聚在一起，我们都很感恩。

结尾的时候，王老用这样三句话与我们共勉：

我发誓：我要把我的生命奉献给我的学校和我的学生；

我发誓：我一定要用爱对待我的学生，帮助学生解决问题，发现他们背后的故事；

我发誓：我们的国家一定能从一个人口大国变成一个人才大国，爱心大国！

最后，他用"谢谢大家"四个字做了一个简短的结语。而这位老人开诚布公的一席话却留给了我们每一个人深深的思考。

人有善愿，天必从之！

为了能让本次培训顺利有效地进行，基金会安排了专门的负责人给我们每天都做班务报告。我们百余人被分成了 10 个小组，每个组都由组长和副组长负责，细致的安排总会有一句话留在我的脑际——不把麻烦留给别人。

这里的学习培训非常有纪律也很守时。今天的班务报告之后，利用我们休息的时间，基金会为我们全体与会人员安排合影留念。

就在刻着"爱心·信心"的那个文化石前面，我们排队照相。

或许是因为王老朴实精彩的演讲，排队的时候我听到最多的就是："真的不一样"这样的话。来过的，没有来过的都在感叹，这位在台湾荣获"杰出说话魅力奖"的老人真的不是徒有虚名的。

是的，我们有时候真是孤陋寡闻，当我们身临其境感受的时候，就知道这次学习培训不仅仅是技能或者业务的培训，而是一次净化心灵的历练，也是一次开启心灵之门的过程。

照相开始，近 200 人的队伍，一位 60 多岁的摄影师左跑跑、右跑跑，认真细致，看着我们在烈日下暴晒，他不时地做几个怪动作，惹得我们哈哈大笑。

"咔嚓——咔嚓——"千里之外，来自全国各地的老师们在瞬间被光影定格在了爱的时空中。或许那又是一个爱的原点，不断散发出爱的讯息，传遍大江南北！

集体合影后，很多的老师都争先恐后地与王老合影留念。

王老始终微笑着、欢迎着每一位站在他身边的教师。作为第一次参加基金会培训的我们，也非常想和王老合影留念。靠近他，感觉他的体温，那种近距离爱的传递让人萌生敬仰和感动。在一个陌生的地方，一群陌生的孩子，享受着来自远方"亲人"的物质资助和精神关爱。我们从这位老人真实与坦诚的一言一行里找不到半点的虚伪与做作。正像王老说的那样："教育是最伟大的慈善事业"，"让我们打住所有的抱怨，共同努力，办好品德教育，让中国富而好礼，让中国人走到世界各地都能受人尊敬。"，"这些在贫困中奋斗出来的精英，他们深知自己生命被点亮，是因为有许多人在爱着他们，在期盼着他们。""我今年77岁了，余日不多，能为国家社会献爱心的时日不会太久了，希望你们这些从事伟大教育工作的人，都能忘我地为自己的国家人民及全人类献上心力。"

学习培训在继续……

间休之后，培训开始，是同唱一首歌的时间。培训为我们准备了五首歌曲：《有爱走遍天下》《爱使我们相聚在一起》《最好的未来》《感恩的心》《让爱传出去》。第一首是由王先生填词，借用名曲《茉莉花》的调子唱的，第二首似乎就是结合这次培训的主题定制的，最后两首包含了手语，很是特别。

领唱、齐唱……每一句歌词，每一个音调，都在传递着爱的讯息。

"新华大地气盎然，新华大地爱满天……""我还有多少爱，我还有多少泪，要苍天知道，我不认输……"

虽然我没有完全学会，但此刻，当我在写下这些记忆的时候，那种集体站起来唱歌的情景依然在脑海中浮现。

上午的最后一节课，是王老故事里的主人公，新任基金会副理事长秦荣华先生畅谈"基金会的愿景"。没有讲稿的演讲，在这位胖乎乎的、很"萌"（我不知道能不能用这个词语，但初次见面，真的是一种很亲切的感觉），带着一口糯软的台湾口音中，传递着一种严谨、平和、幽默，很富有哲理的"味道"。

我坐在最后一排，或许是因为房间里面多少有些回音，我专心地听秦理事长的那些"故事"，并且不停地写那些属于我的笔记。为了生活，有时候会放弃做人最基本的自尊。这位广东籍在台湾长大的敏实集团董事长,从"草绳擦屁股""穿面粉袋裤子"的生活窘迫,"三年级都不知道老师在讲啥"的学习波折,到父亲不幸辞世的苦楚,母亲为了找到一个扫地的活计四处奔波,再到"一个眼镜片的感恩"和"车窗外母子为了生活放弃了做人最基本的自尊"的深刻感触,然后到"一封信的关爱""收获爱情的喜悦",他依然走上了创业的道路。他感谢他的生活经历,他感谢那些珍贵的阅历,所以在之后的事业中,他总是能以一颗感恩的心对待和关爱他周围的人:为员工建酒店式的宿舍安家,为员工孩子上学的问题四处奔波,甚至是员工婆媳关系出现危机他也出现当"和事佬"等等。幽默诙谐的话语里包含着一种温馨,但更多的是感动。2008年他接受王建煊先生的意愿,捐资150万元帮助成立基金会,用他的话说"那是在他赚钱赚得最舒服的时候,王创办人告诉他,人生都是光溜溜的来,光溜溜的去,赚钱要做些有意义的事情哦。"他说"生意人都知道赚钱,你要让他掏出来是很难的","让生意人的爱显出来不容易",但是每当王创办人站在他面前的时候,他总会是不吝啬的。他坦诚地讲,王老能做到的他是做不到的,王老一生没有子女,将所有的积蓄全部投到了慈善事业上,就连自己的住房都买了、捐了,他深受感动,也跟着王老跑了很多个地方,去看那些贫困地方的孩子,很是感动。目前,王老在祖国的台湾、浙江,还有缅甸等处设立了五个基金会,他感受最深的就是王老的那句话:"爱是从别人的需要中找到自己的责任感。"

生活的艰辛、创业的艰难告诉他,在别人困难的时候伸出手拉他一把是对的。秦理事长说他是一个在"免费"的环境中长大的人,跑出租车的经历告诉他,越穷的人是越有爱心的……凡此种种,这位50多岁的企业界"大佬"用最平实的话语与我们交流,再加上他那幽默的肢体语言,好多次赢得了大家的掌声。

从自身的奋斗到社会的现实,秦理事长客观地分析了当前的经济、食品安全和道德层面缺失等问题。他坚信,一个国家最大、最好的投资就是教育。

他希望基金会在未来的几年中：能通过增加资金量让更多贫困的孩子受益；也想资助那些在某一方面有特长的孩子发挥特长；准备投资建立基金会专门的办公地点，让大家有一个共同的家，也想在全国珍珠班的大环境中建立集中或者分区域进行的交流沟通平台；想架起一座内地珍珠班老师与台湾慈善事业之间的桥梁；通过"夏令营"等活动让全国的珍珠生有更多外出交流学习的机会；通过新闻媒体交流传播"有爱走遍天下，不放弃就有希望"的教育理念……希望珍珠生能带着一颗感恩的心真正成为对社会有用的人才，年复一年，形成良性的大循环，将爱的教育，教育的爱无限延续！

时间在大家的专注中过得很快，转眼到了吃午饭的时候。意犹未尽，但谁也无法阻挡时间的脚步。

因为晚上参加"相见欢"晚会，本以为都是基金会准备好给我们看的，可是，不是我们想象的那样。"相见欢"晚会的节目完全由参会的所有老师和基金会的同仁们共同演出，我们中的每一个人都是这台晚会的主角。当然，给我们10个组老师准备的时间就是今天一个中午。

这样的安排是以前我没有见过的。我们第10组的组长和副组长分别是湖北利川中学的蔡老师和江西赣州中学的戴老师。

因为时间有限，我们组定了一首歌曲。拿到歌单的时候，庆幸的是对这首歌还算熟悉。组长通知借着中午休息的时候大家排练排练。

吃过饭，各个组都在紧张地排练。我去宿舍放下笔记本，回来的时候看见很多的伙伴都在泽惠文体馆练节目。我走进去，因为陌生，在人群中竟然没有找到我的伙伴们，就一个人坐在那个大大的圆桌旁看，其实脑海里却在思考一些关于培训感悟到的事情。近两点钟的时候，我们组的伙伴突然集体走到了我面前：一位青海互助中学的大眼睛女老师说："中午怎么没有去排练啊，你是要请客的哦。"

心里觉得好生惭愧，原来伙伴们都在图书馆排练，而我却在体育馆傻傻地等。我算"逃队"的那一个了，还好，大家的宽容给了我很大的鼓励。其实，在这里全是满满的正能量,只有鼓励很少听见批评的声音。

培训开始,一位刘老师给我们讲"动力沟通与教师职业幸福感"讲座。第一节是在泽惠文体馆,伴随着"高山流水"的乐曲,大家闭上眼睛,是小憩,也是一种感悟。

一个半小时的时间让我们做了一些放松的活动,"交叉反手抹鼻子(这是我给起的名字)""T字游戏(四巧板)""沟通73855定律"等活动,让我们在游戏中体会注重细节、关注"问题"的爱心态度和沟通解决问题的能力。

课间是基金会安排的"茶歇"。初次听"茶歇"感觉很好奇。我们从泽惠文体馆转移到世仁图书国际厅。

我上到二楼的时候,很多老师都已经到了,大厅里面挤满了人。"干吗啊?啥是个'茶歇'啊?"我心里真就这么想的,因为我真不知"茶歇"的内容。上楼才长见识了:哦,"茶歇"就是桌子上摆满了点心和水果让大家尽兴地享用。

基金会的伙伴们给我们热情地传递一次性的小盘子和小叉子,60多岁的杨老师在人群中来回穿梭。听基金会的伙伴们说,杨老师就是这个团队的贴心"生活老师"。

一边吃,一边有人说,这是秦理事长农业庄园种植的,绝对的纯天然,无污染。也因为这句话,大家就吃的更放心,更彻底了。

半个小时的时间在点心和水果的包围中度过,继续开始由刘老师为我们讲述"动力沟通与教师职业幸福感"讲座。

幸福与烦恼,及时并认真关注你现在正在做的事情。对过去的抱怨,对未来的担心,要想温暖别人的脸,最好先暖和一下自己的手,换一个角度,人生的精彩就不一样了。

有两位老师做了互动发言,一位是"假如给我三天的时间"的幸福人生,一个是"假如自己一下子不见了"的快乐感慨。一个是一线老师,一个是学校行政层面的领导,说话的声音都在颤抖,那种拿着话筒的激动,真的能感觉到他(她)们都是在用心来表达。用一句歌词形容就是:"我是真的真的动了情,没有你的爱不行……"

静静倾听,把那些撩动心扉的字眼认真地陈列在爱的橱窗,当又一扇门开启的时候,我想应该是那些心中充满期待和希望的学生,有人用爱为他们点亮心灯,我想他们应该是幸福的,是感恩的。眯着眼睛,我似乎看到了我的学生正在向着太阳升起的地方奔跑着、张开双臂去拥抱属于自己的精彩。

最后的10分钟,班务会议为我们安排了一些需要注意的事情,做了几分钟的"平湖瞭望"。细心的安排和暖心的提示为我们第一天的培训做了一个简要的总结,也对这个城市有了简单的认识,一切暖意融融。

吃过饭,我们没有走远,在校园里转了转就去泽惠文体馆参加"相见欢"晚会。

基金会的伙伴们在有条不紊地准备着。

四位主持人,有一位就是我们组来自青海互助的大眼睛张老师。看看她,再关注关注我的伙伴们,心里马上来了底气。人人精神抖擞,最主要的是有

主持人"压场",那还怕什么啊。于是乎,在心底里就开始默默地呐喊我们"阳光队"的口号:我快乐,我幸福,我付出,我奉献。突然,都有一种去舞台中央表演的冲动了。其实,当我到舞台中央的时候,我的声音估计最小了,因为我能清晰地听见伙伴们柔美、磁性的声音。我偷偷地告诉自己:又一次害羞了啊。

节目开始,没想到在短短的一个中午,十个组的节目精彩纷呈,形式多样,节目围绕"爱"的主题,朗诵、情景剧、组歌、秦腔等依次登场,还有组员临时创作的节目……整个场馆里洋溢着幸福的笑声和快乐的掌声。王老夫妇就坐在我的旁边,总是笑眯眯地打着节拍,认真地观赏。在节目的中间也为我们唱了两首歌曲,其中一首《小城故事》引爆全场:"人生境界真善美这里已包括,谈的谈,说的说,小城故事真不错,请你的朋友一起来,小城来做客……"那低沉、饱经沧桑的声音似乎把我们带到了那座魅力小城。

"相见欢"晚会在基金会的全体工作人员手语表演《让爱传出去》的歌曲中结束,在我们回宿舍的途中很多同仁们都在哼着那首歌曲:"爱是看不见的语言,爱是摸不到的感觉,爱是我们小小的心愿,希望你平安快乐永远……"

2015 年 7 月 14 日　晴 多云

天高云淡,我们起的很早,距离吃早点还有一段时间,我们三人就绕着新华爱心高级中学走了一圈。

在校园的西侧,有一些老人在那里晨练。石子铺成的小路,木头架起的围栏,小桥流水,阵阵蝉鸣,令人心情爽朗。

一整天都是体验式教育活动。

一开始还有点小神秘,我们十个组都在外面排队站好,然后给我们每一个人都发了一个活动的道具(应该叫眼罩吧)。

排队进入泽惠文体馆,先是一位长得胖乎乎的男老师为我们"热身"。

站队，发气球，宾果游戏、万里长城永不倒、静默行走等系列游戏开始。

依据气球的颜色找朋友（那个游戏我记不起叫啥名字了），最后把气球在大厅里用脚踩得"砰砰"响。还有那个按照兴趣找朋友的宾果游戏，找到朋友以"撞屁股击掌（我也不知道叫什么方式，自己按动作起的名字）"的方式打招呼，欢声笑语不断，体验式的教育就这样轻松地开始了。

"万里长城永不倒"活动，可能刚一开始是大家不好意思，男的女的依次贴的紧紧的，脚尖对着脚后跟，还要坐在人家腿上……经过工作人员的"训练"终于围成了一个"结结实实"的大圈，随着指挥人员一声"请坐下"的口令，大家一屁股坐下去，开始倒计时，哈哈，数到30秒左右的时候"长城"突然"轰然倒塌"。在一阵大声的欢笑中游戏结束。然后按照1到16报数分组，我报的数字是2，所以就分到了2组。

分组以后，首先是推选组长。哇，我们组就一位女的，也是一位校长，那就女士优先，我们一致推选陶校长为我们的组长。因为要体验一天嘛，我们组还得起了一个响亮的名字。听听别的组名：猛虎队，藏獒队，一马当先队，动车队，碧海蓝天队等等，我们叫个啥名啊，我们组长的名字突然给了我启发，提议就叫"桃红队"，口号顺其自然就叫"桃李芬芳，万紫千红"，也寓意我们是一个非常强大的教师团队。一天的体验生活就在组长的带领下"起航"了。

一张卡片的启发，一串珍珠的故事。大家都在兴奋地交流，因为要谈感想，所以每个组都在绞尽脑汁地构思。

我们组最终选了三张图片，第一张：一个人拨开一片树叶，里面有各种各样的水果之类的；第二张：一颗火热的心在一个杯子里；第三张：画的形状非常像算盘。

到发言的时候，大家热情的推选我发言：

伟大的"捡回珍珠计划"，让我们在芸芸众生中，不畏艰难找寻散落的珍珠，点亮他们的心灯，我们用一颗滚烫的爱心接纳和包容他们，我们用爱的绳索将他们一个一个地串起来，把你的心、我的心串起来，来自大江南北的"小珍珠"必将形成一个爱的循环，阳光的漩涡……

今天，最让人难忘的又一项活动是"静默行走"。近200人的队伍，所有人都将眼睛蒙住，然后将双手搭在前面同伴的肩膀上，由基金会的一名老师带着向前摸索前进。

刚开始的时候，觉得特别好玩，当出了泽惠文体馆，似乎是到了草坪中的小路上行走的时候，遇到一个台阶，我的双手突然从前面伙伴的肩膀上滑落。那一刹那，我的心跳突然加速：失去方向、无依无靠、黑暗中的恐惧扑面而来，说不紧张那纯粹是假的……还好，基金会的伙伴将我的双手拉住过了那个"坎"，继续将双手搭在前面的同伴肩上走，树梢从脸上划过，整个队伍十分的安静，小树林里窸窸窣窣的声音听得异常明显。前行，完全靠对前面同伴的绝对信任。我感觉搭在前面同伴肩上的双手全是汗，似乎在滴答滴答地淌。当然也感到后面的同伴在我肩膀上的"重量"，但也就是在哪个时候，反倒觉得很有安全感。

穿草丛、上楼梯、走过道……走了大概十余分钟的时间，队伍突然停下。指挥的老师让我们摘下眼罩：哇，世界一片光明，队伍里的伙伴一个距离一个是那样的近，虽然有点热，但那种黑暗中的经历让人难忘。

稍微平息了一下心情，指挥的老师让我们脱了鞋子，光着脚丫原路返回（好像是这样，但没有走过草丛）。

灼热的大地与一双赤脚亲密接触，那种一下热到心坎上的感觉让人浑身起鸡皮疙瘩，回味无穷……

回到文体馆，空调的清凉让人顿觉释然。

很多组都在谈自己在"静默行走"之后的感想，我也在想：我想到了"领头羊"，想到了团队，想到了团结协作，想到了信任，想到了责任，想到了公信力、执行力……黑暗中向前，那只"睁着眼的领头羊"太关键了，那是航向的舵手，他就代表了一个团队的"方向"，我想到了那一句话"一个好校长就是一所好学校""一个好班主任就是一个好班"。也许我不该那样想，但是我的职业把我的思绪完全包围了。

团结协作，每一个人的肩膀上都扛着重重的责任，只有不抛弃、不放弃，按照引领者的方向有绝对的执行才能达到理想的彼岸，否则一旦"脱手"必将带来一连串的危机。

一旦形成一个团队，就要相信引领者，即使在最黑暗的时候也要保持坚定的信念，如果有一个人在半路脱去眼罩"我行我素"，这个团队的危机将会接踵而至，决堤的洪流似乎就从那第一个脱去"眼罩"的人开始。如果引领者想要大家都脱去眼罩，为了走那一天路，大家七嘴八舌的建议不一、意见不合将会把整个团队颠覆在争执不休的一团乱麻中，致使顶层设计方向不明，不成体系，贯彻执行推诿扯皮，导致一个团队的执行力疲软拖沓。

当然，引领者的公信力是最重要的一个因素，如果在前行的过程中大家都有脱下眼罩的想法，即使在"黑暗"中，也会有人千方百计、偷偷的窥视外面的世界，即使队伍在向前，效益也在向后。而这个团队的一败涂地的结果是"时光"的流言蜚语在慢慢地腐蚀这个团队的引领者。因为，在时光的隧道里更能让人们记住的是引领者，更容易被诋毁的也是引领者。

一连串的想法似乎有点多，但是当那种真实的感受冲击你的大脑时，你是没有理由拒绝你的想法的，我只能说这种感觉是真实的，也是真诚的。

下午的体验也是从轻松开始，指挥的老师为了让我们更轻松地迎接一个全新的下午，开始了一个"左拍拍，右拍拍，说'我们是最棒的团队'"的游戏，十个组还要比赛。在工作人员的计时赛中，我们"桃红"队以21秒3的成绩勇夺第一。开心的下午就此开始。

有一个环节，老师们为我们设计了一个"珍珠生需求"的项目，每个组用一张纸在上面写上珍珠生的需求，让大家交流心得。每个组都像做海报一样的"推销"自己的心得体会，有的组直接围着自己的海报合影留念，有的拿着手机对着海报一个挨一个的照相，似乎，在很短的时间是无法分享那些感触的。

中间休息的时候,基金会的老师为我们播放了一个爱心传递的短片,善有善报,爱的轮回让我们的心灵经历了又一次的洗礼。当然,行胜于言,最后一个项目,就是我们走上街头进行"爱的传递"。

十个组,分别前往不同的地方。

我们组去了东湖广场。带着一份对珍珠生的祝愿,在烈日下感受爱的接力。

有喜也有忧,喜的是大多数人对我们所做的工作理解,忧的是还是有人对我们这样的行动不理解。特别是东湖边上,遇见了一位戴着眼镜的大爷,给我们的感触太深。一句"找政府去"的开场,一连串我们听不懂的方言,让我们十来个人不知所措,但大家都看出来他是在发牢骚,抱怨着什么。

当我们离开的时候,来自四川的莫老师(他是四川阿坝一个中学的校长)说,那个大爷看见他手里的相机,还以为是记者采访呢。

也算是一个小插曲吧,不影响我们爱的旅途。

回来的路上,迎着太阳,那种蒸笼一样的热,确实不好受。走到一处商店旁,莫老师请客让我们吃雪糕,他说学校有重要的事情,明天早上就走,也算是提前给大家道个别了。

一丝清凉,几分情意,在相互的祝福中我们回到文体馆,莫老师代表我们组做交流发言,几多感触几多情,一切尽在暖意浓浓的祝福中。

活动继续,我们在"蓝丝带"的感动中享受教育职业的尊崇,为我们成为一名教师而光荣自豪。在活动结束的时候,基金会的伙伴们准备了一条长幅白卷和一些水彩,让我们在上面用画画的方式展示我们的心意。我们组做了简短的规划后,莫老师在白布卷上认真地写了"珍珠梦"三个字,我快速拿起画笔:蓝天白云,绿草红花,珍珠,翠竹……即兴创作,我们组的老师们在一旁呐喊鼓励。画的好不好不重要了,用心就行。最后我在旁边写下了"珍情永驻,爱聚平湖""桃李芬芳,万紫千红"几个字以表我们"桃红"组的心意。更让人兴奋的是主持人将话筒递给我还要让我说上两句。说实在的，当时都不知道自己说了些啥，只记得珍珠放光芒，基金会的事业如雨后春笋节节高之类的祝福话，反正是尽兴了。

在工作人员将长卷收起来之前，我用相机将那副长卷拍了下来：用多彩多姿、气象万千来形容真不为过。只能说来自全国各地的这些灵魂工程师真的不得了。

时间过得飞快，一天的体验教育活动在快乐和幸福中度过。体验让阅历更丰富，感悟让生命更深刻，凝练让思维更清晰，践行让生命更精彩，诚然，只有体验，你才知道个中滋味……

傍晚时分，秦理事长邀请我们去他家里做客。大约20分钟左右的行程，我们来到的地方好似一个大大的庄园，这里也是敏实集团的其中一个基地，他的家就在这里。

漂亮的园区，清晰的指示牌，看来对我们的到来秦总做了精心的安排，当我们到秦理事长家门口的时候，王老夫妇、秦理事长夫妇站在门口为我们一个一个地系上代表欢迎和尊重的"蓝丝带"，然后在秦理事长的家里享受准备好的晚餐。

简单的欢迎仪式，幽默风趣的讲话给了我们最真诚的邀请。简约的陈设，典雅的布置给了我们温馨而不奢华的印象，多样的糕点和丰盛的菜肴，再加上品种多样的酒水，一切又在尽兴中。

秦理事长的太太也在端着盘子和服务员们一起为我们这200多个伙伴忙里忙外的热情服务。

身做入世事，行远必自迩。回程的路上，一路的霓虹并没有影响我继续写日记的心情，那柔柔的光影只会让今天的所见所闻、所思所感在记忆中更清晰。

2015年7月15日　晴转多云

早晨起来，清晨的阳光还算柔和，吃过早饭，准时的来到培训场馆。培训开始,首先是同唱一首歌,尽管自己不是很会唱,但还是努力地在好好学着唱。

几曲唱罢,基金会的李婵娟老师为我们详细讲解了"合作学校动员与筹办珍珠班"的逐项事宜。从招生、宣传、家访和大学段等诸个项目认真的讲解。

一言一语,我听出来的是真诚和信任。

"珍珠班",需要认真坦诚的校长,需要认真坦诚的学校领导集体,需要认真坦诚的教师团队。

不负责任,糟蹋的是学校品质教育的灵魂;

不负责任,残害的是家乡父老乡亲的子女;

我们需要学习的佼佼者,我们更需要道德的高尚者,失去灵魂的优秀对这个社会是有害的。

细致入微的讲解让我们感受基金会的真诚和期许,接下来内蒙古赤峰的一所中学"办有思想的学校,育有思想的学生,用心导航珍珠之旅,以爱燃起寒门之望"的办"珍珠班"经验感触分享。不辞劳苦、风雨无阻的调研,不畏艰险、载爱送恩的家访,一连串整齐有序的照片展现了学校对那些贫苦孩子的坦诚与关爱,一段段风雨无阻的家访视频记录着学校老师不畏艰险的付出与感动。

给我印象最深的是一张破旧不堪的家门前,一位堆满泪水的父亲的脸庞……

在场所有的人在那位副校长挂满泪水的讲解中,都在哽咽,那种真实不是戏剧画面,而是那些背着责任的老师在那些贫瘠的土地上留下爱的心迹。

他们学校2007年开始办"珍珠班",学校一如既往,通过学校教师走访,地区民政部门推荐,教育行政发文宣传等形式,全心全意为了这项事业努力奋斗。用他们的话说:每一次的家访几乎都在泪水和感动中结束,每一次的家访他们都是幸福的,是快乐的。是的,把希望给了那些贫寒家庭的学子,把关爱给了那些真正需要的穷苦家庭,总比那些道貌岸然,满口振兴教育，说是为了学生，实则连一点行动都没有的"行尸走肉"好的不知几百倍。

为"寒门学子"伸出援助的手，不管"珍珠班"办到哪一所学校，都是一个地区的福音。就像基金会的创办人王老说的：如果有人给我们的"珍珠生"给更多的物质帮助和精神引领，我们不应该说人家是"抢生源"。我们要知道这是一件好事，都是在帮助学生成长，我们应该给他们多介绍品学兼优的学生。像这样真正需要帮助的学生，如果我们一个地区的教育抱着一个"这个学生是我们学校的，那个学生是你们学校的"这样的想法办教育，那啥时候我们这个地区的教育才能办好。我只能说这样的教育是没有出路的，把希望给真正需要帮助的那些学生，点亮他们的心灯，何乐而不为，这也是你已经在为教育、为这个社会做贡献了。

即使再遥远的感动，我们也要试着去尝试。用爱助力，爱泽桑梓，知恩懂爱，"寒门学子"成才的摇篮，找寻散落在角落的"珍珠"，为伟大的教育事业许身孺子，任重而道远。

带着感动我们继续培训，傅静老师的一堂"珍珠班经营管理"再次让我们对"立德树人"的魅力和教育职业幸福的价值有了更深的感悟。申办"珍珠班"的每一个细节、每一项付出，都是心灵与心灵的交融，灵魂与灵魂的碰撞。

家徒四壁的贫苦家庭，墙壁上的奖状就是最美的墙纸，一串串真实的故事禁不住让人落下心酸的泪水，而那种给人灵魂的冲击，是给了我们努力向上的力量，也更加坚定了我们做好"捡回珍珠"的信心。

教育是那些贫苦家庭可以改变命运的唯一出路，在他们苦苦追求的路上，我们拉他们一把，从学习上、从人格的培养上。基金会的隔空远望亟需奋战在一线的老师们更加努力，让那些需要帮助的孩子为人坦诚、好学上进。至于品质，那是生活中点滴累积而成，是一辈子不断学习的功课。

是的，在这个追求"唯分数"论太甚的社会，品质教育没有跟上时代的快节奏。似乎擎着"素质教育"的大旗扎扎实实地搞"应试教育"还是某一个角落的教育主流。

上帝虽然赐予我们贫穷，却酝酿并激发出我们想要出人头地的动力。生命中没有过度匮乏，懂得珍惜与具备向上的动力才是最重要的。

"当初创办人王建煊先生设立新华基金会的目的，并不仅是帮助贫困的学生上好学校，而是要帮助社会培养有用的'好人'，这两个目标还是有所差别的！贫困的学生上好学校那是可被人看到、可被人宣扬、赢得掌声、津津乐道的好事。但培养学生修身、齐家进而治国平天下，那些内在的修为，短期内是看不出有任何值得夸耀的，但那才是大功德的事，可能影响一个国家，甚至一个民族的兴衰，千万别忘了。"

认真的品味这些平实而真切，坦诚而入心入脑的话语如沐春风。

我抄录下了静宁一中一位"珍珠生"在生命最后一刻写下的一段"爱的遗言"：

"我第一次这么真切地感觉到你们的爱。现在，心里的感激堆积如山，我却不知道怎样开口，因为你们的善心帮助，我看到了真正的希望。如果我可以继续活下去，那我的生命将不再只属于自己，它所承载的每一点你们的爱和力量值得我用一生的奋斗去感激和回报。"

没有挽回的生命，尘世间一段凄风苦雨的悲剧……谁都不会期望悲剧的发生。诚然，我们为这个悲剧而伤心落泪的时候，我们是否想过，活着的人生该怎样去演绎！

敏捷的思维、流畅的语言，善意的提醒、精到的讲解……培训时的画面飞速地在脑海里闪过，虽不能留住时空的真实，但我却愿意找寻岁月的影子……就用"珍珠之家，有你真好"做一个简短的结语，以表达对傅静老师的敬重之情和对基金会的美好祈愿。

下午培训的教师是台湾著名亲子、家庭、教育专家黄秋蓉女士，主讲"自我觉察与价值呈现"，从一开始的："人——囚——因——恩"的串讲，就调动了全体老师的倾听热情。

"每一个人都有自己不同的生命故事"的开场白，让灵魂能追上你的影子的倾诉，让我想起了最近在社会上传的那句话：中国的教育在技术层面已经走得太快了，教育的"灵魂"已经跟不上了。

人对了，世界就对了。

知识、技术，动机、特质，自我观念，再加上我们的行为，我多么希望有一种核心的、正确的理念引导我们的行动。可是，很多时候，由于受外部环境影响，我们都不能做自己情绪的主人，不能开创我们"成功与幸福"的丰盛人生。幸福来源于自信，自信来源于自我认可的能力，而这种能力就来源于不间断的学习。影响学习最大的就是自己的情绪，情绪力又是学习力的基础，情绪的统领者就是我们的思想观念……突然我想到了伟大领袖毛主席的一句话：思想政治工作是经济工作和其他一切工作的生命线。隐约中那种"笔杆子"战胜"枪杆子"的深刻内涵似乎都在"毛泽东思想"几个字中拨云见日。

何为"思想"，一般也称"观念"，其活动的结果，属于理性认识。人们的社会存在，决定人们的思想。一切根据和符合于客观事实的思想是正确的思想，它对客观事物的发展起促进作用；反之，则是错误的思想，它对客观事物的发展起阻碍作用。思想也是关系着一个人的行为方式和情感方法的重要体现。

是的，每个人的出生都是原创的，可悲的是很多人渐渐在社会的大熔炉里成了盗版的，没有正确的思想引领，甘愿做心理的穷人。我们当教师的，或者是当家长的，在培养孩子的过程中自己对情绪的控制力的确很重要。

黄秋蓉老师用这样一句话来形容："男人是天，女人是地。天清地绿出神童；天翻地覆出神经。"

大河弘风起浩浩不息

心乱，神乱，则一切都乱。

人生无常，性格只有不同，没有好坏。世事纷杂，物宽不如心宽，用智慧来对付自己的性格，学会改变。变则通，通则达，不改变，就会出错，错了就生气，生气后悔，后悔生气，这就是"精通错误技巧，路路六道轮回"。

如果想改变果实，首先必须要改变植物的"根"，如果想改变看得见的东西，就必须改变你所"看不见"的东西。

千疮百孔，用贴纸贴起来，就会变成"彩色人生"。

人为什么有坏习惯，是因为他没有好习惯。为人父母，尊为人师，授人以鱼不如授人以渔，引导是最有效的管理方式，了解，谅解，包容，欣赏，协助……

黄秋蓉老师用了一个"千疮百孔"的杯子作为道具，告诉大家：如果不去弥补和引导改正那些缺点，即使注入再多的水也会肆意地流出，当我们用心一个一个的，用"多彩的爱心纸片"将那些"千疮百孔"粘贴起来的时候，我们就会发现那纸杯子的"多彩人生"。

是的，大千世界里，我们对别人的长处或许有点"羡慕嫉妒恨"，却对别人的缺点抓住不放，冲动的时候还会一味地"翻旧账"予以报复。

学会倾听和包容，在冲动的时候坚持90秒，因为肾上腺素90秒就过去了，黄金90秒过去就变得理性了，要学会掌控自己。要清晰地认识到：道路不平，再好的车子都会抛锚，不要总觉得自己有焦虑感是病态，其实有焦虑感的人是一个有责任感的人。面对充满戏剧的人生，我们就是戏剧的主人公，你演绎的是喜剧还是悲剧，大多都是由自己掌控的。

倾听，思考，整个会场似乎充满了幸福的因子。也许每个人都有自己深耕的起点，但人生的那段路，和最后的结果却与众不同。

教师这个职业是神圣的，因为上帝知道你会造福更多的孩子，所以选择你做教师。听起来，似乎有些"唯心主义"，但面对感性的包容和心灵的橱窗却是那么的清新怡人。

生动的生活轶事，让我们设身处地的感受"心态"带给我们的喜与乐。

经历的一幕幕在我脑际闪过，十多年的教师经历虽然不算太长，但这十几年的用心经营，我在始终坚持着一个教育者的良知。学习、生活、工作，一切的一切，问题本身不是问题，而你怎么面对这个问题才是真正的问题。找到自己人生的支点，给自己一个创造的空间，让你的情感包容了你的自尊和自信，快乐出发，用岁月的笔刷为你自己的人生勾画属于自己的特制嘉年华，一切都将在时间的消逝中轮回……

说话是本能，读书是兴趣，倾听即包容。时间过得很快，讲座的最后，黄老师送给我们四个字：信（信念，信仰）；运（运动）；同（同伴）；转（转移，转念）。希望我们用感恩心、同理心、自信心、爱心、耐心和专心经营圆满人生，经营自身价值，引爆工作魅力享受人生的精彩。

享受的时光总是感觉过得太快，思绪在奇妙的世界里游走，一个充实而幸福的下午在专注的倾听中结束。

祝福，今晚做个好梦吧！

2015年7月16日　晴　多云

今天，属于参观学习的一天。

来这里培训的老师，自愿报名去西湖和南湖风景区参观学习。对于我这样一个忠诚的共产党员来说，自然选择了南湖。因为，我真的想去看一看那艘曾在梦里出现过很多次的"红船"。

大部分人去了西湖，我们一行乘车前往南湖。

在南湖风景区入口，我们合影留念，然后直奔那艘"红船"。

清晨，微风荡起的烟波，在整个南湖上拉了一层薄薄的轻纱，茫茫水域波涛，轻烟拂渚，微风欲来，神工造化的自然美，集天灵地秀于其内，自然生景，景中传神。

伴随着游轮的"嘟嘟……"声，我们直接来到了那个带有传奇色彩的湖心岛上。岛上有烟雨楼等古园林建筑群，亭台阁榭，假山回廊，疏密相间，错落有致，如同一颗璀璨的明珠镶嵌在南湖之中。

烟雨楼前，1959年仿制的这条当年"一大"开会的游船，作为"一大"会议纪念船，停泊在烟雨楼前的水面上，向人们生动展现了中国共产党诞生的历史场景。

认真的体会，心中铭记：红船不大，但前途远大，有了这艘船，才诞生了伟大的中华人民共和国。

每个人都拿着相机或者手机拍照留念。但是，在这么神圣的时刻，拍不好多可惜，遂特意找了此处专门摄影的师傅为我们拍照留念。

"红船"的北面，便是因唐朝诗人杜牧"南朝四百八十寺，多少楼台烟雨中"的诗意而得名的"烟雨楼"。始建于五代后晋年间的烟雨楼，初位于南湖之滨，后毁，遗址现无存。明嘉靖二十七年（公元1548年）嘉兴知府赵瀛疏浚市河，所挖河泥填入湖中，遂成湖心小岛。第二年仿"烟雨楼"旧貌，建楼于岛上，后经过扩建、重建，逐渐成为具有显著园林特色的江南名楼。乾隆六下江南，八次登烟雨楼，先后赋诗二十余首，盛赞烟雨楼图。"烟雨楼"几经兴废，历经沧桑，直到民国七年（1918年）嘉兴知事张昌庆会绅募捐款重建烟雨楼，后由董必武题写"烟雨楼"匾额于其上，两层烟雨楼，高约20米，重檐画栋，朱柱明窗，在绿树掩映下，更显雄伟。

参观一圈，为先辈的能工巧思拜服，亦为共产党人的雄才伟略折服。

一行人顺便参观了几处园林建筑，原路返回。按照基金会的安排又去了一处别具特色的古城：月河古镇，现存最完整、规模最大、最能反映江南水乡城市居住特色和文化特色的区域之一。

"月河"，京杭大运河的一条支流，因"其水弯曲抱城如月"而得名。古镇内，传统的民居依水造势，古街深巷迂回曲折、纵横交错；小河、古桥、狭弄、旧民居、廊棚等还原并展现了浓厚的水乡古城风情，众多百年老字号的古朴建筑，处处都透射出旧时嘉兴"江南府城"的繁华。站在那座高挑的桥上，似乎能看到旧时运河两岸灯火万家，官舫贾船，穿梭不绝，一片繁华商业景象。

走进古镇，小桥流水、石板街道、白墙灰瓦、翻翘如飞燕的屋檐，拾级而上又下的阶梯、长廊，一切如似水流年，轻歌曼舞地掩映在柳树婀娜的树荫旁，轻轻吟唱着岁月留下的歌谣，那些精巧的小桥，让设计美感欢快地在流水间跳跃。古镇保留的明清精美建筑，宛如时间长廊里定格的童话一样令人陶醉。

我们选择顺着月河埭一路领略风光，月河埭中的街巷屋瓴、屋檐、门槛、窗檐、窗柜一直到门前石级，一线一条，一律笔直，街巷的天空好似"一线天"。二层楼房门面采用一门二吊窗，门楣上饰以精美浮雕，窗棂以镂空花格装饰，两边房屋之门梁一侧为方木，一侧为圆木，以示阴阳合对，凹凸有致，建筑艺术粗中藏细，紧凑整齐，充分展现江南水乡"枕河而居"的民居建筑文化。曾经兴盛的商铺，依旧高门大户般地辉煌。富有现代气息的商铺花坊，虽是繁华，但是我们还是愿意感受那一窗一格古朴的美。

透过古镇，旁边的高楼爆显突兀，人类文明从一种文明走向另一种文明，曾经的朴实无华在历史的变迁中变得弥足珍贵。人类从一开始就创造文明，只不过在历史的长河中，创造的文明在文明的创造中轮回，似乎那种残缺的唯美才是我们所追求的。

赏游一阵，觉得有些困乏，就在河边的木凳上小憩，抬头向上看并不觉得什么，低头看时，顿觉房屋、木凳随波而动。在我们坐的对面是"玉穗丰米行"，里面的陈设都是按照旧时的格局布置的，别具一格，门上刻着一幅"三尺柜台传暖意，一张笑脸带春风"的对联，似乎我们也是"米市"的一员，多少有些身临其境的感觉。

走出月河古镇，我们惊叹"京杭大运河"的神奇，我们也想到了长城、坎儿井，也想到了乾隆皇帝的《登舟》：御舟早候运河滨，陆路行余水路循。一日之间遇李杜，千秋以上接精神。麦苗夹岸穗将作，柳叶笼荫絮已频。最是篷窗心惬处，雨晴绿野出耕人。

一路风景一路人，千年古镇万般情。

中午时分，我们乘车又到了秦理事长的家中做客，共享午餐，参观敏实集团的汽车零配件生产线，感受敏实集团员工的居住、休闲和爱心图书室。当然也免不了再次聆听秦理事长给我们带来的精彩演讲。

敏实集团的爱心图书馆，是员工完全出于自愿服务管理的。一切全是免费提供，如果自己觉得应该付出点什么，那好吧，有一个"爱心箱"，这里的所有钱都捐给了基金会。

用秦理事长的话来说，老师们来这里关心的不是这里的产品怎么生产，也许更加关注这里的人怎么管理，或者说是作为新任理事长为基金会发展倾注多少心思和注资多少的事情。

从细小的生活细节开始，秦理事长的一串演讲博得了老师们的阵阵掌声。"敏于思，实于行"，这个五年来一直保持员工年龄在26.5岁的企业，我们不能妄加评论，但那种朴实和热心公益的爱心还是能折射出丝丝灵光的，我们也祈愿基金会能帮助更多的寒门学子，点亮他们的心灯，放大他们的亮光。

下午四点半我们回到了新华爱心高中。因为时间还早，我们没有休息，就出去街上溜达，顺便去了服装城给儿子买了件衣服，然后到"陕西面馆"吃了碗"臊子面"，喝了两罐啤酒。酒足饭饱，确实，感觉有些累了，痛痛快快地冲了澡后，把自己裹在被窝里开始与床板"平行"到天亮……

2015年7月17日　晴　多云

今天是培训的最后一天。

也许昨天真的转悠累了，今天早上一下子睡到早上6点多，洗漱完毕吃过早点，培训正式开始。

同唱一首歌之后，由基金会的李婵娟老师为我们讲解"珍珠班资料建制"的详细情况，特别强调了学校要成立"珍珠班"的领导班子，重视感谢信的书写、品德活动的记录和"珍珠生"纪念册的制作等。之后，给我们每人发了一张调查问卷，让我们在培训后交上。接着，安排我们去三楼参观了"新华博物馆"。听姚秘书长介绍，那里陈设的是王老和基金会老师从世界各地带回来、精心整理的物件，物件的边上精心的用"180个字"书写的简介规范而别致。一张张图片，一个个物件记录着世界某一个角落的地理风情，抑或是名人传说，或者是国民文化。姚霁光秘书长一路讲解，温厚的语言里我们能感觉到他们的辛劳与付出，我们从心底尊敬这些为了爱，踏遍祖国大江南北，往来于世界各国的爱心大使。

从进门到出门，好似一次巡游世界的旅游，接下来我们享受完由基金会的杨老师带领他的团队为我们精心准备的"茶歇"时刻后，便兵分两路，张校长和张主任在二楼报告厅进行校领导会谈，所有担任班主任的老师便去"实践楼"四楼微机室接受珍珠班网络平台实践操作培训。

在我们刚培训的第一天，基金会已经为我们分发了《珍珠班网络平台操作手册》，趁这几天培训的时候，我也认真地学习了几遍，所以，操作起来也就不算是难事，很快就学习完毕了。

看着时间还早，便下楼准备去到二楼报告厅感受他们那边的校领导会谈，到门口时一看大门紧闭，里面讨论的甚是热闹，于是就回宿舍整理这几天的培训资料和自己写的心得体会。这个中午我没有午休，因为太多想要写的话促使自己在笔记本上"奋笔疾书"，一直坚持到下午的培训时间。拿着资料去培训的时候，才想起自己的午饭还没有吃。

培训大会开始，从推选优秀学员开始，到同唱一首歌，再聆听由云南普洱市一位老师为大家分享"珍珠班"品德教育课程，接着是学员交流和谈这次培训的感想。

分享交流的两位女士：一位是承办"珍珠班"多年的校长，一位是今年"珍珠班"申办成功的政教主任。

沉稳大气的女校长，说话有板有眼，字字句句铿锵有力；巾帼不让须眉的女政教主任，昂首挺胸，慷慨激昂，与"珍珠班"相见恨晚的感动之情溢于言表。

想到这里，我突然想起了另一个事情。

在这次培训中，发现在东南一带女校长多，女班主任多；在西北一带，除了定西一中那位女校长带着一位女班主任外，绝大多数都是纯爷们了。是西北的"彪悍"注定与东南的"婉约"形成鲜明的对比，还是什么呢？也许是管中窥豹，知其一不知其二，请原谅，鄙人在这方面的了解确不是太多，不敢妄言，就是感觉对比的落差还是有些大的。

分享交流的两位男士：一位是比较年轻的老师，他提出：一是"珍珠班"的招生是否是挖生源；二是在实际办班过程中，学校的有些领导、教育行政的有些部门根本就不理解、不支持，怎么办？对于前者，王老意见很明确：特困特优，帮助应该帮助的学生，高分固然重要，但不要忘了家庭的贫困。做宣传是有必要的，但如果有人愿为这样的学生资助更多，我们应该感谢那些人。相应的，我们也应该介绍这样的学生给他们，爱心不是自私的。再说，都是同一个地区的考生，并没有流失到其他的地方，我们对贫困家庭的学生应该给予及时的帮扶，绝对不是挖生源。对于第二个问题，王老和秦理事长给了这样的答案：教育行政部门对教育的干涉无外乎是"权力"和"政绩"的体现，可能是存在体制内和体制外的教育关系吧。教育办得好的地方，都是理解和支持的，不理解、不支持就是对学生的不负责任，这样的领导作风和思想是要不得的。当然，在"珍珠班"申办的过程中，还是有学校领导不支持的，我不知道他们心里在想什么？难道帮助贫困的学生有错吗？我们不放弃每一个孩子的教育，我们应该用关爱和真情帮助那些需要帮助的"小珍珠"，不管是领导还是教师，只要是一个合格的教育人，都应该办好有爱的教育、有良心的教育。

还有一位在各项活动中表现很积极的老师，来自甘肃成县，他提到了"珍珠班"要开展一系列的活动。王老和秦理事长肯定了他的提议，也从基金会加大投资，举办相应的活动来促进这项事业的发展来回答了他的问题。同时，两位也提到了"黄金阅读"和"用爱心说诚心话""诺贝尔珍珠生"等一些事情。

交流仍在继续……两位老人"对口相声"般的回答，赢得了培训团队的阵阵掌声。

坐在后面，我努力地倾听和观察，谨言慎行，聆听那些从"一线"传来的声音，也感受两位大爱人士高屋建瓴的回应和演说。

晚上的惜别晚会，王老、秦理事长、姚秘书长分别为我们十个组的老师和十二位优秀学员颁发了学习培训结业证书。然后是几位老师即兴表演了一些节目，王老和秦理事长做了简短的总结发言。王老唱了一首歌曲（我记不起歌的名字，只记得是一首爱情歌曲。也是，面对一直陪伴自己走过50多年的太太，情到深处，也算是人生有一种爱的依托），唱出了一路走来的人生阅历，一首《苏武牧羊》唱出了他一生的坚持，也告诫我们对真爱的坚守。秦理事长用特别的方式感谢了陪伴在他身边的太太。那一刻,他们都在用真情诠释"一个成功男人的背后都会有一个善解人意的太太。"多少祥和与安美的画面,在《小城故事》的柔美中重叠……似乎我又听见了那两位老人相互调侃的声音,心中的祝福油然而生:赤条条的轮回,相遇相知、相扶相惜、高山流水、贤人之德,好人一生平安!

和谐与温情,感恩与释怀,惜别晚会在基金会伙伴们合唱"送别"的歌曲中落下帷幕。临别,基金会将集体合影、一叠培训老师的电话号码簿和一些准备好的饼干递到我们手中,基金会的全体伙伴们为我们一一道别,一切在美好的记忆中结束。

2015年7月18日　晴 多云

早晨起来,基金会为我们准备了去往各地飞机场和火车站的专车。车窗外的挥手告别,车轮的滚动拉远的是空间的距离,联接的却是那些为爱接力的双手。

赋归的途中留下一连串的感动,坐在归途的车上,我没有一点睡意,就写了这样一段话发给敬爱的傅静老师,做一简短的总结,也感谢傅老师对我们学校申办"珍珠班"的帮助、关爱和支持:

珍情永驻,爱聚平湖。在浙江嘉兴平湖为期一周的"第八届全国珍珠班校领导暨班主任培训"今天结束。留下很多的思考和太多的感动,也许"珍情永驻,爱聚平湖"八个字不能完全代表我全部的心情,但这几天的学习培训,何尝不是人生旅途中一次荡起涟漪的灵动与忐忑。灵动的是爱的荣光再一次将前行的路照的通亮;忐忑的是脚下的路不知能印下那些可爱的小脚丫怎样的足迹。与"珍珠"的结缘、与基金会的结对、与"珍珠生"的结伴对我个人而言似乎都是偶然,曾经那些努力中的记忆在心底起伏,好像梦一样…这几天的学习培训,我静静地聆听,细细地品味。爱的传递、心的交融。在这里，没有人怀疑爱的真诚，没有人阻止心的呼唤，一切都是那么顺其自然。大江南北的教育同仁，因为爱聚在这里，这里的人，这里的情，这里的点点滴滴都在闪动着神奇的亮光……我想这里释放的一切，不会仅仅成为一次记忆，而是一座傲然屹立在神州大地上永恒的丰碑……明天将要踏上回乡的旅途，这里的一幕幕依然清晰和让人留恋，因为心中有爱，因为爱在心中。爱让我们在一起，爱也一定会让我们"蛮拼"的人生更出彩！祝愿王老夫妇、秦理事长夫妇、傅老师还有基金会的伙伴和教育界的同仁们：身体健康，万事如意。相信爱的旅途中必将铺满锦绣繁华，亦相信我们靖远大地上"珍珠"也将流光溢彩……

爱，让我重温了一段美好的回忆；爱聚平湖，重塑人生下半场。

走上教育岗位的十多年里，我似乎在封闭的"囚笼"里度过。从早到晚的时间链将自己紧紧的联接在家和学校的空间里。所以，桌上的一台电脑便成了我"走南闯北"最好的向导，包括备课和授课，我也从互联网里汲取了不少有益的东西。十年，校园里的每一个角落，一只"狂奔的蜗牛"都留下了他努力奔跑的印记。去浙江平湖进行"珍珠班"班主任的培训，这是我从教以来第一次走出去学习，也是第一次带着明确的目标去"取经"，而且很远，但也很有缘。从一个"鱼米之乡"到另外一个"鱼米之乡"。所以，我珍惜这一次"爱心起飞"的旅途。

在爱心与信心的家园里认真的倾听和学习。每个夜晚降临的时候，我只有将自己内心感悟的语言深深的印在笔记本上，直到睡梦里。而梦乡有时也会给我一个大大的惊喜，因为在那江南水乡的夜里，让我认认真真地做了好几个别样的"珍珠梦"。

赋归的时候，我用"珍情永驻、爱聚平湖"留给那个让我感动的城市。相信，没有人怀疑爱的真诚，没有人阻止心的呼唤，尽管前行的路上不免有泥淖和荆棘，但那些点点滴滴跳动的灵光，也许会让更多心存大爱的教育人驻足和珍藏。因为都是中国人,因为心中有爱,因为爱在心中,也因为祖国的未来需要一代一代的教育人不忘初心、牢记使命、薪火相传!

再一次的"重复"并没有让我在"边际效应"的方圆里感觉到失落,似乎我更清晰地看到了亚马逊雨林那只偶尔振动着翅膀的蝴蝶!

坐在写字桌前,我呆呆地对着电脑陷入深深地思考。也许我不能穷尽所有的瞬间和感受,但记忆中的"蒙太奇"似乎给了我更多的反思与释然。

2015 年 7 月 26 日晚

大河弘风起浩浩不息

诗与苟且 谁会做寒门外的看客

教育是最伟大的慈善事业,中国正在走向爱心大国的路上……当我第一次默读这些话语时,感触良多。这两句话是浙江省新华爱心教育基金会创办人王建煊先生在他的演讲中说的。境由心生,简简单单的话语恰恰道出了教育的真谛,教育不说是普度众生,也应该是惠泽万民,而教育的根本,就是体现在全社会人的"大爱"之中。

2015年10月17日,爱心人士首次来学校访视"珍珠生"后,白银市侨联的张明琴秘书长在"珍珠之家"写下"办一流教育,育一流学生"的话语鼓励我们不忘初心,一定培育好那些可爱的"寒门学子"。新华爱心教育基金会的傅静秘书长留下"读万卷书,行万里路;择其所爱,爱其所择"勉励我们继续坚守教书育人的这块阵地;崇世爱心基金会的黄崇美女士说"用爱尊崇生命,用心扶世助人,苦难是化了妆的幸福,勇敢智慧做自己,胸怀大爱走天下。"感动之余,一起来访的赵马冰如女士一行和同学们一起过了一个不一样的周末:和同学们一起唱、一起跳,和着节奏一齐摇摆……

感念之中,曲到好处方为上,心中如果没有大爱,不会和同学们"玩"的那样尽兴,心中如果不生芳香,不会留给众人留恋的芬芳。生命的美,也许只有胸怀纯洁的大美方可参悟;灵魂的香,也许只有教化的大礼才能超然,萍水相逢的相遇相惜,到底是什么让朴素的日子经历了岁月的暖凉,我想,就是那安然静婉的恬淡给教育者和受教育者心灵的一份寄托和一束馨香。正如落梅说的那样：过最朴素的日子，把人世喧闹转成一种静意，直到地老天荒。

古人以"立德立功立言"为人生三不朽，人类以"遵德守礼"为社会风化，教育以"立德树人"为根本，教师队伍以"师德师风"为核心与时俱进……究"德"之根本，"爱"责无旁贷。有时候我在想，人生最宝贵的是什么？应该是生命，而生命的意义和价值在哪里？应该在灵魂的最深处，而灵魂的空间里应该充满真爱的暖流。因为，有爱才有善良与美丽，有爱才会有尊严和价值。思考到这里，我又想起了王老的另外两句话："爱使我们相聚在一起""有爱走遍天下，不放弃就有希望"。2015年7月在浙江省平湖市新华爱心高中有幸感受了王老对这两句话的诠释，才真正感悟到：

一个人生命的价值、灵魂的高贵和活着的意义如果没有"爱"的根基，是无法想象的。

不一样的教育方式带给学生不一样的生活方式；素不相识的人也会因为爱搭建一个心存感恩的团队。从会宁三中初遇"珍珠生"，到平湖爱高"重塑人生下半场"，再到"烛光在越黑暗的地方就越明亮"。教育的这条路上，我从来都没有感到疲惫和困累，因为教育的责任和希望时时在灵魂里闪光。就像康震老师说的那样：你越阳光，你就更阳光。你更阳光，你就是阳光。

"明日复明日，明日何其多。我生待明日，万事成蹉跎。"我经历过物质的贫苦，但我从来没有放弃过追求精神的富有和日复一日的坚持与拼搏。看见那些贫困家庭出身、做人实在、学习非常努力的孩子，我并没有心存怜悯，而是萌发了一种想法：贫穷，不能抱怨父辈的无能，不能埋怨现实的残酷，不能亵渎社会的公平，而是要把它当作一种历练和成长的机会。俗话说：寒门出贵子，山沟沟里是能飞出金凤凰的。物质的贫穷并不可怕，可怕的是精神的匮乏。我曾经告诉我的学生：人类，追溯到公元170万年以前，我们的祖先都是元谋人。你眼前的贫穷与富有、身份与地位大多都是在一个共同的起点上发展而来的，只不过是那一代人更努力罢了。

"白日不到处，青春恰自来。苔花如米小，也学牡丹开。"我们不能用盲目的攀比心理在先辈的静默中宣泄自己无知的觊觎，我们要用努力到无能为力的心态，挺起胸膛，昂首前行。春风阳光不到的地方，我们的"青春"照样萌动。就是做米粒一般微小的苔花又能怎样，我们绝对不会有丝毫的自惭形秽，依然要像那美丽高贵的牡丹一样，自豪地盛开，只要有生命，我们至少能用自己的尊严，拼搏到感动自己。

一个偶然，一次缘分与爱的邂逅，我便开始了作为教师真正意义上的实地家访旅途。说心里话，以前也曾走访过一部分学生的家庭，我用"安放在贝壳里的梦和幻影"一文记录了那些特殊的旅途。写到这里的时候，我想到了元代诗人画家王冕的一首《墨梅》："我家洗砚池头树，朵朵花开淡墨痕。不要人夸好颜色，只留清气满乾坤。"

六个多月的准备，终于迎来了浙江新华爱心基金会的爱心人士来校访视。2015年4月17日，基金会傅静老师和潘瑜老师来校第一次访视，很幸运地和两位老师座谈了一个小时有余。临别的时候，两位老师一杯水都来不及喝，用朴实无华和虔诚的付出形容两位老师毫不为过。

带着期盼的心情翘首以待基金会审批的文件，不确定的消息在时空中传递，校长的鼓励似乎让我有了新的动力。回味两位老师不远千里来校访视的良苦用心，我用心地在网络上查找关于"珍珠班"的各类信息，找寻那些寒门学子的感动……我不知道怎么才能表达对申办珍珠班这件事的渴望。

等待的日子，总觉得时间很漫长，原本想着这件事情就如冬日暖阳，可是找不到太多支持的我，似乎是迷失方向的羔羊，空有孤苦伶仃的彷徨。在努力的等待中，也有承办不了"珍珠班"的消息传来。那一刻，我的心里是极度平静的。因为，我们真的缺少对"珍珠班"的理解和对"捡回珍珠计划"的认同和信任，甚至对"珍珠班"的办班模式、支持力度和长效机制没有丝毫的重视。但不管怎样，还是想用一种特别的方式表达对这件事情的"有始有终"，便写了一篇《唯美的遇见，留给苦难一个背影》的文章来铭记那些爱的感动,也表达自己内心的期许。

幸福是奋斗出来的。4月30日下午,一份由白银市侨联张秘书长转发的"浙江省新华爱心教育基金会通知〔2015〕005号"函件传至吴校长的手中,靖远一中首届"珍珠班"可以成立,基金会建议秋季招生40名正录生,4名备选生,并建议学校指派我做第一届"珍珠班"的班主任。

5月6日,学校正式准备"珍珠班"的招生工作。学校召开行政会议决定分六组对秋季进入学校的高一学生进行摸底和家访,并研究通过"珍珠班"的科任教师和学校最好的"弘毅班"科任老师一致。6月是学校高考和中考的关键时间,认真研究和思考秋季"珍珠班"的招生事宜之后,心头不免打了几分寒战,大面积的实地家访并不是一件容易的事情,但想起学校已分了六组分别家访,心中也有了几分踏实感。

2015年7月12日至18日在浙江平湖培训,我带着自己的很多思考去认真对待这一次难得的机会,这便有了我的第一次培训日志:珍情永驻、爱聚平湖。后来,我将那篇培训日志的名字改为《爱聚平湖,重塑人生下半场》,因为那些记忆在我行走的旅途中又竖立起来了另一个通向远方的"路标"。

培训回来的第二天,我开始做学校家访"珍珠生"的详细预案,汇报学校安排首届"珍珠班"学生的家访工作。吴校长告诉我,有领导、也有其他人反映办"珍珠班"是"抢生源""挖生源",给学校的压力很大,也有反映到县上主要领导那里的。相信,县上主要领导肯定是理解和支持的。

"敦兮其若朴,旷兮其若谷。"我说所有的"第一次"都会有这样那样的质疑,我相信我们做的这件事是立德树人、扶贫济困的好事。当然,面对这种压力已经不是第一次了,更何况对于我本人来说没有资格谈"压力",但是有很强的动力。如果有人认为对那些"寒门学子"伸出帮扶之手都有错的话,那他们的人生不是错,而是已经陷入歧途了。我告诉吴校长,"珍珠班"的招生应该是在全县范围内,而我家访的这些学生全部是已经录取到我们学校的学生,难道说家访"自家"的学生有错吗?难道说给予那些"寒门学子"一些帮扶不应该吗？这是教育的精准扶贫，至少是帮助贫困家庭学生完成学业的好事。吴校长说："这确实是一件好事，但别人有别人的看法，以后肯定有困难，你做事踏实、也很执着，但记着一定要坚持做好，既然办了班，我是支持的。"

高温炙烤，偌大的校园留给我孤零零的思考，家访工作由原来的六个组变为我们一个组，到最后成了我一个人。我想起了基金会在培训结束时的分享交流会上，那位老师提出的那两个问题。瞬间，就变成了我在太阳下流下的那"两行汗珠"。拿着厚厚的资料，站在熟悉的校园，看着"耸翠楼"后的乌兰山，心中落寞的感觉油然而生，但很快这种感觉就消失了，因为这项"扶贫济困"的助学工作才开始，至少我是不能放弃的。咸有咸的滋味，淡有淡的意境，不管后面的困难有多少，我相信教育的良知和教育人的本心是好的。

"纸上得来终觉浅，绝知此事要躬行。"真实的遇见让我重新对教育的本真再思量。三位已经准备放弃学业的"寒门学子"，因为我们的家访，因为"珍珠班"的成立，又燃起了继续求学的希望，我觉得这项工作——值了。

一个暑假，我们实地走访了163户贫困家庭。从开始些许烦恼到后来家访的充实感和幸福感，我觉得是上天给了我一次了解当代农村贫困家庭学生教育成长的机会。

"珍珠班"的家访，虽然没有一毛钱的酬劳，但那些经历的富足是用金钱不能衡量的。

一路家访，一路快乐和感动着。

靖远县18个乡镇，我用了32天的时间全部家访结束。正式开学前的两天，将"珍珠班"的人数定在了50人，超过了珍珠班指标6人，但我没有办法取舍，那些学生的家庭让人心酸，我没有理由因为这些学生的成绩低将他们拒之门外。我尝试着给市侨联和基金会汇报，一切只能等基金会和资助的爱心人士来学校访视过后才能确定。努力地争取指标，只是想给这些"寒门学子"

一个心安理得的读书环境,给他们一次坚持奋斗的机会。

在实地家访的那些学生中,大多数都是学生自愿填报的,也有领导打招呼的。也许,每一个时代都有关系里和关系外的圈子。但我并没有在各种"关系"的牵绊中"画地为牢",因为我知道那些爱心的捐资应该给予那些最需要帮扶的学生。

有人说我这样做太执着。我只是想说,一个人有一个人的活法,如此而已。

每一户的家访,我都认真做了谈话了解和记录。当然,也会遇到一些冒名顶替的家庭。这一户,我真的想写下、记下:那一天,我们冒着大雨,在泥泞的道路上走了很长的时间去家访一位同学。我们一边走,一边和他的父亲联系去他们家的方向和地方。因为那条路在群山中间环绕,有时候电话信号就中断了,我们只有朝着家长提供的方向摸索前行;有时实在觉着没有走对路的时候,就下车冒着雨站在高高的山梁上找信号打电话。费了很大的周折,我们终于来到了那个看起来就很贫苦的村庄。可结果却让人遗憾。那位同学的父亲"借"了一户贫苦的农户让我们家访。我们很客气地感谢了那户农家,我告诉那位憨厚、朴实的老乡:如果您的孩子以后需要帮助,您可以打电话给我,您的家里真的很困难。

那一次,因为山沟里满是淤泥,回到学校后已经是晚上近12点了。第二天一大早,那位同学的家长来电话了,问了我两句话:喂,你好,我们娃娃能不能进"珍珠班";我给某某领导已经打好招呼了。那一刻,其实我并不想说什么,我只是告诉他"珍珠生"的具体名额学校还没有确定。快到中午的时候,那位家长又来电话了。我告诉他"珍珠班"的遴选条件,也和他在电话里聊了一些教育的事情。那位家长也很爽快地告诉我:他家在城里面有铺面、有房子,也开了一个什么公司,后来他给我讲了一些做事不能太较真,要顾忌领导情面的话题。他给我讲道理,我笑了;他说我太认真了,我也笑了。后来,那位家长给我发了一个信息:"谢谢朱老师,你说的话是对的,我们娃娃确实不符合进珍珠班的条件,辛苦你了。"

之所以要记下这次家访的事情,是因为我觉得老百姓对"做善良的事"是理解的。只要我们怀着一颗真诚的心做好沟通和解释,老百姓的素质和觉悟是值得肯定和赞赏的。

开学的第一天,当我拿到课表的时候有点懵。课表上"珍珠班"的任课老师团队与学校行政会上的决定大相径庭。因为家访前,学校行政会议决定弘毅班和珍珠班是一样的教师团队。我们家访时,有家长和学生问起代课教师的事,我们也是按照学校决定宣传的。也许,这些都是不应该写下来的,可我觉得,我们做教育的,至少是不能"由着性子"和"拍拍脑袋"就能做好、做强。毕竟,教育不是一个人权力的"游戏",更不能用一连串的"谎言"去欺骗老师和那些天真、可爱的孩子。

面对课表,那一双一双渴望和疑惑的眼神让我在面对这些"寒门学子"的时候,总觉得内疚和自责。一种被欺骗的感觉,还是一种感觉被欺骗。我只能告诉我们的学生:学校的安排是给我们一次创造奇迹的机会。

那一天的晚上,我再一次将苏轼的《定风波,莫听穿林打叶声》写在了我的笔记本上,调整好心态,开始了我和这些"小珍珠"真正的高中三年:

莫听穿林打叶声，何妨吟啸且徐行。竹杖芒鞋轻胜马，谁怕？一蓑烟雨任平生。

料峭春风吹酒醒，微冷，山头斜照却相迎。回首向来萧瑟处，归去，也无风雨也无晴。

军训开始，我为50名孩子准备了喝水杯和笔记本。学习，从扎扎实实的思想工作开始；生活，从认认真真习惯养成开始。50名同学，8间宿舍，一个全新的团队开始描绘我们高中三年又一道靓丽的风景线，在我心里，那颗颗"珍珠"的光亮无可阻挡，因为我们有梦想和坚强的信仰。

我们在"家的故事"里感动，我们在爱的包围中生活。爱使我们相聚在一起，有爱走遍天下，不放弃就有希望，我们用自己的行动践行着我们的承诺。我将自己的办公室布置成了"珍珠之家"，我想让每一个学生进我的办公室都有回到家的感觉和享受家的温情。我精心地布置，并将所有"珍珠生"的资料分类存放，我用心珍藏我们的缘分，我也期待三年后我们这个团队的"光芒"。

学校首届"珍珠班"的招生和开学工作告一段落。

在2015年10月份基金会爱心人士一行来学校考察之前，"珍珠班"的第51名同学，成了我又一个美好的记忆。

一位个头不算太高的女生，扎着马尾巴，一直笑呵呵的，不厌其烦地找我，一份"家的故事"让人动容，我将她写的和谈的情况做了详实地记录，告诉她我会尽最大的努力帮助她。10月份的时候，爱心人士一行9人来校访视，一切尽在《人心向暖，寒门不寒》的记忆中。最让人欣喜的是：增加的几名"预录珍珠生"全部通过审核，第51名珍珠生也在崇世励学基金会黄崇美女士及爱心妈妈慈善会会长颜奴如女士等人家访之后顺利进入"珍珠班"。

一起努力的日子值得回忆，值得珍惜，也值得珍藏。"珍珠班"在我们学校按照成绩综合排名属于第三梯队的班级。第一个期中考试就给了我们一个大大的惊喜，年级第一名竟然花落"珍珠班"，这是我们努力的，但也是没想到的。

正是那一次考试让广大师生的目光第一次转向"珍珠班",重新认识"珍珠班"的这些孩子。也正是因为那一次成绩,我们有了一个新的定位:努力到无能为力,拼搏到感动自己,我行!我一定行!

也许拼出来的辉煌才最美丽,我们继续奋斗在不服输、勇拼搏的路上。因为,我们彼此之间都懂得了珍惜。

2015年12月,爱心妈妈慈善会倡导的"珍珠引路项目"正式起航,"大爱书屋"正式筹建。赵马冰如女士的丈夫赵蜀远先生提笔写好"大爱书屋"四个字,专门从美国邮寄过来,令人欣喜。爱心妈妈慈善会的颜奴如女士为"大爱书屋"确定了主题:悠游书海,胸怀大爱。我将书屋的主题刻在了一枚印章上,作为"大爱书屋"图书上"传递爱"的印记。同学们利用课余时间在书海中畅游,在爱的祝福中过着快乐的每一天。

2016年的3月,我幸运地被基金会推荐赴台湾参访学习。一段特殊的旅程,一次特殊的感受,我不知道用什么来表达次行程的心境,便写了一篇《飞越浅浅的海峡》表达内心的感受。

高一的一年,我们是成功的。四次考试,班级两次获得年级第一名,班级以综合排名第一的成绩被评为"靖远县先进班集体",一位同学被评为"全国美德少年",一位同学被评为靖远县优秀学生,一位同学被选送赴美国参加"中美学生潘宁顿夏令营活动"等等的荣誉。

"珍珠之家"的建立,"大爱书屋"的落成,"珍珠引路"项目的启动,这些都成为学校班级文化和书香校园的亮点工作,各级领导不止一次进班鼓励这些孩子,也给了"珍珠生"极大的学习热情和动力,也是对学校扶贫济困工作的肯定,也是对这些"寒门学子"成绩的肯定。主管全县教育的杨部长、张副县长和教育局的领导多次来对这些孩子进行鼓励。有一次,张副县长特意在"大爱书屋"里面召开了相关的会议,并提出学校打造书香校园的一些措施和办法,建议学校强化培养学生终身阅读的习惯和能力,关注贫困家庭学生的健康成长，积极营造书香氛围，为师生的终身发展奠基。

高一年级结束的时候，考了年级第一名的马同学和其他七名同学选择了文科。

高二开学初，吴校长因病离职，学校主要领导调整，学校的办学模式有了新变化，布局有了新调整。县上领导来宣布主持学校工作新领导上任的会议结束，学校通知我将办公室腾出来以备学校其他领导办公用，"珍珠之家"也就拆了。随后，"珍珠生"的学费减免工作结束，"大爱书屋"也拆了。

一切来得太突然！

又是一个高温炙烤的季节，又是我一个人站在偌大的校园里孤零零的思考。我突然想起了吴校长在一年前说的那句话："这确实是一件好事，但别人有别人的看法，以后肯定有困难……但记着一定要坚持……"

瞬间，我释然了，对学校的一切决定我都服从安排。虽然，我不知道未来的日子给基金会爱心人士还有可爱的"珍珠生"怎样交代，但我一定会尽最大努力的坚持，为了我当初的执着，也为了给那些孩子的承诺，至于别的，烦恼即菩提，解脱在当下，心中明亮，何须点灯，由识心而找心，由找心而明心，有明心而安心而已。

2016年9月的一天，接到白银市侨联和基金会的通知，11月份王建煊先生一行要来甘肃，顺便到靖远访视"珍珠生"。市侨联张秘书长通知我认真做好相关工作，并叮嘱"珍珠之家"和"大爱书屋"是王创办人和秦理事长必须要参观，也是学校办"珍珠班"的亮点工作。

那些日子，看见那些可爱的学生，我的脸直发烧。一位同学给我写了一个纸条："老班，您好。'珍珠之家'和'大爱书屋'永远在我们心中。谢谢您，老班。"也许在自己感觉最吃力的时候，收获是最大的，因为有可爱的孩子们对我的鼓励。

后来，"珍珠之家"和"大爱书屋"在县上领导的要求下又建了起来。

很多个晚自习，我站在"珍珠班"的教室门口，凝望那些我一次又一次家访，有的甚至家访了六、七次的学生，我反思了很多，我只是默默地鼓励自己：努力到无能为力，拼搏到感动自己。因为我也曾是一个贫苦家庭出身的孩子。

"既然选择了远方，便只顾风雨兼程，"这是"珍珠生"赵同学的座右铭，我想他选择的是对的。一个班级，是一群孩子成长的平台和冲锋的阵地。如果说在战争中是用生命做代价，那么，在学校中就是用未来做抵押。我想战争中任何一块阵地都不能轻易地失去，而学校教育中，任何一个班级或者孩子尤其不能轻易地被放弃。

我们重新布置"大爱书屋"的时候，将一些手工作品认真地贴在墙上，班上的一位女同学说："老班，我们贴的不是梦想，贴的是尊严。"

是的，没有自我尊重，就没有道德的纯洁性和丰富的个性精神，生命的尊严是没有等价物的。我想起了王小波的一句话：尊严就是你走在任何地方，都被当作一个人物而不是一个东西来看待。

11月5日，王建煊先生一行20余人来靖远访视"珍珠生"，从刘川镇、糜滩镇、东湾镇、乌兰镇再到大芦乡等地对"珍珠生"家庭进行实地家访。一路上王创办人手持照相机不时为珍珠生和珍珠生的住所拍拍照。一位年近80岁的老人，用他自己的善行和爱心教化和感动着我们周围的每一个人。一路的陪伴，一路的感动。

中午时分，王创办人、秦理事长一行来学校，在"珍珠之家"和"大爱书屋"驻留了很长时间，也和同学们在温馨如家的环境里聊了很久。

临别的时候，我们盛情的邀请王创办人一行和孩子们合影留念，王创办人很高兴，即兴给两个珍珠班的同学们做了讲话后，大家一起留下了一张快乐的全家福。那弥足珍贵的合影也成了我们最美好的回忆。那张照片我一直挂在我办公室的墙上，每天看着那些孩子阳光般的笑脸，我都会感觉自己心中有了无尽的奋斗力量。

我曾经给自己的写了这样几句话鼓励自己：人不畏难，难亦不难；人难事难,难上加难。可有时候,人在难的时候,"调好心态"是一件非常痛苦的事情。但我对自己内心的强大从来没有否认过,也许是经历的太多,也许是"碰壁"碰得太多。我曾经告诉自己:不要害怕撞南墙,人生不易,撞倒南墙后看看墙外的世界也是一种活法。

坐下来,静静思考,默默地将这些心路敲打在纸张上,在我教育的生涯中,很幸运能带上这么一个"特别"的班级,不管未来到底是什么,至少现在我很幸福,因为我做了一个教育人应该做的事情,而且我是在努力地做好。

有人说我倔强,有人告诉我要绕个弯坚持;也有人说:"直如弦,死道边;曲如钩,反封侯。"可是,面对那些孩子:我倔强,是因为灵魂没有给我懦弱的理由;我坚持,是因为我没有找到放弃的理由。

2017年11月份,听说傅静副秘书长离开了基金会,姚秘书长也要离开基金会了。第一次来学校实地考察的就是傅秘书长和潘老师。第一次见面就感觉到很是亲切,那时候心里只是想,我们靖远的贫困娃娃有希望得到帮助了,这是个机会,一定要把握,现在回想起来觉得过分了,让两位老

师在办公室坐了一个多小时,两位老师连一杯水都没有喝。

　　高二那一年的努力,我们获得了"白银市先进班集体"的荣誉称号,在学期末的时候,赵同学又一次考了全年级第一名。后来学校成立文科、理科培优班,文科年级前10名,理科前20名的学生集中培训。"珍珠班"有两名同学进了理科培优班,5名同学进了文科培优班。转眼间,高三的生活开始,在经历过很多值得记忆的事后,孩子们已经进入了高考的最后冲刺阶段,坚持吧,在人生的长跑中,停下来就会输,停下来的次数多了,就输得更惨。

　　人生的义务并无其他,仅有的义务就是幸福,我们都是为幸福而来。珍珠,当我捡起你的时候,我是幸福的;当你向我挥手告别的时候,我也是幸福的。虽然我们都经历了很多的困难和挫折,但我们的心都是朝着阳光的。

　　心安理得,贫富皆福。努力吧,可爱的小珍珠,最美的教育在路上,因为曾一路有你的陪伴,心——永不荒芜!

大河弘风起浩浩不息

飞越浅浅的海峡

台湾,在我记忆的最深处是来自小学时的一篇《日月潭》的文章。阿里山以北"海外别一洞天"的淡水"天池", 风光秀丽、景色旖旎美如图画,亭台楼阁、寺庙古塔幻如仙境,重峦叠峰、气候宜人避暑胜地……而现在,我可以飘到浅浅海峡的那边去触摸宝岛的肌肤、亲近那别有洞天的山水。

后来,了解台湾是从"龙的传人"、"橄榄树"、"潇洒走一回"、"新鸳鸯蝴蝶梦"、"你的样子"、"女人花"、"水手"、"忠孝东路"、"冬季到台北来看你"等经典歌曲里感悟的。

再后来,就是余光中先生的《乡愁》,林清玄先生的《和时间赛跑》,蔡智恒先生的《第一次的亲密接触》,陈平女士的《哭泣的骆驼》,廖信忠先生的《我们台湾这些年》等书籍或者是《梅花三弄》《还珠格格》等影视剧中了解和欣赏了。但最让人感怀的就是黄公望先生的"富春山居图"了,尤其是2013年由刘德华先生、林志玲女士等主演的"天机·富春山居图"更让人热血沸腾,热泪盈眶。

岁月辗转成诗成歌,时光流逝如雨如花,光阴过往似酒似茶,"无由持一碗,寄予爱茶人",煮一壶人生的老酒,品一盏情肠的茶香,再那如雨如花、成诗成歌的尘世中吟唱,迎着太阳,写下些许记忆的篇章,唯愿天下为公和人世间的善良,在韶华深处"及年岁之未晏兮,时亦犹其未央,恐鹈鴂之先鸣兮,使夫百草为之不芳"。

回想小学时期学过的那些描写美丽景致的文章时，一篇《长城》让人豪情万丈、一篇《日月潭》让人心驰神往。那时候，由于物质资料匮乏再加上经济条件的制约，很多美好的憧憬近乎是一种妄想和奢望。小时候父辈给我们的任务就是"走出大山"，就像父亲在家乡学校门口两边写的八个大字一样："改变命运，报效祖国"。现在想起来，这八个字也是我一直为之努力奋斗的源动力。

如今，儿时上学的学校已经成为一洼麦田，但当站在家乡那一片深情的土地上时，当初上学读书时的那一幕幕记忆依然清晰地在脑海里闪现。家乡是我生命的起点，而那所学校是真正改变我命运的基点，是我走出大山、走在自己思考与选择命运之路上的指示牌。曾经这个千余人的小山村在三十年的时光变迁中仅有十几户人家在那里劳作。曾经我惋惜过，但当看着村里面一批又一批大学生走出大山改变命运报效祖国的时候，我不再是惋惜之情而是震惊：感谢家乡的那片热土、感谢那些甘为人梯的人民教师……因为教育解脱了家乡人贫穷的精神枷锁，因为教育让我们改变命运，也因为教育让辛劳了半辈子的父母、亲人在后辈的努力中走出大山，走进祖国的明山秀水，感悟乐享晚年的幸福生活。所以，有时候我在想，抱怨父辈的贫穷是一种忤逆，抵触社会的不公是一种无能，生命地历程中，只有充满对真善美的向往和努力，命运的转机才会牢牢地把握在自己的手中。

境由心生，我是个喜欢憧憬美好未来的人，喜欢在有目标和机会的时候去努力奋斗的人，就像今天我写下这些文字的时候。因为儿时的向往在即将变为现实，心中不免有几分激动。"要去台湾"——这也就是在儿时读《日月潭》文章的一点冲动，以后就从未想过这件事情。2015 年 11 月的时候，浙江省新华爱心教育基金会的老师打电话通知我可以办签证去台湾，当时都有点不敢相信自己的听觉，在办签证的一个多月的时间里，心中忐忑不安，只有当拿到"大通证"的时候才觉得也许能"梦想成真"。"要去台湾"——竟然也是要感谢教育、感谢我的职业，感谢基金会爱心人士对我的厚爱，让我成为靖远一中第一届"珍珠班"的班主任,也因此踏上了宝岛台湾的旅途。

2016年3月16日,第一次拿到赴台湾的"大陆通行证",简单地准备了些日常用品,两天后与会宁第三中学的同仁一起登上了去上海的飞机。当晚在浦东新区的维也纳酒店入住,在那里,也认识了来自甘肃成县的一位校长,我们共同的话题是教育,是"捡回珍珠计划"。那天晚上,我们一起沿着浦东的街道畅游,都在欣喜地等待着明天的出发。

3月19日的清晨,我们都起得很早,简单吃过早餐之后,搭上去往浦东机场的客车。刚进机场,便远远地看见"捡回珍珠计划"的旗帜和姚秘书长、李老师等基金会的伙伴们在那里迎接。来去匆匆的旅客,人很多但不噪杂。在M区见到了我们一行60余人的团队。相互的问候、自由的拍照,三三两两的兑换了部分台币之后,领了登机牌准备开启新的旅程。

排队、边检、登机……很惬意,这次很幸运地坐在了靠窗户边上的位置,那样可以从空中看看美丽的台湾海峡,可以更早的亲近宝岛的美景。

感谢老天给了我们一个晴朗的天气,我虽然没有看清澎湖列岛上的烟火和台湾高山上的云雾,但能飞过中国南北方之间的海上交通要道、著名的远东海上走廊也是非常兴奋的。尽管我也没能分辨清楚庙岛群岛、舟山群岛、海南岛,但我知道这里有一条坚固的海上"长城"。

飞机快落地的时候,下起了淅淅沥沥的小雨,我们在桃园机场降落。当走出机舱踏上宝岛那片热土地时候,心里倒觉得很舒畅,既亲近又陌生的感觉涌上心头。亲近的是那些熟悉的汉字和风情,陌生的是那些大大小小的外国语言的标语。因为电话没有开漫游,所以就用WIFI给家人报了平安。一起同行的伙伴聚在一起拍照,出机场大厅的时候,姚秘书长组织我们拍了第一次亲近台湾的合影以作留念。

走出机场大厅,姚秘书长一边给我们简单地介绍台湾的风土人情,一边引导我们登上大巴,正式开始我们在台湾的旅途。

透过车窗的玻璃,我没有发现太多高耸的大楼,大概是与宝岛的台风和地震频繁有关吧。干净整洁的街道上车水马龙,人来人往,道路两旁漂亮的绿化带本身就是极美的风景。街道两旁很少看见一个接一个的广告牌,也很少看见家属区或者街道的铺面有铁栅栏。当我正在痴迷外面美景的时候,大巴上一位导游拿着话筒开始侃侃而谈。导游姓李,让我们叫他"李导"。亲切的欢迎词,从中国历史开始解说的开场白,再到台湾的人文地理、风土人情、美食小吃……让我们对宝岛之旅有了更多的期待。

傍晚时分,我们到基金会秦理事长的家中做客。台湾的天气也许大多时候都是阴雨天,楼宇和植被被自然条件打扮和梳洗一新,带着自然气息的空气让人神情爽朗,好客的秦理事长一家人热情地接待我们,尊敬的王创办人为我们致欢迎辞,六十多人的一个团队,在秦理事长家里酒足饭饱后,我们向王老和秦理事长的家人做了告别之后入住新北市的亚太酒店。优雅、舒适的环境我们很想躺在床上休息一会儿。

初来台湾,哪能将时光浪费在梦乡里面,简单的梳洗和准备之后,我们相约一起出去感受宝岛的风情。因为是晚上,我们没有明确的方向,便用手机百度地图搜索着前行,我们一路去了淡水老街。古朴繁华的街道,秩

序井然，在那里到处都可以直接使用人民币。好客的商户时不时地一声吆喝，来自世界各地的游客在这里随处可见。当然，我们对那里的小吃也特别感兴趣。

吃着、乐着、游着、兴奋和好奇地转着……一边欣赏着艺人的街头表演，一边品尝着那些舌尖上的美食。初来乍到，这一次不仅仅是给身体舒服的放了个假，更是给心灵一段葳蕤的紫香。淡水的薄凉，携一程最美的时光，感受"波光萦翠岸，烟景入疏帘"的美妙，甚是乐哉。

晚上十一点，我们才恋恋不舍地回到酒店。

第二天清晨，在一阵"叫早"的电话铃声中，我们开始出发。我们的第一站是"国立体育大学"，在这里我们要进行一天的体验式教学活动。

昨日的景致还停留在心头，新一轮的风景又映入眼帘。我们来到体育大学，下车后才发现，风很大。同行的伙伴在风中拍照，那些唯美的建筑吸引了我的眼球，也包括大学校园里的路面。我们顺着干净整洁的大道一路向东南走去，在那里远远看见几位很阳光的老师，经介绍就是我们今天的体验式教学的导师团队。

我们按照出生年月围成一个大大的圆圈，首先是黄宜蓉老师欢迎大家来到美丽迷人的台湾，并为我们介绍到场的导师团队。因为人很多，我们分了好几个组。我们这一组都是男生，一共有九个人，带领我们的导师姓黄叫"黄黄"，他很风趣的样子，我边上的一位同仁说这名字好记，叫"双黄"。我们先是用长长的绳索拉了一个中国地图的样子，然后，每个人找自己家乡的位置介绍自己。

当然这只是开始，富有挑战性的活动还在后头。

首先，我们体验的是在三角钢丝上找平衡的游戏，这也是一个表现团队精神的体验式活动。

因为刚下过雨，草地上很滑，距离地面之上大约有30公分的钢丝上更滑。我们的任务就是在团队的帮助下在上面拽着绳子行走。最先挑战的是来自白银的老乡，他身体壮壮的，我们在边上配合保护，黄导在边上指点，但还是掉下来好多次。

两轮过后我们都是满头大汗，因为都是第一次参加和体验这样的活动，都已经非常累了。休息的时候我们谈感想：协作、信任、团队、合作、诚信等很多切身体验的词语在那个时候说出来，显得那样的贴切和自豪。

黄导告诉我们，这只是个热身，然后给我们发了身体护具，开始了更有挑战性的活动：绳索攀爬。攀爬的两个人在身后用一个纸条连在一起，两人在攀爬的时候如果不互相关照、交流沟通，身后的纸条断了就是攀爬得再高也会宣告失败。

高空摇晃的绳梯上，要想保证两个人的默契实属不易。因为我们团队是九个人，来自白银的苏校长年龄长我们一些，他便热情细致的在周围给我们照相和提示，也算是我们的另一位导师了。

万事俱备，我们一组两个人攀爬绳索，保护我们的人也自动分成了两组，拽绳子和控制节奏的，每一个人都铆足了劲"战斗"，呐喊声、笑声一阵一阵，我们都忘记自己是在台湾了，倒像是在学校的操场上和学生们一起快乐的体验呢。

对于我们来说，那种挑战都是第一次。刚开始还行，攀上几个绳栓以后，整个绳索直晃荡，脚下软绵绵的不好用力，又害怕绑在身后的纸条断了。给人最震撼的就是放开绳索从高空坠落的那一瞬间，那时候，非常感谢地面上的"安全保障部队"。似乎，那一瞬间，自己的命运都掌握在别人的手中。看着地面上的"安全保障部队"，心里突然觉得生命最需要的就是感恩，感谢有你，有你真好。

直到稳稳的安全着陆，看着那些开心的地面"安全保障部队"，每一组从高空下来的伙伴都会兴奋的过去来一个大大的拥抱表示感恩。什么是团队的力量，只有亲身体验过后才会深深地懂得。

体验式活动，虽然很累，但我们很快乐。休息的时候我们坐在地上聊天，也听黄导给我们讲台湾一些有趣的事情。当然，我们在休息的间歇，也会去看见另外几组"攀岩""高空独木桥"等活动，偌大的体验场地上到处都是欢快的笑声和振奋人心的呐喊声。

接近中午时分，我们在人群里发现了两个熟悉的身影，秦理事长和他的夫人特意来看望我们，一个场地一个场地的和老师们打招呼，并再一次热情地邀请我们共进午餐。

姚秘书长说，秦理事长夫妇很朴实、很和蔼，还幽默风趣。我们在去吃午饭的路上，我向姚秘书长问了很多关于台湾的事情。其中，倡导垃圾分类和"垃圾不落地"的那些谈话最为触动我的心灵。

中午吃过饭，我们在体大的校园里参观，碰见一位从湖北来这里上研究生的小伙子。我们聊得很愉快，他建议我们抽时间转转体大和台湾的图书馆，绝对有收获。

我们在自由参观的时候，也发现体大校园里面处处都是文化，就连下水道的井盖也做得很别致，上面还雕刻了一些图案，还有一些知名校友的名字，路牌路标都很精致，给人耳目一新的感觉。

下午时分，我们要接受一个大型器械的挑战，就是攀爬"巨人梯"，这不爬不知道，爬了才知道什么叫"难于上青天"。

看着别人爬上"巨人梯"，我的心里就紧张，轮到自己的时候，也不管那么多了，头顶、肩扛、大腿撑，用尽浑身解数和同伴一起朝着最高处攀爬。巨人梯一共五层，我们爬上第三层已经是大汗淋漓了，我的手、胳膊和腿都不由自主地颤抖，哪还有更多的力气继续往上爬啊，我的脑门直冒汗珠子，吃奶的劲都用上了啊。抬头看着还有两层的"巨人梯"，什么叫"心有余而力不足"，什么叫梦想就在前方，而我已经没有一点力量啊，那种感觉是怒其不争、恨其不强，但试着努力了好几次，结果就是手脚酸软在同伴的保护下"坠落"到地面了。

我们这个团队有两组成功的登顶了，看他们坐在上面给我们招手，那"会

当凌绝顶"的气势，谁说"高处不胜寒"，那是没有到最高层。每个小组都体验过后，黄导让我们继续交流心得的时候，大多数伙伴都激动得流眼泪了："不容易，太不容易了""合作啊，不合作连第二阶都上不去""动力，一定要有强大的动力""为了实现目标，都拼了命了"大家真诚地交流感受，虽然腿都在抖但都不愿意坐下休息，都想多体验一会那种不一样的感觉。

傍晚时分，体验式活动结束，我们全部围在一起做一总结，结果大雨瓢泼。但是，在场的所有伙伴都没有"逃离"的意思，黄宜蓉老师给我们总结的时候每个人发给我们一个小木牌，让我们写上自己的祝福语挂在体验场边上的围栏上。

雨越下越大，但对于我们来说，就是一次享受，在小木牌上认真写好字，然后认真地挂上，虽然瞬间的雨水已将小木牌上的文字冲得像水墨山水画一样，但那种感觉却很真实，能在宝岛留下了我们真诚的祝福和祈愿，也是一件非常有意义的事情了。

傍晚时分，我们坐着大巴返程，去酒店的路上我们一行去了台湾著名的渔人码头，也亲密接触了那早已听闻的"情人桥"。雨中的水乡情调俨然

大河弘风起浩浩不息

一副威尼斯水都的风韵。也许是老天的眷顾，飞落的雨花渐渐停了。抬头望望那大写的"A"字，微微弯曲的桥柱就像是一面扬起的风帆，静静地浮在水面上。浅白又带点粉紫与粉红色的柔美色调和周围的灯影相映成趣，别有一番韵味。同行的伙伴在那大大的"LOVE"标志前合影留念。驻留原地，突然觉得一切是那么安静，在那柔柔夜色的浪漫之都，自己就像是一个孤立的"I"，尽管有伙伴鼓励我去拍照，但刹那间的思乡之情油然而生，我不知道那座桥的对面是哪里，但我希望自己最亲、最爱的人会在桥的那一头。

匆匆的，在霓虹的光晕里穿行。台阶上来来回回成双成对的影子，被那些五彩缤纷的颜色涂得光鲜而俏皮。俯身看看水面上的微波粼粼，往日的桅樯辐辏，今日的淡水怡景。在桥上，来往的游客用相机定格那美妙的瞬间。我举起手机，朝着家的方向拍了几张照片，代表我也来过。其实，还是很想让最亲最近的人看看这里美丽的景色。

晚上回到宾馆，确实有些倦意了，简单的洗漱之后抱着被子就呼呼地睡了。第二天清晨吃过早点后，听伙伴讲，今天的行程倒很惬意。坐上大巴，开始了又一天的旅行。台北市政府、台北101、诚品书局、中正纪念堂还有一所别有味道的职业高中。每到一处都会有一种新的感觉窜上心头。我要说的是台北101边上的诚品书店。伙伴告诉我们，在那里有两个小时的参观时间。心里想想，两个小时逛书店也太"奢侈"了吧。但当我进去的时候，才发现自己的想法有的时候真是幼稚得让人无地自容。

在这里，时间真的和我开了一个玩笑。

进门的时候，有几位伙伴以台北101作为背景拍照。当然，我也没有错过和世界第二高的摩天大楼留影的机会。进入诚品书店，左看看，右转转，那种温馨如家的布置和读书的环境，对于我这个喜欢读书的人来说，在不到10分钟的时间里，我完全被融进了那偌大的书店的一个角落。本来就是看看，或者是参观参观而已，可是随着目光在字里行间游离，不知不觉中就在旁边的沙发上坐下来"饱览"群书了。

可能是过了很长的时间，听伙伴们说大家找了我好久，不知我到哪去了。当在那个角落里面找见我的时候，同行的几位伙伴笑了："我们是来参观的哦，您还真的把这里当书房了啊，哈哈。"伙伴的调侃让我打了个机灵：书店也能作为旅游的"景点"？回到大巴车上的时候，听着伙伴在讲诚品书店这儿新鲜、哪里好奇，这个不一样，那个不一样，我心里那个后悔啊。本来是来参观，结果让一角的图书就给"拿下"了。想到这里，斜着头向着窗外望望，心里默默地嘀咕：下次再来台北看你吧。

在接下来的几天里，我们先后参观了"碧瓦黄墙翠玉青铜中华历史皆瑰宝，苍松古柏陶瓷散氏民族精神尽文明"的台湾博物馆；"明德卫理"、"自爱爱人，朴实进取"的台湾卫理女子高中和"长春步道郁葱葱，禹岭盘龙鲁阁雄。虎口通天蕴紫雾，燕莺鸣谷渡东风。断崖飞瀑雨烟外，幽峡流芳图画中。慈母桥边萱草碧，天祥正气贯霓虹。"的太鲁阁地址公园和布洛湾的旖旎风光；戴着安全帽徒步往返十公里感受了"峭壁惊云细雨飞虹开画障，雾溪卧玉轻烟锁翠有人家"的燕子崖大峡谷，让人感怀的是那里伫立的一座雕像，那是参与开山和修建公路牺牲的烈士代表之一，站在那里，不禁让人更加感慨那些山路工人艰苦卓绝，造福后人的大爱精神。

沿着宝岛的东海岸，听导游给我们讲那里的"绿岛"的神奇故事。关于绿岛，在我的记忆中还是那首《绿岛小夜曲》。导游告诉我说这里的绿岛也叫火烧岛，并说那个岛上有著名的"睡美人"和"巴狗"等地质景观。李导也提起了一个"牛头山"的称谓。当时我心里一惊，因为我出生的地方也有一座山叫"牛头山"。虽此"牛头山"不是家乡的"牛头山"。但在离家万里的异乡能听到和家乡同样的名称的"牛头山"，倒也感觉很亲切。

当我坐在车上回味岛上关于"阿里和阿里嫂"故事的时候，我们已经来到了台湾北回归线地标的位置。汽车停下，我们在北回归线地标的位置拍了照片，到海岸边体验被台风狂虐的感觉。

太平洋，深邃、高远、广阔，也让人感到莫名的敬畏。

第一次与太平洋亲密接触，来来回回的海浪追逐着"勇立潮头"的我们。嗨够了，乐透了，捡几粒石头，回到海边的广场骑一会儿自行车，感受"让海风吹拂了五千年，每一滴泪珠仿佛都说出你的尊严，让海潮伴我来保佑你，请别忘记我永远不变黄色的脸……"的东方神韵。

傍晚的时候，我们来到一处偏乡小学，感受那些小学生的校园生活，一切都很悠然和舒适。

太多的景致让人留恋，太多的感悟让人常思。"一树红花照碧海，一团火焰出水来"，还有一处要说的就是地处台东的全世界规模最大的宝石珊瑚博物馆——绮丽珊瑚博物馆。馆里陈列了多位国际大师名家的作品，展出的是从110米至1800米深海里开采的宝石珊瑚及其加工艺术品，各种不同品种的宝石珊瑚海景，也有很多造型精巧的珊瑚艺术雕件和首饰，款款雍容华贵，价格也非常昂贵。我也第一次见到了那么华丽的佛教七宝之一的红珊瑚。尤其是那具有传奇色彩的世界最大"赤红珊瑚"，给人震撼之余，更让人觉得国宝之珍贵，国风之瑰丽。

回来的前一天晚上，本来都准备收拾收拾睡了，同住的张老师说出去溜达溜达，也顺便买一些凤梨酥等小吃带回家。

3月27日的早晨，我们收拾好了东西，去吃自助餐。距离桃园机场不远处有一个很大、很漂亮的自助餐厅，好多的特色小吃和美食应有尽有。姚秘书长和我们坐在一起，告诉我们应该品尝好好体验一下那些美味。其实，那些小吃和美食的名称我都没听过，但总得填饱肚子回家哦。于是乎，也不管叫什么名称了，看着喜欢就开吃。

距离飞机起飞的时间还有一段时间，我们就在机场的一处会议室里面进行分享交流。很感谢我们一组的伙伴让我代表大家发言。当然，我们没有看到梦想中的日月潭和阿里山，多少有些遗憾。我发言时，偷偷地看了一下坐在旁边的王老，王老认真地倾听和记着笔记。那一刻，突然觉得一个官职很高的行政官员、一个著名政界的"小钢炮"，一个民众心中的"王圣人"，一个把毕生的精力都无私地奉献给民众的人，把所有的积蓄都捐献给"寒门学子"的老人，没有理由不让人尊敬和崇拜。

在我们离开的时候，王老将自己写的一些书送给我们，我们准时从桃园国际机场出发返回。

晚上我们回到上海浦东机场，因为去入住酒店走得匆忙，结果装有证件和所有值钱东西的包都丢在了机场。

我只是想说，丢了东西的感觉，尤其是丢了贵重东西的感觉真的不好受。在经历了近一个小时的"煎熬"后，感谢机场保安将我们丢失的东西"物归原主"。那种经历我只想说是失而复得的感觉彻底让我"虚脱"了一回，也感谢同行的张老师对我的安慰和帮助。

宝岛之行，很多唯美意外的收获，也是我加入"捡回珍珠计划"以来又一次刻骨铭心的记忆。

一个"捡珍珠"的追梦人
于 2016 年 4 月 16 日

大河弘风起浩浩不息

生命 在文化的吟唱中回眸

文化是一个民族的血脉和灵魂。继承和发扬中华文化，建设中华民族的共同精神家园，是海内外中华儿女的共同心愿。

——李克强总理在2015年4月27日在中南海紫光阁会见中央文史研究馆馆员、香港大学荣休教授饶宗颐先生

文化，一个唯美而有具有强大生命力的词语。中华文化，历经数千年的岁月风尘而亘古不朽、锦绣繁华。

三皇五帝、秦皇汉武、春秋战国、唐宋明清……浩如烟海的史书典籍记录着中华民族奋斗的征程。中华优秀的传统文化缔造着华夏的文明，是中华民族的"根"，亦是华夏文明的"魂"。每一个炎黄子孙都有义务踏上寻"根"之旅，领悟民族之"魂"。

作为一名教师，很少有机会游历名山大川，感悟祖国自然和人文的唯美。每一次亲近祖国的山水花木，顿然有一种肃然起敬之感。

漫漫历史长河，悠悠中华文化。中华文明的诞生、传承和交融，用身体和心灵感受历史的厚重与绵延的文化，以出世心做入世事，宁可孤独也不违心。中华文化包罗万象，但最终归结为做人做事。而教育正是面对一批又一批活生生的人。《老子》云"人法地，地法天，天法道，道法自然"，是讲做人应合自然之道。《庄子》说"至人无己，神人无功，圣人无名"，

是讲做人的极致境界。《论语》曰"人不知而不愠，不亦君子乎"是以君子为做人的标准；"己欲立而立人，己欲达而达人"是讲君子的为人处事。《大学》中的修身、齐家、治国、平天下，以"修身"为本，是讲治世从做人开始，以做人贯穿始终。《孟子》讲的"仁，人心也；义，人路也"是说做人要有正心和正行；"老吾老以及人之老，幼吾幼以及人之幼，天下可运于掌"是讲推己及人，变小我为大我；《中庸》记载"能尽人之性，则能尽物之性"，是讲由知人而知物。《坛经》中的"心量广大"，讲的是做人的根本在心。"为天地立心，为生民立命，为往圣继绝学，为万世开太平！"张载的这句名言，更能代表中华文化的意义。从这些经典中可领悟到中华文化大多讲的是做人，而且做人意义重大，标准极高，是值得一生追求的事业。正如《易经》中讲"天行健，君子以自强不息；地势坤，君子以厚德载物"，就是说做人应以天地为榜样，追求应像天一样无止，胸怀应像地一样宽广。

学校是塑造人的，是培育人的。学校教育不仅仅是用纯粹的专业知识来奠基学生未来的，更是要用优秀的中华文化来影响他们，文而化之，唤醒莘莘学子的心灵，让人的自然属性尽可能的少些，或者是向良好的社会属性转化。就像《传习录》中讲的那样"种树者必培其根，种德者必养其心。"

老子是圣人，他自然无己；孔子是圣人，他仁爱无私；释迦牟尼是圣人，他觉悟无我。中华文化是成就人的文化，学校应该成为文化的圣地和净土。"修己以安人""处无为之事，行不言之教""见诸相非相，即见如来"的天理、自然和真性应该作为学校文化的主流。

朱熹曾说："天不生仲尼，万古长如夜。"我们要教育学生成为一束光，抑或是一个有能量的"光源"，这就是中华文化的力量。

源远流长、博大精深的中华文化，高山仰止，景行行止，虽不能至，然心向往之。让学生扎根优秀的中华文化之中，让中华文化成为他们生命的招牌，成为他们安身立命、走向杰出的品牌。就像《行走千年》中说的那样：培养具有中国芯的世界人。

大河弘风起浩浩不息

中华民族屹立于世界民族之林，在于中华民族所秉持、传承和发展的中华文化具有完善的理论体系和数千年的伟大实践。中华文化架构起了中华民族整体意识的价值观念、性格禀赋、传统美德和人文精神。包括"和为贵、尚和合、求大同"的社会追求，"道法自然、天人合一"的人文理念，"情景合一、知行合一"思维方式，"求同存异、和而不同"的处世态度，"以人为本、宽仁慈爱"的人本理念，"苟日新、日日新、又日新"创新精神，"吐故纳新、自强不息"的进取意识，"物极必反、否极泰来"的辩证思考，"礼义廉耻、忠孝恭谦"的荣辱责任，"文以载道、以文化之"的教化观念，"有教无类、天下为公"的平等意识，"海纳百川、有容乃大"的包容心态，"天下兴亡、匹夫有责"的担当精神，"修身齐家治国平天下"的价值观念等，影响着一代又一代中国人，并深深地融入了整个中华民族的血脉和中华文化的文脉。

作为在校的师生，虽不能遍游名山大川，但却能悠游书海；虽不能行万里路，但可以读万卷书。不管怎样，学校应该开足、上齐、补上中华优秀传统文化这一课。也只有文化兴，才能学校兴。说到底，教师和学生都要在文化的吟唱中感悟生命的存在和灵魂的圆融。

被称为香港学术界"镇港之宝"的饶宗颐先生曾说：21世纪是我们国家踏上"文艺复兴"的新时代，中华文明再次展露了兴盛的端倪。我们既

要放开心胸,也要反求诸己,才能在文化上有一番"大作为",不断靠近古人所言"天人争挽留"的理想境界。如今适逢美好的新时代,正如苏轼所说"大千在掌握。"我辈岂能甘做"蓬蒿人",我们虽不能将历史记忆中的点滴和宝贵经历的膏腴给予全部的诠释,但我们需要向着这个方向努力。

写到这里,不由心中打了一个寒战:家国情怀的文坛巨匠,荣冠中西的国学大师。2017年的12月14日走了一个《乡愁》的余光中,2018年的2月6日走了一位的国学大师饶宗颐。也许,那一代人终将随着光阴的流逝成为历史,有多少文坛巨匠、国学大师随之陨落,我们这些后来者是否还能在沙漠的绿洲上行走,在感悟他们旷世灵魂的时候背起国学的背包卓然前行?

"不要人夸颜色好,只留清气满乾坤"。饶宗颐先生去世,虽然我读过先生的书不是很多。其实,先生好多的书我大都看不懂,但是先生荣冠中西的国学智慧和集学术与艺术于一身的卓越成就、一生"孤独"的阅历以及其博洽周流、雅人深致的境界,着实令人顶礼膜拜。我们在敬仰旷世奇才、文化巨擘的同时,我想再用饶宗颐先生的话做一结尾,以表缅怀之情:作为一个中国人,自大与自贬是不必要的。文化的复兴,没有"自觉"、"自尊"、"自信"这三个基点立不住,没有"求是"、"求真"、"求正"这三大历程上不去。

也许又是一次天赐的缘分,在我参加浙江省新华爱心教育基金会第二次理事会的时候,余光中先生刚刚离世,我从黄河到长江,从西湖到太湖也走了一遭,在从南京禄口机场返回的时候,我禁不住内心的冲动,写下了流淌在心中的那些语言文字,以表对尊敬者的感念:

金陵归里

黑夜
被璀璨的烟火
烧了　无数个洞
游子
被摁在长长的机翼
中央
恍如　儿时
一飞冲天的梦想
被捆绑在了　浩瀚的天网

也许
是他乡的冷雨
淋湿了乡愁的衣裳
抑或
是远行的离殇
揪住了
天使的翅膀
在青灰色的雨中
从黄河到长江
从西湖　到太湖
冥冥中
在白玉苦瓜的藤蔓中
牵绊

在最美　最母亲的国度里
徜徉

一位老人
带着《乡愁》的四韵
走了
虽然　在二十四史的页码里
没有他浊浪的细语
但在
二十四万里归程的山河里
有他璀璨的五彩笔

似醒似睡
缓缓的柔光里
飞机亲吻大地的　深沉
恰似　白云青舍的
麦香
地下的天上
天上的地上
忘川的轮回是不灭灵魂
浴火的夜
终将被　黎明的鱼肚白
洗净铅华
披上大梵天
洁白的　盛装

美丽的靖远一中在建校初期就是依据乌兰山庙宇办学，至1963年秋季才完全搬至乌兰山下。可以说"生于斯、成于斯"的靖远一中一直传承着先辈的文脉"仰山之品，立德树人"。乌兰山矗立于县城南端，又名城南山。其名乌兰者乃蒙语红色之意，亦因山中多生乌兰花之故而得名。乌兰山势峙若屏，山岚氤氲，烟云缠腰，庙宇洞窟鳞次栉比，错落成趣，蔚为胜景，誉为靖远八景之一，名曰"乌兰耸翠"。乌兰山历史悠久，历代诗人"乌兰耸翠"之咏甚多，有诗为证：白云深处见岩峣，耸翠嵯峨万仞高，漫说三峰天外迥，兹山突兀最雄豪。

20世纪80年代，校友常生荣将军在向江南左笔书法家费新我大师拜求教学楼名时，发生了一段鲜为人知的佳话。常将军不忘师恩、感怀母校的培养之情，请费老为学校教学楼题写楼名。费老数月后写信给常将军，并将写好的"耸翠楼"三个字一并邮寄给常将军。以前看过常将军写的一篇"从耸翠楼想到的……"文章，里面这样记述："费老是左手写字，所以在长江流域新我左笔的牌匾很多，我问过费老，这是不是真的？他说一大部分是仿的，我不愿意写那么多，包括你们这个教学楼，不是你对母校的崇敬，我是不会写的。"后来常将军将书信拍了照片传给吴校长，我有幸看到了当时费老写给常将军的部分书信稿件，着实让人吃惊和震撼，书信的内容是这样的："小常，不好意思，这几个字拖得久了。但是，前几个名字我实在不好题写，这是我的脾气。在江南一带，人们都知道，起不好名字的，我是不会题的。由于咱们是熟人，又是忘年交，所以我对你这个题词既重视又刻薄，请你谅解。我和老伴商量了很久，认为名为'耸翠楼'三个字。耸上面两个人字可代两山，翠是人才的意思，勉可联，也可表现你们中学的历史渊源和人才辈出的这种背景，不知是否中意？如不中意，请你们起好名字，我再写。"

在常将军"从耸翠楼想到的……"这篇文章里面这样写道：有一年温家宝总理当时还是副总理，到靖远去视察，早晨起来散步到了靖远一中，看

大河弘风起浩浩不息

到"耸翠楼"三个字,温总理就给陪同的县领导说,看来这个靖远一中出了不少人,这个县领导只是答应,但没有说出为什么出这么多人。温总理说,"耸翠楼"是什么意思?这个陪同的领导也答的不完整,温总理开玩笑地说,你们是熟视无睹啊。这是王书记给我讲的一段与耸翠楼有关的故事。

有着深厚文化底蕴的靖远一中,在这里发生的故事不仅如此。"忘记过去就意味着背叛",在我编纂学校第一部校史的那两年时间里,因为之前没有留存校史的蓝本,只有大量翻阅学校留存的历史文献资料和拜访一部分老教师搜集信息,期间虽辛苦,但深刻的感悟到一所学校如果没有独特的学校文化作支撑,是很难教好书、育好人的。

靖远一中耸翠楼

人心向暖 寒门不寒

2015年10月14日至17日，赵马冰如女士、黄崇美女士、颜妏如女士及浙江省新华爱心教育基金会副秘书长傅静、唐圆圆女士等爱心人士一行在白银市侨联主席欧志军、秘书长张明琴的陪同下到靖远一中考察"爱心妈妈崇世珍珠班"开展情况，并实地访视"珍珠生"家庭16户，面对面访谈学生51人。

"珍珠班"是由浙江省新华爱心教育基金会发起的"捡回珍珠计划"项目。旨在帮助品学兼优的"双特生"完成学业。"珍珠班"受助学生学校减免学费和住宿费，每年每生资助人民币2500元生活补助，上大学还可以继续申请资助。

2015年秋季，浙江省新华爱心教育基金会与靖远一中首次合作设立"珍珠班"，为靖远贫寒家庭的学生带来了福音。首批受助学生主要由"崇世爱心基金"和"爱心妈妈慈善会"资助。首届"珍珠班"51名学生来自靖远县16个乡镇的贫寒家庭，全部为农村贫困户、特困户、精准扶贫户。

10月14日下午5点50分，来访爱心人士分别从美国、北京和浙江等地赶赴靖远一中看望"爱心妈妈崇世珍珠班"的孩子，靖远一中师生在校门口盛情欢迎来自远方尊贵的客人。

14日下午6点05分,爱心人士一行来到学校"怡生苑"学生食堂与"珍珠班"学生共进晚餐。并对"珍珠班"学生生活、学习的具体情况表示亲切的慰问和关怀。"第一次亲密接触"就让孩子们真切地感受到了来自远方爱的热度和家的温情。

晚7点整,爱心人士一行在学校领导的陪同下参加"靖远一中首届爱心妈妈崇世珍珠班开班仪式"。

"有朋自远方来,不亦乐乎……"靖远一中校长吴贵栋在开班仪式上致欢迎词。"爱心妈妈崇世珍珠班"作为靖远一中第一届"珍珠班",是一件兴学育人的好事,是推动学校教育和靖远教育的实事,为我县困难家庭带来了福音,为贫困学子带来了希望,更重要的是"珍珠班"坚持和传承的感恩、励学品质是对学校教育工作的一种引领,也是一种精神,需要我们认真学习和发扬光大。

"感恩的心,感谢有你,伴我一生,让我有勇气做我自己……"爱心人

士与"珍珠班"学生一起唱响《感恩的心》。这首最早诞生在我国宝岛台湾的歌曲，不知感动了多少人，一个字一个字，一句词一句词用感恩的灵魂去演绎……歌声的背后，一对捡破烂的夫妻，一个捡回来先天性失语失聪小女孩，一段用生命关爱呵护小女孩长大的故事，一个小女孩跪在父母坟前痛断肝肠的哭诉，一首传遍大江南北的歌曲牵动着每一个华夏儿女的心……

赵马冰如女士热情致辞，并以祖训"黄金非宝书为宝，万事皆空善不空"与全体师生共勉。岳峙南天，万千桃李兴中国；云飞四海，十亿炎黄进大同。祖训牵动了赵马女士的家国情怀，"明强诚正，孝友贤良"，一时想起了自己的父亲，情到深处，不禁潸然泪下。

黄崇美女士谈及与靖远一中的"珍珠缘"，再到"珍珠班"的开设，以及到今天的"珍珠情"，坚持"用爱尊崇生命，用心扶助世人"的大爱情怀再次让这个大家庭充满了爱的火焰。人间自有真情在，暖心的呵护必将激励这些清苦的孩子崇德尚美，美德的种子也一定将会在这里生根发芽，这一片"芳草地"也会因为爱的雨露变得欣欣向荣。

颜妏如女士说，首次来到这里的感动，首次将爱心的种子播撒在西北边陲的小县城，培育"珍珠"，造福人群，爱心妈妈的喜悦和感动再一次传递出爱的力量，给了这些孩子更加坚强的信仰。

浙江新华爱心教育基金会傅老师讲述与靖远一中合作开设"珍珠班"的历程，谈再次来到靖远一中的感受，感谢班主任老师的执着，也谢谢学校的支持。慈母般的语言打动了在场每一个人的心。正像高尔基说的那样"真诚的关心，让人心里那股高兴劲儿就跟清晨的小鸟迎着春天的朝阳一样。"

浙江新华爱心基金会唐老师致全体师生，初次相见，爱使我们相聚在一起，句句温情慈母音，一脸笑容传亲声。母爱的暖流让我们相信：爱是不会老的，它留着的是永恒的火焰与不灭的光辉。

"珍珠生"代表赵同学发言："既然选择了远方，便只顾风雨兼程。"

大河弘风起浩浩不息

这是他最喜欢的一句话。他在发言中这样说,进入"珍珠班"是一种享受,那种从来没有过得幸福和骄傲的享受。"珍珠班"不是特殊,而是特别,那种特别是大爱的灵光和灵魂的富有,而不是金钱和贫穷的代名词,那种大爱是一盏引领我们前行的明灯;那种富有,是一颗善良的感恩之心,时时刻刻督促我们永远记住:失去灵魂的优秀是一种祸害。

大爱无疆,我相信这些孩子一定会在爱的沃土中茁壮成长,我们也真心地祝福他们在爱的世界里成就他们出彩的人生。"让爱传出去,那前方漫漫人生路,有你的祝福,没有过不去的苦……"一首《让爱传出去》在夜幕下的校园里回响。大爱化于行,基金会阿姨不辞辛苦,留在大江南北的足迹将会化作一颗又一颗爱的种子,生根发芽,开花结果。

感谢有爱,感谢有你,路漫漫其修远兮,用心歌唱也是我们对爱接力的承诺。

开班仪式在感恩中开始，在感动中结束。阿姨们一口水都没有来得及喝，就分三组分别在两间办公室与"珍珠生"一对一面谈，了解学生的家庭、学习及生活情况并鼓励孩子们心向阳光，活的坚强。

几位老师和"珍珠生"一一面谈，晶莹的灯光洒在不大的工作室，暖心的交谈，认真的记录，同学们走的时候，几位老师还不忘给同学们送上一个小小的礼物。

一直到晚上11点30分，耸翠楼的五楼，"珍珠班"教室和"珍珠之家"的灯依然亮着，夜幕下的校园出奇的安静，只有阿姨们呵护的声音空灵而悠远……阿姨们不知疲倦，同学们感动不已，就以同学们的日记作为那些珍贵的记忆吧。

"珍珠生"日记摘录：

"坐在教室里，我不知道阿姨要和我们谈什么，这也是第一次有这样的经历，心里比较慌。老班告诉我们要以平常心对待，诚信第一，不能撒谎，要'坦白从宽'……看着出出进进的同学，啊，我心跳的加速由不得我啊。"

"面谈结束了，回到教室坐在座位上，泪水禁不住往下流。从家庭到理想，从职业到生活，黄阿姨和颜阿姨无微不至的关怀，让人没有办法阻止内心暖流的翻滚。谈话的最后阿姨问我还有什么话说，我说：想说谢谢您让我能进入珍珠班，这对我和我的家庭改变很大，真的。阿姨给我讲的话让我再一次热泪盈眶：你感谢的不是我们，应该是你自己，经过你的努力，你这样优秀，我也说过，我们爱心基金会不是因为你的家庭不好才资助你们，而是因为你们有一种拼搏向上的一种品质，什么都别想，开心的度过高中三年哦……。临走时，阿姨给我一个棒棒糖……夜深了，阿姨们面谈结束后，站在教室门口送我们，颜阿姨给每一位同学都赠送一个小礼物，因为我已经有了，我遛着弯绕过时，颜阿姨竟然记得我的名字，叫了我一声'雪瑞——'，我的心里暖暖的也酸酸的。回到宿舍里，虽然很晚了，但我们都没有睡意，想想今天发生的事，似乎梦幻一般，似乎我听见了舍友的哽咽，也许谁有谁的心思，也不知什么时候，我们就睡着了……"

10月15日的清晨，我们开始了对"珍珠生"家庭的实地走访。首先要从那些"出租屋"记起，因为那些家庭的境况不止颤抖了我一个人的心。

出租房的感动之一：

杨同学，农村低保户家庭，家居靖远县永新乡一个偏远的小山村。父亲年轻时在小煤窑打工失去了左手，劳动能力低。这些年，家中几亩旱田无法维持生计，杨同学的父亲在一处煤矿找了一个看门的活计，母亲被迫在县城找了一处不足15平方米的出租屋，一边打工一边给孩子做饭。当各位阿姨问及她的生活时，这位年轻的母亲拉住黄阿姨的手不放，一句"我们掌柜的（老公）干活不行，我这都是为了我的两个娃娃啊……"让在场的人一阵心酸。

出租屋的感动之二：

一个窄小的出租屋，刘同学的母亲从仅有一层床单的床面下面拿出一沓借款的单据和法院的传票，接着是长时间的哭泣。

小小的出租房，刘同学本人在他"家的故事"里这样写道："我的家可以说有两个，一个是生我养我的地方，而另外一个就是我们'移动'的出租屋。"刘同学的父亲因生意失败，欠债数十万，为了逃避债务，一走多年，杳无音讯。男人欠下巨额的高利贷硬生生地压在了这位瘦弱的母亲身上，刘同学的母亲为了躲避债务和供养孩子上学，四处租房，住无定所。刘同学的母亲夏天在工地上搬运水泥，冬天在饭馆里面刷盘子洗碗，一边打工偿还债务一边供养子女上学。

一沓债务单据，一间简陋的小出租房，一句"我怎么活？他们说不还钱

就让我'断子绝孙',家里欠的债太多了,我一下还不完啊,我害怕我的儿子被讨债的人绑架,我们四处躲藏,我们不想让别人知道这个出租房的地点,我害怕娃娃出事情啊……"

两行热泪,几多辛酸。清凉的早晨冷风嗖嗖,刘同学母亲身上而那件单薄的衬衫也许就是她接待尊贵客人的最好装扮了。赵马阿姨、黄阿姨和颜阿姨几多安慰,临别时,这位被债务拖得瘦弱的女人拉着黄阿姨的手说:"帮帮孩子,我娃娃学习好,满墙的奖状,真的。"刘同学自己也说:"我要更加努力地去学习,我没有退缩与哭泣的资格。"

走出出租屋,我们祈愿刘同学的父亲能回到她们的身旁,毕竟,孩子才是这个家庭的"传家宝"。

出租房的感动之三:

李同学家居永新乡一个偏远的村庄,是村子里为数不多的精准扶贫户之一。李同学的母亲患有很严重的疾病，动了一次手术，因身体虚弱，无法下地干活。今年，女儿考上高中进了"珍珠班"，这位母亲在我们暑期第一次家访的时候痛哭不已："我干不动活儿，挣不了钱，我在家就是个拖累。我女儿人乖，学的好，老师一定要帮帮她啊……"开学初，为了能让丈夫安心的在外打工，也为了女儿继续完成学业，她跟着丈夫在县城里租了一间不足十平方米的房子，她想在生命的最后一段里程中给丈夫和孩子做饭、洗衣，尽一份妻子和母亲的责任。

黄阿姨和颜阿姨认真地询问了李同学母亲的病情，告诉她不要气馁，保持良好的心态，生活一定会好起来的。

这一次，李同学的母亲没有哭，她说"泪水哭干了，她也不想哭了。"临别时，这位善良的母亲告诉我别让孩子知道得太多，就说病情好多了，让她安心上学。

在这个出租房家访的结尾，我想用李同学在"家的故事"里写的这句话结尾："为了给妈妈看病，爸爸到村里和亲戚朋友借钱，他们都认为母亲没救了，不愿意借钱给我们……我们受了很多人的嘲笑和侮辱，有时我也会和他们争吵几句，可那并没有用，其实我也曾在心里偷偷地哭过，埋怨过，可我也知道埋怨和懦弱是没有用的，生活会让我们变得更加坚强……"

西北的黄土高原温差很大，从清冷的早晨到艳阳高照的午时，我们来到了魏同学家。地处靖远县城的西坡坪上。在这里，大多数家庭都是红瓦砖房，魏同学家几间低矮的土坯房与周围的人家显得格格不入。

走进那个狭小的土坯房，颜奴如女士若有所思地看着这清苦的一切，不停地擦着眼角的泪花。

魏同学家四个姊妹花儿，大姐二姐都在上大学，自己和妹妹都在上中学，院子的角落里，堆放着一些玉米棒子，但摆放得很整齐，爱心妈妈关心的问候和安慰让这位父亲几度心酸难过。

临别时，我们照了一张合影，魏同学的母亲走出厨房，一句话也没有说，只是羞涩地站在镜头前。当各位阿姨问及门前的那些地里都种些什么的时候，魏同学的父亲跑着去地里面拔了几个大白萝卜扔在地上，熟练地用手将萝卜叶子拧掉，双手捧着，希望我们能尝尝他种的大白萝卜。

还没有顾得上擦干眼角的泪水，我们又到了另一户"珍珠生"的家里。

彭同学，孤儿，幼时失去父亲，母亲随后离家出走杳无音讯，在奶奶的照顾下成长，仅靠低保和救济金维持生活。

赵马冰如女士给了彭同学奶奶一个暖心地拥抱，也给了老人莫大的安慰和鼓励。说起彭同学的身世，老人泪如泉涌。曾经和现实的心酸让我们心里一阵难受。一个小房间，一个小家，在家的墙壁上，彭同学认真的将军训时的合影贴在墙上，在照片的顶上用小纸条写上一句"爱心妈妈崇世珍珠班，有你真好"的字样，泛黄的墙壁，一张照片和一张白纸条让人感觉到无比的温馨和感动。

站在低矮的房屋前，彭同学的奶奶讲述着自己难过的经历，句句不忘关心自己的小孙女。孙女详尽的身世在今年 8 月 22 日申请进"珍珠班"才让孩子知道。

我们不知道这是否对孩子有些残酷，但这位老人生活的艰难，让她尽最大的努力去抚养她疼爱的孙女。出生 48 天，父亲因为车祸离世，不到 1 岁，母亲改嫁远走他乡。爷爷奶奶用"我们就是砸锅卖铁，豁了老命也要把你养活长大"的言行激励孙女。我们不知怎样安抚这位老人，也许我们对孩子的好就是对这位老人心灵最好的安抚。

一个上午的家访，爱心妈妈们没有休息，趁着吃午饭的机会，赵马冰如女士等爱心人士一行走进"珍珠班"学生宿舍，赵马冰如女士激动地说："看完大家看小家，爱使我们在一起哦。"

孩子们的喜悦之情溢于言表，站成行、排成队，一起给远方来的客人唱自己宿舍的"舍歌"。一曲"我们都一样"让在场的人再次聆听到了孩子们内心的震撼。我们都知道，那是来自孩子们清纯而灵动的心声与呼唤。

孩子们挤在楼道里，希望来访的爱心人士能到自己的宿舍坐坐。来访的爱心人士一边和孩子们拍照，一边和大家交流。整个楼道，从来没有过的欢乐与幸福，从来没有过的感动与温情在环绕，就连其他班的孩子也挤在楼道里面享受了这一温馨时刻。

我不知道孩子们是什么时候学会那么多歌曲的，我静静地聆听，感觉那种弦律真的很好听。

我们一边看孩子们表演，一边给孩子们打着节拍，那种场景，看在眼里，感动在心里。那些平时很少看见笑容的孩子，此刻的笑容是那样的幸福和迷人，我突然想起了朗费罗的一句话"爱是自然而来的，不是买得到的。"

孩子们平时用心的将自己的宿舍装扮一新,爱心人士站在孩子们宿舍里，甜美的笑容和鼓励的话语，是对孩子们的肯定和勉励，而镜头背后的我拥有的是更多的幸福和感怀。

一个宿舍的孩子刚想给大家唱首歌曲，没想到隔壁宿舍的孩子们提前登场，早早开唱。大家在专注地倾听来自隔壁宿舍的声音，幸福的感动，感动着的幸福，爱就是充实了的生命，正如盛满了酒的酒杯，端起来就不想放下，因为在此刻，我真的想享受一次喝醉的机会。

这个宿舍的孩子终于开唱了，宿舍的歌声在飘扬，爱心妈妈慈母般的关怀让人觉得心暖。隔壁的孩子跑过来站在宿舍门口为他们呐喊助威。爱别人，也被别人爱，这就是一切，为了爱，我们才存在。感谢爱，让我们又走出了更加坚实的一步。

下午，我们继续家访的脚步。家访的第一户是石同学家，石同学 83 岁高龄的爷爷早早地等候在巷子口欢迎我们，老人家虽然拄着拐棍，但走得很快，我们都有点跟不上了。

石同学的哥哥因为家庭经济和自身的状况早早辍学在家。当我们见到石同学母亲的时候，石同学母亲的身体状况极为不好，粗声的喘着气。一个五口人的家庭，除了石同学外，全部不同程度有着这样那样的疾病。也许是上天给了这个家庭一次改变命运的机会，俗话说"远亲不如近邻"，邻居家的孩子帮石同学申报了"珍珠班"。让人无法想象的苦难家庭，我们在心中祈愿这个家庭能早日从贫困中解脱。

随后，我们来到曾同学的家中，清苦的家庭清净而温馨。曾同学7岁那年，父亲因车祸撒手人寰，年轻的母亲从此为这个家劳碌奔波，供养年迈的爷爷奶奶，拉扯一双儿女。几间低矮的土坯房收拾得很干净，但墙壁上留下雨后漏水的痕迹依然让人顿觉几份心酸。辛苦、劳累让这位40岁的母亲满头白发。也许，留在这间房屋中的鼓励是对这位母亲最好的安抚，也是给家中两位老人最大的慰藉。

一张充满爱的合影，以整个墙的奖状为背景，曾同学的母亲说只要两位老人身体健康，孩子好好学习，生活再难也要坚持。大爱无痕，这也是一位坚强的母亲对两位老人的承诺和对孩子爱的坚守。

秋至农家多秀色，春来无处不花香；人间自有真情在，宜将寸心报春晖。感动在贫困交加之时，一颗颗感恩的心，纤尘不染，高尚纯洁。曾同学家院子里的几株大丽花是这个庭院最美的一角，大家高兴的依花为景留影纪念。爱心妈妈的爱正如这充满魅力的大丽花，不管她们走到哪里，都会播下爱的种子，发芽成长，在祖国的每一个角落，都会有大丽花一样的"珍珠生"遍布天涯，香传四方。

从曾同学家出来，我们一行人来到刘同学家，刘同学家7口人，父亲曾经被电石块砸伤，但一直坚持在外打零工挣钱，这位曾经被病魔差点夺去生命的瘦弱母亲在家照看着5个孩子。刘同学在家中排行老五，四个姐姐中大姐早早地出嫁了，二姐因家中经济拮据被迫辍学在外当学徒打零工，三姐和四姐都在上大学。

家中"天下第一福字"书法中堂和满墙的奖状分外显眼，一眼望去，墙上那一道道残破的裂纹更让人揪心。这个贫苦的家庭为了给母亲治好病和供养孩子上学，用刘同学母亲的话说："只要娃娃争气好好学就行，大人苦了让娃娃不要再苦了……"。刘同学在"家的故事"里这样说："我第一次看到我的父亲：一个40多岁的男人为了借钱给母亲治病居然给人下跪，第一次看到我的姥姥：一个60多岁的老人为救自己的女儿舍弃尊严，任人辱骂……那一刻，我用嘴咬着被子哭，泪水一行行的滑落……"

从刘同学家出来，我们来到白同学的家，白同学的父母除了照顾子女，照顾患重病的爷爷奶奶，还有三十几岁至今没有结婚且患有疾病的二叔需要照看。

白同学的父亲在回答大家提出的问题时，不时地扭头看着站在旁边的父亲，眼眶里满是泪水，大家再没有继续追问关于老人家的病情。问及白同学二叔的情况时，老人苦笑了一声说"也在找对象呢，就是没找成，哎……"一位老人的心伤，我们没有过多的追问。白同学的爷爷被疾病折磨得很瘦弱。在我们来的时候，白同学的爷爷站在院子里，静静的看着我们，这位老人家的目光里不知在诉说着什么，但我们能感觉到对孙女的那种关爱的至亲之情。临走的时候，老人家说"我孙女乖得很，是个好娃娃啊，谢谢你们。"

回到学校已经是临近傍晚了。因为颜奴如女士要连夜赶回北京，所以大家聚集在乌兰堂前拍了一张合影，以表留念。

一个"珍珠之家"大家庭的合影，从所有人的脸上都没有看出家访了一天的疲惫。六十一张笑脸，也许没有人知道每个人背后都发生了什么，但在这些孩子的成长中确实有着不同寻常的故事。对于我来说，陪伴这些孩子一起成长这才只是个开始，但愿甜美的笑容永远伴随着这些孩子，是高中三年，还有更远的未来。一整天的家访，大家不知疲倦，晚饭后继续和学生一对一的面谈，岁月静好，今夜又无眠。

"珍珠生"日志摘录（一）

"下午阿姨叔叔们家访归来，班主任说阿姨们要去男生宿舍看看。哈，看着那一帮男生紧张的模样，我们女生有些幸灾乐祸的样子……"

"照相，集体照相，还喊了一句'哈哈哈，爱心妈妈崇世珍珠班，有你真好'，我真的很激动。照过相吃完饭，班主任说颜阿姨要去飞机场，今晚就要回北京了。我们跑到教室拿上做好的卡片去送颜阿姨，阿姨在告别的时候去拥抱了一下班主任，我看见了老班布满血丝的眼眶里噙着泪水，我们都哭了，颜阿姨也哭了，也许没有人理解我们为什么要哭，我只知道这些天老班肯定没有睡好觉，谢谢您，老班，虽然进到这个班只有一个多月的时间，但您教给了我们很多很多，让我懂得了人间这种大爱无边，爱是无法消逝的，世人的冷漠并不是所有，因为有'爱心妈妈崇世珍珠班'的呵护，让我们的生命有了一道光，因为有爱，让我们拥有了爱的力量，虽一点感动，但会铭记一生的……"

"珍珠生"日志摘录（二）

"报告，阿姨好。你好，坐下来吧，先介绍一下自己……我就在这样的开场白中开始和阿姨的面谈……我懵懂的长大，不太清楚什么是理想，有一天，妈妈用她温暖的手臂搂着我哭，她流着泪说，因为家里贫穷而被别人瞧不起、欺负。从那以后，我只知道争气，为家里人争气，改变我们家的命运……说到家庭，我哭了，阿姨帮我拭去眼泪，鼓励我：加油，告诉我应该尽力的接受两个同父异母的姐姐，因为她们缺少更多的母爱，她们更苦，更艰难。'你承载着你父母的希望，你有改变家庭命运的使命和责任，阿姨希望你坚强，为父母撑起一片幸福的天空，好吗！'，我坚定地说我一定能做到。说起我的理想，我说我想学医学，因为每当我看见妈妈生病时那痛苦的样子我不忍心。阿姨对我说，要我沿着梦想之路毫不犹豫的走下去。这时，王哥哥进来了，张姐姐给我介绍，我紧张地站起来问他好，他听了我的理想义正言辞地对我说'我的命就托付在你身上了'，张姐姐笑着说，王哥哥胃不好，让我先学着治胃病，我被她逗笑了，我知道我眼睛肯定又眯在一起，让她们见笑了……黄阿姨紧紧地抱住我，鼓励我要有勇气面对困难……"

"珍珠生"日志摘录（三）

"我怀着忐忑地心喊了一声'报告'，小心翼翼的推开门进去，傅阿姨笑着对我说，'到我这里来'，阿姨慈母般的笑容给我很多的安慰，写名字，写住址，聊天……我记得最清楚的第一个问题是'你觉得穷人怎么样'，"很苦！"也没认真想就急急忙忙从嘴里蹦出两个字，但我说的是真心话。说到生活，我说我很爱笑，阿姨说爱笑是好事，还让我以后一定要多笑呢。"

"傅阿姨告诉我目光要放长远，告诉我不要有太大的压力。并告诫我说以后每做一件事都要专注地去做，用心去做，现在应该将一切精力放在学习上，一心学习就OK了，化压力为动力……爱让我们的眼泪流不完，感动让我们舍不得她们走！"

"珍珠生"日志摘录（四）

"面谈中，唐阿姨一直盯着我的眼睛，平缓而又充满亲情的语言，给我印象很深。问到我的梦想，以前，我从来没有对别人认真的说起我的梦想，可是今天，我很认真地说了。唐阿姨告诉我说，应该坚持自己的梦想，并且一定要认清自己的内心，不能在繁杂的生活中迷失了自己。面谈，我真的还想多有这样的机会，让我能明白好多的道理，比如梦想，比如对待他人，我从内心的深处感激基金会的阿姨，我还是想深深地说一声'阿姨，谢谢您'……这个夜晚，很有意义，我双手合十，对着天空的星星，默默地祈愿：愿好人一生平安！"

大家没有因为昨晚面谈到深夜而觉得疲惫。10月16日清晨，大家又早早地出发，今天我们去的"北八乡"。我们开车行驶了100多公里来到了一个连手机信号都没有的小山村。顾同学的父亲在崎岖的山路旁给我们引路，他刚从乡政府领了一袋救济面粉回来。

还没有进到院子里，大家就被顾同学家的各种农具吸引住了。这些农具，对于我这样一个从小在农村长大的人来说还是比较熟悉的。我一一给阿姨们介绍和"翻译"，阿姨们高兴地说这些似乎都可以成为古董了。尤其是当我拿起那把农具——"叉"的时候，好好的惹大家开心了一番。我解释道：前面的这四个"齿"比较直就是"叉"，要是把"齿"从中间折成90度，就叫"耙子"。哈哈，各位阿姨都觉得"朱"老师我拿上最适合，随即我们便慎重地拍了张众"仙女"和"二师兄"的合影留念。

兴奋之余，我们为这里的清苦所感叹，这些农具和顾同学父亲脚上一双破旧的老布鞋，让我们由衷地为顾同学一家祝福，清苦的生活一定在不远的将来会变得富裕一些的。

让人惊叹的一幕发生了：黄阿姨细心的发现在顾同学的家中放着几本佛经，也许是随口说了句"奶奶喜欢读佛经啊"。没想到，顾同学的奶奶拿起佛经诵的朗朗上口，经文中的繁体字没一个能难住老人家的，黄阿姨也不时的和老奶奶一起往下念，我们在一旁静静地享受着这一难得的时刻。大爱无相，爱缘慈悲，人世间有高低贵贱，但无论在尘世的哪一个角落，都会有善缘的因子。

我们出门离开的时候，路过一道水沟，当大家准备着怎样过去的时候，老人家已经大步跨过去了，站在水沟的那头，还不忘拉黄阿姨一把。万法缘生，皆系缘分，我们远去的时候老奶奶蹲在家门前的田埂上目送我们。离开时，阿姨们有些不舍，看着一位老人和一位父亲向我们挥手的画面，我们为他们送上真心的祝福，祝愿老人家健康长寿，祝愿清苦的生活在充满关爱和呵护的路上早日改变。

家访，也是一种心灵洗礼和修行的过程，各人有各人的难，谁家有谁家的苦，难的不一样，苦得不一般，要改变，也许大多只能靠教育。我们继续前行，来到了"第51颗珍珠"的家里。

魏同学，单亲家庭，属于农村特困户，精准扶贫户。魏同学的母亲双目看不清东西，一家8口人，一个母亲带着7个女孩艰难度日，魏同学排行老六。三间土坯房，墙体已出现裂缝，土坯墙上贴满了几个女儿的奖状。魏同学的母亲告诉我们，大女儿15岁考上高中，因为家里没钱，她早早地辍学帮母亲供养几个妹妹上学。二女儿在沈阳读大学，三女儿在兰州读大学，四女儿、五女儿和魏同学都在读高中，七女儿还在小学就读。大家关心鼓励这位善良敦厚的母亲，魏同学的母亲失声痛哭，掩面而泣，不禁让在场的人心伤。可谓：两行辛酸泪，贫寒苦中来，哀与天地知，谁解其中味。鼓励和祝福是给这位母亲真心的告白，帮扶和关爱魏同学是对这位母亲最大的安慰。

走出魏同学的家已经是中午1点30分了，魏同学的大姐帮我们在附近找了一家小面馆，一碗农家炒面片，几碟农家小白菜，大家其乐融融，借着吃饭的机会我们稍作休整，继续出发。

大家走进万同学的家，我们心中一颤。一个有着新农村称呼的村庄，整整齐齐的排列着砖瓦房，可谓高门大院。而万同学家，两扇篱笆门，一方黄土院，带我们走进庭院的母亲，一脸风尘。

苦难的家庭故事，让这位艰难生活的母亲饱经风霜。独自一人抚养一双子女辛苦劳作，儿子在新疆上大学，万同学在读高中。

被丈夫遗弃的妻子，带着一双幼小的儿女白手起家。初来这里，面对茅草满地的一方土地，母亲一锹一锹的挖土，一页砖头一页砖头的砌墙。就在这多年来都没办法粉刷的4间房子里面，母子相依为命，仅靠几亩薄田养家糊口，维持生计。家里面简单的布置，简陋的陈设，可以看得出万同学家十余年来过着的清苦生活。这位坚强的母亲不顾一切地让两个孩子上学，尽管所有的钱基本都用在了孩子的身上，但这位纯朴的母亲一谈到孩子，脸上顿时乐开了花，而一谈及生活，却是满脸的泪水。

真情,一个独特的词,它既不华丽,也不优美,却珍藏了人心底最宝贵的东西。

大家亲切的问寒问暖,句句真情,让这间屋子里充满了爱与暖的因子。陈旧的墙壁上除了奖状就是这两页醒目的纸张。一页是万同学自己画的"青花瓷瓶",另外一页是万同学为母亲写的晚睡前温馨提示语"①吃药;②喝降压药;③洗脚;④喝腰痛宁胶囊;⑤托头;⑥用润舒滴眼睛。"

临别时,万同学的母亲千叮咛、万嘱咐,让我们好好照顾她的孩子。突然间让人产生了这样的心绪:母爱是平常苦口婆心的唠叨;母爱是送别时一遍又一遍殷切的叮咛;母爱是孤苦无助时慈祥的微笑。

一次家访,在心中也许是永远的感动,我们开车来到东升乡的一个小村子,穿过一条土路,去向李同学的家。

在家访李同学家时,李同学的父亲很阳光,但可以看得出来他笑容背后的凄苦。站在他身边的妻子很热情,我们照相时,这位可爱的母亲伸手跟我要糖果。还好,我拿了他们家的苹果给她,说苹果代表"平平安安"。

山区的贫困让李同学的父亲艰难度日,几亩旱田因缺少雨水,几乎颗粒无收,几间土坯房最后也塌了,李同学的父亲被迫在现在的这个地方买了3亩水地,简单地盖了几间房子,房子建起来6年了,但一直都是土坯子。李同学的哥哥常年在外打工,父亲要照看患病的妻子和在家的两个子女,除了就近务农和打零工外,再无其他收入来源。

"不管以后多艰难,我都会勇往直前,绝不退缩。我相信,父母永远是会做我坚强的后盾,家会永远是我的避风港。无论我何时受伤,我的家都会将我拥入怀中,亲吻我、抚慰我受伤的心……不离不弃。"这是李同学写下的一段话,也是对这个家最好的承诺,我们盼望着这个家的美好变化。

距离李同学家的不远处是段同学的家。我们进去的时候,段同学的母亲靠着墙站着,婚姻的变故让这位仅仅40岁刚过的女人腰身已经弯曲了。几间土坯房,还没有来得及砌完的院墙,凌乱的黄土院子里堆放着这一年的收成,一些苞米。段同学5岁时,父亲因车祸离世,母亲只身一人拉扯3个儿女,大女儿上大学,段同学上高中,儿子上初中。家里仅有的几亩田地,段同学的母亲辛苦经营。爱心妈妈看着满院的玉米棒子问及家庭情况,段同学的母亲以泪洗面,三个孩子就是她的希望,她不会放弃让孩子上学的机会,用她自己的话说"孩子是无辜的,只要她们好好学,苦死我也要供的……"

在大家嘘寒问暖的拉家常时,厨房里飘出的面香味让我们享受着那种久违的味道。我们打电话要来的时候,这位用心的母亲抓紧在为孩子烤了一些馍馍。刚烤好的馍馍,还很烫手,段同学的母亲急急忙忙的用碟子盛了几个让阿姨们吃。赵马冰如女士和黄女士说"这种味道太难得了,谢谢你,让我们享受到了这么美味的'大餐'……"

幸福和喜悦在这个简陋的小庭院里飘扬,阿姨们细心的鼓励,也许是对这位母亲最大的精神安慰。在我们离开的时候,段同学的母亲用塑料袋将馍馍装好,叮嘱我带给段同学。

带着农村那纯粹的"馍香",我带着各位爱心人士再次走进刘同学的家。80岁高龄的奶奶拄着一个拐棍(其实就是一根木棍),刘同学50多岁的父亲满头白发显得很苍老,三十几岁的母亲患有精神疾病。刘同学的三个弟弟,大弟弟二弟弟都不同程度地患有疾病,三弟弟刚5岁,对着我们一直笑。阿姨们亲切的每一声问候,都让刘同学的父亲和奶奶热泪盈眶。

傅老师走进刘同学家的厨房,当掀开那破旧的门帘时,满屋的柴火、烟布满了屋子,屋子顶上不规则的"天窗"喘着粗气往外抽烟,刘同学的父亲说他准备做饭。"这个家庭……"傅老师走进厨房不经意的一句话,或许心中也是五味杂陈。说老实话,我拍照的时候,屋子里什么都看不见,照片里,太阳光在烟雾里的痕迹清晰可见,而屋子里隐约可见的陈设让人心寒。

我们为刘同学的家人拍了第一张家庭合影,我在为他们照相时,手都在颤抖。"朱老师,不全,缺我大女儿……"简简单单的一句话,也许这就是一个父亲对女儿爱的牵挂和对这个家庭的坚守。我说,没事,我会把你大女儿加到照片中的,这位朴实的父亲笑着说"啊呦,还能把活人加到照片上啊,哈哈哈……"一句话,他们笑了,而我们在场的人差点哭了。我们也相信:爱心是一块衔含在嘴里的奶糖,使久饮黄连的人能尝到生活的甘甜。

爱心是头顶温暖美丽的阳光,使黑暗的角落撒满温馨!

走了,阿姨们擦掉眼角的泪水,挥手告别。面对刘同学一家人渴望的眼神,阿姨们对我说"朱老师,这些学生可都是宝哎,你一定要好好珍惜哦……"

夕阳西下,我们开车踏上归途,开始的几公里,谁都没有说一句话……

两天的家访行程,数百公里的颠簸……当我们回到学校餐厅的时候已经很晚了,一杯豆浆,几张饼子和一笼包子就是阿姨们的晚餐。

傅老师和唐老师匆匆地吃过晚饭,整理整理行囊,便走到了学生中间,又开始了另一堂心灵的互动交流。

从祖国大江南北的美丽景色，到基金会的每一句爱的语言，从人生理想到细微的生活细节，从爱心到信心，两位老师慈母般关怀和励志的语言，让这些可爱的"珍珠生"在心灵的沟通中感受爱的升华。

爱是每个人美好善良的言行；爱是愉悦的思想、高尚的谈话；爱是我们人生每一步的指南；爱是这世界一切美好事物的起点。让我们心中充满爱，把世界装扮得更美丽。

傅老师和唐老师为大家准备的精美礼物：有着"有爱走遍天下'捡回珍珠计划'十二年，新华爱基 XHEF"标识的精美手链。一个一个的发到学生手中，学生戴在手腕上看了又看，喜悦之情溢于心扉。

那夜，大家一起"疯狂"到深夜零点，接下来的两天，我们相逢，我们送别，就以一些关键词来表达难以忘却的记忆吧。

鼓励：历经风风雨雨，走到了今天，多不容易，忍受了孤单，忍受了冷寂，我们的生命，热情洋溢，鼓励自己，面对现实，微笑着继续，什么艰难困苦，不要放在眼里，时间流逝，一切不会变成过去，高高兴兴，就会留下美好的回忆。所以说，今天就是唯一的经历，一分一秒，都值得好好珍惜。

拥抱：让所有的烦恼走远，让所有的不快都随风消散，不再让往事把自己前进的脚步羁绊，潇洒地对昨天说声"再见"，尽情地拥抱今天，我们的思想亦不会孤单，我们的心灵依然有停泊的港湾，我们的灵魂依然有栖息的驿站，我们的梦想依然有实现的一天。

兴奋：带上手链合个影，孩子们高兴地站在板凳上摆 pose……自信的笑容永远灿烂，我深信有属于自己的明天。

享受：快接近零点的夜，也许外面很黑很冷，但这间教室里火热的温度让所有的人沸腾。

也许这样的夜晚在我们的经历中不会太多，但今晚是刻骨铭心的，是记忆永恒的。

感怀：10 月 17 日上午，大家一大早便去大芦厚修爱心小学参加那里的

学校剪彩仪式。中午2点20分重返美丽的一中校园，只为在分别的时候和可爱的"珍珠生"们做一交流互动。

孩子们的节目在阿姨们的鼓励下一个接一个，有欢笑、有泪水、有感动，但更多的是幸福！

摇摆：聚会总有结束的时刻，留下这弥足珍贵的片段，让我们在爱的海洋里继续扬帆远航。赵马阿姨一边唱着《当我们同在一起》《More than I can say》的赞歌，一边高兴的跳着，着实让人惊喜一把，孩子们被分成四组，赵马阿姨，黄阿姨，傅老师，唐老师作为超级明星的带队人，整个教室俨然一个盛大的欢乐海洋。

"你对着我笑嘻嘻，我对着你笑哈哈，当我们同在一起，其快乐无比……"所有人的心随着赵马阿姨跳动的步点起伏。

灵动：人生百年有几，念良辰美景，休放虚过。《you are my sunshine》全体在场的人在黄阿姨美妙的歌声中起立摇摆，因为同学们都不知道歌词，何况也是第一次唱英文歌曲，所以跟着歌曲的调子乱哼哼，看在眼里的唐老师拿起粉笔快速地把歌词抄在黑板上……所有的人都沸腾了，You are my sunshine, my only sunshine, You make me happy when skies are grey……歌声飘扬，在校园的上空飘扬，所有人幸福的舞动定格成为永远美丽的画面留在我们心中 for ever……

心动：一直都慈祥和严肃的傅老师也引领大家好好的"happy"了一把，看着傅老师这样高兴的舞动，那宛若天使般清澈的口号声，俨然是一位母亲对子女的呼唤，更是为这些孩子在逆流中奋勇前行的呐喊和助威。

赠言："黄金非宝书为宝，万事皆空善不空"，爱让我们相遇，爱让我们走天涯！

用爱尊崇生命，用心扶世助人，苦难是化了妆的祝福！读万卷书，行万里路；择其所爱，爱其所择！很高兴认识你们，吃好，睡好，加油！孩子们，好好努力，我们还会来看你们的哦！学生加油！

感谢：会心的一笑，开心的拥抱，也许是留在孩子们心中最美的记忆……

感谢白银市侨联的张秘书长给我们牵线搭桥，让我们与"珍珠班"结缘，与品质和爱心结缘，最让人感动的是能让这些清苦的孩子在爱的暖流中扬帆远航。

关爱：款款关怀，绵绵祝福，声声问候……"珍珠之家，有你真好"最后的挥手也不会忘记给孩子们一个暖心的拥抱，一张卡片的温情，却是一辈子珍藏的情谊！

送别：沧海月明珠有泪，蓝田日暖玉生烟。分别时，流连的泪眼，相对无语。冰冷的风掠过"耸翠楼"尖，窜进我们的怀里，我们紧紧地捏住双手，我们全身的神经都在紧绷着。看着敬爱的阿姨们即将分别，我们默默地注视。不愿让您走，渴盼时间能为我们停留；思绪如依依拂柳荡漾心头，别离，回忆依旧。因为是周末，偌大的校园任由我们感受别离的滋味。丈夫非无泪，不洒离别间；不论落红悲秋愁，只愿真情上西楼。再见，我们默默的祝福：祝阿姨叔叔们一路顺风……

大河弘风起浩浩不息

祝福：10月18日清晨，正好是星期天，我们组织学生一起爬上学校后面的那座山——乌兰山！

风约晴云诚相送，兰山一隅曲未终。站在大山之巅，我们虽然不能亲自为各位阿姨送别，但我们会用心的呼唤和呐喊：阿姨叔叔们，再见！我们一起向着阿姨们离去的方向挥手，我们始终在用一颗感恩的心送去祝福！

敬爱的阿姨叔叔们：再见！
挥别的是手臂，更近的是心灵！
别不了的，是你抛出的那根爱的缆绳！
变不了的，是你深埋在这片沃土里爱的种子！
情满于山，爱融于行，爱的旅途，永远有我们为您祝福！

一个人的旅途 一群人的风景

每一个不曾起舞的日子，都是对生命的辜负。

——尼采

也许，命运真的会在某一个时候给予一个人恬静、优美的风景。

曾几何时，我没有想过自己会做一名教师。可是，现实让我站在了三尺讲台上。岁月流转，我更没有想过自己会成为一个捡回并磨砺"珍珠"的工匠。可是，爱心与机缘让我融入了一个"有你真好"的大家庭。一个班主任的三年，那是一生一世的福报；一个教育人的幸运，那是三生三世的渐修。和那些可爱的学生一起走过的日子，让我感觉到了：健康的爱是没有你我也可以活得好，但是，有了你，我会活得更好的道理。

"有爱走遍天下，不放弃就有希望。"这是我和"珍珠"结缘深受触动的第一句话。以前都说"有理走遍天下"，可我更喜欢品味这句话的意境。大概是因为公益事业和教育事业有一个共同的本质——"爱"的缘故吧。"捡回珍珠计划"让我重新认识了公益与教育千丝万缕的联系，让我重新审视社会资源融入教育本身的内涵与魅力。见素抱朴、追求本真，社会慈善事业大爱化于行的质朴无华与胸怀天下的善良纯真，或许这正是我们教育人所要必备的品质和素养。

大河弘风起浩浩不息

2015 年的那个秋天，在淅淅沥沥的小雨中亲身感受到了那些爱心人士的无私与善行，体味到了她们和"小珍珠"之间的暖心与温情。我真的不敢相信，相互陌生的双方会因为爱的捐赠和善行的关爱在瞬间变得那么亲密、那么让人心生感动。那种恰似亲人久别重逢的感情从孩子们的泪水中迸出，刹那间的感觉是内心的火热和汩汩暖流在涌动。一代"心学"宗师王阳明曾说"无善无恶心之体，有善有恶意之动，知善知恶是良知，为善去恶是格物。"也许，那种"致良知"的教化才真的会疗救人心、"普度众生"。也许，那才是教育"爱与无私"的本真。那时，我试图用自己的行动和努力向那个充满爱的团队里靠拢。后来，校长的支持给了我莫大的鼓励。温馨的"珍珠之家"，让我觉得一个班级更像是一个大家庭；恬静的"大爱书屋"，珍藏了无数爱心人士的捐赠，一字一书、一文章；一花一物、一风景，悠游书海、胸怀大爱。有"家"也有"屋"，爱的鼓励犹如亲人的安慰，每天看到那些"珍珠"在爱的家园中努力，我想，欣慰和幸运的不仅仅是那些贫困家庭的孩子，

123

更是我们这些教育人"得天下英才而育之"的责任和担当。

　　从教10余年，我也曾家访过一部分学生，但从来没有像走访"珍珠生"家庭那样深深的被感动过。确切地说，应该是触动心灵的感动。近三年的时间，我在靖远县十八个乡镇里走访了263个贫困学生家庭。感慨系之，那些支离破碎、破败不堪的院落；肢体残缺、精神失常的亲人；孤苦贫困、厌世偏执的思想观念；在这个美好的时代里显得那样突兀和格格不入。但触动我灵魂的是屋子里那整墙整墙的奖状和那些孩子渴望帮扶的眼神，尤其是在我们家访离去之时，那些孩子，那些孩子望着我们的眼神，还有那噙满泪花、闪亮的眸子……

　　梦想在远方，也许是家庭的困窘让他们暂时迷失了方向……家访的路上，我庆幸与"珍珠"结缘的感动，似乎我看到了那些孩子背着背包渐行渐远、走向成功的背影，在内心突然产生莫名的成就感和幸福感是那么的亲切和悠然。那一刻我真正的很膜拜给予教师"人类灵魂工程师"称号的加里宁。

大河弘风起浩浩不息

因为，在家访"珍珠生"的路上，至少我的灵魂没有被前行脚步所抛弃。

家访的那些日子，要么在寒冬、要么在酷夏。但行走在捡回"珍珠"的旅途中，心中的风景永远是那么的高雅和可人。一个人的旅途一群人的风景，那曲曲折折的乡村小道、那坑坑洼洼的山间小路、那零零散散的破旧院落、那跌跌撞撞的陌路人生……在最困难的时候给那些最需要帮助的人几分慰藉，那不是一次施舍、更不是一种做作，那是人性褪尽浮华的坦荡与修为，那是大爱的传递、那是温情的流淌、那更是守柔如雁过无痕的豁达与兼济。

"教育是最伟大的慈善事业"。我由衷的敬佩浙江省新华爱心教育基金会的创办人王建煊老先生那些虽不奢华、但美得迷人的语言。王老将教育和慈善紧密地结合在了一起，并赋予一个"伟大"的词语。古之"三不朽"亦云：立德、立功，立言。是的，教育要立德树人、以德化民，以善教人、正己修心。细细想来，那些和我们一起家访的爱心人士不远万里、不辞辛劳，用自己真实地"足迹"践行"教育是最伟大的慈善事业"的本真。"行不言

之教",可谓行尘世之事业,参赞天地之华育,一句"有你真好"成为接受爱、感受爱、传递爱、播撒爱最无华的讯息。大道至简,大美箴言,咸淡之余,别有天地,这也许是一种基于爱、基于责任,基于一份对事业的尊重,也是用行动砥砺着属于那些"珍珠"生命教育和品格教育的晶莹剔透。

一群原本不相识的人,在爱的同心圆中融在了一起,而且是那样的幸福和快乐,正所谓烛光在最黑暗的地方最光亮,那种"舍"的气魄更能赋予生命或者说是活着的意义。我想这种气魄更是我们教育人所必备的品质和修养。

费孝通先生说"各美其美、美人之美,美美与共、天下大同"。一位年近八十岁的老人,从一个位高权重的政治"小钢炮",到爱融于行的社会"王圣人";从祖国的宝岛台湾到雪域高原,从秀丽山水的江南到大漠孤烟的西北……爱的足迹深深地印在了祖国这方温情的土地上,并用所有的积蓄为那些贫困的学子助行,用生命的大爱去实现"中国要成为一个爱心大国"的宏伟夙愿。而我们这些奋斗和行走在教育大道上的主力军,岂能独善其身。

五十一个来自不同乡镇的孩子在"珍珠班"这个大家庭里成长,我很幸运地成为这个大家庭的"老母鸡"。其实,我更感怀的是在捡回"珍珠"的路上经历的那些触动人心灵的故事,也让我重新审视自己,激励我用人性的良知和教育的本色俯身于本职岗位、乐为红烛,存其心,养其智,在孩子们奋斗的轨迹里且行且珍惜。

"老师,救救我吧,我想上学,我们家真的很困难。老师,您不帮我我就真的念不成书了……"这是我当老师来第一次遇见这样的场景,心中顿生怜悯之情,但油然而生的是对一颗坚强而不屈之心的敬意。至今想起,那位同学的眼神,游离而犀利、倔强而有力,让人无法回避,而是必须回答。那一次的决定是我从教以来对学生答应的最直接、也是最快的一起:"你好,同学,只要你想上学,不管想啥办法我一定帮你……"也许这是我说过最有力的豪言壮语了。每每想起,我并不觉得有什么不对,相反,会为那些孩子的努力和勇气而感到欣喜和感动。

实践出真知，有行才有悟。同学们在谈到诸多的困难和挫折的时候告诉我"老师，我不怕困难，我要在困境中做人杰"；"老师，我有了上学的机会，既然选择了远方，便只顾风雨兼程"；"老师，您说物质的贫穷有时候也是一种财富，对于我来说'财富'是满满的，只要您相信我行，我就相信我能行"；"老师，我虽然是一名孤儿，但我在这里真的找到了亲人"……一张张纸条，一行行让人感怀的语言，铿锵有力、掷地有声，我似乎觉察到了未来成功的乐曲里那些跳动的韵律与节拍。

常怀感恩之心，莫忘敬畏之情。行走在捡回"珍珠"的路上，太多的感动、太多的感触，一路行走的路标上我铭刻了"日日是好日"的提示语，悦纳自己，善待生命。逝者如斯，福来不容易，惜福看本心。一棵小草，没有参天大树的伟岸，却也是黄土地上的一道风景；一条小河，前方尽管九曲十八弯，但仍然一泻千里；一扇贝壳，柔软的身体虽然承受着不安分的砂砾摩擦，然终有一日会有闪烁迷人的珍珠绽放出耀眼的光彩。所以，人的一生要将

自己活成一束"光",不管你愿不愿意,你都会照亮别人。

大浪淘沙沙去尽,沙尽之时见真金。明心见性,唯行方是真;寓教于乐,为善才是情。捡回"珍珠"的路上虽非康庄坦途,但在我心中却处处都是锦绣繁华。因为我们一直在为峰回路转而努力,为柳暗花明而奋斗。哲学家尼采说过"一个人知道自己为什么而活,就可以忍受任何一种生活。"走在捡回"珍珠"的这条路上,或者选择这一条路,似乎就要将"忍受"改为"享受"了。抬头看路、埋头拉车,教育这个"移动的巴士"上,我们虽都是匆匆的"乘客"。但不管我们是"跑者""满跑者"还是"步行者",要想在时间的缝隙里创造奇迹,那只有努力干、一起干、撸起袖子加油干。正像我们一路走来共同约定的那样:努力到无能为力,拼搏到感动自己,用卓越的品质绽放青春最靓丽的色彩——有你真好!变不了的,是你深埋在这片沃土里爱的种子!

怀着对生命的了知、洞察和重复,像寻找金子般去发现和唤醒每一个生命的潜能,做一个有情怀的教师,善美大焉!做一个有温度的班主任,何乐而不为?

阡陌寻桃李　坐看云起

　　我是故乡人，要知故乡事，更是那故乡的黄土，让我夜夜醉卧在故乡唯美的民俗故事和沧桑的历史传说当中，让我充实地做了一个热爱家乡的故乡人，也做着一些热爱故乡的家乡人。

　　历史悠久的靖远县，黄河在这里扭了扭腰身，留给这里一个富足的"鱼米之乡"，美丽的"塞上江南"。

贝壳里的梦 / 点亮生命与爱同行

要走遍靖远县,必须先认真的规划一下走遍靖远县域18个乡镇的路线图。家访和旅游一样,而比旅游更困难些,因为那些陌生的人家具体在哪里,有时候哪户人家所处的地方用GPS导航是寻不着的,有些山沟里是没有电话信号的。所以,背包、充电宝和一大堆资料是必需的。

汉唐时期,由西安进入河西走廊通往西域,处于丝绸之路北线的靖远县是必经之地。从长安出发,经过陕西彬县、长武,进入甘肃泾川、平凉,再经宁夏固原转向北进,过境靖远,抵达靖远北部的哈思堡,从哈思堡西行五公里到达黄河岸边,渡河后通往河西走廊。中外商旅使团络绎不绝,使靖远成为古丝绸之路北线重镇之一。在靖远境内的黄河上,先后形成了一些重要的渡口。据现有资料及实际考察,往河西走廊的渡口有四条,这五个渡口由南至北依次排列:虎豹口、鹯阴口、索桥渡、乌兰津和白卜渡。

行走,只要心中有风景,旅行就不孤独。感谢"捡回珍珠"的这段旅途,让我沿着黄河流经的村庄,亲近地触摸母亲河的脉搏,让家乡的乡土气息和历史音韵伴着深一脚浅一脚的旅途仆仆而过,在心中,留下了永不荒芜的记忆,在如诗如歌的岁月里静静地沉淀和绽放。

万斛珠玑随地涌，清流昼夜自涓涓。

靖远县的十八个乡镇静卧在黄河两岸，大致可分为南北两部分，即南十乡和北八乡。但从依次走遍那些散若星辰的村庄可以分为五条路线。

第一条路线：去北八乡。从县城出发，经黄河南滨河路一路向北，有30分钟的车程直接到达平川区新墩或响泉高速路口。（如果是傍晚的时分，可以到月河湾小憩，顺便领略一下著名的靖远八景之一"月河晚照"，享受"天机织出赤城霞，焕彩腾光万树花；几缕纷纷明远岫，余晖晚送夕阳斜"的美景。）再经G9高速一直到刘寨柯下高速向左拐，一路向西：靖安乡——五合镇——东升镇——北滩镇（中途可休息）——永新乡——兴隆乡——双龙镇——石门乡，然后折返至北滩镇返回县城，也可在石门渡口过黄河从刘川镇、吴家川方向绕行返回。

第二条路线：靖远县城周边，沿109国道出发——东湾镇——糜滩镇——三滩镇——刘川镇。然后从吴家川返回。

第三条路线：靖远县城（乌兰镇）从黄河北出发——北湾镇——平堡镇，从黄河南岸返回。

第四条路线：靖远县城出发，从去会宁方向走——大芦镇——高湾镇，从平川区返回。

第五条路线：靖远县城出发——若笠乡，这条路很远也很险，无法绕行，只能原路返回。

每一条路上都有讲不完的历史故事和风土人情，任由汽车在奔、思想在飞，那些千年道不尽，万年诉不完的人和事在情随事迁中飘摇，那些秦时明月汉时关的沉积，千年历史的风云突变以及丝绸古道上发生的那些事，不会影响我一路的心情，有时却会激发我去发现那些泥土里祖先留下的气息，领略一下先辈留下来的那些让人膜拜的丰碑。

出发前，路过伫立在县城中央的钟鼓楼，有时候也会去县城的城隍庙转一转再启程。

钟鼓楼。靖远县城标志性的建筑。原名谯楼，位于县城中央，古朴典雅、气势恢宏。明代邢玠咏靖远诗《谯楼》中赞曰："层楼高耸逼青空，独凭危栏四望雄。"意蕴深邃，气势磅礴。

据清康熙《重纂靖远卫志》记载，谯楼在城中大街协镇署前，楼基高3丈5尺，方周40丈，楼体3层7楹，高5丈5尺，正统三年都指挥使房贵建，弘治三年守备曹雄增修。少卿梁许南题"西北重镇"，北题"声教四达"，楼头有巨钟，弘治十四年铸。

靖远，这座千年的小城，虽历经战火，但那股雄盛之雅风随处可见。据史书记载：正统三年（公元1438年）七月竣工的靖虏卫城，初具规模，四周长达四里三分，城北建有镇边楼，其上题有"威远"、"坐镇四塞"、"大观"匾额，东西南分开三道城门，于内城门上建楼，分别以通化、治平、安远命名，依次上题"三秦藩篱"、"两河屏翰"、"秦陇锁钥"匾额。万历六年（1578年），苑马寺少卿梁许等增修东西边门楼，东为镇戎楼，上题"元老登坛"、"北门锁钥"匾额，西为宁塞楼，上题"河清海晏"、"河山一览"匾额。

钟鼓楼，曾多次毁于兵燹，民国十四年（公元1925年）靖远县知事张鹍筹集款项，并参照嘉峪关关楼、兰州南城门楼、陇西威远楼等模式，弃短存长，精心设计，采伐当地泰和山等处木料，建窑烧砖，并向群众募捐，历经数年方才完工。门上镶嵌石刻匾额，门北为道光二十二年（1842年）靖远知县李志学所书"天枢"旧额，南门为近代陇上书画家本籍人张云锦所书"瑞丰"二字。书法家陈国钧曾为该楼撰联曰："此亦天枢，众星环拱；俨然砥柱，万壑朝宗。"楼上有千斤之巨钟，为明弘治十四年（公元1501年）所铸造。抗日战争时期，日寇飞机数次飞凌上空轰炸靖远县城，曾鸣钟报警，声达十余里之外。

如今登楼眺望，乌兰耸翠于南，大河横流于北，县城美景一览无遗。俯视楼下，商贾云集，车水马龙，古镇新容尽收眼底。每年春夏秋之际，飞燕成群，萦回翱翔，蔚为一景。

城隍庙。据传，靖远县城隍为郭虾蟆，原名郭斌，封显右伯，明洪武二年朝廷旨封，有诏书存县。另据世代居住在隍庙巷子的人说，靖远隍爷郭虾蟆是楠木雕像，至于是哪个朝代流传至今的，不得而知。

郭虾蟆是金国最后一座城池的守卫者，他百步穿杨的高超射术和凛然不屈的爱国情怀和民族气节将永远彪炳史册、光照千秋。郭虾蟆壮烈殉国时四十五岁。当地人在此后世代立祠祭奠这位箭术超群的杰出的爱国将领。南宋理宗端平三年，金将通远军节度使郭虾蟆为保全会州与元兵顽强作战，最后宁死不屈，全家壮烈牺牲，其刚正不阿的民族气节被后人铭记，并尊奉为保护地方的城隍神，永享香火，名垂千古。

生活 要配得起苦难赐予生命的坚强

北湾镇是靖远县城西部的一个乡镇，距县城30公里，黄河流经22公里，靖白公路东西贯穿全境，通讯网络覆盖全镇，交通运输便利，信息传送快捷。40里黄河风情线，自然条件得天独厚。全镇现辖7个村。土地总面积270.35平方公里，耕地面积36850亩，是全省最大的养鸡基地和万亩反季节日光温室蔬菜生产基地。

一个历史悠久的文化之乡，境内有寺儿湾石窟、文昌山、三官楼、剪金山等名胜古迹8处。创建于唐代的寺儿湾石窟为省级文物保护单位，石窟位于天字村的寺儿湾，开凿于东山之麓，坐东面西，为平顶三面多开龛式，龛内存释伽、伽叶、阿难、观音、天王、力士、十八罗汉等塑像66尊重，塑像经历代彩饰，造型精美、形象生动、神态逼真、栩栩如生，堪与敦煌莫高窟唐代造像相媲美，对研究黄河流域和丝绸之路石窟艺术，是不可多得的石窟之一，也是人们称觐和旅游的好去处。一个以四龙度假村至寺儿湾石窟贯通北湾全镇水上黄河风情观光游黄金线路正在形成。

在家访这一路时，从黄河铁桥——独石头——寺儿湾石窟——天下农民第一桥——虎豹口，围着黄河绕行一圈回到靖远。当然，过了虎豹口经过河靖坪的时候，可以驻留那里去祭拜一下靖远县最后一个进士、著名书画家范振绪先生墓。也可到潘育龙将军墓领略一下那石坊门正面横批"输忠阃外"忠诚报国之情怀。

庆幸一路很多的文化遗产值得我追忆和分享。想起那些，家访其实并不孤独，因为我有汉唐文风的陪伴，有明清墨雨的浸润，一路，我是幸福的。

中流砥柱。在去北湾的路上，路经独石村。这里之所以称之为"独石"，这要说说靖远八景之一的"中流砥柱"的来历了。这里，在黄河的中心有一奇石巍然屹立大河中央，传说是女娲补天掉落了两块石头，一块掉到了南京，成就了曹雪芹，一处掉落在此处，承载着千年的历史故事。清康熙《重纂靖远卫志》载：砥柱石，在城北五里黄河中，峭壁耸峙，屹立中流，方正如削，上有芳树，下垂洪涛，东注激触分流，俗名独石头。西南有"黄流在中"横额，雕刻龙凤花纹，传为唐将敬德所书。石之东北侧刻有"西来鳌柱"四个双沟大字，落款为"兰陵张㤭……"字样，题字者何人无从考证，也有人说是南宋高宗初川陕京西诸路宣抚处置使张浚，力拒金人，曾亲至会州（靖远县的古称），在大河中央的巨石上题写了"西来鳌柱"四个大字，扬威纪功。明朝万历年间，时任监司后为兵部尚书的邢玠巡视靖远，途径独石头，欣然为铭"中流砥柱"，参将李崇义将此四字镌刻于其上。石之南侧刻有清康熙时怀远将军房梓、明威将军马腾远、员从龙合书"静涛"

二字。独石头,这块岿然屹立的黄河巨石,无声的向人们讲述着它的神秘奇异,也见证并记载着这片土地上沧桑变迁的历史。

鱼龙山。鱼龙山原名中圈子,早在元朝忽必烈西征时为了休养生息,扩军备战建立。这里也流传着巨浪腾空似鲤鱼,四圣母动容定行宫、河包口(虎豹口)惩戒恶财主,徐向前坐镇强渡黄河,儒释道三教合一保平安等动人的传说和故事。近些年,鱼龙山投资兴建,集红色、宗教、观光旅游,为一体的现代化儒、释、道三教圣地祈福降祥,合境虔恭,广结善缘,庇佑一方。

寺儿湾石窟。开凿于黄河北岸的红罗山红砂沉积的石崖上,故又称红罗寺。这个始建于唐代的石窟,原先有6窟,现在仅存1窟,石窟正壁大龛内塑释迦牟尼佛坐像,像高100多厘米,后有一圆形镂空背光,此类形式的背光极为少见。石窟顶部有彩绘,但因年久烟熏,模糊不清。门前左房树立一残碑,刻有"古刹寺碑记",是研究黄河流域和丝绸之路沿线石窟艺术不可多得的史学资源。顶礼之余,寺庙门口一幅篆书楹联给人更加虔诚的思悟:黄河澎湃乐奏一时遗像在,洞天辉煌诗歌千秋古韵存。

天下农民第一桥。从平堡乡绕行,因为在这里有由当地农民自发组织修建的"天下农民第一桥"的黄河吊桥。一座巨大的吊桥,横跨黄河两岸,乌金峡口河水滔滔,高耸的桥墩托起一座历史的丰碑矗立于此,结束了这里乡民用羊皮筏子、小木船摆渡的历史,更创下了中国农民建桥的奇迹。

在大桥南面不远的地方就是著名的靖远八景之一的"大浪天险"。乌金峡奇峰耸峙,怪石林立,水流急湍,俨然一处天然屏障,自古以来被传为天下黄河胜景。黄河入境乌金峡,穿行在狭窄的峡谷中,两岸奇峰对峙,怪石嶙峋,河流湍急,水多洄漩,黄河水中掀起无数巨浪,向石质山体奔涌冲击,发出巨大的声响,犹如怒吼一般。因水势汹涌,涛声如雷,受到河床底部巨石的阻挡,形成波浪,起伏跌宕,落差高达十余米,每当深夜万籁俱静,十里之外也能听到涛声。至此,筏行水中极难驾驭,故而有大浪天险之说。明代诗人路升咏诗:天然大浪与云齐,扼险崖巍关以西。万里尘氛清塞外,诗留石壁几人题。

平堡。这里也是丝路文化的古镇之一，灯山楼、六角亭、平滩古堡等深深烙印着文化的印记，还需要代代乡人的传承和发扬光大。

虎豹口。又名河包口，是古丝绸之路上的重要渡口，也是明清以来靖远四大官渡之一，为兰（州）靖（远）交通要渡，用木船数只终年供渡，昼夜繁忙，史称"边防要路"。清代光绪年间靖远知县储英翰勒石立碑，亲撰《河包口官渡记》，记述渡口历史渊源，以及过渡车辆、人畜等价目。1936年10月24日至30日，红四方面军21800余人，在徐向前、陈昌浩、李先念等率领下，突破国民党重兵防守，在此强渡黄河，开启了悲壮的革命历程。为了纪念这一壮举，靖远县近年来组织爱国徒步行活动，从县城人民广场出发，步行至虎豹口缅怀革命先烈。靖远一中从2016年开始，在10月24日这一天组织全体高三学子徒步往返23公里进行"红色足迹、筑梦远航"远足励志行活动，铭记先贤，缅怀先烈，激励后学。

在我的印象里，北湾镇应该是靖远经济最好的一个乡镇了。以前都是去北湾镇一些好的去处，而这一次是去寻找"珍珠"。

我带好家访"准珍珠生"的名册促车前往。在北湾镇的正街上，我打听陶同学的家庭住址，一位好心的老乡告诉我前面不远处就是他家，院子临街就是。我一听"临街"，我就有"打退堂鼓"的意思了，临街的家庭能是贫困家庭吗？但是既然来了，还是看一看。在距离陶同学不远处的地方，为了表示尊重，给陶同学的父亲拨通了电话。

临街一处破旧的门面，打开门，迎面墙上就是陶同学姊妹两个人的奖状，很简单的一个屋子，床头上放着一些书籍。陶同学的父亲热情地给我们让座。环顾四周，我真的有点不敢相信这就是陶同学简陋的家。不到10平方米的临街房屋，有一个后门通向他家的院子。挑起门帘，后面的院落让我大吃一惊：极其简陋的土房子、满院的柴火，有一根铁丝上晾晒着十来件刚洗完的衣服。陶同学的父亲一边解释一边感叹。说实话，陶同学的父亲当时说了些什么我已记不清，只为眼前的境况心酸。到了主房，陶同学的爷爷迎了出来：80多岁的老爷爷，佝偻着腰，满脸岁月的沧桑，没有说话，但从神情上可以看出生活的艰辛给这位老人留下的印痕。我进屋环顾四周，老人可能用

了很长的时间捡拾了很多的陶罐和废旧物品，摆满了整个屋子，仔细地打量，每一个破旧的物件都擦得一尘不染，一间小屋子，除了老人家睡觉的一方炕头，其他的地方都是老人从外

面捡回来的东西。一阵心酸涌上心头,我转身出门询问陶同学到哪里去了,陶同学的父亲告诉我出外干活去了,问及陶同学的母亲,陶同学的父亲说在前面的院子伺候老太太呢。

前面的院子?我心想应该比这个院落好一些吧,我便起身和陶同学的父亲起身前往前面的院子。

前面的院子不远,就隔着这条街。一路上陶同学的父亲说:"朱老师,咱不去了吧,我母亲……"我说要去的,来了就看看。

路虽然不远,但拐了好几个道道,一个破旧的远门,几间近乎塌陷的房子。我在心里惊叹:这里面真的住人吗?

屋里是陶同学的奶奶,80多岁的年龄吧,似乎神智有些不清,

坐在凌乱的炕头边上,没有看我们一眼,我抬头看了看房顶,房梁有一处都快塌陷了。陶同学的父亲拉着我的胳膊说,他母亲就是这样,还是出去吧,我还没来得及多照一张照片,陶同学父亲的眼泪让我不忍心举起手中的相机。

从院子里面出来,陶同学的父亲只是谈两个孩子的学习情况,一句:这辈子,就靠这两个娃娃了。说的人心酸不已。

因为还要家访其他的孩子,我没有过多的停留,但这一家却给我很长时间的反思。

陶同学在"家的故事"里这样说：

家，是一个多么温馨的字眼，我的家共有五口人，分别是我的奶奶、父亲、母亲、姐姐和我。算起来我的家共有两个。旧家是一座土房子，上小学前我们便一直居住在那里，它已经经历无数风雨的洗礼，变得越来越残破，而且交通很不方便，附近的路都是坑坑洼洼的，一下雨便成为一条泥路，很难出行。新家只有两间房而且房子内部空间很小，院子也很破，但我们觉着已经很新了。每到夏天，感觉像在火炉里似的非常炎热。上小学时，因为学校距老房子较远，上学不方便，我们家便搬到了离学校较近的新家，原来的老房子便由奶奶一个人居住。奶奶有时候会犯"糊涂"，会说我不是这个家的孩子，让我和姐姐还有母亲回到自己家去吃饭。有时候还会动手打我们。记得有一次，奶奶用锅去打母亲，如果不是母亲躲闪及时就会受伤了，到了第二天，母亲便又像往常一样继续照顾奶奶。自从我们搬到了新家，到快吃饭的时候，奶奶会来到新家吃饭，吃完饭后又回到原来的老房子，如果奶奶有时候不来，每天都需要有人把饭送过去。记得有一年冬天，父亲外出打工，母亲生病而不能去送饭，所以只好由我和姐姐代劳，早上先把饭菜给奶奶送去，然后再去上学，晚上回到家的第一件事也是把饭菜给奶奶送去，一连便是好几个星期。有时候家里吃的东西少。记得老房子前有一棵果树，一棵杏树，一棵枣树，当果实还是绿色的时候，这时候已经被奶奶摘得差不多了。

新家就在我二爹家的前面，爷爷本是由二爹来照顾的，但是有一次，父亲看见爷爷一个人去商店买馍馍，便去问到底发生了什么事，爷爷说吃不上饭，买一点馍馍填饱肚子。那之后，爷爷就到我家吃饭，直到现在。

我们家只有几亩田地和一座塑料大棚，父母都是农民，以种地为生，农业收入微薄。农闲时父亲只好外出打工，扛起整个家庭的重担。几年过去了，时间在父亲身上留下了年老的痕迹，沉重的负担使父亲原本挺拔的身躯略显佝偻，头上已是满头白发，父亲的身体状况也越来越差，在家里休息时也会有一种莫名的疲惫感。父亲如此不知辛苦地干活，就是为了这个家，为了我们上学。

这几年，爷爷奶奶都已经80多岁了，身体又不太好，几乎天天都吃药。爷爷有时在外面捡一些破旧的瓶瓶罐罐，奶奶时不时就会打人、骂人。母亲每天要伺候爷爷奶奶，还要下地干活，有时候我们姊妹吃不上饭，母亲说忍一忍，仅有的一些饭菜要给爷爷奶奶吃。有的时候，要是家里的饭稍微做的多一点，我就美美地吃一顿，总害怕下一顿又没饭吃了，饿着的感觉真的很难受。

有时候看见母亲面朝黄土背朝天在地里干活，我心里边觉得好痛好痛，恨不得辍学去帮助母亲，以减轻家庭的负担，但母亲却对我说："人穷志不穷，只有上学才能改变自己的命运，你要好好学习，妈妈苦一点没有什么。"当听到这些话的时候，我心里很想哭，但是我不能哭，我要学会坚强，去乐观的面对人生，人世间的一切存在都是有道理的。我不会自卑，因为那是懦夫的行为，我要坚强，不再让家里人为我担心。但有的时候，想起贫困的家境和亲人的不容易，我心里真的很难受，无心学习。

我知道现在凭借我自己的能力不能改变家庭的生活状况，但是上帝在给你关上门的时候，必定会为你打开一扇窗。这个秋天，上天真的给了我一次机会，让我进了"珍珠班"，班主任说：盖人生世世富贵不可捧贫贱不

可欺。我会努力学习，用知识的力量武装自己，用知识的力量改变自己的命运，考上一所好的大学，绝不会辜负家人的期望。长大后一定努力赚钱，改变家庭的生活状况；长大后我也一定会多做慈善事，让更多的孩子不再因为生活的窘迫而辍学，让更多的父母不再因为孩子学费没有着落而苦恼和悲伤，更不能去挨饿。

有爱走遍天下，不放弃就有希望，把爱的温暖传出去，让爱的光辉洒满人间，这就是我的承诺，我一定会向这个目标奋斗。

贫穷需要改变，每每想起陶同学和他的姐姐，我总觉得这两个孩子就像两盆芸香。

但愿这两盆芸香能给这个困苦的家庭几多色彩，也希望两盆芸香能给这种贫苦的疾病清热解毒，活血散瘀。

八月的靖远，天气十分炎热，三十七、八度的高温炙烤的让人难受，打开汽车的空调还稍微能好一些。离开陶同学家不远，陶同学的父亲给我打了一个电话，问我孩子上"珍珠班"有没有希望，但愿好心的人能够帮他一把，不，是帮助孩子一把。当时，我就答应了，我说您放心，我们会尽最大努力的。

挂了电话，我想起了王老的一句话：教育是最伟大的慈善事业，我们所做的不是怜悯而是珍惜。是的，磨炼一个人的心智，锻造一个人的品质，是需要实践磨练和锻造的，没有顺风顺水的人生，山重水复的困难只是暂时的，柳暗花明的欣喜才是我们真正渴盼和向往的。

在去另一个同学家的路上，我一边开着车，也欣慰地笑了。我感谢我当初的执着和坚持，感谢白银市侨联张秘书长的那个"及时雨"一样的电话，感谢黄崇美女士给我们申办"珍珠班"的希望，感谢吴校长那个坦诚的决定，更感谢傅静秘书长和潘瑜老师给我们一次"捡珍珠"的机会。瞬间，我感觉浑身舒服到了极点，我都想大声地唱那首在基金会学的歌曲"让爱传出去"。

是的，当时的坚持是因为自己也是一个农村出身的孩子，感同身受，我希望不再有更多的孩子辍学，不再有更多的孩子因为缺少关爱而失足。想起这些，我很是庆幸能踏上"捡回珍珠"的这趟旅程，似乎我看到了一个更光亮的前程，又有一种动力促使我在教育的路上奋然前行。

高中三年，陶同学已不再是当初腼腆的小男生了，我觉得他倒像是一个有担当、有自信的男子汉了。

记得高一刚开始的那些日子，很多同学都不喜欢说话，也不喜欢参加学校的学生社团和各类活动。于是，我们就从打造宿舍文化和班级文化开始，每周都会组织一些集体活动，鼓励同学们参与到活动当中。学习互助小组建设、演讲比赛、朗诵比赛以及"夏令营"活动等，陶同学从一个腼腆的小男生逐渐成了男生宿舍的室长和同学们喜欢的幽默大男生了。自信、风趣，而且成绩如雨后春笋一样节节高。高二的时候，有一次班上组织活动，陶同学一首"我真的还想再活五百年"唱的情真意切，满头大汗，唱完了还瞪着大眼睛调侃同学们："唱得怎么样？"当然，同学们报以热烈的掌声给以鼓励。三年的时光很快,有一次同宿舍的一位同学受了委屈,陶同学打抱不平,我告诉他不要冲动,也和他谈了好长时间,他竟然急哭了,还问我:您不是说我们班的这些同学应该像兄弟姐妹一样相互关心和帮助吗。

之后的一次班会课上,我说:有时候一个同学犯了一点错,大家可不能不假思考地跟着犯浑,凡事都要按规矩办,校有校规,国有国法,对与错不是一己之见,错了就不能姑息纵容,对的肯定有个公正的说法。我们心中的目标是好好做人,考理想的大学,静下心、沉住气、悄悄干。后来我就把"有目标,沉住气,静下心"几个字写在了后面黑板的拐角处,有同学问我:"老班,还有三个字'悄悄干'呢",我说写出来就不叫"悄悄干"了,大家都笑了,我知道我们在高三最需要的是目标和安静,因为教育需要安静,经不起折腾,因为,我们奋斗的目标是——出彩!

我在一篇文章中看到过这样一句话:"大学,对寒门学子来说意味着未来,是一个家族向前跨越的一大步",大学是一个弃旧迎新的过程,从贫穷落后的小山村到文明先进的"外部世界",这对寒门学子来说意味着蜕变。陶同学,他用自己的坚持履行着自己"改变命运"的诺言,不认输也不服输的斗志激励着他一路向前。

高考过后,陶同学被陕西科技大学录取,祝福陶同学在未来的路上继续努力,顺利实现他的诺言。

逆境出人杰　没有梦想何必远方

　　刘川镇地处腾格里沙漠南缘，黄河上游，位于甘肃省靖远县、平川区和白银市三地之间，属黄河流域高扬程灌区。东西长约30公里，南北宽约14公里，总面积约422平方公里。白宝铁路、国道109线、正在建设的刘白高速公路横穿境内，交通便利，是典型的移民乡。

　　石板沟古渡。去刘川，要过碾子湾坪，那里经过平山整地后是一大片平原，即将有兰州至银川的高铁穿行而过，并在碾子湾设站，也就是在那附近，有历史上有名的石板沟古渡。石板沟的形成由千百年的山洪冲刷而成的，大沟的两边山上多红砂岩石，乡民们制作炕板石条，制作盖屋子的根基石板，都由专业的石匠取材于此，故名曰：石板沟。在石板沟的沟口与黄河联结的地方就是有名的石板沟古渡口了。在历史上，千百年来，石板沟古渡口成为连接着靖远——兰州，乃至河西、西域的咽喉、要津。《靖远旧志》载：商贾不绝，日奔塞下。描绘的正是中外商贾，途径靖远补给完粮草而奔向远方的壮观、繁忙的情景。后来，在渡口的附近架起了"黄河铁桥"，古渡逐渐成为历史，曾经的古渡原址，驻扎在靖远舟桥团部队的一个连队驻扎在那里。那个地方不仅是渡口，也有更加重要的战略意义吧。

吴家川岩画。驱车上行，当然，今天能去这里，也因为刘川电力提灌工程。神秘的吴家川岩画见证了这里的水草肥美，丝路的驼铃声也曾在这里回响，这里也是中国工农红军红三十军267团与马步青骑兵第五师马禄部和祁明山步兵旅展开激烈战斗的地方。

刘川工业园区。这也是国家重要的稀土工业基地。曾有一段时间，恶劣的气候条件让这里干旱贫瘠，"山似和尚头，风沙吹倒牛，十种九不收，吃水贵如油。"这首民谣即为这里真实写照。然而，水利工程又让这里变成了适合人类生存和居住的地方。便利的交通更是给这里的父老乡亲带来了实惠。这里，也成了工业生产的聚集区——刘川工业园区。

西征公园。在去刘川镇的路上，有一处值得纪念和缅怀的地方，就是吴家川高速路口处的"西征公园"。在靖远渡过黄河的红军部队有红四方面军三十军、九军、五军、四方面军总部直属队，总渡河人数21800余人。1936年10月，陈昌浩、徐向前、李先念等红军将领奉命执行宁夏战役计划，率领红四方面军总部及9军、30军和红一方面军的5军分别在靖远县虎豹口和三角城渡过黄河，在吴家川打响了西征的第一场胜仗。通过吴家川的2.18万名红军后来组成中国工农红军西路军，开始了浴血河西的悲壮征程，靖远因此而成为西路军征战河西的出发地。为纪念西路军的丰功伟绩，缅怀革命先烈，传承红色精神，从2009年开始，靖远县委、县政府决定在西路军吴家川战斗遗址上建设"中国工农红军西路军纪念碑"，并以此为标志建成占地200亩西征公园。

刘川镇有一个村庄被称之为"慈济村",听到这个名字的时候,感觉就是一个由爱心援助或捐资新建的村庄。我开车第一次到那个村庄,简单地向当地的居民打听了一下情况,乡亲们告诉我这个村子是由来自台湾的爱心人士捐资建起来的。搬迁到这里来的大多是曹县和若笠乡的老百姓。是的,曹县和若笠基本是靖远县最贫困的地方了。记得有一次和黄崇美女士谈到这两个地方的时候,黄崇美女士说,这两个地方的孩子进"珍珠班"可以"免检"。

这一次我们家访的是一位马同学。进了村子经打听很快来到了马同学的家。这个村子的院落都是一样的,进了门,院子打扫得非常干净,马同学和爷爷奶奶正围在院子里的桌子旁吃午饭。马同学是一个爱笑的男生,很阳光,也有很多的爱好,他带我看了他学习的地方,很多的奖状,也让我看了他写的毛笔字,他说他还喜欢音乐等。但最感动我的就是他爷爷的一句话:"这娃娃命苦些,学习也很好,是我和他奶奶一直照顾着长大的。"也许正是因为他爷爷的这句话,我捡回了这颗"珍珠"。

正是爷爷奶奶对这个孙子的偏爱,马同学对爷爷奶奶的感情很深。记得在高一第一学期期末考完试后,已是寒假了,我在学校加班,马同学突然哭着跑进来,而后就是他爷爷给我打电话:"朱老师,孩子肯定跑到你那了,家里闹了一点小矛盾……"我告诉马同学,很感谢你信任我。马同学觉得他深爱的爷爷奶奶受委屈了,他觉得心上难受。因为他非常尊敬和爱着自己的爷爷奶奶。那一次我和马同学谈

了很久，也聊了很多。那个寒假，马同学没有回老家，每天早晨都起得早早的在校园里背书，看着他的背影，我想起了那一句话：天才就是1%的灵感加上99%的汗水。

马同学是一个积极向上、阳光大气的孩子，他喜欢书法、多才多艺，可以说是班上的"万金油"，几乎所有的活动他都会热心的参加，并且善于思考和琢磨怎样做好一件事情。

在高一第一学期期中考试的时候，他竟然考了全年级第一名，这是个大大的惊喜，当然，这不是我一个人觉得，而是所有人。

记得成绩刚出来的时候，我去教导处取成绩单。我一进门，教导处所有老师都欣喜地说："恭喜你，年级第一在你们班，牛啊！"说实在的，当时，我很不相信，我觉得同学们能努力到年级前二十名我都很满足了，因为在"珍珠班"前面还有三个学霸如云的重点班。但是，当听到那一句话的时候，我的心里有些冲动的感觉，我取上成绩单后，三步并作两步跑到了教室里面，将这一天大的好消息告诉可爱的同学们，大家乐开了花，当然，那一次所有的"珍珠生"都考得很不错。

也正是因为那一次的考试，我内心深处默默地给这些可爱的同学们定下了更高的标准和目标。不努力、不奋斗，你要青春干什么？

高一年级的四次考试中，马同学拿了两次年级第一，班级综合排名从靖远县的第7位上升到了第3位。高一学年度的表彰大会上，马同学作为代表发言，23名同学受到了表彰，班级团支部被评为靖远县"五四"红旗团支部，班级被评为靖远县先进班集体，那一次表彰大会可以说是我从教带班以来最荣耀的一次。

一个特别的团队，用拼搏的汗水书写着属于这个团队的精彩。

马同学在谈及自己成长的过程是这样写的：家，是一个多么温馨的字眼，我的家以前在若笠乡升阳村，我和爷爷奶奶住在一个深山沟。我一出生便在若笠，对老家的一土一石，一草一木，我都有着非常深刻的印象。

我们家的那道沟南浅北深,我家在沟底,有三间土坯房,两个窑洞,再加一圈土墼子围成的院墙,没有大门,仅有三间房的几扇木门抵挡冬日凛冽的寒风。

院外是场,场口放着一根椽,这是为了防止农村的牲口进入场,进入院子,害怕撞坏家里仅有的几扇破旧的木门。院子里有一个花园,说是花园,还不如说成菜园,每年爷爷奶奶都会在园子里种一些适合旱地生长的葱和韭菜。我们那里十年九旱,贫瘠的土地上没有水,农作物和有些蔬菜很难生长,有时候园子里依稀可见一朵白菜,却已被虫吃得千疮百孔,所以,在老家的饭桌上,见到最多的是腌缸菜和少许的葱花。因为气候干旱,饮水成了一个严重问题,虽然我家在沟底,但向下挖二十来米都不见地下水的影子,在我们那里,解决吃水的办法就是家家都有口大水窖,每当下雨时,便接些雨水,冬天下雪的时候就将雪铲进水窖里,融化后再喝。

一年又一年,我长到了五岁,到了入学的年龄,五岁的我对于父母的记忆几乎是没有的。听爷爷说,父母在生下我一年后,因为家境贫苦,也为了生存,就进城当农民工了,一去就是好几年。爷爷奶奶靠种地养我长大,在那个"靠天吃饭"的地方,农民一年的劳作很累,收入又很微薄。尤其是爷爷奶奶有时候累出了病,有的时候连个买药的地方都没有,那时候我还小,但看到爷爷奶奶累得直不起腰的时候,心里总是很难受,也想哭。

离家最近的学校有好几里路,学校就两位教师教一到六年级,其中一位是校长。刚入学的我,每天早上天还没亮,月光还映照着那曲曲折折的山路时,我就出发了。因为路远,中午不回家,在学校吃些自带的馍馍,晚上总是摸着黑回家,因为学校没有宿舍。

二年级时,受汶川地震的影响,家里的土坯房裂开了一条大口子,从屋里能看到墙外,天有不测风云,人有旦夕祸福,奶奶的哮喘病也越严重了,爷爷既要做饭,又要照顾奶奶和我,为了不让爷爷奶奶再劳累,也为了让我每天少跑十里路,三年级时,我随务工的父母进城了。

那时候，我看见城里的流浪狗不被重视，我感觉我也像它们一样。我与父母挤在一间十平方米的出租房，父母早晨六点钟就走了，中午工程队休息时间少，父母不能回家，我只得自己给自己做饭，每天都是买些咸菜，再买一些面条就够我吃了。

四年级时，母亲出车祸了，整整休养了一年，原本境况窘迫的家庭雪上加霜。眨眼间，小学六年就过去了，小考期间，爷爷奶奶借别人家的电话打给父亲说："台湾人来大陆扶贫，政府给咱们家救济了一院房，在刘川，但还是需要三万块钱，咱们家看能不能凑够。"

家人四处拼凑，向姨父、舅舅和亲戚借，爷爷奶奶也卖了家里仅存不多的粮食。小考后，我们终于有了一个像样的家，我跟着爷爷奶奶到了刘川，这儿是我现在的家。后来在进刘川中学的时候，很高兴学校能安排住宿，至少每天再不用跑那么多路了。

在我初二的时候，爷爷专门找了一份给工厂看大门的活，想挣一些钱补贴家用。我住校，家里就奶奶一个人。那年冬天，奶奶的哮喘又一次犯了，但这次，比以往任何一次都要严重。那个礼拜的星期五中午，我发烧烧到四十度，整个人昏昏迷迷没有力气，无奈，只好请假。然而，当我走到家时，奶奶哮喘的厉害，还没等我反应过来，奶奶就晕了过去。那时我全然不顾自己，只知道以最快的速度奔跑，脑子里只想给奶奶找大夫，救奶奶。后来大夫给奶奶量血压、输液，奶奶的高压到了170，低压120，那是我永远忘不了的数字，那是我永远忘不了的礼拜五，看着奶奶渐渐地睁开眼睛，突然觉得脑门一热，自己像被打了一闷棍，倒在了地上。

当我醒来的时候，发现自己躺在家里的炕上也输着液，就躺在奶奶的身边。那一次，我哭了，并不是我们又拖欠了大夫的医药费，而是我害怕失去奶奶。那天晚上，爷爷和父母连夜赶回家来，爸爸妈妈第二天就走了，因为在外打工也身不由己。那时候，我突然不想上学了，我向班主任请了一周假，给奶奶做饭，想等奶奶的病好了再去学校。可是奶奶一直催促，

怕我落下功课。我笑着给奶奶说:"奶奶,考上高中,高中费用那么贵,咱们家能供得起吗?我……"我抬头看见奶奶盯着我,"不想上学"的话没敢说出来,我怕奶奶伤心。一周后,奶奶的身体好多了,一再催我上学,那时候我虽然去了学校,但已经对学习失去了信心,认为上高中只是个梦,真的。

初三下学期时,听到了征兵的消息,我偷偷地去报了名,想着今后就到军营去生活了,心里有些难过,但最起码家里少了一张吃饭的嘴,少了一个负担。

一次偶然的机会,我听到了靖远一中成立"珍珠班"的消息,是同宿舍的同学告诉我的。我心想,反正征兵在中考之后,倒不如拼一把看能否考到"珍珠班",能否为家里人分担一些。那时候我心里想:若进"珍珠班",就念;进不了,就去当兵。

从那以后,我拼了,为了自己,也为了家庭,同学们说我中邪了、疯了,可我自己知道,我拼命是为了救命啊。

中考,我终于拼了一个理想的成绩,假期的时候,也有学校的老师(现在的老班)到家里面去家访。高中开学的那天,当我步入一中校门时,我忐忑不安:"要么进珍珠班,要么进军营去当兵。"当看到张贴的录取榜上,自己的名字后面跟了"珍珠班"三个字时,我的心跳更快了,像要蹦出来一样,我双手紧握、双腿颤抖,眼泪在眼中打转,心中喊道:"高中……家人……我做到了……"

千言万语,我只说一声:感谢上天赐予我的这次机会,今天您帮我这一颗"珍珠",明天我一定会帮助更多的"珍珠",一定不会愧对"珍珠"这一神圣而特别的称号。

谢谢您,珍珠!我也一定为这个家努力奋斗!

高二开学的时候,马同学说他非常喜欢北京大学,也想用自己的努力为自己的理想拼一把,他想去学文科。其实,很多老师,甚至是家长也觉得马同学不应该选择文科,因为学习成绩特别突出,又是学校的年级第一名,理科更容易考清华、北大的。

对于选择文理科,我只是给同学们一些建议,但最终会尊重学生个人的选择。有一次和他父亲在微信里聊天的时候,他的父亲告诉我家里人也不支持他学文科。我想起了傅静老师留给我的那句话"择其所爱,爱其所择",我从地方教育的大环境、从学校文理科老师的配备、从文理科考试成绩排名、从实现理想的过程还有学习所处的环境等方面和马同学谈了几次,但是最后还是尊重了他个人的选择。因为他有自己的理想,正像马同学写下的那句话:"我要在困境中做人杰"。

也许，这就是一种人生的信仰。

三年的高中生活，一瞬而过，马同学的成绩一直遥遥领先，正像班里一位同学说的那样："没办法，综合能力强，学习又拼命，名副其实的'一马当先'啊"。高考前30天，"珍珠班"组织集体包饺子活动，马同学撸起袖子，拿起擀面杖就"开工"，他擀饺子皮的技术"迷"倒了一大帮同学和来参与活动的部分家长，一位家长感叹道："天呐，学习好，饺子皮也擀得好啊！"

我拿起相机为马同学拍照，马同学抬起头来笑得很开心，在他低下头的那一刻，我的泪水差点迸出了眼眶，因为那"迷"倒人的擀面皮技术不是一朝一夕能练得出来的，那擀面皮的背后是一个"寒门学子"生活的历练，也是人生的一种砥砺。

高考的前一天，我们邀请县电视台做了靖远一中首届珍珠班"毕业季，青春不散场"为主题的最后一课，我看到了马同学三年前很阳光、很自信的模样，那一天是电视台的记者在做"珍珠生"专访，我静静地坐在录播室的后场，从镜头里注视着陪伴三年的同学们，我感觉，我也有很多话要说，可是一时却说不出来。

高考最后一门英语考试结束，马同学打电话，那天傍晚我和同学们聊得很晚。第二天天蒙蒙亮，马同学打电话说："老师，我文综选择题错的太多了，咋办？"电话里是焦急的声音，我说我马上到学校来。

来到学校，透过车窗我看着马同学一个人孤零零地站在校园的花园边上，再想想刚刚电话里的那一句话，倏然之间，我想到了他这三年的努力，一时心酸，差点流泪，我控制住自己的情绪，但总觉两腿发软。下车我没有去办公室，我喊了马同学一声，直接返回到车上，我想再和马同学订正一下答案，那时候我期盼着"不要错那么多，孩子不容易。"

坐在车上，我一边翻看答案，一边和马同学一道题一道题的对照，文综选择题还没有结束的时候，马同学说："老师，我昨晚在网上搜的答案怎么和您这个不一样。"我一听这话，脑子"嗡——"的一下，那是一种欣喜，我长出了一口气，我知道：我手里的答案肯定是真的。

结果，当然是"虚惊一场"，马同学在网上搜集的答案有的不准确。我有意地看了一下坐在我旁边这个可爱的大男孩，我舒心地笑了，我知道他距离三年前的梦想已经很近了。

点亮人生的"珍珠计划"，更重要的是引领那些可爱的"珍珠生"选择一条适合自己走的路子。高考，也许是距离梦想最近的一个驿站。7月26日那天晚上，我们一起为如何填报完志愿琢磨到很晚的时间，特别是农村专项自主招生过去的几位同学，因为H段在B段之后录取，要保证H段，B段要么高报要么放弃，最后几位同学都盯着我看，我们先是和大学招生办的负责人联系，再根据专项招生计划的面试情况、降分情况做综合分析，最后我们坚持选择了填报H段。我说来之不易的机会，再赌一把，我相信命运不会一直捉弄我们。同学们都笑了，"听老班的，没错。"后来大家就坚持填报了H段。其实，我也后怕，但我坚信：苍天有眼，这些拼了命努力的孩子，一定不会被辜负。

志愿填报后，马同学给我发了这样一条信息：我时刻记着"努力到无能为力，拼搏到感动自己"的誓言，成长的路上，我好像一直在追寻些什么，又好像一直在为追寻到的结果不如意而失落。高考，算是高中三年很重要的追寻了，但这次，我并未被悲伤掩盖，只是静静地看着天，内心毫无波澜。渐渐地，我好像做到了，让过程更加完美，让结果不留遗憾。

2018年高考马同学以靖远县文科状元的身份顺利地考入了中国人民大学。他告诉我："我爷爷奶奶高兴坏了，高兴坏了……"，似乎，我又听见了三年前的那个声音："高中……家人……我做到了……"

相信，又有一位努力奋斗的同学，在朝着新的方向砥砺前行，寻找和探寻属于自己的——远方。

大山里的歌声 抖落一地凡尘

若笠乡位于甘肃省靖远县城西南部，距县城47公里，地处靖远、会宁、榆中三县交会地带。地处丘陵沟壑区，平均海拔1800米。面积454平方千米，境内山大沟深，信息闭塞，交通不便。植被稀少，农业自然生产条件恶劣，基础薄弱。若笠乡终年气候干燥，风多雨少，十年九旱，自然灾害频繁。若笠乡在地质构造上为秦、祁台块，广泛覆盖着第四纪期马兰黄土，质地均匀，有大孔隙，透水性强，易形成水土流失，属典型的干旱山区。

赤鹿角化石。在靖远县博物馆收藏和陈列的化石中，其中最典型的是赤鹿角化石，也为馆藏年代最远的陈列品。据专家鉴定为更新世中、晚期的遗物，赤鹿角化石通长73.5厘米，根部直径6厘米，1974年若笠公社王家堡村出土。

若笠塬上的贫苦家庭，有很大一部分都在政府的帮助下搬迁到了刘川镇，这里要说的这位主人公，也姓马，是若笠塬上的一个朴实、大方的女孩，第一次家访的时候我们没有找见路，第二次家访的时候她母亲告诉我"朱老师，你好，你看路边有个'盘龙山公墓'的牌子，一直往里走，我们就在公墓这儿。"

说实话，当时虽然属于酷暑的夏天，但听到这话，心里"凉"了几分。心想上一次就是到这，有人说可能在盘龙山公墓哪，我说哪里不好住住在公墓边上？心存几分疑惑，当时就没有去，今天是专门来的，只有进去看看究竟了。

一直往里面走，都是土路，也不宽，走了约10余分钟，心里面有些忐忑，因为没有看见有人家在那些山沟沟里面。再次打了一个电话，说再往里走，走到头就没路了。

荒山下就三间房，院子没有院墙，散落着一地碎石。房檐下站着的是马同学的奶奶和母亲。马同学的母亲说马同学的父亲在山里放羊，不在家，马同学的奶奶有病，她给照看着。谈及为什么找这么个地方住下，马同学的母亲说：咱又没钱没关系的，搬迁户，能有个住处都不错了。一边说一边呵呵地笑着。

进门看见桌子上的一个奖牌和一摞奖状，是马同学的，她被评为刘川镇优秀中学生。马同学的母亲告诉我，马同学学习好、表现好，就是家里困难，但还是希望马同学能好好学习，考一个好大学。问到家里孩子的情况时，马同学的母亲告诉我们，马同学有个姐，年纪不大就出嫁了，没办法，家里困难，有人说媒就嫁了。还有一个小儿子，上初中，学习不太好，顽皮得很。那一次没有见到马同学本人。

直到高一新生开学的时候，我才见到马同学本人，令人欣喜的是她并不冷漠和苦闷，相反很阳光，突然觉得这一家人的未来有希望了。

马同学在谈到她的家庭时,她这样说:

家,是一个多么温馨的字眼。我的家在若笠乡何湾社,属于典型的干旱地区,十年九旱。在我们村上,大多数人家已经搬迁,现在我们在刘川也有一处住所,只不过也是几间简陋的房屋。父亲还在老家,整个何湾社只剩下四五家,十几个人,这里的祖祖辈辈都是靠种地为生,但收入很微薄。

我家一共有六口人,奶奶,爸爸,妈妈,姐姐,我,还有弟弟。奶奶今年78了,身体不好,很爱笑,也很爱"唠叨",经常会给我们说"不好好学习就早些出嫁了受苦去",也会逗得我们开心。有一次,奶奶胆结石疼得厉害,妈妈顾不及种菜便从若笠赶到刘川带着奶奶去医院检查,奶奶说:唉,人老了,病多,吃药要花钱,我不想活了,呵呵……。可能是奶奶耳朵几乎听不清楚的缘故吧,有时候我们陪着奶奶聊天,他只顾说她的,现在,奶奶的视力也不太好了,腿脚不灵便,有时候拄着拐杖也摔跤。

在这个家里过得最艰难的应该是我的爸爸了,四十多岁的年纪,看起来却很苍老了。岁月的煎熬和长期过度的劳累,头发已经所剩无几了,牙齿都掉了好几颗。我奶奶告诉我,爸爸的经历很坎坷,爸爸出生不久得了一场重病,高烧不退,昏迷不醒,因为没有得到及时的救治,爸爸差点丧了命。后来,请来一位大夫给爸爸耳朵里注射了一种药,果真见好转,但没过几天,又高烧不退,而且还很严重。大夫对奶奶说:"这是最后一针,如果给孩子注射进去,命可能是保住了,但会严重伤及孩子的听力及智力,你自己做选择。"生与死的选择,是多么残忍和可怕。奶奶伤心过度说保住孩子的命要紧,也有人说不要留,留下也是一个废物,而奶奶坚持留下了爸爸。后来,正像那位大夫说的,命是保住了,但爸爸的人生道路与正常人却迥然不同。

从我很小的时候,就会经常听见别人叫爸爸"傻子""聋子",经常会看到爸爸被别人欺负、挖苦爸爸。有时候还不屑地问我:"你傻爸呢?"每当听到这些、看到这些的时候,我泪流不止,内心会隐隐作痛,会很愤怒,但我没有办法。那时候因为太小,不懂事,我总会问自己,我最亲爱的爸爸，他为什么要与众不同？为什么别人要那般欺辱？为什么他们要挖苦、瞧不起爸爸呢？看着爸爸被别人骂过、打过之后沉默的表情，我心里就想：为什么一个人要经受这样的羞辱？

为了养家糊口，爸爸也会到外面打工赚钱，一年之中虽很少见到爸爸，但他对我们姊妹的要求却是非常严厉的。记得有一次，我不好好吃饭，耍脾气，结果就被爸爸一把摁倒在地，几脚狠狠的踹下去，好几天我都没缓过劲儿来。也许是因为家里穷，爸爸和妈妈因为钱的事情有时候也会吵架。每当看见爸爸低头不语，每当看见妈妈以泪洗面的时候，我的心里真的很难过。困窘的生活要改变，妈妈说："好好念书，不然以后就穷死了。"

听妈妈和奶奶讲，在我五六岁的时候，由于家里穷，爸爸不得不去给别人家干活维持生计。其实，爸爸能干的就是那些苦活、累活和脏活了。有一年，爸爸给别人家挖玉米根，一不小心，一根很粗的玉米根扎进了爸爸的脚心，因为没有及时治疗，爸爸的脚心处留下了一个很大的疙瘩。每当看见爸爸用镊子、针、剪刀将那疙瘩挑破，看见爸爸疼得身子都在发抖时，我会哭着问爸爸："您为什么不去医院呢？"爸爸的额头上滚落着豆子大的汗珠子，憋着劲儿挺着，转头对我说一声"好好学习去。"其实，在我心里我一直觉着爸爸并不聋，并不傻。

现在，爸爸养了十几只羊，那也是我们一家人养家糊口的主要经济收入来源。妈妈在刘川照顾奶奶和供我们姊妹上学，两头都很忙。爸爸一个人在老家，起早贪黑放羊还要自己做饭，也要照料家里的一头毛驴，一只抓老鼠的猫，还有一只看大门的狗。每到放假的时候，我都回去给爸爸做饭和洗衣服，自那次给爸爸耍脾气之后，爸爸再也没有打过我。而妈妈，家庭的另外一个顶梁柱，付出得比其他母亲不知多多少倍的努力。有时候家里连烧火的柴都没有，妈妈就在很远的地方去拾柴火。每次妈妈都会背一大捆比自己身体大好几倍的柴火从很远的地方回来，我也曾试着帮妈妈背柴火，可肩膀上的能背得动的柴火，妈妈手一抓就提在手里了，每次妈妈都会说"好好学习,背柴又考不上大学,听话——"。时间长了,妈妈的膝盖内侧因长期背柴压迫出了一个大疙瘩。有时候晚上也会被疼醒来。有一次,妈妈对我说:"女儿啊,妈妈以后以后要是腿好不了,那可咋办呢。"我哭着对妈妈说:"咱们去医院治。"妈妈说:"等你长大挣钱了,就带妈妈去治,呵呵。"有时候,我真的不懂,我想哭的时候妈妈总在笑。

随着光阴的消逝,妈妈的腰和腿疼得越厉害了,尤其是在下雨天的时候更痛。现在我上高中了,妈妈既要在刘川照顾弟弟,还要去帮爸爸干农活,若笠塬和刘川的来回奔波忙让妈妈忙得不可开交。这个夏天,旱地里的麦子要用手一根一根的拔,微薄的收入,我不知道今年的光景家里怎么过。

这些年,尤其在过年的时候,我们并没有过年的欣喜。妈妈、奶奶和姐姐在刘川,我和弟弟还有爸爸在若笠,相隔两方。不是我们不愿意在一起,而是不知道怎样就可以在一起了。爸爸对我说:"只要你考上大学,我就到刘川去,考不上大学,我就一直放羊。"

对于我来说,也只有拼命地学习了,从若笠到刘川,不管走到哪里我都拼命地学习,在刘川的时候也曾被评为"刘川镇十佳学生",那一次也是得到了爱心人士的帮助,奖励了我2500元钱。也许这一切都很有缘。

姐姐初二就辍学了,姐姐的学习成绩其实一直很不错,因为别人欺负得太厉害,或许是无法忍受,但我想,只因为我们家太穷,上不起学了。现在,姐姐已经嫁人了,记得在姐姐辍学在家的那些日子,只要我问起辍学的事情,姐姐总会说:"我在家干活供你和弟弟上学,你们两个好好学就行。"

我家属于农村低保户,也是精准扶贫户。在我们那个地方,吃水就是靠天下雨、下雪装在窖里面供水。政府对我们的帮助也很大,我要抓住上学的机会,好好学习,不负家人和帮助我们的那些好心人。

一个开朗活泼的孩子,在班里是团支部书记,在学校是"校园之音"广播站的站长。最让我欣慰的是她竞选广播站站长的那件事情。以前,我在学校负责团委的工作有近四年的时间，广播站也是我负责的一个学生社团，那个社团是获得"省级优秀学生社团"的一个学生组织，是学校里面非常优秀的一个社团，有一次，她告诉我说想竞选站长，我当时都有些不敢相信。我问她：你在广播站当过播音主持吗？她说没有；我问，你的普通话比别人好多少？她说，我的普通话一般。我说那你凭啥啊？她说：老师，广播站的同学说我人好。

说实在的，那一天我真是受教育了。"人好"简单而震撼的字眼，让我那一天反思了很长时间。

是的，人好，这也许是一个人最有价值的评价了。后来，我又找她交流，我说支持你也感谢你，感谢你给"珍珠班"又添了一层光彩。"人好"，那是我多么希望看到的结果。

核心素养，人文情怀，这些教育的"新词语"距离我们其实并不遥远，就在我们生活的缝隙里，只不过需要我们用心地去寻找和培育。从那以后，我便给学生讲"人好，啥都好"的理念。那一次，她竞选成功了，而让我没想到的是班上的另一位杨同学也成功竞选当上了学校的第一大社团学生会的主席，还有一名万同学竞选上了学校志愿者协会的副会长。

那一段时间，也是我最自豪的时间。有老师问我说："你真行，找关系让班上同学都当上学生社团的头了。"我只是说了句"谢谢。"在我的内心里我仰天长笑：世俗的社会啊，好像这世间除了关系和权力就剩下金钱了。我支持鼓励我的学生，我也相信我的学生，要说有关系，那就是我们"人好"的关系。

有一次班会，我告诉大家，大家能竞选成功靠的是实力，心存善念，天必佑之。也鼓励同学们：打铁还需自身硬，既然竞选成功，就应该干出个样子来，别让流言诋毁了我们的自尊。

马同学喜欢朗诵和唱歌，也是一位很用心的女孩子。高三年级第二学期的时候，中央电视台"经典咏流传"栏目播放了关于"苔"的那个节目后，她自发的组织大家观看，用她自己的话说："老师，苔花如米小，也学牡丹开，

阡陌寻桃李 坐看云起

那是一种精神,是一种态度。"后来,班上组织看《厉害了,我的国》专题纪录片。站在教室的后面,我和大家一起观看,我的内心里涌动着一股欣喜的暖流。从高一到高三,我们利用周末或者其他课余的时间从《背起爸爸上学》《合伙中国人》……一直到今天的《厉害了,我的国》,从高一我参与选影片或节目到高三同学们自发的排练和表演,细细想来,那不仅是一部一部影片的选择,更是同学们世界观、人生观和价值观的转变和升华。

非常感谢那些努力的同学,马同学是一个喜欢唱歌也唱得比较好的一个孩子,但愿在以后她的人生里处处充满歌声。

高三仅剩50天的时候,马同学写了一首短诗《重生》放到我的办公桌上,那首小诗的内容是这样写的:

苍穹之下

山瘦水寒

那游走的身影

在黄土地的一隅

滴下一串晶莹的汗珠

一簇泥土中的新芽

破土而出

倏然

布衣的黄尘

抖落了一地繁华。

高中的三年，也许真的能成就一位同学的一辈子或者是一个家族的几代人。当然，也感谢爱心人士对马同学的帮助。三年的高中生活，马同学作为团支部书记大大小小组织了不少活动，她更像是一个"小老师"一样。农村专项自主招生的时候，马同学申报了北京师范大学，她希望以后也当一名好老师。在复试需要一个五分钟的视频录像的时候，她很紧张，她说：距离梦想越近怎么就越紧张了。

填报志愿之后，她对高中三年是这样总结的：有人说，相遇是缘分，分离则是情深缘浅，而我说，分离则是为了下一次能够更好地相遇。感谢在最美的青春年华里让我遇见了您。因为您的出现，我们才能够相聚，一起走过这高中三年。因为有您的陪伴，我们才会像嫩芽变成绿叶一样，茁壮地成长。在此，我诚挚的向您说一声：谢谢！谢谢这高中三年来对我们的默默关心和帮助，谢谢这高中三年来对我们的一次次的鼓励和支持！我们会好好做人，努力学习。心存感恩，随时行善。爱让我们相聚，爱让我们走遍天下。心中有爱，愿温暖一路同行！

高招录取结束，她顺利地被北京师范大学录取了。祝福她以后的人生路上永远芳香，同样，能发光发亮，为了"一家人的团聚"，也为了更多个需要教育的孩子！正所谓：茅屋蓬门不用关，清水芙蓉山水间。

如果没有这次相聚 也许我早就嫁人了

糜滩镇位于甘肃省靖远县城北郊，东南以黄河为界与东湾镇、乌兰镇相邻，西南部与刘川镇、北湾镇相接，北与三滩镇接壤。糜滩镇土地总面积153.15平方公里，耕地面积25400亩，兰州—长征铁路经过并设吴家川站、石板沟站；兰包公路通过境内，交通便利，自然资源充足。1999年全糜滩镇工农业总产值达到5918万元，其中农业总产值2118万元，农民人均纯收入1783元。素有"鱼米之乡"之称，是靖远瓜果蔬菜生产基地。

三角城。在这里有古遗址——三角城（今糜滩镇）。明正统二年（公元1437年），都指挥房贵在古会州旧址（今靖远县城）修筑城池，次年建钟鼓楼（楼基今存），在此屯田，凿山洞引黄河水，开丰泰渠十二里，引灌三角城农田。

就是在这样一个誉为"鱼米之乡"的一隅，石同学的家就在那一个不起眼的角落，几间粗糙的平房，一个篱笆门。

这算是我的学生帮我捡到的一颗"珍珠"。那个暑期，我坐在办公室里统计和整理珍珠生的资料，一位我曾带过的学生打来电话：

"老师好，听说一中今年成立了一个资助贫困生的'珍珠班'，不知道怎么样招生？"

"是的，是由爱心基金会资助成立的，计划招50名同学，要求是家庭

贫困,积极上进,学习成绩好一些的同学。"

"老师,我给您推荐一个学生,肯定符合条件,她是我们邻居,家里真的很困难。"

"是吗?给我电话号码和家庭地址,或者先拍张照片给我,我先登记,然后去家访。"

"好的,老师,谢谢您。"

因为距离县城不远,开车10几分钟的路程,我相信我将要去家访地这户一定很困难,因为我相信我的学生。

来到石同学家:一个破落的农家院,80几岁的老爷爷,花白的胡须半尺有余,佝偻着腰还骑着自行车。石同学的父亲穿着一身破旧的黄军装,站在篱笆门边上只是傻傻地笑着。石同学母亲的身体很胖,似乎是身体不舒服,粗声粗气的喘着,一直在抹眼泪。石同学的哥哥大步流星地在前面走,我们进到院子里的时候,他用脸盆端来自家种的苹果,伸手拿了一个给我,我听不清楚他在说什么,但能感觉到他的实在和执着。

环顾四周,家里没有像样的农具,就是那头毛驴和旁边的驴车引起了我的注意。在这个现代化飞速发展的年代,在县城的边上竟然还是用最原始的"毛驴车"作为主要的交通工具。

我问及石同学为什么不申报"珍珠班",石同学自己没有说话。我的学生告诉我说:"她家里穷,找不上关系,没人没钱的,估计进不了,也就放弃了,她也不想上学了。前一阵子,我听说是老师您在做这个事情,我就给她说肯定有希望的,她都不相信,呵呵。"

从我学生那里了解到,石同学的父亲身体虽然不是太好,但在石同学上学的时候,经常赶着毛驴车接送石同学,村里有的人都看不习惯,也有人会欺负他们。石同学的家全靠80多岁的爷爷奔波维持生计。石同学的学习成绩好,这也是家里的希望,伸手帮一把,也算是对这一家人的救赎吧。

远亲不如近邻,这句话是有道理的。从石同学的家里出来,我很感谢我的学生,没有瞧不起那些贫困的邻居,而是一心一意的帮助。后来,又有一位我带过的学生打电话给我说了石同学家的情况,希望我帮帮。

心中有爱,未来总会是好的,对于两位同学的推荐,我的心里觉得暖暖的,感谢那些心中有爱的同学。人生就是这样,有的时候就是大家一起帮着走、扶着行。

帮助别人是一种态度,也是一种能力。在一起主题班会上,我说起这件事,并告诉同学们,不管我们有多困难,在我们的周围还是有很多关注的眼神,我们要心存感恩,心中有爱,不要刻意地抱怨这个社会,我们应该感谢我们依然健康的活着,好好生活,生活得更好才是我们所努力和期盼的。

石同学这样记叙自己的成长故事:

家,是一个多么温馨的字眼,我的家就坐落在黄河大吊桥的一侧。从县城到我家,骑自行车大约需要半个小时,从吊桥的一侧一直走,绕过几个弯,便到了糜滩镇,再沿着公路往下走,就到了我家的巷子口。巷子里是凸凹不平的泥土路,每逢下雨,整个巷子就湿漉漉的一片,人都出不去。上学时,为了早到学校,我和哥哥只能黑灯瞎火地在路上相互搀扶着走,但不管怎么小心，总是会摔得一身泥巴。

对于我们来说，最害怕下雨天。每逢下雨天，用土和玉米秆子混合搭成的院墙就塌了，几间土坯房漏个不停。

在我们家最珍贵的可能就是炕头墙上那一墙的奖状了，虽然有的奖状被房顶上漏下来的雨水弄得不像样子了，但爷爷还是将那些奖状一排一排贴得很整齐。

家里没有什么摆设，仅有一个装稻子的大箱子。平时写作业，要么是蹲在大箱子旁边，要么是趴在炕头上。趴在炕头上是最舒服的，因为累了可以眯一会儿接着写。

现在，我们家有5口人，爷爷已经80多岁了，但爷爷的身体一直都很好，平时走起路来十分精神，有时候还骑自行车。爸爸和妈妈身体都不好，但他们绝对没有向病魔屈服，他们还经常对我说："我要让你们知道我是最坚强的，咱们一家人都要站起来，知道吗？孩子。"我爱我的父母，因为他们，我变得勇敢和坚强。我在心里默默地下定了决心："不管以后遇到什么挫折，我都要乐观的面对，永远做最坚强的自己。"

我的哥哥比我大两岁，因为家里穷，也因为哥哥的身体原因，哥哥就早早地辍学在家了。回想往事，心里面全是泪水。

九年级第一学期末考试的前一天，奶奶去世了。听到奶奶去世的消息时，我两腿发软，眼前一片漆黑，跌倒在学校的院子里。当我醒来时，却发现自己躺在炕上，抬起头看到是白茫茫的天花板。奶奶不在了，眼泪忍不住地流，越想心里越难受。奶奶活着的时候对我非常好，我每次回家的时候，奶奶都会说："孩子，好好学习，以后找个好工作，挣了钱不要乱花，给咱家也盖一院好房子。"奶奶生前几乎哪里都没有去过，就是听见别人坐一次火车都是很向往的，虽然火车从县城里过，但奶奶就连火车是啥样都没有见过。

只记得奶奶的丧事办得特别简单。望着架子车上奶奶的灵柩，我想——

穷，也许一切都就很简单。

我们家里的交通工具除了一辆破旧的自行车就是那头毛驴和爸爸动手自己做的架子车了。因为家里的境况实在是不好，有人也会欺负爸爸妈妈，有好几次，看到爸爸妈妈被别人打了蹲在家里面哭，我的心里一阵一阵的痛，就像针扎的一样，爸爸妈妈却对我说："娃儿，你一定要坚强，你学习比他们娃娃强，你不是软蛋，以后给咱争气。"

在我的心里，我觉得跌跌撞撞就是生活。现在坐在"珍珠班"的教室里，心里多多少少有些欣慰。我知道，我进这个班不容易，因为自己幼稚的想法（那时候想，自己家里面穷，没人没关系，肯定进不了这个班的，所以就没有报名。）不过想起来，我的运气真好，同村一位刚从一中毕业的学生，恰好就是现在班主任——小朱老师的学生，她的名字叫李悦。李悦姐说，她帮我问问，结果真的问成了，还陪我准备一些资料和东西。真的很感谢李悦姐，也感谢老班对她的学生是那么的信任。来到这个班，我是幸福的，我只有用我自己的努力回报家人和那些关心我、爱护我的好心人，未来，也一定做个好人。

刚开学的时候,我试着和石同学沟通,但她除了一声"嗯"而外,一句话也问不出来,一直低着头,一直抹眼泪。

我告诉她不要害怕贫穷,要直面贫穷,也要有勇气改变贫穷。也不知道和石同学谈了多少次,她还是不说话。后来听同班的段同学说石同学没有吃饭的钱了,这几天都在啃干馍馍。我便给石同学一些钱让她吃饭,告诉她,在"珍珠班",我们都是一家人,不要太苦了自己,人生没有过不去的坎。后来,我告诉她们宿舍的几位同学,平时能多和石同学交流沟通,现在不说话没关系,以后进入社会怎么办。

思索良久,我就写了一幅字挂在教室的墙壁上:人不畏难,难亦不难,人难事难,难上加难。那也是我一路走来的人生感悟,希望能给同学们带来几分激励和安慰。后来,石同学主动找我说:"老师,谢谢您。"仅此一句,我兴奋得差点没从椅子上跳起来,对我而言,那不是简简单单的一句话,而是一个"新生命"的开始。

慢慢地，石同学的性格开始变得开朗了。有一次，同宿舍的一位同学告诉我石同学在宿舍里面也学会了疯狂地聊天，我欣慰地笑了，因为我知道，一个人的内心如果萌生了希望的火花，那种奋斗的动力是不可估量的。

一次又一次的考试，石同学从年级 200 多名一直努力到前 50 名，虽然还是低着头努力，但抬起头时却有一脸的笑容。

生活的磨砺会伤害一个人的神智，但也可以挖掘一个人的潜力。真的很感谢"捡回珍珠计划"，也感谢那些爱心人士所做出的努力。当然也感谢我的学生，不是因为李悦和苏文强两位同学的推荐，这颗"珍珠"我是捡不回来的。

2018 年的高考后，石同学告诉我："老班，哪个大学不要太多的钱，而且大学毕业还一定有工作？最好是本省的，不要太远了，选其他的我上不了。"我看着这位同学，心里不知道是啥滋味，她笑着说："老班，我不懂，就拜托您了，路远了，我可能连路费都凑不齐，您再帮帮我"。填报志愿的时候，我心酸极了，我只能给石同学填报了我们本省的两所公费医疗类学校，后来她顺利地被甘肃中医药大学录取，就用石同学给我发的一条信息做结尾吧："弹指一挥间，转眼我都成大学生了。回想刚上高中的自己，心中真是万般感慨。倘若当初没有好老班，好邻居，以及各位爱心人士的帮忙，我都不知道自己这时候在干什么？也许早就嫁人了，日子哪有在学校当学生好。回顾这三年来，我成长了许多。人活着，总得有个盼头，我这辈子不会忘记所有对我有恩的人，尽管我做不了什么大事，但我会尽力多做好事，回报社会的。"

生命会结束　但爱会留下来

　　三滩镇位于甘肃省靖远县城北部23公里，黄河西岸，东与东湾镇相望，南接糜滩镇，西与刘川镇相连，北与平川区相连，形若弯弓，蓄势待发，原名三角城。面积258平方公里，现辖7个行政村（中一、中二、吴湾、圈湾、朝阳、联合、新田），42个村民小组，人口22673人。有耕地27180亩，属沿黄自流灌区，果品、稻米、蔬菜等农副产品闻名甘肃省内外。

　　这里和糜滩镇紧邻，也曾参观过这里的朝阳寺石窟，只因为那里石碑上的两句话：观西山旧迹前古圣境，功德化主始创宝刹。

　　在我的印象中，三滩镇的面积不是太大，但那一回的捡"珍珠"，让我真的觉得自己对三滩了解甚少。

　　我看了看"珍珠生"的登记表，上面写着"三滩镇张滩村"，觉得近，就先应该去家访。结果，让我大吃一惊。

　　那一次我和政教处的张主任一同前往，在去张滩的路上，我们都在感叹：三滩还有这么个地方。

　　沿着三滩一直往北走，过了省道，经过903公司，一直往北是一条很长的山沟。一路上荒无人烟，两旁到处都是"坟地"，路上尘土纷飞，一路行驶了40多分钟终于来到了一个村子。

不大的村庄紧贴着黄河边,听当地人说黄河的对面是平川区的黄湾。

村子里大约有十几户人家,我们转了转,大多是老人,很安静的一个村庄。张同学的父亲在家。不大的农家院收拾得很整洁,家里简单的摆设陈列有序。张同学的父亲好像不太喜欢说话。

我们了解了一些情况,张同学姊妹5人,张同学的母亲在三滩给别人打工,顺便供几个孩子上学。因为那个村子没有学校。

听一位老人讲,原先村里是有个学校的,但条件太艰苦,来的老师都走了,留不住老师,学校就没办法办了。后来村里人想办法都将孩子转到乡上或者县城上学去了,村里就剩下们这些老人了,因为交通不便,一年也走不出村子几回的。

我站在张同学的院门外,打量脚下的黄河,心想是否在这里有一座桥直接通到河对岸那该多好,也许没有谁会为了这么几户人家想那些办法,但想还是要想的。

回程的路上,我们都感叹,还有这么个村子,怎么就不搬迁呢,也就是想想而已。

张同学在回忆自家的情况时这样写道:

家,一个多么温馨的字眼,我的家只是茫茫人海中很普通的一个,但我爱这个家,我爱坚强的妈妈,不善言语的爸爸,爱我的姐姐和妹妹。他们对我不着痕迹的爱让我觉得我很幸福,很富有,因为我从来都不缺爱。 在家中排行老五的我不知道在我没出生之前家里的情况,只是零零散散的听妈妈说过一些。在大姐九岁时,二姐三姐都还小,家里连吃饭都成问题,更没办法让大姐上学。家里五口人只有一亩多地,后来的七亩多全是爸爸妈妈用驴车一车一车添起来的,用铁锨一下一下铲平。那是根本没有白面,黑面也是奢侈,很多时候都是玉米面做的馍馍,只有过年时姐姐们才可以吃到馒头。五元钱就可以过一个年,能收到几元的压岁钱都是很少有的,一两元便可以让姐姐们很开心,觉得自己是"有钱人"了。当妈妈怀着四姐时，家里的一扇门却被爷爷拆走，说是因为爸爸妈妈没有还欠的钱。我不清楚爸爸妈妈什么时候借过他们的钱，就算饿着肚子也不向他们借一粒米。我始终想不明白他们为什么要这样做，那可是一年中最冷的时候！后来是村里一家人给了爸爸妈妈一块木板算是门，而四姐便是在呼呼的寒风中出生并度过那个冬天的。所以她从小就怕冷，都说父母的心在儿女身上，可是爷爷奶奶的做法却让我很费解，这可是他们的大儿子！是因为他们有八个孩子——四儿四女，在那样的年代要抚养大是很困难的，是怕了那样的穷日子吧，这是我的理解，可是他们应该很清楚爸爸妈妈过得也并不轻松。爷爷奶奶的封建思想很严重，就是因为我家全是女孩，从来没管过我们姐妹五人。二姐从小身体就胖些，在她五岁时，当爸爸妈妈去地里忙时，由于三姐才三岁，四姐只能由二姐抱，大姐也帮爸爸妈妈干农活。那时二姐还小，抱着抱着手和胳膊一酸便一松，四姐便被摔得哇哇地哭。有一次村里一个人看见二姐将四姐掉在了地上，没有帮忙抱起来，而是训了一顿二姐说连孩子都不会抱，竟然说完就走了。为了赚钱，爸爸妈妈除了务农

还会抽时间在山上挖药材，拾发菜。当姐姐都大些时便领上一起拾发菜。虽然在生我的那年家里大丰收，可那么多张嘴，不可能年年收成都那么好，那时总觉得吃不饱。在我大些开始记事时，有时爸爸也会带上我去山上拾发菜，冬天时拾累了，最令我开心的是那一堆火，手放在旁边，暖暖的，看爸爸拾柴禾续火的样子觉得他很厉害，而他有时会变戏法般变出一颗烤土豆给我们吃。那是我觉得最好吃的东西了，现在我仍然爱吃烤土豆。很快的，我也该上学了。背上书包去只有两间教室的学校上课，却是高高兴兴的。在我们那个只有几十户人家的小村庄，仅有的那所学校是最令我们这群熊孩子向往的，因为有一个人叫做老师，听说很厉害，能教我们识字写字。在一间教室里坐了几个年级的学生，而老师很有办法，教一年级时二三年级写作业，教二年级时一三年级写作业，以此类推。我曾和四姐在一间教室上过课，她三年级我一年级。这种经历我想是同龄人没有经历过的。

在我上学的时候，三个姐姐因为家里贫穷已经有两个姐姐在外面出去打工了，就是三姐也是在亲戚家暂时借读。听妈妈经常说起二姐上学的事情，她上学的时候，一直都是班里的第一名，在一年级的时候就学会了三年级的知识，有的时候还充当老师给低年级的同学上课呢。有一次，二姐因为生病两个多月没有去学校上课，到考试的时候，妈妈说："你还是别去了，不如让你爸爸替你考去吧。"而二姐很自信的告诉妈妈她会夺一张奖状回来的。那一次，二姐又考了班里的第一名。可是，造化弄人，由于家里的情况实在是不好，因为那么一点点学费，二姐就辍学跟着大姐去打工了。

一分钱也会难倒英雄汉的。妈妈小的时候也没有钱上学，小学四年级就早早地辍学在家了。妈妈谈起那些事情，总会说："小时候，我学习也挺好，还是戴红领巾的好学生呢。"

小时候，我们那个地方的学校，最高也就是到三年级，村里的好多上学的学生都去其他村子寄宿在亲戚朋友家里面上学。三姐和四姐也一样，三姐在刘川镇亲戚家寄宿上学。但是那种寄人篱下的生活让三姐落了个"怕黑"

的病，因为那时候三姐在一个小房子里住，里面没有灯。每次回到家的时候，什么都馋，见啥都想吃。有一回，三姐因为乱吃了一些东西，结果食物中毒，上吐下泻，脸色黄的像土一样，挺吓人的。

四姐在四年级的时候，去大姑家借读。大姑家距离学校还比较远，骑自行车大概需要20分钟的时间，但是四姐一直是早起晚归，一直步行。有时候回到家中的时候，连吃的饭和菜都没有了，有时候，饿极了，就去菜缸里面挑一些咸菜吃。当然，后果就是被狠狠地收拾一顿。到了中学的时候，大姐结婚了，便将自己陪嫁的自行车让四姐骑着上学。可是大姑说四姐骑车危险，还是她们骑着去地里干活好一些。没有办法，毕竟还要寄宿上学，所以四姐那时候上学就是挺费鞋的。就连冬天买口罩的钱，也被大姑要了去，总是觉得能住在哪里上学已经很不错了。所以，四姐的脸上总是被冻得红红的，就是现在，四姐的脸上也会清晰地看到因为冻留下的红血丝在脸蛋上。

我自己，读了12年书，才考到了高中。所以，相比其他的同学我的年龄就大了些。不知道的同学都以为我上学迟。那是因为在我三年级的时候，村上仅有的一位老师，被村里人赶跑了，理由是：那个老师不会教。可事实上那个老师教的挺好。因为没有老师，所以就解散了，谁回谁的家，谁的办法谁想。后来，家里面人托人让我到刘川镇的三姑家寄宿借读。徐湾小学那个时候学校连围墙都没有，操场就是黄土地，刘川的风很大。尤其是春季的时候，风一吹，人的眼睛都睁不开。我到哪所学校的时候，老师考查生字，全写对才能从二年级开始读，有一个错的就从一年级开始。结果，一个"雪"字没写上，我就只能从一年级开始上学了。可以说是从头开始，可是那时候小，也没有什么不开心的，就觉得能上学就好，而且有那么多新的小伙伴。

或许是因为那个"雪"字的原因吧，一到冬天我的两个手冻得胖乎乎的，稍微暖和一下就感觉很痒。那一年，三姑家娶媳妇，姐姐和爸妈都来了，当二姐看见我时，眼泪一下子就流了下来，那天她没吃东西就回家去了。

　　回家之后，二姐说什么也不让我在刘川上学了，说自己累死都要找个好一些的环境供我上学，就连妹妹吃饭的碗都是破的，而且连位置都是指定好的，连小狗都能够得着。那时候，我其实也不懂，觉得只要能吃饱饭就行，也不懂得难过。

　　因为姐姐的努力，我又被转到了白银市育才学校上学，二姐费了多大的劲、想了多少办法我不知道，我只知道姐姐很辛苦。结果转到白银我又从二年级开始念书了。在那里我念到了四年级，妈妈不忍心让二姐那么辛苦，四姐那时候说什么也不在四姑家寄宿借读了。后来，妈妈决定就在三滩镇租房子供我们姊妹上学。那时，妈妈去建筑工地打工补贴生活，抱砖、种树、除草、打扫卫生……脏活累活都干到了，每天也挣不了多少钱。在哪里，我们坚持了七年，也意味着我们和爸爸分开了七年，就因为我们姊妹上学。这七年间，一个完整、团圆的年关我们都没有享受过。

　　想想那些寄宿借读的日子，家里每年都会给几个姑姑四袋麦子和十斤清油。可我们姊妹究竟过得怎样，只有我们姊妹知道。

　　现在，我都成为高一新生了，而且还进入了"珍珠班"。当中考成绩出来，朝阳村影剧院的墙上贴着大大的光荣榜，妈妈高兴的给邻居说："我女儿考了第三名呢。"

看着妈妈高兴的样子，我的心里倒有些难过，爸爸已经快60岁了，比妈妈大10岁，在认真看时，爸爸妈妈已经都不再年轻了，满头白发，脸上爬满了皱纹。想到这里，我就在想：那么苦难的日子都坚持下来了，还有什么比那种生活更难、更苦了呢。

进了"珍珠班"，家里的负担也减轻了不少，爸爸妈妈也轻松了许多。在开学的时候，班主任让我们自己做自我介绍，我记得我说过："以后，我不想辜负对我好的人，尤其是父母。"既然说了，就要像班主任说的那样："努力到无能为力，拼搏到感动自己。"尽全力去做，不食言。我会为爸爸唱一首歌曲《父亲》，为妈妈唱一首《听妈妈的话》，为姐姐唱一首《姐妹》，而那时，肯定是我们一大家子人聚在一起的时候，而那时候，我想父母也不会像这些年为了生活分开住，而在假期，我也可以回到属于我的真正的家。回到那个大山里的小村庄。那时候，一定会很幸福。

阡陌寻桃李 坐看云起

张同学的第一次考试考失败了，她说她想学文科。

我看到她努力的神情，但又不知道怎么安慰她，试着谈了几次，在看着她非常努力的状态，不忍心给她太大的压力。高二的时候，她去学文科，后来在一次"珍珠班"搞活动的时候，她很积极的发言，也说很有信心能学好文科。

的确，张同学学文科状态比学理科好。是的，每一次考完试，我将成绩单放在面前，张同学一直是文科前10名的学生，应该说这一条路是选择对的。

学校的第四次模拟考试成绩出来了，张同学的成绩不太理想，但我想，真像她说的那样："那么苦难的日子都坚持下来了，还有什么比那种生活更难、更苦了呢。"祝福还是要有的，毕竟都是我捡回来的"珍珠"。2018年高考，张同学被兰州理工大学会计学专业录取，顺利地实现了自己的梦想。她说："三年不长，却让我们彼此拥有了可以陪伴一生的朋友，虽然已经毕业，但我们知道这是下一个更好的开始。相聚是缘，而这缘分不仅有班主任的努力，更少不了基金会的叔叔阿姨和哥哥姐姐们的帮助。胸怀大爱的你们知道精神上的鼓励远比物质上的支持更重要。一个个用心拍摄的视频，一次次号召的珍珠大学生帮扶活动；一句句仔细斟酌的话语；都曾在我迷茫、无力的时候给予我温暖和力量。是你们用身体力行教会我热爱生活，心怀阳光，追求梦想。在这个家里，'让爱传出去'不仅仅是一首歌，更是一种精神会永远留下来。"

蘑菇小屋里的"蓝精灵"

乌兰镇位于靖远县城黄河南岸,东邻东湾镇,南依乌兰山与大芦镇、高湾镇两镇相接,西连若笠乡,北与糜滩镇隔河相望。乌兰镇是靖远县政府驻地。总土地面积328.55平方千米。兰州—银川高铁经过并设站;兰包公路通过境内,交通方便。地形分为黄河谷地、川地和干旱山地,平均海拔1400米。

乌兰。关于"乌兰"一词的由来,有很多种说法,其中之一就是西魏大同初(公元535年),渭州刺史可朱浑道元师率所部三千户西北渡乌兰津据灵州,"乌兰"之名始于此。周武帝宇文 时置乌兰县及乌兰关。二说是地处靖远的城南山到处盛开着美丽的小红花,"乌兰"在蒙语中为红色的意思,便将这些花儿称之为"乌兰花",遂将城南山称之为"乌兰山",大山所处的地域也成为乌兰津、乌兰县、乌兰关了。当然在这里发生历代王朝的故事大多与战事有关,兵戎迭见,历史上的这里党项、突厥或扰或据,曾沦于吐蕃、困于西夏,扰于鞑靼者数百年,至明朝这里才得以安宁。这里从"丝路古镇""黄河古渡"到"塞上江南""黄河明珠""红色革命根据地",这也许和这里重要的战略地域有关吧,也因此留下了很多著名的景点。诸如明代钟鼓楼、乌兰山古建筑群、红嘴子遗址、明代烽隧、虎豹渡口等。20世纪八十年代在此发现的吴家川岩画,是春秋时游牧生活的反映。春秋时期甘肃大部分地区为戎狄所居,戎狄属于羌族系统的部族。秦统一六国后,使蒙恬将三十万众北筑长城于黄河南岸,今靖远黄河南岸现存城墙遗址便为明朝时在秦长城的基础上修建的边墙,也是当时汉胡之地的边界。

乌兰津。最早见于《北史》和《北齐书》的《可朱浑元传》。《资治通鉴》梁纪武帝大同元年(公元535年)也记载说:"道元帅所部三千户西北渡乌兰津抵灵州。"这个乌兰津就是唐代会宁关北黄河上的渡口。可知在距今一千四百多年以前,这里已是黄河上有名的渡口。北周武帝时,在渡口北的黄河边设置了乌兰县和乌兰关。从渡口边同时设关设县的情况来看,当时的乌兰津已是黄河上一个重要的渡口。乌兰津不仅是丝路上最大的渡口,也是当时全国最大的渡口。

彭同学一直是奶奶带大的,从小就失去了父亲,母亲后来"不辞而别",她成了孤儿院里的一分子。第一次了解彭同学的家庭情况是在高一报名的时候,彭同学的奶奶找校长,希望学校能给予彭同学关心和帮助。当时我也在吴校长的办公室,虽然彭同学的成绩不是太理想,但总觉得像这样的家庭境况是需要爱和帮助的。我想起王创办人的一句话:"品德不好不要来,成绩不好欢迎来","就算成绩不好的学生,只要品德好,我们一样能把他们培养成有用的人才,因为他们都是我的孩子。"我从内心深处敬佩王创办人对教育本质的深刻感悟。是的,我们不能用"分数"的高低将学生人为的划分为"三六九等",帮助最需要帮助的孩子、关心最需要关心的孩子,这是我们教育人的责任,也是担当。我也始终坚信"寒门出贵子""成绩是奋斗出来的"。

开学的时候,我见到了可爱的彭同学,一个很热心,也很善良的女孩,她对自己的家有自己的理解。

家，是一个多么温馨的字眼，我的家贫困但温暖。我今年15岁，是一名孤儿。我的家在甘肃省靖远县乌兰镇西滩村，有两间房，家中有三口人，爷爷73岁，奶奶67岁。从小我就对自己的父母没有什么印象，从我记事起，我的亲人只有爷爷、奶奶。是他们含辛茹苦地把我养大。我也曾问过奶奶，我怎么没有爸爸，她总是回答："你不想这件事了，好好学习就行。"我想奶奶不说肯定是有原因的，也怕惹奶奶生气。一直到初中，我没再提过这件事，只知道自己是个孤儿。我也曾因为这个，在学校里对同学从不提家事，也常常在夜里偷偷的哭。

直到我幸运地被选进"珍珠班"，我才知道我的身世。因为就在昨天，也就是8月22日，中午在家吃过饭，奶奶进来坐在炕上，沉默了好久之后对我说："孩子，这个事奶奶本来不告诉你，你现在长大了，又一直想知道，今天我就告诉你。你出生48天的时候，你爸因为一场车祸死了，他是我最小的儿子，而你妈妈在你1岁的时候，就扔下了你，一个人走了，之后改嫁。当时我给你爷爷说，你是我们的孙女，就是砸锅卖铁，豁了老命，也要把你养大，等你考上大学，找到工作为止才敢合眼……"我们都哭了，奶奶说话的时候断断续续，几度抽泣。我的心很疼，一直在哭，爷爷又颤抖着声音说，你现在知道了这件事，心里别吃力，也别乱想，你就只管好好念书，考上个好大学，我和你奶奶也就满足了。我看着爷爷，奶奶。一个劲儿地点头，我一定会的，一定会。今天我想了好长时间，望着天空，自己祈祷，以后再也不想过去的事了，我想要努力学习，把握现在的幸福和机会，努力地去拼搏未来。

从小到大，爷爷奶奶养我真的不容易。15年啊，他们得顶着多少的闲言碎语，多大的艰辛，一直保护着我。我的奶奶患有腰间盘突出、高血压，爷爷的眼睛不太好。我有低血压，上小学的时候也因为疾病动过手术。家里靠低保和政府救助金生活。2009年，我们家被评为"五保户"，享用"靖远县农村最低生活保障金五保供养金"，有时候发几十块，有时三四百元，隔一、两年，过冬时还会有棉衣、棉被，到2013年，就再没享用过。因为我是孤儿，有儿童福利，我似乎不知道"孤儿院"和"家"到底有什么区别，从2010年到现在，国家都在给我们家发补助，每季度在1000块左右。我很感谢国家、政府给予我们的帮助，也因为好心人的帮助，我知道只有用加倍的努力去回报那些一直关爱我的人。现在，爷爷、奶奶已经高龄了，别人都在享福，但他们却没有机会，一切都是为了我，十几年一直很辛苦，却没有一句怨言，从没有想过放弃我。从我记事起，他们就没买过几身新衣服，家里吃的菜都是奶奶种的，也不会经常吃肉，大部分的钱都用在我的学习上。我们靠微薄的补助生活，很贫困，但我们苦并快乐着，因为和爷爷、奶奶生活在一起，我很开心、很满足。

现在，我在靖远一中"珍珠班"的大家庭里，有个我非常喜欢的班主任和50位可爱的兄弟姐妹。我很感恩，也很自豪。我觉得自己还算是幸运的，我想，我以后工作了，也要多做能够帮助到别人的好事。

感谢老天赐予我生命，那些贫穷、孤苦的过去一定成为我前行的动力，因为我不认命。我就是要认真做人、认真学习，绝不辜负那些帮助过我的人。现在，是爷爷奶奶用他们坚强的臂膀撑起这个家，未来的岁月里，我要用自己的努力让他们安度晚年。也许现在的我很平凡，但我相信将来一定不平凡。

有爱走遍天下，不放弃就有希望，人活着就要去拼搏和努力。

彭同学是一个积极上进的孩子，很喜欢参加集体活动，对班级的事非常热心，与同学们也相处得特别好。她说她的家里虽然贫困，但她不认命，她要用自己的努力打拼一片属于自己的一片天地。我突然想到了一部动画片《蓝精灵》，在她的生活中，"邪恶的格格巫"只是一个幻影，她希望在"大苹果"的城堡里冒险，最终找到属于自己的"精灵村庄"，有了自己的蘑菇小屋。

记得我刚开始去家访的时候，她和奶奶挤在两间土坯房内，房子很低矮，设施也很简单。但屋里屋外收拾得很整齐、很干净,在彭同学的眼中,这个"小窝"比别的地方都好,这里最有安全感和幸福感。

那一次,彭同学的奶奶谈及彭同学的身世,老人家一直抹着眼泪,说这个孙女的命苦,他们老两口的生活也大多靠政府救济,希望学校能帮助她,老师能够关心她,让她在学校里快乐的学习。

记得"鹤游绿洲"写过一篇"心中有了你"的文章。文章里面说"你是一缕晨曦,照亮我心灵的天宇;你是一轮红日,从我生命的东方升起……"也许在这样的字里行间游走,才能体会到彭同学奶奶的心境。

高一第二学期,我再去家访的时候,在彭同学的小卧室里,她将"珍珠班"的合影照片很用心地贴在墙上,并在边上贴上了一个纸条:有爱走遍天下,不放弃就有希望。

空闲的时候我和彭同学聊过几次,大多谈的都是鼓励的话语,希望她能够充满自信,决胜高考赢未来。有时看见她在楼道里很努力地读书,心中不免默默地送上祝福:心若阳光,生命就会出现奇迹,但愿所有的苦难都化为云烟,祝福光阴的故事里,只有爱,永恒尘寰。高考后,拿到甘肃农业大学录取通知书的她——笑了,彭同学说:"我很幸运地成为学校的首届'珍珠生',高中三年,满满的正能量,感恩世界的善良与美好,我相信我们'珍珠生'一定会成为对社会有用的人,也一定会将爱传遍天下。"我们也衷心地希望她在另一个阳光之城找到属于自己的那一缕阳光。

即使遍体鳞伤 也要活得漂亮

东湾镇位于靖远县城东北部,东与平川区宝鸡镇、共和镇接壤,南连乌兰镇,西临黄河,与糜滩、三滩隔河相望,北靠平川区陡城镇。因黄河由西而来至此转北流去,呈弯形,又在县城之东而得名"东湾"。东湾镇总面积229.3平方公里,位于靖远县中部,平均海拔1100米,距县城15千米。全镇自南到北为不规则长方形,天赐黄河谷底环境,气候宜人,土地肥沃,黄河流经东湾24公里,有7个村处于黄河沿岸,地势平坦,自流浇灌,3个村处于山谷地带,土地宽阔,有地下水资源。属大陆性温带半干旱气候,平均海拔1100米左右,冬春季多风,夏季高温干燥。

从靖远县城出发沿国道109线北行10余分钟就到达东湾镇了,这里有舌尖上的名吃——东湾驴肉,也有国家四A级景区、全国百大名寺之一的"法泉寺"。

法泉寺。又名"红山石崖禅寺",中国百大名寺之一,距今已有1600多年的历史,它和陕西法门寺、宁夏锦云寺同承一脉。古有"东有法门寺,西有法泉寺"之说。法泉寺始建于北魏,鼎盛于唐宋。魏晋时期,这里被称之为"锁口",因此法泉寺也称"锁口石窟"。据说当时以陕西法门寺为上院,法泉寺为下院。法泉寺之所以称为"法泉"寺,也因为寺内红山崖下有"龙骨"、"墨池"、"月牙"三泓清泉涌出,有三眼"法泉"一说。

　　法泉寺为儒、释、道并尊的寺院。靖远大名鼎鼎的潘育龙将军的伯父"无尽上人"就曾禅修于此。明代兵部尚书彭泽青年时期曾在寺内攻读三年，留存在这里的《东山八景诗》至今传诵。这里便成为靖远八景之一的"法泉地灵"。明代诗人路升吟诗赞曰："层岩叠岫倚天边，路入烟霞见法泉。万斛珠玑随地涌，清流昼夜自涓涓。"这里曾有印度名僧戈桑巴尼远渡重洋到此讲经说法，也有藏族高僧桑伽班丹主持法泉建寺修阁，收徒会友。陇上名道士刘一明也曾于此修持注经。近代画师张大千、书法家于右任、范振绪等名人雅士亦留有墨宝于此处。今珍藏于甘肃省图书馆的国家一级文物——文溯阁《四库全书》在20世纪六七十年代一度在法泉寺"千佛洞"内保存。

　　至今，法泉寺石窟经朝历代，饱经沧桑，在岁月的磨砺中更加光彩照人，历久弥新。红山抱寺、洞窟罗列、长桥拱卧、湖光熠熠、古塔凌空、殿宇耸立、楼阁奇置、亭台仙境……融建筑、雕塑、园林、文学艺术于一体的法泉宝刹，无疑是中华文化宝库中一颗璀璨的明珠。

日军轰炸记忆。来到这个村庄，也有让人无限沉思的悲歌。那就是1938年抗战时期日军轰炸机在这里惨无人道的轰炸。今虽物是人非，但一路驱车的记忆不能空白，于是脑海里又浮现出了日军敌机轰炸这里的片段。轰炸的缘由就是错误地把靖远当作兰州，因为二者的地形地貌极其相似。曾在靖远做过《靖远日报》的记者张尚瀛曾在《抗战时期的靖远防空和日机轰炸》一文中记载：1938年11月15日凌晨5时许，7架日寇飞机在这里轰炸，熟睡的人们还以为是地震了。上午10时前后他到达东湾的时候，街前街后共有七个一丈见方的弹坑，死伤数十人，一百多名被炸得无家可归的农民们，脸上灰尘一层，其状之惨，使人目不忍睹。后来发现的残存弹片上有"昭和十三年制"的字样。在第二天的《靖远日报》上以"日本鬼子欠下靖远人的一笔血债"向外报道了东湾被炸的实况。1939年的2月12日到1939年12月26日，日军先后出动数百架飞机轰炸靖远、兰州，靖远先后被空袭5次，无辜的老百姓死伤无数，人畜殃及，惨绝人寰，令人发指。

就在2017年的夏天，这里的村民和乌兰山的游客发现当时未爆炸的日军炸弹，由政府派专人引爆于乌兰山后，炸弹碎片现陈列于靖远县红军渡河战役纪念馆。

也就是在这个曾被战火洗礼的镇子，我要说的是曾同学。一个又瘦又小但很懂事的女孩。

第一次家访的时候，母亲用摩托车带着她，正去地里干活。初见面时，让我大吃一惊的是她的母亲。近40岁的年纪，已满头白发。一个失去男主人的家庭，几间土房子和周围的高门大院显得格格不入。但是家里很整洁，曾同学见到我们时问了一声"老师好"，缩着脖子，两只手拽着破旧的衣襟来回揉搓，和弟弟站在那里，显得很瘦弱。和我一起家访的张主任说了句：这家的日子也苦啊。在我们家访后拍照的时候，一家人显得不好意思，曾同学的母亲一直在说：你看我们穿得脏的。

其实，想想我的从前，也曾经缺吃少穿，但农民人的那种质朴是不需要用"哈哈镜"看的。岁月给了你们曾经的苦难，但从现在开始，我们会共同努力来改变这种贫穷和困苦。

曾同学说：家是一个多么温馨的字眼，我的家坐落在一个并不富裕的小村庄，那里风沙满天，黄土飞扬，那里有山有水，但我总觉得缺点什么，那就是人情，人心，真的，十几年过去了，往事不堪回首，被人歧视的生活过的太久太久了……曾经的我也有一个幸福的家，虽然房屋破烂点，但童年的记忆却是极美的，可是好景并不长久，一场噩耗惊醒了懵懂无知的我，七岁那年，爸爸因为一场车祸撒手人寰，物是人非的悲惨生活从那时起。从此一切生计便只能依靠弱不禁风的妈妈了，她变得坚强，粗壮耐劳，为了家东奔西走，劳碌疲惫，这大概是伤痛刻在心里的有力体现吧，抑或是有我参不透的痛苦……也许只有我的不懈努力才会报答她的艰辛，看着一头白发的母亲，七岁的我似乎长大了许多！

年迈的爷爷奶奶也再不会闲暇地坐在大门口摇着扇子独享天伦之乐了，而是又一次地拿起了农具下地干活，甚至，年迈的爷爷还会跟着砖匠们干点体力活，他们让爷爷干的粗活重活多，却因为爷爷年迈的原因，他们找借口少给爷爷工钱，难道人穷真的被人看不起吗？至少我在乡邻间从未体会到一点点的爱，但爷爷奶奶以及妈妈却从不计较这些，他们总是说'亏'没有白吃的，对别人好一点，会有所回报的。可是回报真的有吗？我望着天空自问道。他们有时也会教导我，对我说一些语重心长的话：孩子，你要好好学习，等你考上大学了，我们就享福了。不知道为什么，听这些时我心里总很难受

下雨的时候是最难挨的日子，破旧的房屋总会漏雨，即使我在学校，只要一下雨，心总会纠得很紧，总是胆战心惊地怕东怕西。有时候想，雨下

久了，房子会不会因漏雨过多而坍塌，体弱的爷爷奶奶关节会不会痛，妈妈的头会不会疼，弟弟上学走在泥泞的路上会不会摔倒，我心里一直打着鼓，也一直安慰着自己，就这样一直到雨停……

　　下雨天，看着同学们的爸爸妈妈拿着雨伞到校门口接自己的孩子，我的心里总不是滋味，因为漫漫雨路只有我一人走过，那时候回家便成了一种煎熬。当他们的爸爸撑着雨伞牵着他们的手小心翼翼地走回家时，我的脸庞总是湿湿的，不知道是雨水还是泪水，或许是两种都有。每一个雨天，都是浑身湿漉漉地走回家，遇见别人的时候，我总会要装作很坚强，要知道违心的表情真的很虚伪，有时候我都瞧不起自己。为什么伤心了却不敢哭泣，难道就因为缺少一双坚实的臂膀吗？心里总是痛痛的。因为妈妈经常在外打工，有时连晚饭也没有着落。

　　有时，同学们也很善良地帮助我，但因为心灵的创伤，以及有些家长对我的鄙视和乡邻的嫌弃，我总会以为他们都是在嘲笑我。那时候，我也会躲在操场的某一个角落默默地哭泣，然后擦干眼泪对自己说：加油！因为我

的家太需要我了，更需要我去改变，而我必须坚强地挺下去。

常常，想到情深处，总会爬在被窝里面偷偷地哭，有时也会埋怨：为什么老天对我这样不公？为什么别人有的我没有？为什么连最基本的父爱我也享受不到？为什么连一个完整的家我都没有？我到底做错了什么？每每想过以后，我会给自己鼓励：也许我的现在很难，但是我的明天一定会充满光环。就这样，我想着、说着，也成长着……

家，本来是每个人有爱的避风港，而我的家，有时心里真的担惊受怕，或许我的家没有办法给我太多的物质基础，但也给了我独有的精神财富，它让我变得更努力、更坚强，也懂得了珍惜，它或许不完美，但却是我的唯一。真的，因为我的家太不容易。

现在，我真的已经长大了，我明白只有我奋发向上才会对得起爱我的人，才会对得起我的家，才会让我慢慢变得幸福，才会把那些残缺变得完美，才会让亲人抬头看看那久违的蓝天。因为，我们低头活得太久了。

是珍珠就要发光，只有发光才会对得起所有对我好的人。家的故事虽然有些凄凉，但我相信，残缺何尝不是一种美。我坚持，我不放弃，因为"不放弃就有希望"。有的经历是唯一，有的路只能一个人慢慢地去思考和摸索，不管未来是晴天还是雨天，做人一定要坚强，只有坚强，家才会有机会变得幸福和完美。不问曾经伤痛几何，勇敢向前追梦，即使遍体鳞伤，也要活得漂亮。

俗话说，条条大路通罗马，但有些人本身就住在罗马，我们这些一心前往"罗马"的人，只有不停地奔跑，也许才会顺利地到达。

生命的灯火在爱的给予中点燃，生命的意义在爱的家园才会熠熠生辉。去曾同学家好多次，赵马冰如女士、黄崇美女士和颜妏如女士来的那一次，给人影响很深。正值秋天，虽贫苦但干净整洁的篱笆院里，一株正在开放的大丽花格外引人注目，大家都站在那里拍照，我想到了站在我背后的那

阡陌寻桃李 坐看云起

个女孩……。2016年11月份，王建煊先生和秦理事长来靖远家访的时候也特意去了曾同学的家。那一次，第一次来靖远的彤程集团董事长张宁女士看了曾同学的家庭境况，了解到曾同学给学校交的学杂费都是班主任垫付的，随即就拿出了1600块钱帮曾同学支付了这笔费用。

感谢张宁女士对"小珍珠"的关爱，也感谢那些爱心人士传递给我们的"千里之爱"。虽然，在时光的痕迹里，总会不轻易地揭起岁月的伤，但总有那么一些阳光，悄悄地溜进心房，在清晰的记忆里，留几分清幽的暗香。

有一次，我看见曾同学默默地哭泣，我真的很想再为她做一些思想工作，但是那次我没有，因为有很多事情需要自己去释怀和坚守。人生会有很多的经历，有的擦肩而过，有的刻骨铭心，一个人和一个人生活的经历不一样。但我一直相信：即使再平凡的人生，也会遇到不一样的精彩，也会有明亮的瞬间和最美的相遇点缀我们的生活。"珍珠班"何尝不是如此，爱使我们相聚在一起，虽然以前并不相识，但因为爱我们建造了一个属于我们自己的"珍珠之家",在高中的记忆里面多多少少也会泛起几朵美丽的浪花。

曾同学是一个喜欢写作、很乖、很有礼貌也很努力的孩子,也是一个很乖巧的"节目主持人",但生活给了这个孩子很多的磨难,一开始的时候,她很爱哭。我告诉她,眼泪不能轻易落下,用自己的奋斗改变命运,给亲人一份美好生活的满意答卷,才是我们当前需要努力的。也许,经历的苦难会成为一个成功者的源动力,也许那些坎坷的经历正是教我们成长的最好礼物,让我们学会理解、学会宽容、学会感恩,学会不过多抱怨,不轻易放弃,激励我们不卑不亢的生活下去。

即使遍体鳞伤,也要活得漂亮。我们的成长要对得起我们的经历,要想生活充满阳光,需要我们内心的虔诚和行动的感恩,也要记住,活着就要好好活着。高考结束,曾同学被华侨大学录取,在她的毕业感言里,她这样说:"三年时光,不变的是温馨;三年岁月,未改的是真情。在爱心的围绕下,我们拥有了一次选择命运的机会,也正是这段岁月的蜕变,让我们的梦想不再是遥不可及的空想……三年,长,长得我们将一切都铭记于心,师生情、同窗情,以及爱心人士的缕缕关怀都编织成我们最美的记忆;三年,短,短到我们连最后的告别都是匆匆,转眼间我们已告别母校,告别敬爱的班主任再次启程……逐梦的路上,至少我们在最好的年纪,遇见了最值得记忆的老师和同学。梦想依旧在远方,至少我们度过了一个更接近梦想的三年。2018年的高考,幸运地被华侨大学录取,感谢命运,感谢有你!一路相伴,有你真好!"

枸杞红了的季节　梦 启航了

阡陌寻桃李坐看云起

　　靖安乡位于甘肃省靖远县东北部，兴堡子川东南角，黄家山北，东北与宁夏海原县兴仁镇相邻，南接平川区共和乡，西靠靖远县五合镇，靖安乡东西长约17公里，南北长约25公里，有总面积297.3平方公里，耕地总面积6.98万亩，其中山地面积5.68万亩，川地面积1.3万亩，林地面积1.06万亩，草地面积1.35万亩。乡人民政府驻地新合村谢坝，距县城125公里，离国道109线12公里。靖安乡位于靖远县东北部，辖8个行政村。距县城128千米。南部为大山深沟，北为宽阔平坦川区，山川地势起伏较大，平均海拔2200米。

　　从靖远县城驱车一路朝北去"北八乡"，有三条路可走。一路穿越水泉尖山走109国道，一处是绕行祁连山余脉（靖远县城东）屈吴山北麓，屈吴山也可从平川区直达高湾镇二百户到达。最后一条路就是选择上高速直接到达。

　　一路开车，两旁的风景将心境带入了那段历史。

　　水泉尖山。海拔2000多米，尖山一脉，沿黄河而翘首向西。山头上，耸立着一处和湖北武当山遥遥相应的道家名观——北武当。北武当主体建筑在一座名曰"龟蛇山"的高台上，该台高约3丈、宽约10丈，南北约17丈，南边濒临黄河，山体朝黄河突出两处顶石，一处似龟头，一处似蛇头，暗合龟蛇合体的北玄武图腾。最奇特之一的景观就是福寿山红砂岩石壁，石壁上现存有雕刻于清乾隆十二年（公元1747年）的阴刻双勾正楷"捧灯照岸"四个大字，意走龙蛇，气势宏雄，"照"字写法独具匠心，在石壁上反写，"照"入黄河水中倒影则正，旁有阴刻行草小字数行，内容为道教经文，落款为"乾隆壬午春立"，又一方落款为"乾隆二十六年九月吉辰"，及临流道人吴大德所书之"福寿山初迹"和"创修福寿山记"等。从《甘肃省志》、康熙道光年间的《靖远县志》等史料中可看出，北武当至少具有1800年军事要塞的辉煌历史。此处原为鹯阴古渡口，是古丝绸之路北道通过黄河的重要渡口之一，也是重要的军事要塞。明初洪武三年（公元1370年），在迭烈逊设巡检司戍防，据《靖远县志》（道光）载："万历年就巡检司故址筑堡，城周三百五十步，东北至水泉二十里，东南至陡城二十里，其地界俱系陡城堡所管。墩台十二座，边墙七十里。"明宣德七年（公元1432年）命陕西布政使造船八艘，每艘11人操之，设迭烈逊巡检司管辖。可见当时渡河人数之多，规模之大。另据《靖远县志》（康熙）载："傍置空心楼一座，以资观望。今废。其上建庙，名北武当，有碑记。"

鹯阴口。鹯阴古渡口位于今平川区境内的黄河湾中村，东距鹯阴县古城10公里，处红山峡上口。三国时期，凉州（今武威）卢水胡（匈奴一支）起兵反叛，魏文帝曹丕任命京兆尹张既为凉州刺史率兵讨伐，卢水胡即陈重兵在鹯阴口黄河西岸阻之。西夏曾在此建造索桥，明太祖洪武三年（1370年），迭烈逊设巡检司戍防蒙古人。元狩二年，霍去病帅万骑出陇西，经鹯阴口渡河北击匈奴。此地是历朝历代不弃不舍、经久不衰的古渡口，战略地位重要，与河西岸这条较为平缓便捷的天然古道有关系。

屈吴山。历来为名人雅士涉足之地，唐代始建总佛寺，明代建有规模宏大的潮云观。这里亦是有名的靖远八景之一"屈吴春嶂"。据传唐代贞观十九年（公元645年），高僧三藏法师玄奘自西域取经归来至水岘滩（屈吴山），途经此处讲经说法，后人曾勒石铭记，明朝主持屈吴山的黄云亭道长曾眷

抄碑文于经匣匣盖，后寺院历经战火中石碑和经匣只能在当地人的口口相传中延续。至清时，龙门派著名道长刘一明大师幽居山中，撰述修正他在靖远县善缘寺著述的《西游记解注》屈吴山闻名遐迩。

这里的传说故事不仅如此。清时的奋威将军王进宝的家乡马营水就在这里，后来将军的陵寝也位于屈吴山的北面，传说屈吴山的山名也与王进宝讨伐吴三桂，削平僭乱，绥靖疆域有关。也有传说讲这里常住居民的姓氏多为屈和吴姓便由此得名。

靖远起义。1932年甘肃境内由中国共产党领导的早期武装——靖远起义的枪声就从这里打响。1935年的秋天，徐海东、程子华率领的红二十五军途经此处，1936年9月，朱德、徐向前率领的红军扎营屈吴山，在万佛殿北山顶设侦查哨所。数日后，张国焘、朱德、彭德怀胜利会师于打拉池。红军在屈吴山下留下的艰辛足迹和革命火种永远激励着世世代代的父老乡亲，他们的革命精神和光辉永存于世。

家访石同学家的时候，一路都是整片整片的枸杞子地。这里也是全国枸杞栽培的黄金区域和重要原产地。以前路过这里的时候，没想过这里有多贫困，一眼望不到边的枸杞，给这里的老百姓带来了丰厚的实惠。

来到石同学家，是石同学的爷爷奶奶，还有她父亲。爷爷很热情，一直给我们讲着家里曾经发生的事，石同学的父亲站在房檐底下，一句话也没说，石同学的奶奶在厨房里面择菜准备做饭，院子里面晾晒着一些枸杞。

石同学的母亲在她很小的时候改嫁了，而且就改嫁到了距离本村不远的地方。后来听村子里面的人说，关于石同学母亲改嫁的好多传闻，有些是正面的，有些是负面的。我们其实不是很在乎这些，只是想：家家都有一本难念的经，我们想的是在这样的境况下，石同学的心理状况不知道是个什么样子，听村上的人说石同学的成绩不错，而且也是一个很不错的孩子。

我们再去另外一家的时候，石同学的爷爷主动地带我们去家访。能看得出来，老人家对这个孙女是关爱有加的。

石同学这样写她的家境：

家，是一个多么温暖的字眼，我的家在一个偏远的小山村，那里条件不是很好。听爷爷奶奶说，在还没有搬到这里之前，生活很苦很苦，他们每天吃树皮、草根过日子。他们常常教育我，要珍惜现在的生活，家里的房子已经住了二十年了，几年前翻新过。小小的院子里，承载着许许多多，有孤独，争吵，甜蜜，欢乐，还有期望和梦想。

我六岁那年，母亲离开了家，刚开始我还以为母亲在和我玩捉迷藏，只要我使劲哭，使劲找，她总有一天会回到我的身边。我发现我错了，八岁那年，我知道往日疼爱我的母亲永远离开了这个家。母亲走了，我知道，母亲一定会哭，因为那时的她是多么爱我们呀！她会不顾刺骨的寒风和带病的身体送我去上学，无论有多累，她都会给我辅导功课，她甚至还说过："等你们以后长大，考上大学……妈妈就不会这么苦了。"离开了我们，母亲一定一定会很难过。在她走后的一些日子里，每天晚上我都会被噩梦惊醒，我梦见她在哭泣，往日怎么样都不会在我面前流泪的她却哭得那样伤心、无助。她说："孩子，是妈妈对不起你们，但妈妈也没有办法啊！"我现在真的好想她，好想好想让她回家。每当我看见别人家的孩子向母亲撒娇，别人的母亲给他们打理生活、买衣服、鼓励自己的孩子好好学习时，我的心就好痛好痛。如今我们已八年未见，她的样子已渐渐从我的脑海中模糊，我怕，我怕自己会忘记她。妈妈，我真的好想你，你还会不会回来啊？

爷爷奶奶六十几岁了，他们身体都不好，爷爷几年前就曾做过一次手术，他在手术室里坚持了整整4小时，硬是让医生做完了手术。在手术过程中他没有喊一声疼，一直咬牙坚持着，等到被推出手术室时，冷汗已经浸透了衣服，病床的被子都被扯破了，手因为长时间弯曲，已经僵硬。看到外面着急等待的家人，他露出一个苍白虚弱的笑容，然后昏迷了过去……那一刻我的心像是被狠狠攥住了一般，眼泪喷涌出来。到现在为止爷爷的肺部、胃、心脏都不好，但是为了一家人的生活，为了我和弟弟以后能上得了大学，爷爷仍然在田中劳作。每当看到爷爷愈加佝偻的背影，日益增多的白发和悄悄爬满皱纹的脸，我的眼睛就一阵酸胀。奶奶有高血压，经常吃药。她从小就照顾我们长大，如今爷爷奶奶的步伐已不再矫健，是我们耗完了他们的精力和心血。爷爷奶奶从来舍不得为自己添置新衣服，却对我和弟弟从不吝啬。虽然念的书不多，他们却时常鞭策、鼓励我们："孩子，抬起头做人，既然你们和别人不一样，那就注定你们和别人不同，老老实实做人，不要埋怨社会的不公平，要改变命运就只能靠自己。"

奶奶在前年摔断了腿，打了石膏，虽然每次我放学回家后她都在笑，但我内心深处明白，奶奶比谁都痛苦。每天晚上我都会被奶奶痛苦的呻吟和哭泣声惊醒，看着奶奶苍白的面孔和颤抖着的身体，我不知道哭了多少回。

父亲的脾气不好，经常发脾气和家里人吵架。但是，我还是担心父亲的身体，即使有时候会打骂我们，我们也不会埋怨父亲。对于现在进入高中的我来说，我会努力地去学习，将所有的不快乐、不如意都转化为巨大的力量，促使我向着梦想不断前进。

上了高中，进了"珍珠班"，有了那句"有爱走遍天下，不放弃就有希望"

阡陌寻桃李 坐看云起

的鼓励和好心人的帮助，我更加有信心了。能遇上那么多的好心人，我真的很感动，也很感激。坐在"珍珠班"的教室里真的是一种幸福。面对未来，我一定会拼尽全力，我也会将在这里得到的"爱"尽己所能的传递下去，让更多的人心中有爱，让爱行天下！

　　石同学是一个喜欢看书的孩子，一次和石同学聊天的时候，石同学哭得很伤心，是因为她的母亲要来看她，他又害怕爷爷奶奶和父亲知道，她无所适从。我告诉她：母亲永远是你的母亲，但是毕竟这些年是爷爷奶奶和父亲培育你长大的，把所有的伤心事都先放下，先埋藏在记忆里。专注高中三年，先去努力和完成这三年的梦想，坚持就是胜利。有时候我们要幸福，就要做个呆萌的"傻瓜"，因为我们有时左右不了存在的客观事实，但是我们不能将我们自己无谓地编织在自己思想的牢笼中。人生的路上，苦难与坎坷谁都无法避免，但无论怎样，我们自己都要以一种平常的心态真实地对待我们自己，这样才能从困境中走出，绽放美丽的生命之花。在那满是枸杞的原野，不要忘了你是一支金菊，长长的街路，铭刻着你的名字，是需要你加倍地努力和拼搏，展示出你的才华，是一支花儿而不盛开，那心灵的原野该有多么寂寞。

　　曾记得，石同学在一次活动上发言，我们都流下了眼泪，那段文字的标

题是"黎明前的黑暗",在那个不是最富饶,但也算富有的村庄,以前的她,可怜得连"梦"都没有。枸杞红了的季节,"老班"去家访,虽然当时没有见到"老班",但就在那个季节,我看到了方向,也学着去做"梦",希望有一天梦想成真。

三年,石同学在"大爱书屋"里的身影是最多的,她喜欢看书,有时上自习课的时候也偷偷地看,我告诉她,看书是好事,但是不能太多的占用学习的时间。

有一次,我在中川机场接送北京崇世基金会的黄崇美女士时,黄阿姨赠送给我一本张平宜的《触,台湾娘子上凉山》,在那本书的封面上写着:爱,没有惧怕,爱可以洗去烙印。在我了解石同学的身世后,我想这句话应该是对她最大的安慰。每次去她家家访的时候,看到那一片一片红红火火的枸杞种植基地的时候,总是在想:也许在任何富有的地方,都有一处贫瘠的神伤。但也会觉得,那些从苦难中昂首挺胸走出来的孩子,一定会唯美一段人生的故事,惊艳一程岁月的时光。

在这里,她的梦想开始起航;在这里,她拿到了南京特殊教育师范学院大学的录取通知书;在这里,她走向了另一个追梦的地方。

不期而遇的风景　清风徐来

五合镇位于甘肃省靖远县东北部，兴电东干灌区，109国道、刘白高速公路和五靖公路贯穿全境，地处甘肃、宁夏两省的交界地段。东与靖安乡相邻，南靠黄家岖山与平川区毗邻，西与东升镇相倚，北与宁夏回族自治区中卫市海原县接壤。平均海拔1693米。面积340.20平方千米。距县城100千米。109国道和G6高速公路穿境。在这里有始建于清朝的三清洞和苍龙山雨林寺两处县级文物保护单位和一处明代屯兵遗址"三角城"。

近年来，这里大规模的种植枸杞，老百姓的人均收入逐年上升，生活水平不断提高。

来这里家访，其实也就是路过。但是这个女孩是在我捡珍珠的路上真的"拾"到的一颗。那个夏天，天气酷热，三十七、八度的高温在五合镇那个广袤的滩上，炙烤的难受。在路边我找了一家商店，买了两瓶冰镇的矿泉水和一支雪糕蹲在店门口消暑，有几个老乡也在店门口聊天，顺便我拿出我要去家访学生的名单问几位老乡学生家的具体位置。几位老乡倒是很热情，有一位老人说"你们当老师的也辛苦，这中考完了，还要到处挖生源啊……"

我说老伯啊，我这个工作不是抢生源、挖学生啊，我这是扶贫济困，教

育精准扶贫。"呵呵,你这个年轻人,这年头,好学生谁抢下就是谁的。"

"真的,老伯,我们这个工作就是找录取到我们学校,家庭贫困的学生,我们学校今年成立了一个'珍珠班',是好多爱心人士资助成立的,专门帮助家庭困难的学生,您看,我家访了这么多家了。"

我将家访学生的名单和记录表,拿给几位老乡看。几位看过以后嘀咕:还有这好事?您看这些家庭,哪家富裕啊。我一边让几位老乡看"珍珠生"家访情况登记表,一边解释。

"老师,那您这个单子怎么没有我们同学高**啊,她家情况真的不好。"旁边不知啥时候几个学生站在边上也在听我们的谈话。

"是吗,你知道她家住哪吗?"我拿过单子写上名字,问高同学的具体地址。

"具体不清楚,好像在前面路边上……"

"我知道,娃娃学的怎么样我不清楚,但家长的身体状况确实不好,我给你个电话号码,前面不远就到了。"那位老伯站起身来给我详细地说怎么走。

一支雪糕吃完,感谢过几位老伯还有那几位同学后促车前往。身后传来了"这还有挖穷娃娃上学的……"

到了高同学的家门口，给高同学的父亲打通了电话，一会儿，见到了高同学和她的父亲，高同学戴个大草帽子，应该是刚从地里回来。

高同学的父亲身体残疾，但精神头很足，进门就给我们抱了个大西瓜，热情地给我们讲几个娃娃的学习情况和家庭情况。

有些困难是一看就明白的，问了一些情况，我没敢吃一口切开的大西瓜，看了看一直站在门边上瘦弱的高同学，问了几句学习情况，鼓励了几句就离开了。

一支雪糕，几句话，几个同学的提醒，这就是同学之间的情谊，也是缘分。后来，我在和高同学谈起家访那些事情的时候，我说你要感谢你的同学，虽然当时我没有问下她们的名字，但这份情谊我们要铭记在心。

上高一的那时候，高同学这样写道：

家，是一个多么温馨的字眼，我的家在那美丽又偏僻的小村庄里。这个美丽的村庄叫作白塔村，在我们村子里，有很多大山，其实也不算大山啦，就是那种土形成的，形状像山一样的土堆罢了，但这些土堆却是我们玩耍释放的好场所。在这里，我们哭过笑过，受过伤，流过泪，每到闲暇的时候，我们就会成群结队地来到这个美丽的地方，上蹿下跳，或者一个人来这里，静静地休息，默默地回忆。虽然是土堆，但却陪伴我们长大。我们村子里还有很多农作物呢！比如说小麦，玉米，土豆，向日葵等。当然最重要的还是枸杞啦！因为在我们这里，枸杞是每一个家庭最主要的经济来源，学生上学的学费，家庭最主要的支出全部都来源于枸杞。我家在北方，每年春天这里的风都吹得好大好大，卷起满地的尘土，从这里呼啸而过，但是如果你沿着那条水泥路一直往前走，你会发现一亩一亩绿油油的麦田和刚冒出新芽的枸杞树。到了夏天，你再去田地的时候，那里就是另外一片景色，那里会是一大片一大片金黄的麦田，枸杞树上也挂满了红红的果实。一颗晶莹剔透的露珠从果实上滑落，就像我们的汗水一滴一滴从脸颊旁掉落，滋润着农田，这个时候，玉米也长高了，向日葵也开花了，很多美丽的花儿都开了，就会引来一大群蜜蜂和蝴蝶翩翩起舞，转眼间，丰收的季节到了，这段日子，是农民最开心的时候，俗话说：一分耕耘一分收获。秋天，是我们收获的季节，我们挖土豆，割向日葵，掰玉米。累，并快乐着。冬天了，大家会围在火炉旁，吃着用自己汗水换来的食物、聊着天。这就是我的家，偏僻又美丽。

我们家里有八口人，有爷爷，奶奶，爸爸，妈妈，还有两个姐姐一个哥哥和我自己。在我的记忆里，爷爷奶奶，爸爸妈妈都患有疾病，爷爷小时候经历了一场意外，使得他右手的半根手指不在了。现在医院又查出爷爷患有糖尿病和高血压，爷爷每天都得吃药。奶奶动过甲状腺手术，也患有高血压风湿等疾病，每天也要吃好多种药。当我们在田里干活的时候，奶奶依然坚持给我们做饭，奶奶，谢谢你。我的爸爸是个残疾人，他的背是驼的，哥哥曾经对我说他上小学的时候，经常有高年级的同学欺负他，然后问他："你爸爸的背为什么是驼的？"那时候哥哥的心里非常难受。爸爸的个头虽然小，但是志气不小。爸爸拼命干活挣钱，有时候爸爸的心脏病就犯了。我们劝爸爸去医院检查的时候，父亲都是咬着牙坚持，有时候看着爸爸疼的直呻吟，我们的心真的好痛。

我的母亲是一个喜欢笑的人，对我们这个家很好、非常好，还受到过市上的表彰呢。可是，祸不单行。妈妈得了糖尿病，听力也不断地下降。哥哥在上大学，姐姐在外打工。特别要说的是姐姐，因为家庭困难，早早地辍学打工，也为这个家分担了不少。而我，只有努力，才能轻轻地拭去爸爸妈妈脸上心酸的泪水和汗水，用我自己的拼搏打造属于我们美丽温馨的家。

一个充满爱心的孩子，在"大爱书屋"建起来的时候，高同学自愿当了"大爱书屋"的管理员，书屋的事务大多都是高同学在搭理。

后来，同学们有传高同学可能"找对象"的事情，我知道后却对高同学严厉不起来，只是告诉她：珍惜青春年华，认真把握好这一难得的求学机会，也给她讲了个人与集体、理想与现实的例子。

以后的时间里,高同学变得更加专注和投入,也没有人再谈起她"找对象"的事情,她每天都努力的学习,热情的参与班级的活动,成绩一次比一次提升的快。

其实,我真不知道高同学是否真的有"找对象"的现象,我也不想用高压、专制的态度对待这些我"捡回来的珍珠",只是从思想的深处告诉她们什么是对的,什么是错的。因为,我相信,我说了,她们应该会思考和听话的,我也相信,改变一个人的价值观需要自己内心的驱动力,外力只是一种引导和帮助。

有一次,高同学的父亲在兰州住院治疗,高同学的心态不是太好,我和她聊了一些责任和担当的事情,她只是默默地点着头。我告诉她:你的父母是爱你的,珍惜自己的青春年华,幸福其实是自己选择的。不管到什么时候,父母的心都在儿女上,我们且不要辜负了父母对我们的期望,我相信你一定能做地更好。

高三的时候,高同学因病耽误了近两个月的学习时间,但她依然在2018年的高考中以516分的成绩考入了常州大学。高三毕业了她写下了这样一段话:

这个夏天,我们就散了,各自奔向各自的世界。三年同窗,一起经历的风风雨雨、感动和喜悦,都是最美好的回忆。离别总会伤感,但不会怅然,因为我们都坚信一定可以重逢。在以后的路上,愿我们带着记忆,带着幻想,走向自己的梦与远方,相信努力过的人生,终会闪亮。

未来 我愿意做父亲的那双大手

阡陌寻桃李坐看云起

　　东升镇位于靖远县城东北，东靠五合，南邻平川区，西连王家山，北接宁夏香山镇，总面积309.3平方公里。南部为旱作二阴地区，土壤肥沃，地域辽阔，适宜种植荞麦、豆类、油籽等小杂粮。北部为兴电高扬程灌区，灌溉条件便利，耕地自然成片，农业生产条件十分优越。境内煤炭资源蕴藏丰富。地势起伏，属丘陵地带，山川梁峁纵横，平均海拔1920米。109国道穿境。从县城到这里开车大约1个小时左右的路程。

　　卧龙山。走进东升镇，这里有位于平川区宝鸡乡和靖远县东升镇交界地带的卧龙山。卧龙山环山抱水，地形独特，四面环山，地势险要。山上有庙曰升云寺，西侧另一方形山上即为苦水堡遗址。当地流传着"先有卧龙山，后有宝积山；先有宝积山，后有靖远城"的俗语。卧龙山苦水堡曾出土过铜锅、铁枪、箭头、陶瓷等宋、金、西夏时期的珍贵文物，最为有名的是在白杨树沟发现的金代铜镜和铜号和一部分写有西夏文字的丝绸卷帛。

　　根据历史记载，明洪武年间，河套蒙古鞑靼部多次从老龙湾等处踏冰渡河，经寺儿湾发裕堡、永安堡、芦沟堡至锁黄川牧马休整后，进犯打拉池和白草原一带。从锁黄川到打拉池只有两条路可供人马行走的通道，一条就是经过卧龙山古道，另一条就是过苍龙山古堡。

升云寺。卧龙山古道，作为历史上的军事要冲，也是丝绸之路的商贸站点。而卧龙山的升云寺更据有传奇色彩。据当地人讲，升云寺原来有几块石碑，有一块石碑上有"唐大将军尉迟敬德监造"字样。留给我影响最深的就是民国末年升云寺主持的"觉"和"死"两个字的传说。据当地人讲，升云寺山下的野狐桥边原来有数坐窑洞，那年秋天，连续下了四十几天的雨，老和尚带着两个小和尚住在窑洞内，雨水都把窑洞顶渗透裂开了缝隙。傍晚的时候，有人去看老和尚，劝他回到山上的厢房去住，老和尚笑着说有佛祖保佑，就是不搬到山上去住。可到了第二天，窑洞塌了，把老和尚和两个小和尚都压死了，山上的和尚叫人把三具尸体挖出来，抬到东边另一个空洞内，然后用石头砌住了窑门，山上的和尚遂先后离开了卧龙山庙。三年后，不知从何处来了好多和尚，大约有三四百多人，在砂河周围搭满了帐篷，开始举行主持老和尚的葬礼。他们在野狐桥东面的平台上设起道场，用拾来的柴火垒起三个大圆塔，中间的一座5米多高，两侧的3米多高，塔的周围挂满了各种纸做的花儿，把压死的三个和尚的尸体抬出来放在塔的中央，念了三天三夜的经后，点燃了柴塔。一时间，悲伤痛哭之声回荡在山谷间，声如雷鸣，直传云霄。大火着了几天后方才熄灭，和尚们把没烧化的骨骸捡拾出来，用木槌敲成碎末，然后用荞面和成面团，捏成鲤鱼的形状带走了。从此以后，升云寺再也没有正式住过和尚，佛教在这里顿告消歇。

我们家访刘同学家的时候，在进入刘同学家的路口，就有一个去"升云寺"的小路。所以，找刘同学家也比较好找的。

刘同学的家访，先后我去过5次，每一次都有不同的感触，每一次都是让人心里流着泪的旅程。

低矮的几间土房子，被炕洞的烟熏得有些黑，厨房的房顶上有个破洞，应该是出烟的地方吧，一些杂草应该就是做饭用于生活的材料了。70多岁的老奶奶，挂着一支歪歪扭扭的木棍，50多岁的父亲面带笑容，岁月留下艰难枯焦的脸庞能看得出来生活的不易。刘同学的母亲神智有些不清，三个弟弟不是很爱说话，大弟弟和二弟弟也有不同程度的身体不适，小弟刚到上幼儿园的年纪。

第一次家访给我印象最深的就是刘同学的父亲特意给我看了家里的唯一一张彩色照片，说是刘同学在上初中的时候到县城参加英语竞赛老师帮忙给拍的，他用塑料纸精心的粘贴在上房的墙上，他给我们讲的那一刻，我觉得是他最幸福的时刻。那一次我们没有见到刘同学，刘同学去给别人家打工去了。那一次，我们也只是看到了刘同学母亲的一个背影。

刘同学的父亲告诉我："刘同学上高中非常困难，也不知道能不能把高中读完，家里就这境况，尽力而为。"我当时就回复了刘同学的父亲：你放心，保证让她拿着大学的通知书回家。

在我第三次家访的时候，那一次碰巧除刘同学而外全家人都在，我建议给他们拍一个全家福，刘同学的父亲特意给刘同学留了一个位置说"老师，你一定把我大女儿加上，我们照相的机会少啊，这是第一张。"一句话，让镜头的背后的我一阵心酸。

家，是一个多么温馨的字眼，我的家住在一个小村子里，那里离县城比较远，树也不是很多，每到春天，风沙就很大。并且，在我们的村子里，我家住在最高处，那里水资源并不是很丰富，因此只有几户人家，而且每家离得不是很近。在我家附近有一些窑洞，我看过那些窑洞，有的是用土块砌成的，我们叫"箍窑"，有的是直接挖的。南面就是一些旱地了，旱地只有靠雨水才会丰收，如果天不下雨，只能荒着。我的父母都没什么文化，每年靠种地来支撑这个家，并且我家的土地很少，只有四五亩，有些还不是我家的，因此，我爸妈很渴望旱地有点收成，这样就可以给我家添上一点补给，让我们生活得好一点。

我的家是一个很大的家庭，家里共有七口人，奶奶已将近八十岁了，她

的身子很虚弱,为了这个家,她付出了很多,虽然她身体不是很好,但她仍然坚持着,每当我们从地里回来时,奶奶就会把饭给我们做熟,我感到很幸福,奶奶很疼我,我很爱奶奶。爸爸今年快五十了,因为家里的苦太大了,他的头发已经白了一大半,并且很容易发脾气,我有时就会受不了,可是不一会儿就又好了,我们就这样在摩擦中度过。虽然这样我还是爱爸爸的,爸爸也是爱我们的。为了这个家,也为了生活,他从不乱花一分钱,几年里,他给自己连件衣服都没买过,穿的那些衣服都是亲戚朋友送的。都说女性爱美,可是妈妈却不一样,她总是穿得那样朴素,也许是因为条件的限制,她没有多余的钱去打扮自己吧。除了奶奶,爸爸妈妈外,我还有三个弟弟,我是家里最大的孩子,自然就要承担一些不可推卸的责任,也要为小弟弟树立一个好榜样。大弟弟今年十三岁了,他的身体素质不是很好,每次感冒的时候就发烧,有时不注意就昏迷过去了。因为感冒发烧,弟弟的智力越来越差,他的学习也不是很好,但他很能干,每天放学时,都会帮父母干一些家务活。二弟今年十岁了,他很爱哭,一有人欺负他,他就只知道哭。记得,二弟小时候很机灵的,可是在一次生病之后,他就不再那样机灵了。

后来，我家添了一位新成员，我的小弟弟。小弟刚出生时，妈妈因为家中条件限制，无力再抚养他，决定把他送给一家亲戚抚养，那家亲戚家里没有孩子，也愿意收养，但我很伤心，因为他小时候很可爱，也显得很聪明。后来，他们没有那样做，小弟就这样留了下来。我很高兴，一天天地过去了，小弟渐渐地长大了，现在他已经五岁了，他很懂事，也很机灵，每当我们离开家去地里时，他总是要跟着。可是，地离家很远，而且也不是很安全，我们把他留在家里，让奶奶看管，但他还是会哭、会闹。但不管怎样，我喜欢弟弟，我也会努力，以后供弟弟上大学。

记得那是一个春天的早晨，家乡的天气还是很冷的。中午我放学回家，我惊呆了：奶奶躺在炕上，妈妈的脸上满是伤疤。父亲说是被村子里的一个养猪场的人打的。这样的事情，对于我们这个贫弱的家庭，只能一次又一次的忍受着。没有办法，我只有拼命地学习，也许只有这样才能改变我们家的面貌，至少可以换一个地方，让亲人不再被人欺负和侮辱。

在我们每个人的心中，都会有一个温馨而又幸福的家，无论到哪儿，别的什么都可以忘记，唯独忘却不了的就是我的"家"，永远都觉着家里最好、最舒服！

一个爱家也非常努力的女孩，肩负着一家人的梦想，和我们一起手拉手走在"珍珠"的路上，我希望她能坚强的走向自己向往的地方，实现她心中的梦想。

那一天，从刘同学家出来，我们继续家访的行程。天有不测风云，傍晚时分下天空飘起雨来。我们一边打电话一边往下一家走去。好长的一道山沟，关键是在那个山沟里面没有信号，也没有几户人家。我们只能边走边自己判断，直到天黑，在那条沟的深处，我们终于看见了几户人家，终于到了。但那一次，却是一户冒名顶替的人家，但我们还是认真的家访了。因为我相信面前的这几位老乡肯定也是很为难的。我们费了那么大的周折来到这里，竟然是一种欺骗。站在雨里,我不知道说什么好,我只是鼓励了哪一家的老乡,我说谢谢你们,您的孩子考上高中以后,如果有需要可以联系我们。

那一晚我回到家中是晚上 12 点多了。

刘同学,一位可爱的女孩子,很善良。虽然不太喜欢说话,但是看得出来很坚强也很努力。每每看着刘同学拼命努力的时候,我都会想起那篇《山果》的文章:"我常抱怨日子过得不称心。我知道这么想没有什么可指责之处,人朝高处走,水往低处流嘛。但是怎么算过得好?应该和谁比?我不能说不模糊。前些日子我出了一趟远门,对这个问题好像有了一点感悟……核桃……红薯面饼子……四个农民工……大爷……阿婆,我叫山果……"

高三第二学期的第三个周末,刘同学的父亲给我带电话说是给刘同学带了 50 块钱,让刘同学到车站取上,并告诉我让刘同学在高考前尽量吃饱,别耽误了高考。后来,刘同学递给了我一张纸条,上面写着这样一段话语:

"……父亲,他太累了;父亲,我们家的顶梁柱。父亲靠那一双粗糙的大手撑起了我们这个家。一双手,一个家,一份温暖,简简单单。就是因为那双饱经风霜的大手,为这个家撑起了一片爱的晴空,成为一处让我可以避风的港湾。那双手,总是起早摸黑,厚厚的老茧是岁月的留痕;皲裂的皮肤,是沧桑的见证,那双手,不管黑夜白天的劳作。也是那双手,扶着我一天天的成长,春去秋来,那双手,已显得苍老,但枯瘦中仍然那么苍劲有力,家里的每一分钱,都是从那双大手中来……老班,未来,我愿意做父亲的那双大手,为了我们这家,我拼了……"

有时候,我真的感谢上天给我一次"捡回珍珠"的机会,生命的路上,我相信那些已经成长起来的小树,必定会绿树成荫,也相信:那土墙、土房上,一定会铺满了闪光的琉璃,因为我们心中——有阳光!

2018 年高考,刘同学考了 477 分,她觉得成绩考得不理想,没有上一本线,她不甘心,想再复读一年。不管怎样,祝愿她能坚强地站在生活的另一个起跑线上,整装再出发,永远记住"父亲的那双大手……"

土墙上 那最美的"壁画"

北滩镇位于甘肃省靖远县东北部,距县城86公里,东邻靖远县东升镇,南接平川区水泉镇,西靠靖远县永新乡,北接宁夏中卫市三眼井乡、景庄乡,属兴电高扬程灌区,辖区总面积565.3平方公里。北滩镇地处峰台山南麓二十五公里处的山川丘陵地带。北滩镇地处腾格里沙漠边缘,地势南高北低,西南和西北起伏较大,且有较多的大小山峰,属沟壑丘陵地带,中间为平川,海拔1500—1700米之间,气候干旱,降水量稀少,属甘肃省中部干旱地区。

据明人高冠《建设沿河堡村据要隘以省虚縻以消鲁患》书中记载:"自芦沟水至香山,高泉东西延长四五里,川原衍漫,水草丰盛,……土地肥沃,旧有沃灌之地"。自古有:"芦沟的粮,香山的羊"之民谚,我就出生在《靖远县志》记载的:"高泉四五里"(即高泉东西延长四五里)的芦沟村泉台社。

芦沟古堡。北滩镇的北部有明万历年间建造的古堡——芦沟堡。《建设芦沟堡记》中记载:"靖远介朔方、金城间,逼近鲁窠,外则芦塘为其刍牧之场,内则芦沟为其出没熟道。……靖远之兵食足,何工不成?何兵不足?何食不饶。"如今,古堡遗风仍在,现保留在芦沟小学那个刻有芦沟堡建造铭文的古钟,曾经是我在这里读小学时用来敲打上下课铃声的器物。如今应该被作为很重要的文物保存起来了吧。

我所要家访的两位珍珠生的家都在芦沟堡的北面,这里是平原连接丘陵的地带，北面环绕的"烽台山"气势雄宏，用她舒展的躯体挡着北面腾格里沙漠的飞沙走石，滋养着这里世世代代的老百姓。

兴堡子川电力提灌工程。我小的时候经常来这里，那时这里是一片荒草滩，是放养骆驼等牲畜的地方。现在这里已变成一片绿洲，沃野千里。这得益于兴堡子川电力提灌工程。靖远县《四五规划纲要》是改变这里的一个转折点，曾经的"向东渠"在哪里我并不知道，但兴堡子川电力提灌工程却实实在在的做成了。兴修水利、惠及民生的工程不知发生了多少动人的故事，十八年的苦战，1980年4月，国家水利部部长钱正英、甘肃省委书记宋平到兴电工程视察，给予关怀和支持。昔日不毛之地的兴堡子川如今变成一方美丽的沃土，在这里产有著名的"硒砂瓜"，不仅让人对这个美好的新时代感叹。

古罗马鎏金银盘。1988年7月19日，在北滩镇北山村发现东罗马时代的西方刻铭银盘，引起了文博界的关注，被视为"丝路遗宝"。此盘是古代东西方文化交流的实物见证，被定为国家一级文物，属于甘肃省博物馆外展率较高的珍贵藏品。

周同学的家在北滩镇的最北边，一个很偏远的村子。我去家访的那一天，周同学的母亲远远地站在那个黄土坡上向我们招手。进入那个不大的庭院，几间土坯房，孤零零的伫立在那里。一进屋，那土墙上的奖状是我见过最有造型、也是最有特点、最有标志的"壁画"了。

我和周同学的第一次见面也是一种偶然。那是中考的前一天，学校的学生都放假了，我和看管学校3号宿舍楼的李老师一起去兰州。一路上聊天的时候，李老师说晚上必须下来，说有两个学生还在宿舍楼上住着呢。我很奇怪，我问李老师：中考期间高中学生全部放假了，学校不允许宿舍有留宿的学生。李老师说是姊妹两个，姐姐在一中上学，为了照顾中考的妹妹特意申请在宿舍住，这样能省点钱。毕竟，乡里娃娃来靖远考试，外面

的旅社也挺贵的。

那一天我们回来的时候很晚了，我和李老师上楼去看两位同学。偌大的一幢宿舍楼上就住着姊妹俩。李老师说两个孩子不容易，能帮就帮一下，两个女娃娃都挺乖的。那一天我第一次见到了周同学：胖嘟嘟的女孩，个子不高，一直是笑眯眯的。我问了她在初中学习、生活情况，也祝福她考出一个好成绩，并叮嘱她记着申报珍珠班，学校会帮助她。

后来，周同学以优异的成绩考到了一中，也顺利的成为"珍珠班"的一员。开学的时候，她在"家的故事"里写下了这些记忆中的感动和感触。

家，是一个多么温馨的字眼，我的家在靖远县北滩镇一个偏僻的小村子里，曾有人问我说我的家在哪里时，有时候我很茫然，是土壕？白刺渠？还是花岘，反正哪一个地方都是偏僻和贫穷的，因为曾经的我们在母亲的带领下走东串西，有时候居无定所。

十多年前，我们从永新乡白崖上搬迁过来，借住在一户人家里，父母租了一些地，开始了新生活。因为玉米种子比麦种子要便宜，于是父母在田里种上玉米。那时候，我们天天吃玉米面。

然而事事总是不如意。在我们很小的时候，父亲外出打工出了事，家里面就剩下母亲带着我们姊妹生活了。父亲去世的时候，我才五六岁的样子，什么都不懂，更没有流过泪。只记得在过丧事的时候，我拿着别人送来的馍馍坐在三轮车上傻笑。天哪！我为什么要笑。现在想来，我无法想象失去丈夫的母亲看着失去父亲的孩子坐在三轮车上傻笑的时候，母亲的心里有多难受。

可怜的母亲，经历了很多磨难。有一次回家，我看见母亲年轻时的照片，一头乌黑的秀发披在肩上，穿着红色的大领子西装，那么年轻充满活力，可如今呢？母亲的头发几乎全变白了，皱纹、老年斑，那些岁月流逝的痕迹，永远留在了母亲的脸上。那些苦日子，我不忍重提，因为每想一次，便是一次心灵痛苦地经历。有时候也想着，过去的事情就让它过去吧，把握现在，好好地珍惜现在，用青春拼搏一个属于我们的未来，可有时候，过去的那些事就是忘不掉。

记得有一次，我们拉着架子车向别人家借了一些麦子。因为我们姊妹都还小，只能跟在架子车的后面，但母亲总是让我们跑在她前面，母亲说看着我们在前面跑她更有力量。其实我们哪里知道，母亲害怕我们在后面推车，她拉不动的时候，车子朝后退压到我们。那一天，我们都感觉回家的路特别长，妈妈拉一会儿，就要停一会儿，有时会哭，但哭过了还是坚持着拉车回家。

在我成长的那些日子里，就是想吃一些绿色蔬菜都是很难的，有一回，邻居家给我们送了一个南瓜，姐姐以为是直接能吃的"瓜"。趁母亲不在的时候，偷偷地切开后才发现，"瓜"不能直接吃。妈妈回来后，提起巴掌就打，妈妈说那个南瓜要放到过年给我们炖汤喝。那些年，家里的东西真少，谁要是不小心打破一个碗，结果肯定是被母亲狠狠地揍一顿。

我们姊妹是吃着玉米面长大的。有一次，学校里面搞活动去外面野炊，让每个同学从家里面带两个鸡蛋，可是，那时候我们家没有鸡蛋。妈妈花了三毛钱给我买了一包方便面。回学校的路上,我哪儿能经得住方便面的诱惑,还没到学校我就偷偷地吃完了。等到野炊煮鸡蛋的时候,我没有鸡蛋,看着别的同学都在吃鸡蛋,年幼的我,竟然抬起头眼睛紧紧地盯着正在吃鸡蛋的老师,那个时候我真的希望仁慈的老师可以给我一些鸡蛋吃。但是,我没有吃到鸡蛋,或许是老师没有看见我吧。我又去看别的同学,得到的结果是:"你没拿鸡蛋,还想吃鸡蛋啊。"那一次的记忆是刻骨铭心的,也许是真的太穷了,穷得就剩下有希望的目光和灵魂了。

小时候,上学的路很远。遇上下雨天的时候,母亲都会送我,有时候还背着我。等到学校的时候,母亲全身都湿透了,而我却是"完好无损",有一次母亲还给我买了雨靴。穿着那崭新的雨靴坐在教室里面,心里甭提有多高兴了,那应该是我最幸福的时候了。但当透过窗户看见走在雨中的母亲时,我却怎么也兴奋不起来,母亲将湿湿的衣服顶在头上遮雨,一步三跌,佝偻着背,向家的方向蹒跚而去。

人心有善。那一年,大姐刚上小学,家里没有一点可以吃的了。那一次我们真的遇到了一个好心人,他给了三块钱救济了我们。三块钱,对于我家来说已经是很多了,因为我们一年的零花钱也没有那么多。现在,母亲还提起那个好心人,祝福好心人一生平安。

我们成长着,我们体味着人情的冷暖和世间的善恶。

现在,大姐上大学了,二姐也到了高三,我到了高中,弟弟上初中。家里的开销太大太大了。虽然学校的老师都很关心我们,但是还是太难太难了。

我们不害怕吃苦,只有努力地学习。所以家里面的奖状是比较多的。有时候回家,看着母亲拿着那一摞、看着那一墙奖状乐呵呵笑着的时候,我的心里也会感到很幸福。有时候母亲会说:"等你们都考上了大学,想去哪就去哪,我给咱们看家。"母亲哦,我们姊妹是不会把您一个人放到家里面的,因为有您才有家啊!

这是一个非常喜欢笑的女孩子。每每笑起来的时候，她的两只眼睛就会眯成一条缝。希望她的未来就像她的笑容一样永远快乐。

成功取决于一个人的心灵，思想和灵魂，而非你的外貌和衣着。那些"惊艳"的"壁画"，已经是她生活中最美、也最值得回忆的礼物了。"我不停地思考，思考我的困境，我的痛苦，我的悲伤，直到歇斯底里"但那有什么用呢？走不出悲苦，便走不出别人的怜悯。

高一结束的时候，周同学说自己喜欢学文科，理科学起来很吃力。我建议她和家里人商量商量。她告诉我说自己想学心理学，我倒是建议周同学报考免费师范或者免费医疗方面的学校，这样能为家庭减轻一些负担，相对来说觉得师范类和医疗类适合周同学。

高二的时候，她在我们都不知道的情况下，和另一位同学偷偷地到学校食堂里打工，就是为了每天的那两顿饭。有一次，我在楼道里碰见她，当问及她的近况的时候，她却告诉我：其实另一位同学更需要帮助。

"人饥己饥，人溺己溺。"在生命的长河中，这何尝不是一种大爱。三年中，我和这些同学在一起，尽管有时候我们都是各自拼命地努力，但在这三年高中的清浅岁月中，处处都有着刻骨铭心的慈悲和感动，这也算是成长生命的一份厚礼。有时候，自己惊喜地发现，原来，自己就是这个世界上最"富有"的人之一了，因为我拥有了闪闪发光的一串"珍珠"。

每每回想去周同学家访的记忆，脑海里总是会浮现出她家墙上那金灿灿的奖状。每每看到周同学专注的读书的时候，我都会在心里默默地为她送上祝福，流年的剪影里，谁的故事不是喜忧参半，谁的成长会是一帆风顺。2018年高考，周同学顺利的考入了济南大学，祝福她快乐每一天。

苦过了、累过了，只要心不累、精神不倒，未来自然会是幸福和永恒的。

雪山下 那道印有几串足迹的沟壑

阡陌寻桃李 坐看云起

　　永新乡，在这里历史上发生了许多战事，最著名和有影响力的战事之一就是晋时秃发树机能屡乱凉州，万斛堆（今靖远永新乡乱古堆）为其重要战场。秃发氏即北地胡，靖远为其发祥地。晋武帝太始六年（公元270年）鲜卑树机能叛，秦州刺史胡烈讨之，至万斛堆被杀。

　　进入"北八乡"的"西四乡"，一路向西，依次是永新乡、兴隆乡、双龙镇和石门乡。这四个乡镇对于我来说，最有感情的是永新乡，因为舅舅家就在那里，美丽的哈思山主峰雪山的脚下。

　　哈思山。"哈思"山的名字来源于蒙语，即美玉的意思。哈思山也属祁连山余脉（靖远县城西），作为甘肃省面积较大的水源涵养林所在地，已被列为省级自然保护区。主峰是大峁槐山，即雪山，这里有靖远八景之一的"雪岭堆银"。雪山上原始森林保护完好，苍松古柏傲然挺拔，雪山之顶常年被厚厚的积雪覆盖，"雪岭堆银"由此得名。雪山之巅，建有一座宝刹——雪山寺。一座与山下众生共悲欢的林间禅寺，一个与民族命运共沉浮的千年古刹，一片与天国瑞雪共洁的圣地，一方千古传奇的净土矗立于此，从外界通往寺院的曲径小道上，分设有两道山门，在一座拱形山门顶端，上书"堆银胜境"四个大字，赫然入目，两侧对联"有绿山色来古寺，无限风光入翠微"，

215

引人注目。

雪山寺。小的时候，因为舅舅家就在雪山下，所以我经常来这里玩耍，可惜的是，随着全球变暖，气候的变化，这里再不见当年银光闪烁的奇异景观了。

在通往山顶的古道边上，有一处神奇的地方。根据历史记载，雪山曾发生过几次森林大火，但大火每到此处就神奇的熄灭了。当地人流传着很多唯美、凄婉的故事。前几年，这里突发大火，但又在此处神奇的熄灭了，当地政府和老百姓为了纪念那个神奇的地方，勒石以铭，我有幸撰写了"玄风崖记"刻于石碑之上。当然，这里也传颂着宋军将领孟良和焦赞以"火葫芦"互相戏谑，孟良放火烧山，穆桂英红肚兜灭火，点将台、马蹄印等美丽的传说。雪山，原名惠云山，清康熙《重纂靖远卫志》谓之"峰峦层列，岩壑横峙，松柏丛茂，鸟兽蕃庶，积雪冬夏不消，遥望青岚素雾，亦一方之名胜也。"雪山得名于何时已无史料可查。明朝靖远文人路升题诗赞美雪山，并以"雪岭堆银"誉为靖远古八景之一，这便是雪山见诸文字记载的开始。雪山脚下也有地属双龙镇始建于唐朝时的北城滩堡，与哈思山堡、永安堡、分水岭堡以及周边的沙古堆堡、芦沟堡等古堡形成曾经的军事要塞，也见证和呈现着这里的历史风云。

在哈思山下穿行，似乎能联想到丝路古道上络绎不绝的商旅使团来来往往，在悠扬的驼铃声中飞驰，从石门乡小口的索桥古渡到北城滩城堡遗址的北卜渡口，那墨绿的密林仿佛一道亮丽的风景线，点缀在雄浑的黄土高原之巅，让人流连忘返。明朝都御史张佳巡视哈思堡时曾题诗纪胜道："黯淡山城古会州，胡天双目尽高邱。春深柳色凝霜雪，日落鞭声起城楼"。

索桥渡。索桥渡是丝绸之路著名的黄河古渡之一，这里河床稍宽，水流较为缓慢，两岸为石山，容易修筑码头。据史料记载，明朝隆庆元年（1567年），用当地一种野生植物的根编织成为绳索，将24艘木船连接成为一座浮在水面上的桥，其名由此而得。在渡口以南5公里处，就是历史上有名的哈思堡，在当时是一个专供过往商旅歇脚修整的地方，有许多商铺和旅馆。这一路也被当地人称之为"茶马古道"。明朝万历二十九年（1601年），重修被河水冲毁的往日索桥，在两岸石山之间架设索道，仍用24只大木船连接而成浮桥，以通往来。并于渡口临黄河东山之上修筑堡寨，名为铁锁关，驻兵防守，以确保渡口的安全畅通。直到清代乾隆四十三年（1778年）南大道西（安）兰（州）公路开通之前，索桥渡一直是丝绸之路北线进入河西走廊的必经渡口。

白卜渡。白卜渡位于乌兰津下游，地处双龙镇的北城滩村。现在被称为金坪渡，也是隋唐时期的大型古渡口之一。其路线为从海原县经过苍龙山的古堡或苦水堡、芦沟堡、论古堡、永安堡等处，由白卜渡过黄河，然后到景泰的上沙窝，再到达古浪的大靖镇，进入河西走廊。乌兰津在红山峡下口，而白卜渡在黑山峡的上口处，两个渡口相辅相成，地理位置非常重要。这座渡口的形成年代久远，是古丝绸之路上最早最为繁忙的渡口，为古丝绸之路必经之地。到了唐代，这里依然是过河的首选渡口。

这是一个性格腼腆却倔强的男孩，也是一个爱好写作的文艺青年了。记得在刚上高中的时候，他写下了自己的座右铭：做仲夏的雪，在从天空到还没落到地上的短短生命中，做有意义的事。我突然想到王建煊先生的一句话："世界上最高尚的问题是，我能做什么有益的事？"

顾同学喜欢写作和背诵古诗词，记忆力特别好。他曾说他最喜欢的两句古诗是："沧海月明珠有泪，蓝田玉暖玉生烟。"在诗词的世界里，他可以想出许多美丽的故事，这些古诗也会在他的笔下变成一个个跳动而端庄的字符。

高一的时候，顾同学对班级的事情非常关心，也会积极主动地帮助同学做一些有益的事情。在我们几次的谈话中，他说：我们本应不曾相识，甚至不曾相见，但有一双温柔、善良的眼眸跋山涉水、一路辛苦地找到了我们。

虽然我们来时名声不显,但他相信通过努力、努力、再努力,未来一定会变得璀璨炫目。

家,是一个多么温馨的字眼,我的家在靖远县永新乡的一个偏远的小山沟里,因为沟里有一股小小的地下泉水流出,所以山沟的名字叫作"小水沟"。不过这水并不好喝,据长辈说这水在流出地面的时候流经了一座盐山,因此味道变得涩而微咸。整个山沟里的不到十家人,就是喝着这涩而微咸的泉水长大的。家乡普遍干旱,大家一起修建了蓄水的池子,用以灌溉田地。从各种方面来说,这股小小的、涩而微咸的泉水,是我们的生命之源、生活之源。

那里的山和西北地区好多地方一样,大都光秃秃的,显出黄色的、似乎没有一点生机的泥土。这种泥土看上去远没有东北的黑土地那般令人感到震撼与赏心悦目,看多了,人会从心里产生一种厌烦,无从去之、无从发泄的厌烦。一些山上有"退耕还林"时种下的树,为适应干旱的环境,它

阡陌寻桃李坐看云起

们长得并不高,繁密的枝上尽是树刺,叶子普遍小而绿意浅淡。这些树靠自己顽强的毅力与生命力,深深扎根于贫瘠的山坡上,为家乡带去了生机,更彰显了一种精神。

沟里的路很不好走,尽是沙子石头,我们称为"沙河"。每当下大雨有洪水的时候,呼啸的洪水就会把本就不平整的路冲得千沟万壑。而每当这个时候,大家就要冒着雨,在沙河中听着风声、雨声、水声,想尽办法浇水。当水特别大的时候,以前辛辛苦苦修的地埂、水渠都会被冲破,雨后又是一番大张旗鼓的修缮。

我家在一个山坡下面,门前有几块地,以前下雨时常常有泥土从山上落下来,砸在房顶上,院子里。自打记事起,我家的房子就很旧,盖房子的木头在风吹日晒雨淋下,已经变成了一种暗淡的、有着浓浓岁月痕迹的灰黑色。屋内的墙壁也早已不是雪白,呈现一种微黄的暗色。小时候家里的房子下雨时总会漏雨。地上、炕上都放着各式各样的盆子,雨水滴在盆子里发出或沉闷或清脆的声音,就像一曲交响乐,回响在儿时我的记忆里。

去年父亲母亲把房子重新刷了一遍，修补了一下。我家的院子是土的，下雨时泥泞不堪，但是有一种自然的、清新的气息。

我家或许在许多人眼里不漂亮，而且也不大，但是，家，却是我最温馨的记忆，是我感到最心安的地方。

现在家里好多时候只有奶奶一个人，奶奶今年73岁，身子骨还算硬朗，但是由于腰部曾经做了手术，腰腿总是使不上劲儿，多走一会儿路都会觉得困乏。父亲母亲总会叮嘱奶奶不要做太多事，尽量多休息，可是奶奶在家里总是闲不下来，一天到晚忙这忙那的。奶奶虽然没有上过学，但奶奶非常喜欢诵佛经。

父亲为了让我们有一个好的学习环境，在县城里租了一间小房子打工供我们上学。每次我们离开家要去上学的时候，回首望见奶奶一个人，孤零零地站在院外，我就会觉得很难受。如果可以，我多希望天天和奶奶住在一起，我们一家人住在一起。

爷爷奶奶都信佛，从小我在他们的熏陶下长大，我知道了做人要真诚、善良、与人和善，要有感恩之心。记忆中，爷爷很是和蔼，为人处世特别平和，他特别重视我们的学习，总是要我们把学过的东西讲给他听。爷爷去世后，只有我放假时才能回去陪奶奶。我想要奶奶好好的、健健康康的，一直活到一百多岁。那样，等我长大了，奶奶就享福了。

我的父亲是崇高的、伟岸的。父亲属牛，今年43岁，在家里，他正如一头任劳任怨的老牛一样，承担起整个家庭的重任。从我记事起，父亲就在外面当司机。开车很辛苦，父亲经常要熬夜。他一年只在农忙时和过年回家，之后又匆匆外出，为家庭而奔波。因为生活，父亲学会了许多东西，开车、砌墙、修电视、修车、理发他都会。随着我慢慢长大，父亲出去的次数也少了。父亲有胃病，可当身体难受时他总是自己忍着，母亲好多次叫他去检查，他都推脱着不去。父亲对自己很节俭，我记得他有一件红色的背心，一直穿了几十年，穿得背上开了一个大口子，也舍不得扔，而且由于常年干活时穿着，红色已经变得很暗，有的地方有着类似绿色的斑点，那是草汁的颜色。每次洗完这件背心，盆子里的水就会变成浑浊的红色。

后来父亲为了我和哥哥能受到更好的教育，在我五年级时让我转了学。在城里上学，花销变得大了起来。在那间不足二十平方米的小出租房里，我们一家四口努力地生活下去。父亲找了份拉货的工作，每天开着一辆小小的三轮车风里来雨里去，他搬那些沉重的箱子会特别累，每天中午，父亲回家都在一点前后。这样的工作，让父亲的胃病愈发严重。现在父亲依然在从事这份工作。每次看着父亲劳累的身影，我都会默默地鼓励自己好好学习。

我的母亲，我觉得是世界上最伟大的人。从小，母亲就在家里带我们。母亲没有上过学，但是非常鼓励我们上学。母亲整天在家里忙里忙外：喂牲口、做农活、挑水、做饭等。给我记忆最深的就是母亲挑着扁担去很远的地方挑水，每天都要坚持挑两到三回。那幅画面让我终生难忘：身体瘦小的母亲，挑着两个大大的水桶，在早晨漫天云色、徐徐清风、淅淅小雨、鹅毛大雪，抑或是云深雾浓时，走向远处的水井，山影重重，夜色减退，母亲的身影似乎与山、与云、与雾，与当时的自然万物都融在了一起，就像一幅画，是一幅水墨山水画。后来我们在县城租房上学时，母亲给我们做饭。狭小的出租房里除了两张床铺几乎什么也没有，吃饭的时候我们都蹲在水泥地上吃。我也曾哭着闹着要回家，但母亲告诉我们："既然来了，就要坚持，好好学习，我们不能永远让别人都瞧不起。"迫于生计，母亲也经常去车站打些零工，或给工地上推沙子、抱砖……干完活回来还要给我们做饭。我多么希望母亲可以健健康康的、过着安逸而舒适的生活。

农忙的时候，母亲就回家里干活。春天挖胡萝卜的时候，凌晨三点就要起床，直到晚上十点才回家。有时候，母亲太累了，刚回到家就沉沉的躺在炕上睡着了，第二天早上起来拿些干粮就又出发了。

我的童年是在那个小山沟里度过的，上小学的时候我们要到十里之外的地方翻山越岭去上学，中午是不回家的。冬天的时候，因为要早早去上学，小伙伴们都是摸着黑互相搀扶着走。冰冷、无奈、无助，甚至是绝望，都已经过去了，现在我要做的，只有好好学习，为自己、为家人而奋斗。我相信，我能行。因为，我爱我的家！

雪山下的那道沟，一切照旧。顾同学奶奶诵读佛经的声音依然飘荡在那道空灵的山谷里。凝眸岁月，烟云过往。有些苦难的经历，如此让人费尽思量，但那些过往的经历，也许更能激励一个相信"我能行"的同学对梦想的追求和向往。

高二的时候，顾同学的物理成绩不是太好，或许是因为他的文科成绩比较突出吧。有一次我告诉他，他的文综成绩曾经是年级第一名，他适合上文科。后来有老师劝说顾同学不应该去文科，其实这也在情理之中。因为一个成绩非常好的学生在我们这里都会鼓励学理科的。当然，在我做班主任的日子里，我会根据学生在高一年级一年来的现实表现和学科成绩并综合家长的意见，给同学们一个真心的建议，让同学们做出一个自己的判断和选择。

顾同学在高二开学的第二周转到了文科。当然，选择文科班的7名"珍珠生"也成了学校文科的排头兵，他们怀揣着自己的梦想，也肩负着一种感恩的使命拼搏在属于他们自己的道路上。

三年的高中生活，有太多的人和太多的事，密密麻麻地织成了记忆的网，有时候，在这些可爱的"珍珠生"身上，刹那间迸发的光芒，经常会照亮我灵魂的旷野。有时候，我在想前途茫茫，道阻且长，但又有什么能阻挡一个人卓尔先行的追求和梦想。

心静百象生，心净万事轻。顾同学说家里的人都信佛，常教导他做人要真诚、善良、与人和善，要有感恩之心。是的，不懂感恩的人，是最贫穷的人。感恩是一种生活的态度，也是一种善于发现人生闪光的感动。英国作家萨克雷说，生活是一面镜子，你笑，它也笑；你哭，它也哭。祝福顾同学能真诚地感恩逆境，相信：山中芬芳蝶自来，心之若素香满怀。未来祝福顾同学将过去的挫折当作一次成长的淬火，做仲夏的雪，去做有意义的事。

高考，对每一个人都是公平的，顾同学通过自己的努力最终被中山大学录取，经历了高考，顾同学说："想起以后可能就要长相分别的老师和同学们，我突然有点想哭，因为三年的关怀与鼓励是真的，好友的打气与祝福也是真的，离别时的告别与热泪是实打实的，震耳欲聋循环的歌只会是那一首。'让爱传出去'的歌声仿佛就在昨日，也会在未来。希望以后，我们相约再见时，可以笑着互相致意：好，明天见。感谢相遇，有你真好。"

最终的远行　不需要孤苦的呻吟

　　兴隆乡位于靖远县北部，东接永新乡，西南与双龙镇相邻，北面是黄河与景泰县搭界，总面积160平方公里，地处黄河以南、雪山寺以北的山川地带。最低海拔1290米，最高海拔2312米，乡政府所在地（腰站村）海拔2018米，距县城118公里，地势南高北低，南北走向，起伏较大，山地多，川地少，气候干燥，温差大、雨量少，年降雨量平均为125毫米，属干旱半干旱地区。

　　来到兴隆乡，不能不去一个地方，就是——大庙。

　　大庙。黄河南岸一个古老的村庄，地处靖远县北部的兴隆乡境内，位居古丝绸之路的交通要道之上，背山面河，物产富足，是重要的黄河渡口之一。大庙古称字罗口，又叫大庙堡，明朝时期曾是屯兵戍边的军事关隘，清代至民国时期则是当地经济文化的中心，成为与外界交流沟通的门户和纽带，远近闻名。这里寺庙林立，也是曾经的羊皮筏子水运渡口。古时，由于西北地区经济落后，交通闭塞，民国时期兰州运往银川、包头等地的货物，有一半以上通过筏子进行水上漂流运输，而大庙独特的地理位置，以及优越的经济生活条件，正好成为筏子客们的歇脚之地，这里因此而变得繁华兴隆。这里也是古丝路的重镇，是黄河岸边一个古老的村庄，这里的文化源远流长。这里有靖远县乡村自办的第一所学堂，由邑人魏烈武借大庙白衣寺创办的"文峰书院"。

香水梨。进入大庙,这里有久负盛名的"大庙香水梨",纯天然、无污染、皮薄、汁多、味甜,是靖远县名优地标特产之一,是国家地理标志保护产品的品牌。香水梨树也因此成了当地农民的"摇钱树"。每到秋天,香水梨成熟时节,黄澄澄的梨子挂满枝头,清风吹起,香飘四野,慕名前来采购的客商络绎不绝。近年来,由当地人兴办的"大庙梨花节"享誉省内外,百年梨园,不仅仅是好客的大庙人的民俗和观光旅游的胜地,而且成了一道文化的盛宴。有游客曾这样赞美:暮春四月,古渡大庙千亩梨园梨花正在盛开,洁白如雪、沾着雨点的梨花在清风中摇曳,犹如一幅景色优美的风景画。循着淡淡香甜如酥的芳香,漫步在如诗如画繁花似锦的梨园之中,更是一番滋味在心头。登高望远,苍穹湛蓝,大庙宛若轻柔的绸带,逶迤于崇山峻岭间。仰望山头巍峨挺拔,远眺梨花无边无际,如皑皑白雪铺满大地,似亿万白蝶飞舞人间。

一个非常努力、非常踏实的孩子,家里仅靠母亲在外打工维持生计,平时都是七十多岁的爷爷和奶奶照顾着。

我第一次家访的时候见到了王同学的爷爷奶奶还有他上大学的哥哥。从县城出发开车走了大约三个小时的路程,在那个偏远的村庄,那个黄土岗的尽头找到了她家。返回的时候在她家的东面有一个很富裕的家庭,东西两家的状况形成鲜明的对比,王同学的爷爷说孩子的母亲去工程队干活去了,也听一位邻居说,王同学的母亲干起活来像个男人,能吃苦,也不怕吃苦。返回的路上,我想,这样艰难的家庭,不吃苦又能怎么办?怕吃苦又能怎么办?上有老,下有小,一个女人要完全顶起家庭的一片天,能有多少是容易的事。

王同学在"家的故事"里这样说:

家,是一个多么温馨的字眼,我的家在兴隆乡川口村,家中有七口人。家住贫困地区,近年来,天气干旱,靠天吃饭的农民家庭主要经济来源靠几亩农田维持，如果天气好，雨多，那还有些收成，若天气不好，干旱严重，有时会连种子都收不回来，家乡十年九旱，地里有时候颗粒无收。老百姓吃的水只能靠下雨时积存在窖里的雨水。家乡的交通不是十分便利。今年恰逢珍珠班的开设，希望各位爱心人士和学校给予帮助，帮助我和我的家庭渡过难关，让我能有幸和其他的学生一起顺利完成学业。

我家有年过七旬的爷爷奶奶，他们都已丧失劳动能力，长年患病在身，爷爷高血压，一直心脏不好，前几个月经检查又得知左眼得了白内障，奶奶过去也做过白内障手术，但效果不是太好，让爷爷有了不想看病的念头，奶奶一直腿疼，经常出现不能走的情况，爸爸七年前因病治疗无效永远地离开了我们，家里的生活更是难上加难，妈妈一个人艰难地扛起了养育我们的重担。爷爷奶奶的身体一直不太好，常年需要吃药，特别是全身瘫软的奶奶。奶奶有时候想到屋外去看一看，我们就用独轮车将奶奶推到外面晒太阳。

家里所有的经济来源都靠妈妈打工来维持，有时候，我们想在学习之余帮妈妈做一些事为妈妈减轻一点负担，但每一次妈妈都会说："好好学习去，以后考上大学就是帮助妈妈了。"爸爸去世时，我们姊妹四人都在上学。大姐初三毕业的时候，虽然考上了高中，但她为了帮助妈妈、帮助这个困苦的家，毅然选择了外出打工。大姐在外面外省吃俭用，将挣来的大部分钱都给了家里，也鼓励我们姊妹三人好好珍惜上学的机会。想想，我们欠大姐的太多，大姐早已过了谈婚论嫁的年龄，但为了供我们上学，她和妈妈默默的、拼命地为这个家起早贪黑的忙碌和奔波着。

两年前，哥哥和姐姐带着全家人的希望都考上了大学，高昂的学费一度让本来就贫困的家庭雪上加霜，但是妈妈和大姐没有放弃，而是更加努力的打工挣钱供我们上学。如今，我也上了高中，家里的开销自然又增加了不少。有时候回家到工地上去找妈妈，看见妈妈在工地上佝偻着腰、汗流浃背地背沙子、和水泥、抱砖、捡塑料瓶、废钢丝……我的心里难过极了。

晚上回家和妈妈睡在一起,很多时候我都是偷偷地哭着进入梦想的。第二天妈妈早早地起来去工地,临走的时候会给我枕头下面放一些钱。有时候我们说让妈妈歇一会儿,妈妈每次都笑着说:"妈不累,只要你们给妈争气好好学习就行。"村子里的人都称呼妈妈是"铁人",干起活来就像不要命了似的,可我们知道,妈妈内心的苦楚是别人无法理解的,妈妈努力是为了我们这个家,为了爷爷奶奶,还有我们姊妹快乐健康地成长。在我们心里,妈妈一直是我们努力向前的榜样和精神动力。

努力,只有努力学习才能报答父母的养育之恩。我一定会努力,用我的智慧会去打拼未来。长大了也成为一个爱心的捐资人,为了感恩,也为了做一个真正心存感恩和传递爱心的人。我会全身心地去努力,为了梦想,也为了我深深爱着的家!

在"珍珠班"的三年,王同学一直用自己的努力打拼着。她用自己的努力和坚持在为珍珠班这个集体努力和战斗着。我知道,只有鼓励能给她最大的支持,但我知道一个人只要努力了,我们应该给予她最大的安慰和帮助。

她在班上是一个很热心的孩子,也很愿意帮助别人。有一次,她给我带来一些家里做的馍馍,告诉我说:班主任,看您每天下午都不回家,这些馍馍是我们自己做的,您饿了就吃些,保重身体。

有人说:感恩,是一种选择、一种习性,一种心态,也是一种涵养。每一次的班级活动都会有王同学的热情助力。高二的时候,我们组织了一次诗歌朗诵,那一次也是家长会,是给家长们准备的。王同学朗诵了一首"妈妈,您辛苦了!",在场的大多数人都哭了。因为那不仅仅是一段文字的叙述,而是一腔深情的滚烫。后来,王同学告诉我,那一次本想让妈妈也能听到,遗憾的是妈妈在外打工没能请上假来学校参加家长会。

那个黄土岗上虽然贫瘠,但那里有很多的果树。都说人间四月天,这里的四月是迷人的,满山沟的梨花香气四溢,别有一番景致。相信有一天,挂满香果的常青树一定会给那个贫瘠的地方带来四季的绿意与馨香。

高考，确实有些残酷，努力了却没有预期的结果，王同学说她要选择复读，她说："三年前，胸怀大爱的班主任在基金会的大力支持下组建了靖远一中首届珍珠班，能成为其中的一员我倍感荣幸，转瞬即逝我们已经毕业，高中三年我很充实。回想起三年的时光让人留恋，对于各位爱心人士的资助，我十分感激，此时此刻，千言万语汇成一句谢谢，你们给我们的不仅仅是经济方面的帮助，更多的是精神上的安慰，让我们对未来充满希望，给予我们前进的动力。班主任的辛勤付出让我们感动，三年来收获很多，学会做人做事，学会感恩，学会热爱生活。'珍珠引路'让我们感受到珍珠生的情谊，不同地区的学长们回来和我们亲如姊妹。天下珍珠一家亲，不管身处何方，我都不会忘记自己是一名'珍珠生'的身份，我会拼尽全力去努力，发扬我们特有的品质，让身边的人知道我们是独一无二的。平时成绩普通的我高考中未能达到本科线，很让人失望，但我没有想过放弃，我相信爱拼的人运气不会太差，我会继续努力传递正能量！"

高考结束，我和王同学交流过好几次，安慰和鼓励，因为高考的结果谁

也无法改变。选择复读，再用一年的青春去拼搏，也是一种把握未来的机会，王同学说："自从我爸爸离开以后，妈妈就开始疯狂的打工，挣钱供我们上学，我不忍心交这份失败的答卷，我再努力一年看看会不会有结果，不想给我妈妈留遗憾，我选择了补习，您对我说：'我会一直支持与鼓励你的'，同学们也特别的关心和安慰我，我觉得我很幸福。看着您一天疯狂的工作，有时候真的想不通是什么给您这么多力量让您成为生活的强者，我会像您学习，您给我说的凡事靠自己，我现在也更进一步的认识了，我会努力靠自己的……谢谢您的支持与鼓励，让我的高中生活很精彩。"

2018年的教师节，王同学请了假来到我的办公室。偌大的校园里，面对这颗"珍珠"心中多有内疚。2018年10月24日，学校第三次举行"红色足迹·筑梦远航"远足励志行。在虎豹口，我去找王同学希望能给她鼓励。由于时间紧，队伍里我没有能找见她。我忽然想起了刘禹锡《酬乐天咏志见示》的后面那部分诗句："经事还谙事，阅人如阅川。细思皆幸矣，下此便翛然。莫道桑榆晚，为霞尚满天。"高考只是人生的一次历练，不管什么时候，我们都要有一种豁达乐观、积极进取的人生态度。我只想说，在我心中，51名"珍珠生"你们是最棒的，因为我们在最困难的时候一起努力过、拼搏过，最终的远行，不需要痛苦的呻吟，只需要坚强地走过，永远祝福你们，可爱的"珍珠生"！

* * * * *

从兴隆乡往西就是双龙镇，据说那里的仁和四合院也别有风格和景致。这里也是丝路古道，这里永远给我一个神秘的想象。浩瀚的队伍、大漠的风沙、精美的瓷器、残破的古堡，有去无回的那些人。丝绸之路，这个被德国人命名的欧亚交通大动脉，千百年来，承载了无数人的梦想，因此也让无数人埋骨他乡……

贝壳里的梦 / 点亮生命与爱同行

　　站在那黄土高岗上，其实我很想也去石门乡再转一转，但是登记簿里面没有需要捡回"珍珠"的资料。瞭望山的那边，在那里也有靖远地标性的小口大枣、靖远山羊、羊皮筏子，还有古丝绸之路上留下的那座"山陕碑"，那是乾隆四十三年(1778年)为纪念山西和陕西商人捐款维修索桥渡口而立的功德碑。因为一路出发不是为了旅游所以，只有遥河三望，但细细品味，久远的历史让这条古道残破不堪，不知还掩盖了多少秘密，值得后人去传承和铭记。似乎也能听见黄河岸边那些筏子客的花儿声：

上了兰州哈（下）绥远，
中间（嘛）要过个银川。
身上的尘土脸上的汗，
谁知道筏子客的可怜！

筏子哈（下）了绥远了，
想着花儿想成黄连了。
这回的生意做烂潦了，
把汗褡子（上衣）当给了银川了。

天晴天阴河滩里爬，
筏子客行户苦最大。
冰碴子划的腿肚子痛，
麻鞋带勒着脚肿了！

汗褡子当了二十个元，
我给花儿扯鞋面。
穷了有个穷心呢，
买不起线了还买个针呢……

阡陌寻桃李坐看云起

不吃苦 你要青春干什么

大芦镇位于甘肃省白银市靖远县南部，东接高湾镇，西接若笠乡，南于会宁县搭界，北与乌兰镇毗邻，俗称靖远南川。大芦镇总面积375平方公里，明成化年间，人们居住在白茨沟内，沟内长满芦苇，称大芦。以种植业为主，盛产小麦、糜谷、玉米、黄豆等多种粮食作物和早熟洋芋、大棚青椒、西甜瓜、黑瓜子、油菜等诸多经济作物，在大芦村河口六泵山、大塬村权杜社火烧涯、刘沟村大红沟山及常塬村马燕山等出土马窑文化，古彩陶形状各异。

宋可进将军墓。这里也有清代靖远卫人陕西甘州提督宋可进的陵墓。宋可进墓位于大芦镇大芦村东北处的探沟湾，也有一块为宋可进将军立的大石碑，在这里也流传着宋可进将军巧用牦牛作战大败敌军的"宋牦牛"传奇故事。

赵氏源流。传说定居在这里的黑虎赵氏始祖为昴空，是元朝皇裔，属孛儿只斤氏"黄金家族"、明洪武三年（1370年）名将徐达征北，"元朝皇室"九人逃至靖远地区，二人流落吴家窑，昴空等七人至红罗山（靖远寺儿坪境内）遇黄河，于营门儿（靖远营房滩）渡河向南散居。三郎济王居张家坪（今平川小水村）以张为姓，一人居荒草湾以吴为姓，铁礼棉留守营门儿，以马为姓。昴空居黑虎岔以赵为姓。七人散居后，常相往来，互不通婚。昴空一支于孙辈起以赵为姓，至今600余年，传25世，赵氏家族传有"昴空驼纽宝印"及四世孙赵宾、赵建画像，嘉庆二十四年磬和乾隆三十年版等。

贝壳里的梦 / 点亮生命与爱同行

野縻川的那个山坳里，有一个破旧的小院，院子里面仅有两间平房，是赵同学父亲在世的时候盖的。我先后去过赵同学家六、七次，每次去的感觉都不一样。

初次了解赵同学是和赵同学的爷爷。高一还没有开学的时候，我要家访一些正在初三上学孩子的家庭情况，以便给基金会写一份像样的真实的申请报告。在县城的一处仅有 10 平方米的出租屋内，放着两个高低床和一张小木床，赵同学的爷爷奶奶、姐姐还有个堂哥一起挤在那个出租屋内。又小又黑的出租屋，进去就只能坐在床头了，赵同学的奶奶正在做饭，几个土豆，一盆晾干的白菜，赵同学的奶奶一直没有说话。

就这样，和赵同学的故事就此拉开了帷幕。

家，是一个多么温馨的字眼，我的家在靖远县大芦镇野縻村，虽说是大芦镇，但是坐车的话，得坐去高湾的车，因为我们野縻村就坐落在高湾路通向 207 省道的咽喉部位，你可以坐上高湾班车，出闇门，向会宁，至河口，

有一丁字路口，沿线一路向东走5里路，看到的第一个村庄便是我们村，看到的第一家便是我们家。

当我哭着来到这个世界上时，便给家里带来了福音，因为我母亲一连生了3个女孩，一个男孩的降生，让全家尽欢颜，都说"母以子贵"我母亲每天把头昂得高高的，再辛苦也不累，我父亲一直在野糜小学教书，从此觉得太阳每天都是新的，我爷爷曾在大芦中学教过书，抱上了最小的孙子，和奶奶尽享天伦之乐。每天早上，当爸爸骑摩托车去教书，妈妈去地里干活时，不是爷爷便是奶奶都会提前来到我家，来接我，到奶奶家在那温暖的炕头把我一放，被子一裹，给我从烤箱中取出一个已经烂熟的红富士苹果，我大口大口地吃，他们只是看着，从眼睛里，嘴角边满满的是笑意与喜悦……

时间渐渐流逝，我也渐渐长大。那年我5岁，偌大的一个学校只有5个学生。到二年级毕业的时候，因为学校人少学校被解散，我父亲费九牛二虎之力，把我转到了靖远县师范附属小学，爷爷奶奶在县城租了房子供我上学。

那些年，我受够了欺负，甚至是凌辱。有同学说我：像你这样的土包子就是到城里面玩来了吧。回家告诉爷爷，爷爷说："好好学习，我们就比学习成绩，走着瞧。"就为了这句话，我拼命学了三年，到五年级的时候，学习成绩赶到了班上前几名，在一次语文和数学竞赛中，我竟然双报对赢，争得了第一名。那是2010年，我终生难忘，因为那一次我真的受到了好多同学的尊重，说我：真牛。也就是在那一年：2010年5月27日早上，刚起床准备刷牙，妈妈打来了电话："平平，你爸爸晕倒了，怎么摇也摇不醒，正在医院。"还没有从成绩的喜悦中走出来，妈妈的一句话我傻了，电话掉在了地上，我放声大哭。

当我们姊妹到医院的时候，亲人们的眼眶都是红红的，都擦着眼泪。走到"急救室"前，父亲躺在病床上，旁边的各种仪器"嘟嘟……"地响着。七爸说，在送爸爸来医院的途中，父亲一直念叨着："我要见儿子，我要见儿子。"顿时，天塌了一般，爸爸，我来了，您倒是睁开眼睛看我一下啊。

那竟是见爸爸的最后一面,现在想来,我的心依然被万斤巨锤疯狂的轰砸着。父亲去世了,在开悼的那天夜里,满天乌云低垂,雷声滚滚,暴雨顺山沟而下,第二天早上下葬,河里洪水暴涨。善良的邻居告诉我:爸爸睡着了。那之后,好些天我都没有去上学,整天在野糜川的旷野中狂奔,累倒了就哭,哭累了就睡……

后来母亲在外打工,很长时间回来看我们一回。也就从那时候开始,我的家变得支离破碎,院里院外杂草丛生。"兔从狗窦入,雉从梁上飞。"没错,在我家原来的狗窝里,一群流浪狗在里面为争夺地盘互相撕咬,各种各样的鸟儿在房檐上造窝,鸟粪拉了一堆又一堆,院墙也塌了一截又一截。每次走进残破的家里,我的泪如雨下。

家庭的变故,两个姐姐早早地辍学外出打工了。我和三姐由爷爷照看着上学。寒暑假的时候,有时候寄宿在小爸家,我勤快地干活,虽然苦但我也感谢小爸和小妈帮我,这些情义我终生难忘。而妈妈,经常漂泊在外,我也想妈妈,但有时候都不知道妈妈在何方。有时候,在梦里也会盼望着妈妈回来。

这一切,我的心里装不下,只能倒出来,我真的想有一个温暖的家。

在高一开学的时候,赵同学说:既然选择远方,便只顾风雨兼程。我也相信你的努力,终将成就你幸运的自己。

有一次在谈到赵同学的母亲的时候,我告诉他,王爷爷曾说过"母亲才是生日的主角",至少我们的生命是父母给的。我也给赵同学讲起王创办人曾发动的"给妈妈洗脚"的事情,王创办人曾讲起"我们发动学生过生日替妈妈洗脚,有一个孩子回家后给妈妈洗脚时哭了,说妈妈的脚好粗啊,因为在乡下种田,每天都相当辛苦。每当谈起这些事情,很多人被感动的泪流满面,为什么呢?不是我们的活动感动了,而是因为他们联想到了自己的母亲,想到了父母含辛茹苦把自己拉扯大是多么不容易的事情。"

我给赵同学讲这些的时候,他的眼里噙满了泪花,他说母亲在外地,一年回不了几次家。结果在那一次谈话之后,赵同学给自己的爷爷亲自洗了一次脚,后来赵同学告诉我,那种感觉就是想哭的感觉。看着这些孩子的改变和成长,那一年,我将赵同学的身世和感恩事迹写了一份材料"野糜川的山娃娃",后来通过文明办等单位,赵同学被推选为全国孝老爱亲美德少年,这份荣誉是赵同学的,但是我想,如果没有王创办人娓娓道来的那些真实的故事,也许这样的事不会发生在赵同学的身上。

后来在一次家访中,赵同学的爷爷在破旧的墙壁上写下了"不吃苦,你要青春干什么"的话语,细细想来,似乎没有退路的人生,便只有奋力地拼搏。

高二的时候,赵同学在一次联考中获得年级第二的好成绩,在班上他和另一位女同学的成绩遥遥领先,也是我们班年级前20名仅有的两位同学。也许,是曾经的苦难给了他力量,抑或是未来的希望给了他力量,每天,他都是班上最兴奋和精力最充沛的一个人。课堂上的时候他注意力非常集中,从不走神;课后,他也是集中精力做作业,有时候,他会到黑板上给大家集中讲一些习题。高三的时候，学校成立文理科培优班，抽调年级前20名的同学单独成立班级进行"集中培优"。高考后，赵同学来到我的办公室谈了一些在培优班的感想。2018年的高考，赵同学考了612分，有些遗憾，因为这个分数比我们现在这个班同学的分数要低一些，对于他来说，集中培优的效果是打了折扣的。录取结束，赵同学被录取到四川大学，一个新得起点又开始了，他说："高中三年1095天，除了寒暑假，也就八百多天。八百多个日日夜夜，我庆幸我能进入'珍珠班'，碰到了这么棒的老师，结识了这些好伙伴，并和大家一同努力，一起战斗。'狭路相逢勇者胜'，共和国的2018，我生命中的高考，我也因此更加无畏，更加坚强。路漫漫，情依依，愿我们走遍千山万水，归来仍是少年！"

野糜川的山娃娃，一直在努力，赵同学告诉我，其实他想学医学，可惜没有被录取，但他会努力寻找实现梦想的机会。苏格拉底说：人生就是一次无法重复的选择。祝福这些可爱的孩子，但愿，他们前行的路上锦绣繁华。

珍珠之旅 梦已起航

雨打芭蕉人生路　望眼欲穿少年郎
长夜漫漫细思量　心若星辰散光芒
苦尽甘来梦起航　真情筑梦心向阳
十里八村苔花香　好似繁花织云裳

——张兴珍 女 2018届珍珠班毕业生

生命只有一个方向　转身便是悬崖

阡陌寻桃李坐看云起

高湾镇位于甘肃省靖远县城东南部，屈吴山脚下，山塬交错，沟壑纵横，属于典型的干旱、半干旱山区气候，自然水资源极为贫乏，不利于农业生产发展，八十年代中期，引黄河水上塬，共有5个村发展为高扬程灌区。黑丁公路、高共公路纵横贯穿高湾镇境内。高湾镇辖12个行政村。地势南高北低，平均海拔1800米左右，属平原地形。气候干燥，温差大。

三场塬电力提灌工程。 途径三场塬，这里有一眼望不到边的瓜田。在酷热的夏季蹲在地上，拌开（口语：摔开的意思）两个西瓜，蹲在地上呼呼啦啦的吃上一顿，酷热全消，甚是舒服。再复上车，看着那些笑得合不拢嘴的老百姓，这确实要感谢1974年5月靖远县向定西地区提交的《关于利用靖会渠发展水地的请示报告》。三场塬电力提灌工程于1976年6月再次开工兴建。如今，看着大路两旁那些忙碌和兴高采烈的大叔大婶，似乎能看到40年前，那一支精干的水利施工队伍，伴随着挥舞的铁锹和老百姓的欢声笑语，行走在野糜川沙河中的景象。

这是我们班女生里面个头最大的一个。初见面的时候，是她的父亲带着她在学校的办公室里面去找我。

她的父亲，一脸的笑容，带着一个大草帽子，手里面拿着一个编制袋子，里面好像装着一个铲子，似乎刚从地里回来的样子。去我办公室的时候，我说行，但要在暑假的时候去家里面家访，他告诉我：欢迎欢迎，我家别的没有，你来的时候瓜刚好熟了，有瓜吃。

那一天去赵同学家的时候，顺便准备家访另一个经别人介绍的学生，我们在会宁一个叫百草塬的地方给那一位家长打电话，刚开始的时候说等一会，结果几十分钟我们再打电话的时候，那边传来的声音是：你们就不来了吧，我们给某某领导打电话说好了，你们要低保户家庭的照片，我们这里多得很，随便找几家照张照片给你们带过去。

我说："那不行，必须家访，我们需要帮助的是那些贫困的孩子……"

我还没有说完，那头传来一句很不耐烦的声音：完了让我儿子和你联系。那头"霸气"十足的电话挂了。坐在车上，我并没有生气。

过了一会，那边又打电话过来了，是前面那个家长的儿子："哎，你们到哪哒（哪里）了，我爸说你们要啥贫困户的照片，开学的时候我照到手机上给你们拿来。"

车停在路边，我买了几瓶水，喝上几口冲淡困意，直奔赵同学家。我觉得下面的家访应该是个愉快的旅程。

给赵同学的父亲打了电话，赵同学的父亲说路不好走，全是泥巴，他到村子的路口给我们带路。

那里的路虽然不好走，我的心情却非常愉快，在赵同学家待了很长的一段时间，赵同学的哥哥和两个姐姐都上高中，但是赵同学的父亲很高兴、很幸福供着几个孩子上学，从头到尾一句怨言都没有，还高兴地给我们抱来自家种的西瓜让我们吃。那一天，我真吃了，而且吃得很香。因为这个家的故事是这样的：

家，是一个多么温馨的字眼，我的家坐落于黄土高原的边缘地带。在这里没有漫山的森林，没有遍地的鲜花，更没有宜人的湖泊，有的只是巍峨的黄土山脉。由于这里山脉上的植被稀少，每逢春冬季节，这里便会黄沙漫天，让人们无法出门，有时迫不得已，在户外也无法睁开双眼，致使看不清道路，从而易发生意外事故；到了深夏，几场暴风雨就会造成山体滑坡，使原来唯一的那条羊肠小道无法通行。

十几年前，我的家在一条长沟里，那时，我们村的人都住窑洞，但那里的土质较疏松，窑洞随时都有坍塌的可能，这就给人们的基本生活带来了很大的困难。在那里还没有水源，人们的日常生活用水都是在雨季储存下来的，每天的生活用水都是有规定的；有时遇到干旱，我们甚至好几天不洗漱。在那里交通闭塞，而且土地少，这就使我们每天得勒紧裤带过日子。因此在那里生活了一些年以后，我们村就集体搬迁了，来到距离那不远处的土塬上，从此，我们在这里开始了新的生活。

现在，我的家是三年前新建的五间砖瓦房，整体呈'L'型，四周是由泥土砌成的墙。在三年前，我们一直寄居在亲戚家，那些岁月的艰辛是无法用语言形容的。我们每天受尽他人的冷嘲，甚至现在我的父母还在受他人的冷落，整天唉声叹气。在我的新家里没有崭新的家具，没有奢侈的装饰品，只有一套二十年前我母亲的嫁妆：主体是淡蓝色的，边缘框架是紫色的大木柜。虽然两面镜子由于搬家时不小心而磕破，上面的油漆也由于多年的风吹日晒而开始脱落，那上面的所有门扇都已坏掉，但这又有什么关系呢？家里墙壁上挂着几幅画，那是我父亲专门让我的姑爷（一所小学的校长）为我们写的，为的是给我们营造一个良好的学习氛围，我明白在这之中寄托着父亲对我们满满的期望。

在我的家中一共有六口人，其中就有四个高中生。我的父母现在都已四十多岁了，关系融洽，不幸的是他们都患有不同程度的疾病。但父母一直拼命地在地里干活，有时候疼得流眼泪，但还是坚持着干。父母说，就是进了医院也没有钱看病，把我们姊妹供着上大学才是正事。那时候，我的眼泪夺眶而出，我下定决心一定要考上理想的大学。如今，我们姊妹四个都上高中了，我坚信"不放弃就有希望"的信仰，我们共同为了梦想而努力着。

这就是我的家，虽然不大，却充满了温馨。它没有靓丽的外表，也没有奢华的内部，只是简陋的一处庭院，但我爱我的家。

那一天，我从赵同学家出来，按照报名的名单继续家访，直到很晚的时候我才返程。回来的时候已经是晚上近12点了，但是那一晚我一点睡意也没有。

矛盾和反差，想起前面雨夜家访的那一幕，再加上那一"霸气"的电话，人心暖凉，也就当一种经历罢了。

和其他同学一样，赵同学认真、踏实，每天也坚持练一练钢笔字，她答题的规范程度是班上同学非常羡慕的。

赵同学是班上不折不扣的"学霸"，尤其是在学习时间利用上，她比别的同学进教室早，也是最后一个离开教室的。尤其是周末和节假日，她总是第一个到教室开始学习。高二第二学期结束，她以全县联考第一名的成绩被抽调到"理科培优班"。那一次，她哭了，她说她会坚持和拼搏到最后。是的，坚持，坚持，再坚持！加油，加油，再加油！这是我常给学生说的话。2018年高考过后，赵同学的父亲和她来到我的办公室。当我看见赵同学时，一阵心酸，因为她595分的高考成绩与曾经的年级第一相差太远了，这不是她本身的实力。但已经有结果的事情，我们不再去感伤，我说要按照高考成绩认真填报志愿。填报志愿的那三天，我没有回家，我想再为同学们站好那个选择未来的"岗"，填报志愿的时候，她的父亲一直陪着她，我们用心研究、一起琢磨。

实在累了的时候，我们稍做休息，也谈一些其他的事情。赵同学的父亲说，靖远一中的第一届高中毕业生有一位叫赵廷才的，1948年考入台北农业大学化学系，后来到美国印第安纳州州立大学教书，其妻子叫李梅生，好像有两个儿子和一个女儿。20世纪70年代后期就没联系上，后来听说赵老病逝了。赵同学的父亲说都是因为家庭太苦，没有办法联系，用赵同学父亲的话说："联系不上，实为我赵家一大憾事，叫人一直牵肠挂肚。"我告诉赵同学的父亲，家族血脉不断，说不定哪一天就联系上了，现在的信息很发达。赵同学说父亲希望自己能好好学习，以后挣了钱去找找，不管怎么说，也是父亲的一桩心愿。

2018年高招录取结束，赵同学顺利进入中南大学。这个有很多"梦"的女孩，朝着梦的方向努力，也带着父辈的寄托，祝愿她未来的道路上洒满阳光。

荒草塬上哭泣的断亭

大西北一个欣欣向荣的村庄，正在接受 21 世纪文明与新潮的装扮。

在村庄的一个角落，一处不知何时建造的八角亭在断壁残垣的破落中瑟瑟发抖。也许，没有谁知道她破落的初衷；抑或，也没有谁知道她荒废的缘由。这里的一切，都在荒草萋萋的哀号中消磨时光……

八角亭的对面，一户残破的房舍与村邻的院落显得格格不入，而这家的男主人是一个曾患小儿麻痹症的"瘸子"。似乎一直在很悲苦地忍耐和等待着那些侮辱者的欺凌和叫骂。每天傍晚，他都会拄着拐杖，靠在那残破的土墙边上，孤苦的凝望着对面那座残破的八角亭。而这种对望，似乎已经成为男主人每天的必做功课。也就在面对那八角亭的时候，这位男主人心中的五味杂陈才有了倾诉的对象，他把心中所有的期许和痛苦都默默地对着八角亭诉说。

偶尔，有几个调皮的小孩嬉笑着路过这里，男主人每一次都很欣喜地想和这些孩子打个招呼。因为，他也渴望有自己的家庭，有自己的孩子。可是每一次都被那群小屁孩几声"瘸子、瘸子"的尖叫，把心中那几份喜悦消磨殆尽。

滑落的泪水也许是对这位男主人最好的心理安慰。每每此时，他便转身吝啬的将泪水洒在自己残破的院落中……他想大声地呼喊，可是他怕引来更多的嘲弄；他想尽情地哭泣，可是他找不到可以依偎的怀抱。

一个瑟瑟秋风的傍晚，晚霞很施舍地抚慰着那处宁静的荒凉，男主人和往常一样依偎在那处破墙边凝望八角亭。

一个身影，闯入了八角亭打破了那处荒凉的宁静。

一个女人，一个疯疯癫癫的女人，走近八角亭，抱着那扭扭歪歪的柱子使劲地摇晃，嘴里不知道在说些什么。

"哎——危险啊——"这是男主人发自内心的咆哮，他不知道这声咆哮的勇气到底来自哪里，更不知道是自己对着别人大声说的第几句话。而这一声喊叫连男主人自己都觉得喊得太肆无忌惮，喊得太突然和太伟大了。

那个女人继续猛烈地摇着，似乎更是肆无忌惮。

"嘎吱——轰……"随着一声木头折断的声音，八角亭瞬时淹没在飞溅起的尘土中。

男主人顿时就像生出了另一条腿一样,弹将出去,连拐杖也扔在一边……

"哎——这谁家个'勺'女人……"男主人一边用手掀那些干裂凌乱的木头，一边数落着。就是这样的数落好像也是第一次……（'勺'，方言，表示智障、神志不清的意思）

终究还是把这个女人从慌乱的土木堆里拉了出来。

"差点给砸死，'勺怂'……"看热闹的几个村民指指点点，谁也没有过去帮一把。

冷漠和悲凉将晚霞的余晖一扫而光，留下的只是冰冷的夜色临近。

"哈哈——'瘸子'把'勺子'给救了。"一群跳完广场舞、打扮得很妖精的女人嘴里在叽叽歪歪。似乎八角亭的断裂和这两位身残智残的人在她们心中毫无怜悯之意。

"哎——'瘸子'，赶紧把'勺子'抱回去，你今晚就有女人了，哈哈哈……"

夜的帷幕下飘荡着几声女人的嘲笑和尖叫，荒凉和残破的八角亭边上，

　　这位男主人却没有刚才喊叫的那份勇气,只是瞪着两只眼睛,似乎在做"五行山"下的挣扎,狠狠地盯着这群"妖魔鬼怪"却毫无斗志。

　　被砸的女人,没有受多大的伤,也许是受到太大的惊吓。男主人觉得自己的怀抱里就像抱着一个拼死挣扎的兔子,那种发抖的感觉,不是恐惧,而是刹那间让男主人感觉到了一份从来没有过的幸福和战栗。男主人不想有嘲弄中的幸福,他很快的放开了这个满脸灰尘、不修边幅、使劲发抖的陌生女人。

　　男主人挣扎着把这位悲苦的女人拖到了安全一点的地方,折返跳回了自己残破的家,他不想让别人继续嘲弄和侮辱他。

　　农村的深夜,出奇的安静,男主人回到家里一直没有开灯,坐在炕沿上想抽烟,但是没有,只是用手指不停地敲打着炕沿,不时地朝着窗外望望。

黑暗中，似乎一个蜷缩的黑影还在郁郁发抖。

夜的沉默，似一个大大的灯盏，悲苦的遭遇让这位男主人伸出了怜悯和帮助之手。他拿了一个破旧的被子，走进黑夜，像做贼一样地摸索到那个一直颤抖的身影前，慌乱地给盖上后，又像做贼一样的"潜逃回家"。

男主人从来都没有感觉过夜有那么长。那一夜，他用一颗火热的心做了分秒的丈量，也许这就叫"人之初，性本善"。

清晨，男主人被几声叫喊声惊坐起来，他看见几个人在对着那个女人说些什么，好像是女人的亲人，来找这个女人回家的。又是那个破墙边，又是那个姿势，只是在凝望八角亭的眼神中多了几分失落和无助，那个和他相伴的八角亭已经是一堆废墟了。

"这个被子是谁的？"有人在对着他喊话。

"我的——"他挪动着身体，尽管那个被子破，但他很想取回。

"你——"人群中有一个人看了看他，含含糊糊就说了一个字，也没有说一声谢谢。

男主人转身离去的背影，留下了一段凄凉。断亭边上，几个人架起这个被惊吓的女人，走过荒草地，上了拖拉机，走了……

从八角亭倒了那一天起，男主人每天倒是有事干了，他每天都会在哪里收拾残破的砖石和木料，他没想过要修起来，只是想收拾的整齐一些。

冬天到了，一场大雪覆盖了荒草塬，男主人努力的扫完院子里的雪，对着八角亭那个地方大口大口地喘着粗气。

一串由远至近的脚步，给他带来了春暖花开的喜悦。来到男主人家的这个中年男人是那个被八角亭砸伤的女人的弟弟。

一个被子的关心，这个人没有忘记那个转身离去凄凉的背影。来的人简单的说明了情况，希望男主人能照顾曾经被他关心和帮助过的这个女人一辈子。

世界在早晨敞开了他的光明之心，男主人都想对着冰封的北国呼喊："出来吧，我的心，带着你的爱去与她相会。"

短暂的喜悦之后，男主人指了指破旧的院落说了声："家里很穷啊。"那个女人的弟弟只是问了男主人一句："你愿意的话，我就把我姐接过来，你们一起生活，我姐虽然精神有些不正常，但不受刺激是不会犯病乱跑的，我也会时常过来看你们，你看咋样？"

突如其来"成家"的喜悦，让这位男主人使劲握着对面这位同样是农民粗糙的大手，眼角泛起的晶莹足以代表他怦怦跳动的心意。他从没想过，站在对面的这位朴实的农民兄弟就是他未来的小舅子。

一个没有鞭炮声，没有嬉闹声的喜事就在那个冬天的平安夜静静的办了。

也许这是生命的舍赐，让两个悲苦的生命有了些许的欢乐。

男主人对女主人的疼爱，从那一天轻快的身影和闪亮的眸子里能看的出来。那暖暖的炕上，男主人总是给她准备暖暖的被窝。害怕她被冻感冒了，害怕她跑了，也傻傻地说："冬天冷，炕上暖和，你跑出去，我又得给你跑出去盖被子，嘿嘿——"。女主人就坐在炕上也傻傻的笑着。

从此，那片荒草地上又多了一位女主人。每一天，都会看见男主人和他的心上人在那断裂的八角亭周围忙活着。

男主人告诉女主人，他要种地、靠双手养活她，让她幸福。女主人傻傻的微笑就像黑夜里的启明星，让男主人感觉到了即将来临的天亮以后的幸福。

八角亭边上的那一片荒草塬，在那个冬天被修成一块还算平整的土地，那座断亭也成为他们休憩的地方。

那一年的秋天，在女主人娘家人的帮助下，他们在那片荒草地上收获了几袋玉米，两个人的欣喜就像玉米棒子的金黄一样，透着几丝阳光灿烂。荒草塬泛起的绿色给了他们生活的更好的希望，男主人悉心照顾女主人的这一年，女主人的病一直没有犯过。

又是一个冷风瑟瑟的秋天，男主人在医院里拿到了自己没有生育能力的病历单，再一次的痛苦让这位经历凄凉和欣喜的男人倒在了医院门外的墙边上。

欣喜与痛苦，苦难和幸福也许就是个轮回。那暖暖的炕上，女主人也给男主人准备了暖暖的被窝，细心的照料，傻傻地笑着。

那段日子，小舅子来和姐夫嘀咕了一个秋天。希望给男主人和女主人抱养一个孩子。

又是一个平安夜，一个小生命在哭声中来到了这个破旧的院落里。男主人和女主人对着这个小舅子抱过来的小女孩，一整夜都没睡觉。这一夜，男主人和女主人把家里面最好的东西都拿出来让这个襁褓里的小女孩看和玩。

那以后的白天，经常看见女主人把小女孩抱得紧紧的，在院子里面一圈一圈地转悠，也经常看见男主人东打听西打听让别人给他介绍苦力活和零活干。那个破落的庭院里也经常传来欣喜的笑声。

那以后的晚上，男主人总是"上蹿下跳"的看炉子里的火苗大小，摸炕上的温度。一遍一遍地用双手握着奶瓶子，一会儿贴在左脸上试温度，一会儿贴在右脸上试温度，高兴得脸上像长了花儿一样。

生命的降临原来是那么的让人欣喜若狂。他们给这个女孩起了一个名字，叫"妞妞"。男主人将从来没有过的坚强全部投入到了沉重的体力活上，每次干完活回家，女主人拿个笤帚给他拍打身上的尘土，再递上一碗热糁饭，他一边吃一边逗被窝里的小妞妞，其乐融融，嘴里一直叨叨着："我女儿以后能当大官呢，呵呵"。

一转眼，小女孩到了上学的光景，断亭边上的那洼土地成了小妞妞上学前最美的玩耍地。

又一年的秋天悄然而至，小妞妞也该上学了。男主人为了让家里的经济能宽裕一些，经人介绍去了远一点的地方打工。女主人在家里除了接送孩子上下学，就在那洼田地里没日没夜的劳作，一方荒草塬经过几年的平整也成了养家糊口的黑土地，断亭的石台子上也修得很平整，堆放着像小山一样的玉米秆子。

每个傍晚，女主人领着小妞妞在断亭的台上玩，自己坐在那里看，总是呵呵地笑着。夜幕降临了，她就抱上小妞妞回家睡觉。

家的温暖，或者说是爱的暖流让这位看起来疯疯癫癫的女人正常了许多，尤其是妞妞的出现更让她有种傻傻的可爱与不曾有过的幸福感。

那一年，"腊八"前一天的下午，一阵刺耳的农用三轮车声音打破了院落的宁静。女主人的弟弟急匆匆地走进那破旧的院落，急急忙忙收拾了一些日常备用物品，让姐姐带着妞妞回娘家。

女主人依然傻傻地笑着，坐在弟弟的三轮车上，把女儿抱得紧紧的，不时用脸贴在女儿的脸上，害怕女儿冻着。

"腊八"的这一天，家家户户都在吃"腊八饭"，女主人坐在炉子旁笑呵呵地看着妞妞吃饭，外出的弟弟疲惫的回到家中，坐在炕上边吃饭边和父亲嘀咕："我姐夫和工头要挣下的工钱准备回家过年，结果被包工头一帮人打了，打得挺严重的……"

"你姐夫被人打了？啊？""哐啷……"弟弟的话还没有说完，这个傻傻的女人问了一句就一把抱起女儿，一个箭步从家中冲了出去，门被甩的一阵打战……

"姐……"弟弟急忙穿上鞋，也跟着冲了出去。门外，已不见姐姐和外甥女的踪迹！

呼喊，急促的呼喊声唤醒了村里一些好心的人们，大家四处寻找。

也许是血脉间总会有那么几丝心有灵犀，女主人的弟弟骑上三轮车向着公路飞驰出去，后面跟着一些骑摩托的好心人。

"姐——"公路上，女主人抱着女儿疯狂的奔跑，在撕心裂肺地喊着什么，怀中的妞妞放声地大哭着。

公路上，女主人难以控制的情绪崩发，几个壮小伙废了九牛二虎之力才将怀中的妞妞抢了过来，弟弟抱着发疯的姐姐在路边打滚，弟弟那双拦腰抱着的双手，被姐姐抓的血肉模糊。

一时，哀号声、呼叫声、规劝声……声声揪心，女主人父亲的出现才些许让悲恸的空间有了几份平息。女主人发白和有些泛着青色的脸不知何时肿得像菜缸里的顽石，嘴角的几丝血痕随着抽搐的身体在扭曲。

那年的"腊八"，天真的很冷！

将近年关，男主人和女主人被安顿到了家中。男主人突然变了，变得暴躁了。

破旧的院落里，男主人甩碗、砸窗子，脾气变得十分不好，嘴里喊着"他娘的包工头，我用命挣的钱为啥不给我，他娘的为啥欺负老子。"男主人也许真的是疯了。

女主人从此也经常带着妞妞跑出去，走到哪喊到哪，就连那傻傻的笑都变得特别的愤怒和狰狞。

男主人在家中闹，女主人在外边跑，可怜的小妞妞就在东拉西扯的日子里成长。

大年三十这一天，女主人的父亲带着儿子、媳妇和一些吃的过来。一进院门，异常的寒酸落魄的气息扑面而来。女主人的弟弟将准备好的春联和年画规规整整的贴上，将东西放下，嘱托了几句后回家了。

年初一，别人都在热热闹闹的拜年，喜庆。而男主人又开始大发脾气了。红红的对联扯得满院子到处乱飘，家中的陈设七零八落……就像是经过一场猛烈的飓风洗礼……村里的邻居打电话将女主人的父亲和弟弟叫了过来。

这个曾经憨厚老实的男主人变了，变得狰狞可怕，每一句都不忘喊着要钱再骂娘，每一个声音的后面都拖着一声长长的哀号。

女主人紧紧地抱着女儿在断亭台上的玉米堆里猫着，小妞妞冻得发抖，但没有哭。

这一回女主人和小妞妞被带回娘家了。

小妞妞在外公和外婆家吃喝拉撒，舅舅和舅母十分关照，外公一家人对这个"外甥女"疼爱有加。小家伙也特别懂礼貌，而且在学校的表现非常好，成绩也很突出，每年都会给"家"里拿来一叠奖状。

小妞妞慢慢地长大，她经常背着外公一家人跑回自己的家中。可每每在小妞妞回到自己的家中时，父亲总会发了疯的打骂。即使小妞妞努力的帮家里干这干那，也似乎换不回来这位父亲的一丝关心和呵护，尤其是碰见父亲乱扔东西，拿着拐杖乱打乱砸时，小妞妞吓得躲在角落里，小妞妞几乎每次都是从家里笑着进去，哭着出来的。

也不知从何时起，男主人变的好吃懒做，连断亭旁的那片地也渐渐的荒废起来。

小妞妞以优异的成绩考上初中的那个秋天，听舅舅一家人说，断亭旁的那片土地已经让厉害一点的邻居占了去。

三年的初中生活小妞妞受尽煎熬,她为了给舅舅家不带去更多的麻烦,她搬到学校去住,她用争分夺秒的学习安慰她受伤的灵魂。

"我是秋云,空空的不载着雨水,但在成熟的稻田里,可以看见我的果实"

小妞妞在想方设法地用一些励志的语言鼓励自己。

好心的老师一直在帮扶着这个坚强的生命,三年的初中生活几乎全部靠外公一家的照顾和别人的资助维持。

考高中的那个夏天,小妞妞考取了学区的第一名。当别人都在为她祝福的时候,小妞妞却没有任何的喜悦,她知道:上学,这已经是个尽头。她已经想好,要去找回漂泊在外的母亲,决定用一生去爱和伺候自己的母亲,直到永远!

那个夏天,小妞妞把所有的时间都放在田间地头,她用汗水在冲淡过往的痛苦,她用辛劳在博得大地的同情,她用历练的生命在征得上帝的赐予,她想她的母亲,她似乎真的能从万物的愁苦中,听见母亲永恒的呻吟。

直到有一天,县城高中的老师听说了她家的遭遇后和她见了面。见面的时候,小妞妞一身灰尘地站在舅舅家的院子里,傻傻地看着来访的老师,也是傻傻地笑着,一句话都没说,但可以感觉到小妞妞脸上泛起的无上欣喜。

"孩子,不要放弃学业,你是一颗闪闪发光的珍珠……"老师的一句话,在小妞妞的生命里闪过了一道荣光。

"我可以去你家吗?老师会帮助你的,一切都会好的。"老师小心翼翼的一句话让小妞妞退了好几步,惊恐的眼神让来访的老师很是吃惊。

来访的老师在妞妞和她舅舅的陪同下去了断亭旁那个残破的家:一处破落的小院,家里没人,门开着,院子里七零八落的扔着一些破烂的家什,门前不知谁家建了一个猪圈,显得特别刺眼。院子对面的断亭凌乱地丢着

251

一些玉米秆子，周围的那方土地又是荒草萋萋。

小妞妞站在那洼地里，眼睛紧紧地盯着那座断亭的基台，似乎她看见了傻傻笑着的母亲带着她在那里玩耍的身影。小妞妞的眼睛里噙满了泪水，谁也没有打断那瞬间的沉默。

在临走的时候，小妞妞说以前这片土地里的玉米长得很高，一到夏天绿油油的，在那个拐角里，还有母亲种的一些萝卜、洋芋和菜花，夏天和秋天那里充满了芳香。

看着眼前的这个小姑娘，听她讲曾发生在这里的故事。来访的老师眼睛湿润了，随即决定帮助这个小姑娘完成高中的学业。

高中开学的第一天，妞妞的母亲突然出现在了校门口。妞妞对老师说：也许母亲一直都在她周围，就是有时候不知道母亲会在什么时间和什么地方出现，在她心里，母亲永远都是呵护她成长的"保护神"。

如今，妞妞在好心人的资助下顺利完成高中学业，考入了理想的重点大学，她依然在舅舅家生活着，至于未来，还有很多的期待。

细细想来，那座断亭也许还在，但芳香已逝，破落的家园也许是小妞妞牵挂的天堂。爱的痛苦和痛苦地爱着，没有血缘的亲情似乎有些支离破碎，但那些无法抗拒爱的牵绊却紧紧围绕在妞妞的心田。小妞妞在笔记本上这样写道：我暂时没有留住断亭的芳香，但那里的故事却永远留在我的心底，直到永远……相信，爱的道路上永远充满着温馨，为了爱，我必须挺起胸膛。也因为爱，更因为对爱的承诺，我会带着我家的故事跋涉在浩渺的人世间，为了爱，为了家，也为了断亭边那留在心中无尽的芳香……

黄河儿女情　爱融于行

　　有一首歌曲的名字叫做"没有你陪伴真的孤单",当我写下这些文字的时候,只是觉得对于教师这个职业来,没有陪伴学生的分分秒秒,或者没有学生分分秒秒的陪伴,整个教育生命的空间真的就像丢了灵魂一般。

　　岁月静好,在时光的堆叠中记忆那些流年的支光片羽,有时候,不必要追问太多过往的疑问,唯有珍惜当下,珍惜与时间相伴的日子,陪伴那些可爱的孩子一起成长,好好感受生命中因为爱相聚在一起的缘分。在陪伴"珍珠"的日子里,怀着一颗感恩的心,做一个容易满足的人,感谢生命中那些"意外"的相逢,也许都是命中注定,陪伴"珍珠"的时光留给我的那一抹馨香永远在记忆力珍藏!

贝壳里的梦 / 点亮生命与爱同行

"家家有本难念的经。"我们都是这诵经的主人。面对苦难,谁愿意去亲吻带刺的荆棘。"苔花如米小,也学牡丹开。"人间没有永恒的夜晚,世界也不会有永恒的冬天,过去属于死神,未来属于自己。前行的路上,我们即使埋怨生活欺骗了你、愤慨社会抛弃了你,又能怎样?

大浪淘沙沙去尽,沙尽之时见真金。人生的最终价值在于觉醒和思考的能力,而不只在于生存。人生没有退路,生命经不起彩排,我们没有靠山,我们自己就是山;我们没有资本,我们活着就是资本。虽说浮生如梦、岁月无常,但心若温暖,生命定会充满阳光,同行的路上,切不要将梦想跌倒在半路上,因为,在你拼搏的旅途中,那生如夏花般的绚烂会美醉你的青春……

秋至河干作意清 西风袅袅素波生

  谁知道阅读完一本书的背后，到底有什么样的感悟和收获。正如德兰姆姆在看到《圣方济各·亚西西传》之后心中突然升起一个炽热的愿望："我也要像方济各那样去生活，我不能只为自己活着，我要为这个世界贡献一点什么。"

  1979年12月10日，当一位矮小瘦弱的老妇人走上诺贝尔和平奖的领奖台时，她不"只是穷人的手臂"，她的爱更像阳光一样包围着整个世界，她带着爱的光芒在大地上行走，一个纯粹的奉献者，她是一个满身光明毫无黑暗的人，正像《神曲》中反映的那样，人"生来不是为了走兽一样生活，而是为着追求美德和知识。"

  我们要在努力中进步，没有理由讲辛苦，要说寒门学子的那二亩田，我想一亩是填饱肚子，而另一亩则是为了未来挤时间去打拼。

  我们不要抱着过去的那些经历不放，我们需要做的就是抓住每一个稍纵即逝的机会，成败，总是会在一念之间。生命是对每一个人都是公平的，不要慨叹吃了别人没有吃过的苦，也不要哀怨别人没有受过的气，因为慨叹和哀怨只能带来更大一波慨叹与哀怨的报复，想通了，就能享受别人所不能享受的一切。

  教育的方式很多，但不管用什么样的方式，总归都会归结到一颗仁爱之心上来，教育不仅仅是将具体的知识教授给学生，更要给学生的心中播撒和埋下一颗"爱"的种子。

  陪伴、倾听、付出、奉献……不论用什么样的词语来形容对教育的态度和对学生的影响，我知道，在面对学生的时候，要有一颗本真和善良的心，有时候，不求理解，但去理解；不求被爱、但去爱。

  记得在一次选择"班级誓言"遴选活动中，一位女同学说，老师，我的选择是"王侯将相宁有种乎"，还有一位同学说"苦难是化了妆的幸福"……

  是的，"血和泪中没有种姓之别。"我想起了《马太福音》里的一句话：假如你们只爱那些爱你们的人，上帝又何必奖赏你们呢？假如你们只是向朋友打招呼，那又有什么了不起呢？

人民教师的职责就是要学会向一届又一届的"陌生"学生打招呼，铭责励己，尽责利人，那些本来与我们无关的"陌生人"，就在"师生"的情意中，无论是好是坏、富裕或贫穷、疾病还是健康，教育人都要为受教育者伸出一双仁爱的双手。

有一次，我和班上的几位同学在大爱书屋聊天，谈及一些关于感恩的话题，同学们说应该在学校组织和开展关于"仁爱"的主题教育活动。其实，每一个人都是善良的，只是在犯错误的时候，没有阅历和经验的积累，一个有独立思考能力的生命个体需要知识、更需要"仁爱"的教育。那一次，给我的感触很大，著名教育家马卡连柯说过"爱是教育的基础，没有爱就没有教育。"夏丏尊先生在翻译《爱的教育》时说过这样一段话："教育之没有情感，没有爱，如同池塘没有水一样。没有水，就不成其池塘，没有爱就没有教育。"

其实，教育的爱，没有多么抽象，完全是生活中那些微小的细节堆叠而成的，是语言更是行动，是感悟更是付出。和这些孩子的三年，我们选择了两首歌曲作为班歌，一首是"感恩的心"，一首是"让爱传出去"，两首歌曲都是带手语的歌曲，那些触动人灵魂的旋律和肢体语言，成了我们一起努力到无能为力的动力源。我来自偶然，像一颗尘土，谁在下一刻呼唤我，要苍天知道，我不认输，爱是看不见的语言，爱是我们小小的心愿，爱是每天多付出一点点，双手合十不在乎考验……每每在我心情低落的时候，这些孩子的歌声都会在我心灵的深处回响，于是我又会重振信心伏案拼搏。

秋至河干作意清，西风袅袅素波生。月明沙岸老渔卧，惟听前山落木声。这是明代诗人路升赞美靖远八景之一"祖厉秋风"的诗句，我所任教的学校地处祖厉河东岸，闲暇之余，我也会去领略那里的美景，千秋各为声，远芳侵古道，大自然将她最美的一面展示给世人，而我们呢？

陪伴 珍珠之家的幸福

美好的思想，没有美好的品德来陪伴，它不过是泡影。

——摩索姆达

    高一开学的第一天，我将精心制作好的"爱心妈妈崇世珍珠班"新班牌挂在教室的门口，准备好了开学注册报到的材料，站在门口等待又一届新生的到来。但这一次，心里却很忐忑，因为假期做家访的时候，在这50名同学中有3位同学表示不愿意读高中了，原因是"家里没钱"。

    中午时分，报到了48名同学。其中有一位同学，家长打电话告诉我到另一所高中去上学了，因为那所学校给她和孩子承诺了很好的条件。

    还有一位同学，我在拨通家长电话的时候，家长还是那句话："朱老师，谢谢你，娃娃真的没法念了，你来过我们家，知道我们家的情况，再说娃娃的录取通知书已经烧了……"后来我又通过电话联系，告诉那位家长，我会像自己的孩子一样关心她，让孩子下午拿上身份证来学校报到就行。

    开学的第一个晚自习，教室里面50名"珍珠生"整整齐齐坐在教室里，我的心里乐开了花，也严肃地发布了"珍珠班"的第一次"战前动员令"："爱使我们相聚在一起，从今天开始，我们这'一家人'就要用自己的智慧和汗水向美好的未来发起冲击，创造我们生存的价值和活着的意义，努

力到无能为力，拼搏到感动自己……"。我扫视那些坐得端端正正的"战士"，这是我深有感触的一种力量，因为我曾经也是一个"兵"，我号召同学：开学第一周是"军训周"，进入高中的逐项准备、适应、衔接等工作必须在这一周顺利的完成，并且一定要做好，开好头，起好步。

这样的动员，我相信同学们是第一次见到，我看到有些同学额头上的汗珠直往下落，我知道，只有给他们足够强的力量，他们才会有更坚强的臂膀拿起"钢枪"冲向没有退路的"战场"！

动员令结束，开始下一步的安排。当然，要给同学们稍微放松一下了。

同学们穿上崭新的校服，我们组织了"相见欢"的新同学见面活动，同学们做了简单的交流发言和相互认识后，我给他们布置了一个任务，就是安静地坐在教室里，彻底思考一下过去那些年走过的路，并且开启高中学习生活的"生涯规划"。

第一个晚自习的后半段，教室里面出奇的安静。

我坐在办公室里整理同学们带来的各种资料。当然，我也在进行《"珍珠班"三年教育规划》。

过去带班的时候，关于三年的教育规划我是做得非常快的。但对这个班，我拿出了以前做的所有规划，但觉得都不合适。

想了很多，脑海里最多闪现过的就是"家"这个字，家访的细节历历在目，完整贫困的家、支离破碎的家、残缺不全的家、离异重组的家……也有的无家可归。

我在笔记本上写了一个大大的"家"字。对，不管怎么样，那也是自己的家，过去只是一种经历，现在，我们一起有了一个新的家，我们还怕什么，我来做这个"大家长"，从此以后，这里，就是我们最温馨的家。

想到这里，心中有几分兴奋。

即刻行动，让大家写写"家的故事"，让同学们在思考过去的时候，认真地给自己一个准确的定位。感恩从感恩家庭、父母、亲人开始，不管我们出身怎样，至少我们现在可以手挽手，心连心全力拼搏。

说做就做，我即可去买了50本笔记本和一些稿纸送给同学们，并让他们着手写进入高中的第一份作业——家的故事。

回到办公室里，我再次深思对这个"家"的三年规划，我将三年规划的名字确定为"珍珠之家，有你真好。"

同学们军训期间，我将自己的办公室布置成了"珍珠之家"。当然，我利用课余和周末的时间认真讲解了我们"兵帮兵"的小组班级管理制度和一些班级团队建设的理念，着手打造我们独特的教室文化和宿舍文化，同学们也给每一间宿舍都起了温馨的名字，每一个宿舍又都选择了自己的宿舍主题歌曲。

"珍珠之家"的故事就此开始。

在这里我要记下另一个"不一样"的决定，因为，那是触动灵魂的。

军训期间，已经有很多人在谈论关于"珍珠班"的事儿了，有赞美的，也有不看好的。其中有一句话深深触动了我的神经："那样一个班，不好，全部是贫困、又是家庭残缺的娃娃，肯定问题百出，学校最容易出问题的都是那些家庭的学生，办那样的班，划不来，就像垃圾都堆到了一起，难管，不好教，没意思，就像个定时炸弹。"

听到那样的不逊言语，我只回应了一句话："珍珠班没有垃圾。"

转身默默地离开，回到"珍珠之家"，心里久久不能平静——垃圾、定时炸弹，一时竟然懦弱的无法争辩。走出门，在空荡荡的教室里面转了良久，看到了一位同学在笔记本的扉页上写着这样一段话："走进'珍珠班'，感觉真的不一样，我觉得我是撞了'狗屎运'，因为，我从来没有想到自己能进到这个班，因为我分数不高、也没啥人脉关系……这两天军训，我感觉遇见的这个'老班'真的很特别，对高中的三年，我也有了更多的期待……"

就在那一天的晚自习，我召开了很严肃的一个"珍珠班永远没有垃圾"的主题班会。从那以后，在我们的教室里面连"垃圾桶"都没有，就是卫生工具也是放在学校规定的存放处的，我告诉同学们：从保持好我们自己"一亩三分地"的卫生开始，从此，珍珠班永远没有垃圾。

后来，也有同学和同事提起班级为什么不放垃圾桶的事，我只是笑笑，我说我们班的娃娃不会创造垃圾，一个没有垃圾的班级为什么要摆放一个"垃圾桶"呢。

那之后，我的心里轻松了很多。

再后来，我的办公室，不，我们的"珍珠之家"和学生宿舍、教室，都成了参观学习的地方，用班上同学的话说："我长这么大，家里面好像没有来过几个陌生人。现在我们的'家'被经常参观还受到表扬，挺开心的……"

是的，"一屋不扫何以扫天下"，我们也有自己的长处，我们也有阳光的时候，因为我们身边处处正能量。

感谢学校,感谢那些流言蜚语,感谢我们一起努力争得的"好开头"。

珍珠班举行开班仪式的时候,有很多人来参加。那次,基金会傅秘书长一行九人对第一届"珍珠生"进行了全面的家访。我将那次家访的经历用《唯美的遇见,留给苦难一个背影》做了纪实性的报道后,当地很多的爱心人士相继来校看望"珍珠生",有的给同学们买了学习用品,有的还专门给同学们做了专场励志报告……

机缘巧合,赵马冰如女士深受那些"珍珠生"的感动,也为那些"珍珠生"捐赠了十台电脑。

我将这件事情给吴校长做了汇报,并申请一间教室建立一处"阅览室"。吴校长很高兴,也亲自看了那些空着的教室后确定了一间,并且一次性配齐了十台崭新的电脑桌凳。

后来要感谢北京爱心妈妈慈善会的会长颜奴如女士,我们在微信圈里探讨怎样用那间教室,并能给这些孩子最大、最合适的帮助。颜奴如女士提议建一座书屋。先是书屋的名称,大家在微信圈里面讨论。最后,赵马阿姨建议就用"大爱书屋"这个名字。后来受颜妏如女士之托，赵马阿姨的老公赵蜀远先生亲自写了"大爱书屋"几个字，并从美国邮寄给我。

颜妏如女士也为"大爱书屋"确定一个口号"悠游书海，胸怀大爱"，并为书屋亲自选了近千本图书邮寄过来供同学们阅读。

这一切都是那么的随缘，那么的契合。一群原本不相识的人，为了帮助另一群原本不相识的人，共同的谋划着那些动人的事。后来，颜妏如女士告诉我，有北京大学医学部和北京师范大学的一些同学想加入我们这个爱心的团队，想为这些未曾谋面的同学做些力所能及地帮助。"珍珠引路"项目就此开启，一部分北大和北师大的同学不定期的将自己的感想和经验用书信的方式邮寄给这些可爱的学生。

2016年的那个冬天，颜妏如女士带了北京大学的两位同学来看望珍珠生，并和两个年级的珍珠生做互动交流。一位是来自甘肃平凉的王妮同学，另一位就是甘肃会宁三中2014年考入北京大学的李长娣同学。

千里之爱的相聚，尽管是匆匆地来，匆匆地去，但留给我们和那些学生的确实一辈子的记忆。"珍珠之家"的幸福，"大爱书屋"的感动，"珍珠引路"的祝福，都是我们为之铭记和感怀的。

那种影响不是一时而是一世的。

同年11月，王建煊先生一行来学校访视，县上领导非常重视，并叮嘱做好"珍珠之家""大爱书屋"等各项工作，于是"珍珠之家"和"大爱书屋"又重新建了起来。

有时候觉得，执着是一种负担，放弃是一种解脱。一个人的成长，总是在疼过之后，才能学会做一个全新的自己。

"爱心妈妈崇世珍珠班"是学校申办的第一个"珍珠班"，对于我来说是用心也是用情的，当然，对于所有心存大爱之心的人都是有一份特殊的

感情在里面的，正像爱心妈妈慈善会颜奴如会长说的那样"这是爱心妈妈资助的第一个珍珠班，对我们而言感情是深厚的。"

一个班级的建设和发展，需要学校的支持和帮助。对于这样的"项目班级"更需要校长的大力支持和帮助，因为一个学校的发展校长是方向，其他人都是努力奔跑的选手，一路上只需默默地跟跑，需要回头的时候，是为了看自己到底跑了多远，不要比别人落得太后。

"珍珠班""珍珠之家""大爱书屋""珍珠引路"之所以能留下那么多的记忆和感触，是因为所有人都在用心做事，那些真实、感人的细枝末节，一路走来，除了珍惜还是珍惜，除了感动还是感动。

人本来就是有情众生，苦乐其实源于自心，做一个圆融的孤独者，靠双脚走出属于人生的那些美丽，即使不辉煌也不会轻易放弃努力的机会。

高三的第一学期，赵马冰如夫妇、黄崇美女士再次来学校看望学校三个班的珍珠生，并赠送了潘公凯先生的一幅书法作品，上面写的是赵马冰如女士家族的祖训"黄金非宝书为宝，万事皆空善不空"，赵蜀远先生寄语可爱的同学们"厚德载物、自强不息"，希望同学们努力学习，回报社会。陪同访视的靖远县统战部部长辛燕女士写下了"爱让珍珠耀"几个字，并表示这是她体会到最"特别的一个班级"；县教育局长韩亮祝福孩子们在2018年的高考中能考出一个好成绩，感恩回报，并留下了"追求卓越、放飞梦想"八个大字与同学们共勉。

至情至理，我想没有谁会因为那些孩子物质的贫困而低看他们一眼，因为那些孩子对"知识改变命运"有独特的理解力。是的，书中自有颜如玉，书中自有黄金屋，徜徉在知识的海洋里，我们每一天的一举一动、一词一字，都会造业。"业"有善业、有恶业，有清净的业、有烦恼的业。一个业造出来，就不可避免地对别人产生影响。一个影响串联着一个影响，如此重重无尽，

扩散出去,正如王建煊先生说的,我们都是击鼓的人,至于鼓声能够传多远,是不能以确切的距离来衡量的。

"珍珠之家"的一纸一画一照片,"大爱书屋"的一书一凳一祝福,处处是感恩的语言、处处是人生的顿悟,温馨、静谧的环境激励着那些可爱的孩子一路向前,不问西东。

用简单的语言去温暖这个世界,可能给人带来的就是一时、一天乃至一生的帮助。帮助别人何尝不是一种善行,善待别人又何尝不是一种修行。

我想起了贾玲《已是中年》里面的话语:

心比天高

桃花用妖娆撑起一片天空

把我挡在桃花下

桃花的火焰

把我点燃

我记住了燃烧的味道

……

经历 遇见最美的意外

虽然我们走遍世界去寻找美,但是美这东西要不是存在于我们内心,就无从寻找。

——爱默生

写到这里,其实还有很多关于"珍珠"的故事,我只是选择了其中的一些故事和有缘的读者分享。

也许我们每个人都希望拥有一个完美的人生,也为此不停的努力。生活的路上,只要努力了、坚持了,也会有很多的快乐和幸福伴随,人生何尝不是一个持续追寻的过程。曾经在一本书上读过这样一句话:苦难,是上帝给你的挑战。在和这些"珍珠生"一起奋斗的三年中,有时候觉得,挑战也许对于有些孩子的难度大了些,但面对现实,还是要坚强的顶住。我经常和我的学生交流,羡慕别人成绩的同时,请记住用自己加倍的努力挤时间超越他。慢鸟先飞,在别人休息的时间少休息几分钟,在别人玩耍的时候多学习一段时间。我们和别人最大的不同就是我们经历了比同龄人多坎坷与磨难,而我们最大的优势也是我们历练后的心境与成熟。

做班主任的这些年,我一直坚持着问心无愧的做事,踏踏实实的做人,做好学生的思想工作,注重过程,注重学生行为习惯的培养,千方百计地激发他们心中的内驱力,做一个播种者、园艺师和引路人。不曾期望让所有的学生都能适应我的教育管理模式，但自己还是坚持着自己的原则。走上三尺讲台，我坚信解放思想才是教育之根本，一个充满活力的个体是需要合理引导和规范的。

在"捡回珍珠"的这条路上，我更加坚信：一个人虔诚的信仰就是要有感恩之心、敬畏之情。正向王建煊先生所说的那样："我们的一生，大部分的时间在为自己及孩子打拼，但我们离开世界之前，总要留一点时间及金钱，来为那些我们不认识的人打拼，这样生命才更丰盛，才更有意义，您说不是吗？"说真的，尽管王建煊先生创办的"捡回珍珠计划"开始于2004年，但在2014年之前的10年里，我真的知之甚少。当我看到：中国地大人多，贫富差距亦大，有许多孩子学习成绩非常好，但却为家庭贫困而无法念书。个人脱离贫困要靠教育，国家富强要靠教育，全人类生活水平的提高靠教育，我们中国必须由人口大国转变为人力资源大国、爱心大国，其方法当然还是教育。这些语言说得实在，说出了人类从过去、现在到未来的终极发展世态。是的，教育不兴、民族不兴，人民不智、国家不盛。

扶贫先扶志，扶贫必扶智。我是一个出生于农村的孩子，在我走过的岁月里，物质的贫困曾几度让自己找不到行走的方向，在那个艰难的岁月里，除了亲人给予的力量，真的要感谢那些真心育人的好老师，是他们苦口婆心的教育和引导，让我重新站起来认识自己，发展自己。王建煊先生说：有许多家庭，孩子读书一级棒，但却因为家庭贫困而无法念书，这就好比是把珍珠丢进了垃圾桶一样，这不仅是孩子们的悲哀，也是国家及全人类的损失，所以，我们要尽一切努力，把这些丢进垃圾桶的珍珠捡回来，这些珍珠将来一定会发光，照亮社会，世界上没有比把这些特优的珍珠丢进垃圾桶更可惜的事，也没有比把这些珍珠捡回来更令人兴奋与安慰的事。是的，在我的记忆中，和我一起上学的同学坚持下来的不多，从小学的二十几个学生、到初中七十几个同学，初中那个班的同学到后来考上本科的只有两个人。我曾经感谢我自己的坚持，也反思那些已逝的过去，好多同学成绩都很好就是因为物质的贫穷而早早的辍学,有的甚至走上了一条不归路。一路走来,30多年,从受教育到教育,岁月消逝,教育环境和教育生态顺着时代的潮流发生了太大的变化。有时候,和同学们坐下来聊天,我说我真的很幸福,也很满足现在的生活,如果要说过去留给我最大的感触是什么,现在的我,就是我每天像打了"鸡血"一样,在课堂上神采飞扬,在课堂外像狂奔的蜗牛一样背负着雄鹰的梦想一步一步的和同学们一起打拼出属于我们的精彩。

在上初中的时候,班上有一位学习成绩很好的同学因为家庭贫困辍学,一位老师这样感叹:有的人家"有牙没锅盔",有的人家"有锅盔没牙"。直到我上高中差点辍学的时候才深深地懂得了那句话的深刻含义。

上高中的时候,因为学费和伙食费的问题,我几乎对学业失去了信心,但父亲一直鼓励让我坚持,不要放弃。高考后,望着那高额的大学学费又能怎样,那时候考上大学没有"生源地贷款",记忆中好像也没有什么社会资助,考上了、没钱上,只能是以一个"免费的补习生"身份继续在高中耗时间。后来,远在东北工作的哥哥拼命工作攒了一部分钱供我上大学。所以,大学四年成了我求学阶段最努力、最拼命的四年,也许正是那四年的努力,让我真正明白,当命运给你一次机会的时候,不仅仅是好好珍惜、努力奋斗还要懂得回报。

一个人未来要走什么样的路,离不开他来时的经历和感悟。

如今,父亲早早走了,在我大学毕业工作的第三年,当家里各方面条件都好了一些的时候,父亲却在长期的劳累中一病不起,撒手人寰。今年是父亲离世的第十个年头,我始终不能忘怀父亲在世时的叮嘱与善念,父亲是一个伟大的人,父亲也曾是一位教师,父亲对教育的理解和远见成就了我们这一代人,相信,也在会改变几代人。每一次跪在父亲的坟前我都会告诉父亲:这一生我会用自己的方式做自己力所能及的善事和好事。

也许是上天真的给了我一个机会,让我幸运地走进"捡珍珠"的人潮。"那些因家庭贫困被迫放弃学业的孩子,就像一颗颗埋在地下黯然失色的珍珠,必须将他们拾回来,设法帮助他们接受良好教育,使他们成为闪闪发光的珍珠。"

我曾给王建煊老先生发送过这样一个信息:尊敬的王创办人,您留给我们一句"不一样,就是不一样",是我们一生的铭记;您给寒门学子一线希望,是我们永世的福分。见素抱朴,追求本真,慈心善行,恩泽九州。曲到好处方位上,我们敬重您博大的胸怀,我们敬仰您大爱的无私。爱出者爱返,福往者福来,我们一定坚守在"捡回珍珠"的路上,一往无前!

只言片语,这是我内心的思考与感触,也缘于王老"洗净铅华,回归自我,一心只想献爱心"的话语。王老曾说:"我是珠宝商,我来捡珍珠",从实验中学的"市场需要什么人,我们开什么课"到新华爱高的"捡回珍珠计划"。正如一份新闻报道中写的那样:这些都是"王氏助学模式"中最闪亮、最耀眼的"华彩乐章"。

高二年级期末的时候全县联考,成绩出来的时候,"珍珠班"的赵同学在全县联考中名列全县理科第一名,马同学名列全县文科第一名。在"珍珠班",时时有意外、处处是惊喜,好多不可能变成了可能,而且很多的可能都超出了我们的想象,这也许正是"珍珠班"一种别样的魅力。

"不一样就是不一样",我对自己说:王老是"珠宝商",我也是小"珠宝商"。每次考试的成绩,都会给我和那些小"珍珠"信心和力量,不管有什么困难,我们都会坚持,直到真的无能为力。

高二结束的那个暑假,班上的一位同学给我发信息:"老班,我真的变

了吗？我们村的人说我变了，变得比以前好了，我们一个同学今天下午告诉我的，当时我妈也在，我看见我妈哭了……"

"孩子，你一直表现得很好，只是邻居们现在才发现，你长大了，妈妈哭是因为高兴！"

后来又有一位同学给我发了条信息，是鼓励我们一起努力的话语，我也认真的回复了：继续保持斗志昂扬的精神状态，任何困难都阻挡不了我们奋勇战斗的信心和脚步，心若在，梦就在。记住：心若冰冷，梦就碎了，老班和你们一样，守候着梦想，静待花开，我相信你们都是我心中最美的那些乌兰山下的花儿。

进入高三，课程安排紧、学习压力大，每到主题班会或者和同学们聊天的时候，我都会鼓励大家，行百里者怎能半九十，付出一定有回报，高考一定是我们人生出彩的舞台。三年，我们一起努力，一起拼搏，相互鼓励和加油是我们一起行动和向前的动力。后来，有一位成绩不理想的同学给我说：老班，吃不上饭我都不怕，现在有饭吃还怕啥啊，我会调整好自己的状态的，啥事情都要学会去面对，相信我，我会战胜自己的。

我相信这些孩子，因为我知道当一个人对一件事情付出太多的时候，小小的希望也会变成天大的事情。是的，有时候，我们不是不够幸运，而是不够努力。抱怨的时候，多想想自己，因为你左右不了别人。你不能改变客观存在的时候，你所要做的，就是踏踏实实的努力，即使受了一些委屈，那也得用豁达的心态去处置。因为，我们都是一个不想让梦想跌倒爬不起来的人。

苦难 洗净铅华的从容

只有经过地狱般的磨炼,才能炼出创造天堂的力量;只有流过血的手指,才能弹奏出世间的绝唱。

——泰戈尔

捡回"珍珠"的路上,"苦难"的聒噪也曾让人忐忑不安,自己不知道用怎样的方式去面对,也不知道这条路上的风景到底还有多美。在这趟旅途中,也曾想过搭搭顺风车,可能赶路赶得快些。说实在话,一个人走的时间长了,的确感觉到很累,也曾因个人力量的渺小和微弱选择过到达目的地的另一个方向。但每一次都让"良知"将自己的灵魂紧紧地拽回了那条似乎无法选择的路上。

苏联的奥斯特洛夫斯基说:"人的生命,似洪水在奔流,不遇着岛屿和暗礁,难以激起美丽的浪花。"面对苦难,谁愿意去亲吻带刺的荆棘。有句话说得好:"前行的路上,石头大了绕着走",谁又愿意自不量力的去"搬起石头砸自己的脚。"但每每有"力不从心"的时候,自己都会用爱默生的话来鼓励自己:"每一种挫折或不利的突变,是带着同样或较大的有利的种子。"

是的,生命本没有等级之分的,之所以有差别,先天的"命中注定"确实有基因一样的传承,但更多的得益于后天的奋发图强。正如莫泊桑说的那样：只要有一种无穷的自信充满了心灵，再凭着坚强的意志和独立不羁的才智，总有一天会成功的。

人生路上的风景无数，但我相信：那些所谓生命的优劣和生活的色彩都不过是匆匆过客对生命的涂鸦。"好雨知时节，当春乃发生。"沿途的风景，树有树的繁茂、花有花的惊艳，万物皆美，美在万物。做班主任的这些年，总想着完美和成功的培养我的学生，但总会有"恨铁不成钢"的时候，即使那样，我也不会轻易的放弃。因为，当下定决心从心灵的深处教育一个孩子的时候，即使是"山穷水尽"，我也会尝试着用一枚春阳去慰藉那些受伤的灵魂，让他们更有希望找到属于自己的"柳暗花明"，到达理想的彼岸。也许就是因为我的"不放弃"，那些灵魂才跟着我一起倔强。

"老师,您说,我们家为什么那么苦呢？我的父亲为什么会抛弃我们呢？我想改掉自己的'姓'，我要改成我妈妈的'姓'，我对现在的'姓'充满了仇恨，真的。"

这是一位同学在高三高考报名的时候对我讲的。现在想想当时的那个场景，我真的不知道如何给她一个最好的回答。面对哪位同学决堤般的泪水，再想想家访时母女俩站在那个破旧的木栅栏旁看着我的神情，我真的无所适从。

我问她，这是你自己的想法还是你母亲的意思。她说是自己的想法，前两天母亲病了，没有人照看。自己想请假陪陪妈妈，可是妈妈说什么也不让自己请假，害怕耽误了学习。"老师，我妈说不让我请假，要珍惜这个学习的机会，要对得起班主任您，也要对得起那些帮助我们的人。"

瞬时的心酸，让我在面对这位平时不很言语而性格倔强的学生时，我告诉她：把曾经发生的那些事全部都放下，是不可能的。但是，千万不要让那些苦难的经历再干扰了你人生的方向。改"姓"改"名"都可以，但是高考报名的截止日期就剩下一周的时间，我们不能保证在这一周里面办完所有"改姓改名"手续，从学校到家一来回就是两天，何况你妈妈的身体状况也不是很好，从时间上说这几乎是不可能的。老师要说的是，面对苦难，你要有洗净铅华的从容。改"姓"改不了血脉，也不会将曾经的经历全部的剪断或者埋葬，或许又会成为你新的伤痛。有一句话说得好："我们若能接受最坏的，就再没有什么损失。"或许就是上天完全是为了坚强我们的意志，才在我们的道路上设下了重重障碍。那些曾经走过来的路，毕竟我们走过来了。不要回首以往的悲怆，我们要坚定自己的信仰，给自己继续前行的力量。在距离高考还有200天的时间里，专注于学习是最主要的；在漫长的人生路上，专注于善良是最重要的。现在专注于学习，是给自己改变命运的一个机会，以后专注于善良，是给生活一个交待。有些事情，不能遗忘，还不能原谅吗？

她哭了，最后，她也笑了。

"老师，我真的有很多很多的苦想说出来，改姓这个事情其实我已经想了很长时间了，我也不知道该怎么做。现在，我知道改姓改名的时间也来不及了，但我就是想对您说说。老师，我以后再不想这些事情了，我会努力的，请您相信我。"说完，那位同学给我深深鞠了一躬转身回到了教室。

看着她走进教室的背影，我不知道逆境能不能给这位同学宝贵的磨炼机会，但愿她能经得起考验，以后成为一个真正的强者。

想想，那是在2010年的时候，班上有一位同学给我QQ昵称起了一个名字，叫"狂奔的蜗牛"，那位同学说："老师，我不知道您一天都忙些什么，但我们见您在校园里面总是匆匆忙忙的，有时候都是跑步前进，哈哈，老师，我给您想了一个昵称，您看行不行。"其实，我真的不在乎QQ，或者别的东西叫什么名字，因为我喜欢看纸质的书，就是上网也很少光顾QQ。但那一次我还真的重视了，毕竟是同学们的一片心意，既然我的学生给我起了，我也算是幸运的了。所以，我接受了那个昵称，直到现在我仍然觉得很好。后来，在一次学生们的聚会上，有同学提起这个事情，那些曾经的同学告诉我："其实，当时我们给您起了好多昵称，最后经过讨论决定就用这个。"

我笑着说，你们胆子也够大的，竟然背着老师起"昵称"。同学们笑了，都说，叫您"小朱老师"挺好的，只是觉得您QQ那个昵称起得太随便了。其实，我都忘记了自己那时候的"QQ昵称"叫什么了。

狂奔的蜗牛，我想我没有必要把背负的壳看得太重，蜗牛行走的足迹本身就是一种昂扬。后来，埃及"雄鹰与蜗牛"登顶金字塔的故事再一次给了我力量，那一届的学生到了高三，我记得我们共同的誓言是"不做害群的马，要做奋斗的牛。是雄鹰就要展翅高飞，是蜗牛也要努力的狂奔！"现在想起来，那些口号和誓言都振奋人心，至少，那些语言在我和我的学生心里是深深扎了根的。现在，面对我的这些"新伙伴"，我们坚守着"努力到无能为力，拼搏到感动自己"的又一个誓言奋力前行。即使，我们都是蜗牛，也要用我们努力奋斗的触角登顶金字塔，触摸晴天，俯瞰沧浪。

又是一个让人动容的故事，但故事的内容却饱含着希望和真诚。这些天，当我每每看着这位要"改姓"的同学坐在教室里那种刻苦努力的身影时，我知道，在她心灵的旷野中，一定充满着无限生机，她一定会用"书本"为自己、为母亲铺就一条阳光和爱的道路，给未来搭起一条通向成功的阶梯。

2018年的高考，她以优异的成绩考入大连海事大学，她说，她用生命在拼搏。是的，不努力、不拼搏，人生的价值和活着的意义在哪里？

人生的最终价值在于觉醒和思考的能力，而不只在于生存。人生是各种不同的变故、循环不已的痛苦和欢乐组成的。我们教师本身要做的，就是躬身为学生做好引领和帮扶。那种永远不变的蓝天只存在于心灵之间，要向现实的人生去完美的绘就，未免是一种奢求。但我相信，希望是附之于存在的，有存在，便有希望；有希望，便是光明。人间没有永恒的夜晚，世界也不会有永恒的冬天，过去属于死神，未来属于自己。前行的路上，我们即使埋怨生活欺骗了你、愤慨社会抛弃了你，又能怎样？不顺心的时候除了暂且容忍就是不努力奋斗，因为，相信宿命论是那些缺乏意志力的弱者的借口。

"家家有本难念的经。"我们都是这诵经的主人。妙谛青青翠竹无非般若，郁郁黄花皆是妙谛。洗净铅华，依旧曲眉丰脸。我想用林清玄先生在《眼前的轮回》写下的那些话语记下这个故事，也祝福我的学生：

菩提本无树，你的生活并没有原点，你不必一天一天回到那个局限。

明镜亦非台，这样可以活下去，那样也可以活下去，你不必非要抱着忧悲苦恼生活下去。

本来无一物，在你的左边是无常，在你的右边是无往，没有任何事物你可以带着，也没有任何，可以拥有。

何处惹尘埃？绕着圈子是在走向空无，向前奔行也是走向空无，你的心，又何必执着？你的爱，又何必悬念？

梦想 不要跌倒在路上

一个人可以非常清贫、困顿、低微，但是不可以没有梦想。只要梦想一天，只要梦想存在一天，就可以改变自己的处境。

——奥普拉

距2018年的高考还有30天，课间和一些同学聊天的时候，同学们说压力很大，而且很害怕"高考"来临。我告诉他们：高考如"伊人"，苦苦等待和奋斗了十多年，不就是为了赢得这一次"人生出彩"的机会吗，既然选择了面对，就不要退缩和气馁，实现高考的过程虽苦，但享受高考的结果确实很惬意。

谨以此文献给可爱的2018届毕业生，真心祝愿同学们在2018年的高考中金榜题名，心想事成！

蒹葭苍苍，白露为霜。所谓伊人，在水一方。

2018年的高考，如期而至。2018年高考伙伴们，加油了。

在这个对方正在输入……而我却无心等待的日子里，不想说光阴如梭，但看着你们的微笑，似乎你迈进校门的那一刻就在昨天；不敢说岁月如歌，但听着你们的心跳，好像我们在一起的日子的确是熠熠生辉。

高考，宛若伊人，在等待勇士的登场；高考，需要我们高高兴兴地走进

"你"身旁。

今天，我们都是为了心中那份不舍的执着。

所以，我们不会在乎溯洄道阻，只愿人生孤舟书为桨。只因为——"你"就在水中央。

有时候，我以为"你"之外的水中月最美。可是"你"的出现，让那水中的月儿也娇羞的泛起了波纹；也曾以为"你"之外的晨曦最美，可是"你"的出现，晶莹了我沉睡的心灵。

"你"的胸怀如题海般广袤无垠，任我如何挥毫泼墨，"你"都不会多看我一眼。"你"三千青丝成了我一生看不够的山水，任我如何水墨丹青，"你"都没有蓦然回首。

有时候，我真的想离"你"而去，可是十年寒窗的苦熬，"你"在我心中早已成为前行的明灯。都说：上了心的人才会在心上，动了情的情才会用深情。更何况对"你"，是十年如一日的相守和等待。有时候，稍稍对"你"不从，"你"回眸一笑轻盈的给我一句忠告：亲，熬得住，过来；熬不住，滚蛋！

有时候，我不知道对"你"的薄情寡义为什么要逆来顺受；对"你"的高傲冷艳为什么要趋炎附势；对"你"的无动于衷为什么要起早贪黑；对"你"的回眸一笑为什么要挥汗如雨……

有时候，想对"你"大发雷霆。殊不知，"你"一个淡淡的微笑，就将我的心儿"废掉"。一阵冲动过后才发现：一时的心动，总比不上一生的心懂。想想，"你"的柔情已入了我的梦。所以，我们要决定：用一生的心动去奋斗忙不完的今天和这三生三世的等待，因为对"你"，循序渐进才能赢得时间，细水长流才能直达永恒！

同学们，不要悲伤自己不是高富帅，也不要觊觎自己不是白富美。没关系，高考是一场不用"刷脸"的考试，只要我们愿意为自己疯狂的"打 Call"，未来就如夏花般的绚烂。

我想我们都是一个不喜欢"滚蛋"的人。高考，那么多的追梦人虔诚的拜在"你"的石榴裙下，我们无法改变"你"天地的聚变，可我们能顺从"你"高贵的温柔。

每天，我都会奋笔疾书、将一摞一摞的试卷踩在脚下，研读"你"赏赐给我的各种学习资料。我知道接下来的一段时间，我会在"你"的跳动的心窝里感受"你"给我的诉说，尽管无言，但"此时无声胜有声"。字里行间，对"你"的牵挂，都是双手合十时心里涌动的心里话。因为，"你"的静守和我的亲近，恰似一朵含苞待放的菩提花。

都说世界那么大，但我还是想陪"你"去看看。虽说长厢未必要厮守，但我远行的路上，没有"你"陪伴，我真的好孤单。渐渐地走进"你"，虽然心里很慌乱，但毕竟是五百年前结下的缘。高考，我来了！

书一笔清远，盈一怀暖阳，追寻"你"的路上，路再难、风再大、浪再高，也要走。因为离"你"越来远的日子，心里真的不知道该怎么办。

或许同学们要告诉我：你的才华和能力在薄薄的试卷之外。但是，没有那轻如蝉翼的试卷，哪来你千里之外厚厚的如戏人生。很多年以后，回忆我们的高中生活，这里是我们的校园，也是我们的家园。未来不论你走到哪里，都有一双充满爱的目光追随着你。那是因为你在这里真心的拼过、善良的爱过，学习虽苦、奋斗虽累，但这些苦难是化了妆的幸福，且不要忧心钦钦，如何如何，因为伊人就在那端。只要爱在心中，自信和自觉地将学习当做是一种修行，生命中"一沙一世界，一花一天国"的福报才会是亘古永恒的。

是的，怎能轻易让白发掩盖了青丝，哪能让悲悯无端地辜负了伊人的眼神。有几个复读的学生告诉我：高考落榜的心伤，那是幽怨锤敲龙门，宫廷幽深，差点剃度遁入空门。结果就是相信了那句"暂时的拒绝，或许是最有转机的考验。"没有随便翻脸，转身——又来了一个爱"你"的365天，选择了复读。

今天，我们凝视2018年的6月，尽管当下月影清寒，灯下丹青点，但满腔的恣意豪情，执笔不知倦，伏案挥毫展，待到六月七和八，满城尽带黄金甲，与君细数流水落花，想也不负这斑斓韶华，岂不快哉、乐哉！

佛说：不要说太多的废话，否则有缘的人也会转身。一颗心，想到哪里都是情愫。对高考的那张试卷，要多说有用的话，也许才会因为你字里行间的味道惊醒"她"所有的感觉。说不定，会在舟车劳顿的旅途中遇见最美的意外。那些高考复习资料，内含朴拙之美，大音之声，纯粹而简单，希望捧在你的手心，暖在你的心窝，不要在2018年的高考中因为"满纸荒唐言"落得"一把辛酸泪"。要记住：也许我们没有天生的好命，但我们要用后天的玩命去弥补那美醉了的青春！

同学们，幸福都是奋斗出来的。青春不奋斗，你要青春干什么。我们都已摇橹出发，不要一味地感叹"蒹葭萋萋，白露未晞。"我们应该庆幸"所谓伊人，在水之湄。"同舟共济的这段航程上，行百里者岂能半九十，带着梦想远航，我们谁都不希望——让梦想跌倒在半路上……

同行 追逐青涩的不舍

陪伴珍珠生的三年,如今在离别的时候,还真有些不舍。毕竟在这里发生了很多值得怀念的故事。猛然间的蹦出一个"离别"的词语,似乎一下子变得好孤单。似乎一下子竟被"没有你陪伴真的好孤单"那首歌所包围:

没有你陪伴／我真的好孤单

我的心好慌乱／被恐惧填满

没有你的日子／我真的好茫然

整天就像丢了灵魂一般

没有你陪伴／我真的好孤单

我的心好慌乱／不知怎么办……

在那些零零碎碎的时间里,记忆虽是零散的,但感情是真挚的,那些人、那些事,在记忆里珍藏着经久盛开的花朵永不凋零……

追逐青涩的不舍,我把这些空间留给高二时候同学们在家长会上的发言。那一天,同学们用"今天,我想说"向家长和同学们告白。没有刻意的安排,也没有特别的叮嘱,但不缺少真实和感动,因为那一天有太多美丽的意外出现在那次的家长会上,其中就包括下面这些让我们落泪和感动一生的语言:

今天 我想说

尊敬的爷爷奶奶、叔叔阿姨，还有我亲爱的老师和同学们：

你们好。我是高二珍珠班的张国琳，今天我们又欢聚在一堂，虽然有些许变化，但是这里的每个人都怀着同样的期许，同样的心情！

经过一年的努力，进入高二的我，在学习上，有了适应自己的学习方法，也能去调整和规划自己的学习、生活时间了。有规划，我就不害怕没有方向；有大家，我更不会害怕失去方向。

我们的老班，总是照相机背后默默为我们服务的人，故事很多、经历很多，也是一天最忙的一个人了。每当我们说起老班的时候，总会有人说："你们很幸运，有这样一个好老班。"老班的热情和努力使我们膜拜，他总是会告诉我们："三思而后行，不要行而后三思"，那些经历中的人生哲理，总是会让我们心花绽放，对未来有更多的信心。

还有我朝夕相伴的伙伴们，我从你们身上学到了很多。比如我的同桌吧，可能是咱们班里体重最重的，个子最高的，从他奋斗的行动中我看到了我不曾有过的责任和担当。还有静静同学的认真、二丫的坚持。她们的努力有时让我觉得自己相差甚远，但她们就在我身边，她们会无私的帮助我，遇上我的这些小伙伴，我是幸运的。

在这个"家"里，我们慢慢长大，有老爸、老妈，有老班、有我们的地方就是一个家，大家从来都不会指责和批评我，而是给我更多的鼓励，高中三年能遇见大家，我感觉我已很富有。

各位叔叔阿姨，我觉得我是一个不会表达感情的人，但在我的心里有一个信仰，那就是：别人可以，我们也可以。

请大家相信我，我一定会做老爸、老妈引以为傲的女儿，也会成为大家引以为傲的伙伴！

今天 我想说

尊敬的爷爷奶奶、叔叔阿姨，还有我亲爱的老师和同学们：

大家好，我叫陈世金，就是那个体重最重、个子也不算大，才一米八五的陈世金。

转眼间，已经是高二的家长会了。回想过去，从小学到现在，弹指一挥间，我也可以真正地对自己说一声：小子，你好像真的长大了。

以前觉得自己长一米八的个头好高，现在一不小心就长到了一米八五。上高中前，我的确是一个很懒散的人，初中的时候，早自习几乎没有按时进过教室，因为每次早晨睡醒一看时间，又迟到了半小时，索性就将错就错，甚至不上早自习。但上了高中，进了"珍珠班"以后，我的作息时间我自己都不敢相信，每天比狗睡得晚，比鸡起得早，而这种习惯竟然没有让我厌烦，都是心甘情愿的早起晚睡，中规中矩的坚守。以前我也没有想过未来会是什么样，总以为"车到山前必有路"，但不知从何时起，不再有"今朝有酒今朝醉"的想法，我开始想，想自己的未来，想自己的努力或者不努力会给家人带来什么样的未来，也许这就是"珍珠班"神奇之处吧。

从小，爸爸对我很严厉，甚至有时是苛刻的。当然，我也因为不听话挨了很多揍。以前挨揍，总觉得父亲那么严格的要求没有什么必要，为什么总是把我和别人家的小孩去比较，为什么一做不好就挨揍。现在我懂得了爸爸的良苦用心，懂得了一切都是为了我以后能有出息，为了我不要像他一样，每天干最苦、最累的活，而拿最少的钱。

今天，我想说：爸爸，我真的长大了，读书是我义不容辞的责任，但我不再为自己去读书，我还要为你们而读书，我要为我们的未来而奋斗。我一定会争气，一定会让你们自豪地说上一声："看，那就是我儿子。"

谢谢大家。

今天 我想说

尊敬的爷爷奶奶，叔叔阿姨还有我亲爱的老师和同学们：

大家好。我叫南玉虎，同学们给我起了一个外号叫"非洲小王子"，因为我是班里皮肤最黑的一个，当然要怪就怪那恶毒的太阳，每年暑假在地里干活的时候，就把我往死里晒。

现在，我已经到高二了。能进入这个班集体，我都有些不敢相信。时间过得太快，一年过去了，我由一个调皮好动的男生变成了一个有活力但知道学习的大男孩,我相信我一定能够成为更好的自己。

从踏进珍珠班教室的那一刻起,我就是这个班里的一个成员。在这里,教室是我"打天下"的根据地,操场是我放松的娱乐场所,宿舍是我和舍友共同的"小窝"。在这里,不仅有优秀可爱的"小珍珠",还有我们那不知疲倦的"有志青年"——老班。他不仅教会我们怎样做人,怎样做事,还教会了我们怎样去感恩、去拼搏。在这里,我想对大家说:"有你真好"。

我的爸爸今天也来了,因为我这次考试的成绩不是太好,爸爸很担心我,这是爸爸第一次参加我的家长会,因为我们家实在太远、太偏僻,爸爸的身体又不太好,但爸爸说他看到了我考大学为家争气的希望。我真的很高兴,非常高兴,从现在起,我会更加努力,不再让爱我的人为我难过,更不能让爸爸为我的不努力而流泪!

谢谢大家,也谢谢爸爸!

今天 我想说

敬爱的班主任,各位爷爷奶奶、叔叔阿姨,同学们:

大家好。我是魏孔娜。我想我是进入珍珠班最幸运的一员了,因为我是"第五十一个"。感谢老班对我的信任和帮助,也感谢大家接纳了我。我想对大家真诚的说一声:你们辛苦了!

来到这个班,我懂得了上帝之所以给每个人创造指纹,那是因为上帝想让人知道,每个人必经历流过血的伤痕,才能到达成功的彼岸。

我会用最少的悔恨去面对过去,用最少的浪费面对现在,用最多的梦想面对未来……这段光阴中,唯有感激与我形影相随。回想多少次的考试成绩,有退步也有进步,甚至曾因努力了却没有收获最好的成绩而被打击得破败不堪,但我从来没有失去信心和斗志,因为我珍惜进入"珍珠班"的机会,我珍惜与大家在一起的日子。之所以不想放弃,这一切的动力,都是来源于咱们的老班,多少次的鼓励和关怀我已记不清楚了。老班没有嫌弃我的考试成绩低,而是一次又一次的为了帮助我而奔波,多少次让我感慨万千,老班在我们这个大家庭里洒满了爱的星辉,让我们在享受温暖的同时,引领着我们走向成功的彼岸。不辞劳苦、爱岗敬业,校园内每时每刻都能看见老班四处奔波的身影。此时此刻,我要向我们敬爱的老班致以最真诚的感谢,与此同时,我还想说身体是革命的本钱,适当地给自己放个假,少一些疲劳,多一份健康。

再次,我也感谢我的家人,人们常说:"乌鸦有反哺之情,羔羊有跪乳之恩。"是的,每一个母亲对每一个子女的爱都是无法用尺度衡量的。我们姊妹七个和母亲相依为命,母亲的养育之恩是我们今生都无法报答完的。当然,我还要感谢我的姐姐,在我们这个家庭里面,让我懂得了这个世界上有最伟大的母亲还有最伟大的姐姐……

宝剑锋从磨砺出,梅花香自苦寒来,不求尽如人意,但求无愧于心。我会一定努力,请大家放心。

谢谢大家!

今天 我想说

敬爱的爷爷奶奶、叔叔阿姨,妈妈还有老师同学们:

大家好。我叫张正萍,年龄和大多数同学一样,正是奋力拼搏的时候。进入我们这个班已经一年多了,收获很多,感动也很多。我从最初羞涩、难为情、爱哭的女孩变得自信、乐观,也许这就是"珍珠班"的魅力所在。

这一年多我收获最多的就是"继续坚持"。高一的时候,我觉得数学和物理很难,所以做题做到一半就放弃了。但是,看着身边同学们努力,我也学会了坚持。现在,我已经能独立做一套题了,无论难易、从头到尾,我都会坚持做的。

我觉得班里的每一个人都很"牛",也很热心,每个人都帮到了我很多,不管是学习、生活上的还是精神上的。到了高二,我明白了很多道理,心境的改变，尤其是喜欢奋斗的感觉，喜欢早起晚睡的充实。

我们的"珍珠老班"永远都处于一种光芒四射、活力四射、激情四射的状态，他是我们的引领者和启迪者，老班鼓励我们"无奋斗、不青春""努力到无能为力，拼搏到感动自己"，这是我们的幸运，是我们最好的运气。老班曾说"失去灵魂的优秀是一种祸害"，我们也觉得"失去斗志的学生不愧为学生。"我相信，靠我们不服输的勇气，以后会狠狠地证明给这个世界看的。

因为有家、因为有信心，因为有我们在一起的努力，还有什么是不可能的，谢谢来参加今天家长会的大家，我们会努力，相信也一定会成功。

谢谢大家。

今天 我想说

敬爱的爷爷奶奶、叔叔阿姨，老师、同学们：

下午好。我是胡丹丹，这是第二次家长会，也是我们第二次真情相聚，感觉很温馨。

我的学习成绩不是很优异，但我一直在努力。曾经有一段时间，我觉得自己的努力和收获不成正比。但现在我认识到了，自己的成绩不理想还是自己不够努力。

上高中一年多了，我很开心可以在这个班里学习、成长。这个班级给我的感觉就是温暖、团结和相互关心和帮助。学习上不会的，不管是问谁，都会得到细心耐心的讲解；班里有那个同学不舒服，同学们都会关心他，帮助他。现在天气冷了，在宿舍，不论是谁提来的开水都是共享的，遇到大家我真的很开心。

还有班主任，他真的很关心我们，请各位家长放心。我们好多同学都喜欢称他为"珍珠爸爸"。尽管班主任每天都很忙，在校园里面来也匆匆、去也匆匆，但他永远都是把班集体记在心上，关心每一位同学。在班主任的身上除了拼命工作的劲头，永远都有一股正能量存在，的确是我们学习的榜样。今天，我想给班主任说一声：您辛苦了！

各位爷爷奶奶、叔叔阿姨们，你们的操劳，我们都记在心里，你们的愿望我们都懂，我们也在努力着，希望我们不会辜负你们的期望，给自己一个好的未来，也给我们一个好的未来。所以，我们都会更加努力的，请你们放心！

谢谢妈妈来参加这次家长会，谢谢大家。

今天 我想说

敬爱的妈妈以及在今天百忙之中抽空到场的各位爷爷奶奶、叔叔阿姨，还有亲爱的老师和同学们：

大家下午好。我叫刘德祖，我的名字有一个内涵，就是以德报祖，这也是我们那个很有才的语文老师给我说的。在这里，我想除了妈妈、老师和同学们，其他家长都不认识我，因为我是一个不善言谈的小男生。高二了，我的个头不知不觉长高了，也该懂事了。想想过去，有时候和家里人发脾气，现在想起来悔不该当初。父母为了我们一天天长大，累弯了腰身，苦白了头发，不分白天和昼夜的操劳，想想，真的对不起妈妈。

一年来，老班经常会给我们"唠叨"感恩啊、责任啊的这些字眼，我本以为我与这些字眼无缘，可是看着同学们的表现，而且能得到那么多的帮助和鼓励，我释然了。同学们无私的互帮互助，尤其是不知疲倦的老班，不仅教会我们怎样做人、怎样做事，还教会我们怎样去规划自己的人生。也许，我现在依然有些坏毛病，但我会改，至少"妈妈再也不担心我的学习了。"

说真的，上学十余年，我没有见过哪个班能和"珍珠班"的集体努力相PK的，同学们似乎都有一种把板凳坐穿的气势，那种不怕苦、不怕累的学习劲头，我服了，真的服了。

今天是大家的第二次聚会，正所谓有缘千里来相会。我相信：只要努力坚持，不久的将来，我们每一个人都可以笑着面对生活。

谢谢大家。

今天 我想说

我叫李奇国，很高兴站在这里，向各位远道而来的爷爷奶奶、叔叔阿姨问好，我很感谢有这次发言的机会。因为站在这里，我的勇气和自信马上就来了，嗓门也就大了很多。我想说：年轻的我们，总是不懂从我们身边溜走的一分一秒。很庆幸，上天给我安排了一位德才兼备，能耐心教导我

们的班主任。班主任告诉我："利用一切空闲的时间去学习，争分夺秒，才有可能超越别人。我们不仅是在拼时间，更是为了拼未来，拼美好的生活。"是的，时间如此紧迫，我也尽自己最大的努力做好自己。

一年来，我在这里学知识，也收获了朋友，也学会了和别人去交流，学会了珍惜身边的同学，也学会了珍惜集体的荣誉感。有时，我控制不住自己的情绪，总是想放弃学业，但老班和同学们都一遍一遍包容我。一年来，我记住了那句话："有爱走遍天下，不放弃就有希望。"借助这次家长会，我想给大家说，我一定会努力改变，人生不奋斗，生命就没有活力，我会坚持，为了我的梦想，我一定会努力。

谢谢大家。

今天，我想说

尊敬的各位家长、亲爱的老师、同学们：

大家好。我叫刘振兴。此时此刻，我想起了一年前的家长会。同样熟悉的面孔，同样温馨的地点。那丝丝缕缕的温暖和点点滴滴的感动都萦绕在心头，久久不曾散去。

高中生活的收获，莫过于遇见了一群"奇葩"的舍友，结识了一批志同道合的同学。正所谓"十年修得同船渡，百年修得上下铺。"遇见这群"奇葩"的舍友，才是高中生活最牛逼的"艳遇"，而我们早起晚归，披星而起、伴月而归的陪伴同样弥足珍贵。有人说：能得一朋友是一种幸运；能遇一知己是一种缘分。我们这个班的同学，早已成为没有血缘的亲人。

记得刚进入这个班的时候，老班就说"有爱走遍天下，不放弃就有希望。"受到这句话的"刺激"我突然有点异想天开，想考清华。而后想想，我就是个英语盲，整张试卷都拿不到一半的分数，有时候带着有点"神经质"的去努力，可是还是考不及格。有人说，我失败了。我失败了吗？我问我自己，承认失败太容易，但想想那种日复一日的坚持我还是不想放弃。老班说他的英语成绩在上高中的时候很差，读大学期间坚持努力到大四终于拿到了国家英语四级合格证。我也会不会放弃，我也一直会努力，我不相信我的英语成绩考不及格。

"努力到无能为力，拼搏到感动自己。"在期待成功的每一天，都充满了一种叫忐忑的幸福，当我拼尽全力失败依然来临的时候，我才知道，原来成功才是成功之母。

每一个目标都值得我们去拼搏，人生那么短，我就选择做那种既盲目又热情的傻瓜，永远年轻，永远热泪盈眶，永远相信梦想，相信努力的意义，相信遗憾比失败更可怕。不成功的人生只是不完美，但至少它完整。

现在，我想问家长们一个问题：您相信您的孩子吗？

在这里，我代表虽然平凡但却同为天之骄子的珍珠班学子对大家说，我们不会妄自菲薄，因为我相信命运给我们一个比别人低的起点，是想告诉我们用一生去奋斗一个跨度更大、绝地反击的故事。这个故事，关于独立、关于梦想，关于勇气，关于坚韧，它不是水到渠成的童话，没有一点点人间疾苦，而这个故事的名字就叫做"寒门出贵子"。

谢谢大家。

今天 我想说

各位爷爷奶奶，叔叔阿姨，还有一直陪伴我们的老班，还有我生命中最值得尊敬的老爸，亲爱的同学们：

大家好。我叫郭雅馨。我是一个比较恋家的女孩，我家距离学校步行有四十分钟就到了。但是我依然选择了住校。刚一开始的时候，睡不着，也睡不好。那床比家里面的炕小多了，所以有时候从床上掉下来也就不奇怪了。

我们这个班可以说是群英荟萃，都说良好的开端是成功的一半。对于班级来说，高一的时候我们横扫排在我们前面的弘毅班、英才班勇夺年级第一，那时候我骄傲，可是看看自己的成绩却是不尽如人意，但对于我自己的成绩，

贝壳里的梦 —— 点亮生命与爱同行

我不甘心，我不服气。美国作家海明威在他的著作《老人与海》里面写过这样一段话：一个人可能被打败，但永远不会被消灭。纵使目前的成绩与我的努力程度、与我挥洒过的汗水、付出的艰辛不成正比，但我还会努力，就像一首歌曲里面唱的：人间自有公道，付出总有回报。所以，我不放弃，因为不放弃就有希望。

我想说的这些，是我的心里话。我们是珍珠生，也是您的孩子，请你们放心，我们一定会拼出一个未来的。

谢谢爱我们的你们。

今天 我想说

敬爱的爷爷奶奶、叔叔阿姨、老班，同学们：

大家好。我是沈文艳，很快，高中过了一年多的时间了。我们不断地改变，不断地成长。记得刚上高一的时候，面对陌生的面孔我不知所措，我不知道该怎么去和别人交流，那时候，我是沉默的。随着时间的推移，我发现这个班里的老师和同学都很热情。慢慢的，我也融入了这个温馨如家的大集体中，至少在宿舍里面，我和舍友的话也慢慢多了起来。在教室里面，在老班和同学们的鼓励下，我也学会了和同学们交流，渐渐的，我觉得我的话有点多了，现在的我很高兴很开心，真的！

这个班级里面，最大的特点就是大家都很努力，很团结，也很认真。就是某一次考试的失败也会相互鼓励和帮助，从来都没有谁轻易的放弃过。也许是上天的眷顾，我很荣幸地进入这个班级，有机会认识了老班和各位伙伴们。我们这个班里的同学都出自寒门之家，但我们不会自卑，因为我们有带给我们源源不断自信和力量的老班。也许，我们高中收获最大的，就是遇到了一个别样的"老班"，一个让我们感到骄傲和自豪的老班。

最后，我想对班主任和大家，还有各位家长，我亲爱的老爸说一声：谢谢你们，因为有你们的陪伴，我真的很幸福。

今天 我想说

尊敬的老师，各位家长，还有我亲爱的妈妈及可爱的同学们：

大家好。我是王丫丫，大家都叫我"二丫"，是大家的体育委员。

又是一年时光流过，我们也长大了一岁，今天我想说的就是时光留给我的真实。

高二，一回头，便已经成为高一同学的"学长"了，那个捣蛋得不像话的小女孩已然不见，取而代之的是一个收敛起无法无天，而且长发飘飘的乖乖女了。从前，有点骄傲、有些放肆、有些暴躁。初中时，我经常会找不到学习的目标，有时候会跟妈妈打赌，不过是为了给自己找一个新的奋斗目标，引燃自己的斗志。而这一年多，我发现比我学习"牛"的人真的太多了。我不停的奋斗，可成绩有高有低。

同学们都说我是"女汉子"，其实同学们不知道，如果说我现在是"女汉子"，那以前简直就是"纯爷们"了。老班给我们一个宝贵的环境，我也遇到了一群好伙伴、好舍友。有惜时如金的、有古灵精怪的、有心细手巧的、有"神经大条"但有时很温柔的。这一年多的时间，班主任给我最大的帮助就是教我如何学会控制自己，忍住冲动、控制住脾气。这一年，我觉得自己真的变了。

我要说的是老班，每天一口"靖普"（带着靖远口音的普通话），永远是那么有激情和自信，他的活力好像用不尽一样，他有一种特别的人格魅力，分分钟钟都带给大家快乐。我总觉得老班是一个很神奇、很值得我们学习的人，真的很感谢老班没有抛弃我们这一群人。当初进"珍珠班"害怕不快乐，现在倒觉得幸福的过了火。

现在，我们要做到"拥有灵魂的优秀"，我们一起奋斗、奔跑，高中的旅程已经一半，正像老班说的那样：不要让灵魂跌倒在半路上，未来的一半路，即使跌倒了，我想我们大家也会齐心协力、相互帮助，向着终点冲刺，永远不抛弃、也不会放弃！谢谢大家。

今天 我想说

敬爱的爷爷奶奶、叔叔阿姨,班主任还有亲爱的同学们:

大家好。我是段廷芳,我是一个爱笑的女孩儿,为人处事大大咧咧的。我也是一个简单的女孩儿,不会玩弄心计也不会耍花招。我活泼好动,是同学身边的开心果。我的嗓门比较大,天生的吧,所以和我玩耍的同学要有很强的心理承受能力。

一年多的时间,我们共同"打拼",在成长中一次一次地超越自我,学会面对生活、学会思考生活,似乎也学会了选择生活。

因为我的家庭情况不好,上高中的时候,我一个人背着干粮袋子、衣物还有书包从舅舅家里坐了几个小时的车来到学校,来到了这个温暖的大家庭里,我真的有找到家的感觉,一个可以让我依靠的家。

在宿舍里,伙伴们相处得很和谐、很快乐。一次移动宿舍床铺的时候,一位舍友不小心把头夹在了床铺中间,等我们合力拽开床铺时,她的小脸被涨得通红通红的。还有一次,一位舍友往上铺爬时,脚下一滑,直接挂在了床架子上面。呵呵,那只是其中的两件事情,本来答应舍友不说出来的,但不管怎么样,我们宿舍的几位舍友都像"活宝"一样的生活。下晚自习后,

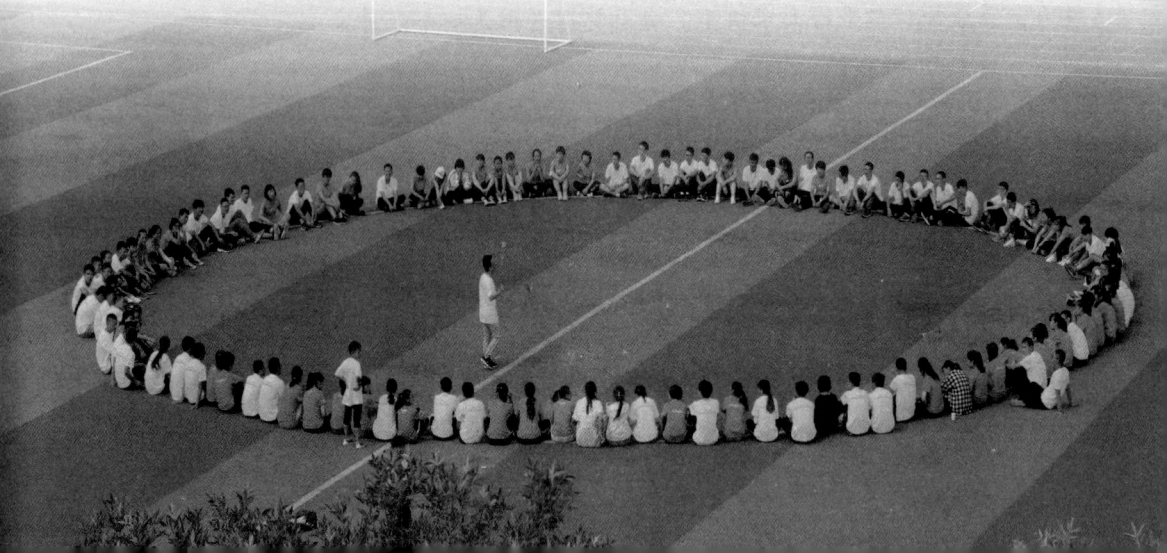

我们挑灯夜战，有时候实在没有学习的好方法时，熬夜苦拼也就成了我们最好的学习方法，同学们互相鼓励会成为我"战斗"力量源泉。

现在高二了，我们既然选择了这条奋斗的路，就不会放弃。请各位家长放心，我们一定会是明天的朝阳，我们一定会拼搏一个美好的未来！

谢谢大家。

今天 我想说

尊敬的爷爷奶奶、叔叔阿姨，尊敬的班主任还有亲爱的同学们：

大家好。我叫张学娇，很高兴能再见到大家。现在已经是高二了，经过一年的相处，我们珍珠班已经变成了一个快乐的大家庭。我们虽然努力奋斗着，但不觉得枯燥和乏味。

一年多来，我收获了很多珍贵的东西，也和同学们建立了深厚的友谊。不论是学习、生活，班主任都会告诉我们学会珍惜，学会思考，学会选择，学会看待人生的起起落落。从高一的懵懂，到现在的长大，很感谢老班和各位同学对我的帮助和鼓励，每一次遇到难关的时候，都不是我一个人在承担，大家总是会无私的帮助我，我真的很感谢大家。

我们深知，我们的身上寄托着家人的希望和期盼，走出大山，那是我们儿时的梦想，更是我们现在的梦想。有时候，我在不想努力的时候，看见老班拼命工作的身影，而且常常忙的顾不上吃饭。我觉得我们在十六七岁的年华里能碰见这样的老班，是何其的幸运，我们的内心感慨万千，都化作一句："谢谢您，敬爱的老班！"

在今天这个特殊的日子里，我要给妈妈还有各位爷爷奶奶、叔叔阿姨说，我们会努力，至少在我们回首时，不会觉得特别遗憾，我们也会做您放心的、骄傲的孩子，也会成为我们弟弟妹妹的榜样。我们会做让老师和家长省心的人。最后，我将最真诚的祝福送给今天所有在场的人：祝福大家身体健康，开心每一天。

今天 我想说

尊敬的爷爷奶奶、叔叔阿姨，敬爱的老师，亲爱的同学们，还有我挚爱的老爸：

大家下午好，很开心和大家又一起在爱的包围圈中相聚在这里。我叫马舒心，是一个爱笑的女孩，我虽然固执的将目标定为清华大学，但我知道实现这个目标的概率几乎为"零"，可我还是认同这样一句话：梦想总是要有的，万一要是实现了呢！

时光白驹过隙般的流逝，说过去就过去了。看看自己的成绩，有进步也有退步，看生活，我却真的要对大家说，我是幸运的，也是幸福的。同学们互帮互助，学累了、不顺心了，大家都相互鼓励，相互支持，我真的没有享受过，也没有想过有这样一个团队，不是兄弟姐妹，亲如兄弟姐妹，不是一家人却胜似一家人。有时哪一位同学感冒了、不舒服了，其他同学都像对待自己感冒和不舒服一样的互相帮助，忙着买药、找大夫，陪着聊天、陪着学习，大家有好的学习方法了、好的学习资料了，大家都会拿来共享，真所谓"有福同享，有难同当。"我们这些曾经的难兄难弟，难姐难妹，竟然会因为我们曾经奢望的"爱"相聚在一起，如果说，我们是一个同心圆的话，我们要感谢我们的老班，您就是那个"圆心"，不停的努力就是我们坚持奋斗的"半径"。我不知道老班的激情都是从哪里来的。看着您一天在校园里来去匆匆的奔波，大家都说您是"狂奔的蜗牛"，总是乐此不疲，可是您也要顾得上吃饭啊，毕竟"人是铁，饭是钢"。您说趁年轻的时候多忙些，多努力些，多做些事情，等老了，想做都没有那个精力了。想想，您开心了，我们也就开心了，你都那么努力，我们哪有放弃的理由。

感谢上帝为我们开了这样一扇窗，让我们相聚在这个温暖的家中。我们虽出身寒门，也曾经被泼过冷水，遭遇过白眼，但我们要知道，大树即便被泼过冷水也是会长高长壮的。所以，我们不会抱怨过去，我们更在乎未来！

谢谢大家。

今天 我想说

尊敬的爷爷奶奶、叔叔阿姨，敬爱的班主任，亲爱的同学们：

大家好。我叫周晓婷，此时此刻站在这里感慨万千，也非常激动。这个教室里面一直洋溢的温暖气息让人深深眷恋，不由得触动了我情感的神经。

一年的光阴弹指一挥间，我们褪去的是稚嫩，留下的是美好的回忆。云淡风轻之时，独自回首，总是能回味出一丝丝甜蜜与幸福。昔日的苦难、曾经的忧伤，如今都成了我们生活中的一份调味品，我们不是忘记了过去的风风雨雨，而是依然懂得：苦难是化了妆的幸福。

一年多的坚持和努力，让我告别了那个爱哭和容易伤感的自己，学会了自立自强。在这条漫长的人生之路上，我们没有停止过追梦的脚步。也许正是因为珍珠班这个大家庭给予我们无穷无尽的力量，让我们有了昂起头颅、扬帆远航的勇气和信心。

曾经，我也埋怨过命运，也许是上帝创造了很多美丽的孩子，不经意间创造了一个粗糙的我，一个平凡的我。在这里走过了一年多的时间，才恍然大悟，我们在这里遇到了这世间最纯真、最美好的亲情、友情和师生情。既有之，就应该好好珍惜。有时候，我会让关心我的人失望，虽然你们不说，但我能感觉到。每次，都是鼓励和陪伴让我学会了面对和坚守，我相信：拼搏的汗水终会化作生命中永恒的绚烂，狂奔的身影终会装扮成生命中最美丽的彩虹。

现在虽然是冬天，但我们不觉得清冷，因为有大家和我们一起努力，我感谢各位同学，感谢各位家长，感谢今天来参加家长会的爸爸，还有在家为我们日夜操劳的妈妈。

最后，我想对一直很努力的老班说：您说得对，人生不能光溜溜的来，光溜溜的去。既然来到这个世间，总要留点什么再走。感谢您一直做我们坚强的后盾，但您一定要记得按时吃饭，注意身体。谢谢大家。

今天 我想说

亲爱的各位家长、班主任还有同学们：

大家好。今天是个特殊的日子。八九十颗心又紧紧地依偎在一起。我叫马凡凡。站在这里，我想对各位家长说：我们这个班的同学，就是亲爱的兄弟姐妹，是精神上的血亲，在这个大家庭里面，我们风雨同舟，同舟共济，经历了高一的磨炼，已完全适应了高中的生活。同学们一起学习、一起生活，互相帮助、共同提高，把我们珍珠班的牌子擦得更亮，请家长们放心，我们会共同进步、携手走过属于我们高中的日子。

今天，我也想对班主任说，一年多的时间，你无私的关心着我们。说实话，在我们心里，你是班主任里面最负责任的一个，也是最忙碌的一个。我真心的对您说一生：班主任，您辛苦了！

最后，我想说对同学们说，高中的三年，我们什么也不缺，我们只有让家人放心、让老师放心，努力做到最好就行。

今天 我想说

尊敬的爷爷奶奶、叔叔阿姨，亲爱的班主任和同学们：

大家下午好。我是大芦镇野米川的一个山娃娃，我叫赵中平。今天我们欢聚一堂，真正是"爱使我们相聚在一起"。今天，是进入珍珠班这个大家庭的一年三个月零七天。我们一起经历了很多，也感受了很多，也懂得了很多。

班上有同学病了，有家长在门房看着天天熬药，同学一起陪着去打吊针。感谢的人很多，我们要用努力作为最好的回报。在这里，学习上我们积极主动、相互鼓励；生活上我们勤俭节约、相互帮助。今年我们高二，距离2018年的高考还有一年七个月零八天。我们会一起努力，坚持高调做事，低调做人，齐心协力创造属于我们的辉煌。

谢谢大家。

今天 我想说

尊敬的班主任，亲爱的各位家长、各位同学，还有我英俊的爸爸：

大家好。我叫万咏前，站在这里，我有些激动，真的。

这一年多来，我一直保持着积极向上的心态，班主任说不敢轻易的放松和放弃，否则就要掉队。是的，有时候我思想上有些波动，面对试卷上那些红"X"号，也曾失望过，甚至有一些绝望，当在我快要放弃的时候，总有班主任和同学们及时的鼓励和支持。我的耳边就会响起这样一句话："你凭什么放弃，是谁给了你放弃的权利……"

从那时起，我就又开始努力。记得有一次，我的化学考了30分，化学老师问我为什么，我低头不语。后来我的化学成绩从30分努力到了83分，结果一看周围的同学，个个都比我高。我又被化学老师叫去了，因为，85分以下的学生没有几个，我又成了分数最低的那几个人里面的之一。但这一回化学老师说：你还是挺聪明的嘛。但这一回，尽管成绩低，但总算是进步了，我对自己也有了信心。

在生活上，一年多来，大家对我的帮助很多，我经常会在"只要努力就有回报"的鼓励中坚持。我想我也是幸运的和幸福的。

最后，我想说：珍惜吧，珍惜现在的拥有就是对明天最好的交代。谢谢大家。

今天 我想说

尊敬的各位家长、敬爱的班主任，亲爱的同学们：

大家好。我是张兴珍，能站在这里和大家一起交流，我是幸运的，也是幸福的。这里没有冷眼相待，没有讽刺挖苦；有的，是互帮互助，关心体贴。所以，叔叔阿姨不必担心我们还受欺负，或者担心自己的孩子在这里会被别人带坏。

在这个环境里面，人都会变的。虽说现在我的脾气照样火爆，但我的心肠很好；虽然有些懒散，但纯真朴实；虽然还很爱玩，但会在该静下来的时候安心做题。看着身边的小伙伴们渐渐的长大，我又怎堪落后呢？都说，成长如破茧成蝶，是个漫长而艰辛的过程，可它也决定了你将来会成为一个怎样的人，拥有怎样的人生，更何况有同学们的陪伴，老师的鼓励，父母的期望，于是一切会变得很美好，会让你的生活变得更有价值。拼过的青春才会更美，拼出来的未来才属于自己。借此机会，我要给老班说，谢谢您，在我心里您就像圣人一样，但绝对不是"剩"下的人；感谢父母，是父母养育了了我；感谢各位家长，是你们养育了我身边这些可爱的小伙伴们。谢谢大家，努力是我们的必需品，拼搏是我们的专属品，成功一定不会成为我们的奢侈品。

今天 我想说

尊敬的各位家长，敬爱的班主任、亲爱的同学们：

大家好。我是高元姣，很高兴班主任能给我们和这么多家长面对面交流的机会。

今天，我想说：在珍珠班这个可爱的集体里已经度过了一年多的时间，我们相互鼓励、相互关爱，有老师的陪伴、有好心人的帮助、有大家的支持，我们感觉自己真地长大了。

今天，我想说："珍珠生"这个特别的昵称真的让我们收获了很多，快乐、友谊、最多的是感动。班主任、同学们，各位家长，还有亲爱的爸爸，我也想说：我一定会努力，请你们放心。

今天 我想说

尊敬的各位家长，班主任、同学们：

大家好。我叫蔺兴瑞。细数在这个班里的每一天，每一个瞬间和每一点记忆，都值得珍藏。我是个性格内向的人，一直小心翼翼地生活，总害怕做错什么。但在进了这个班之后，自己在慢慢的改变，因为有大家的包容，因为有大家的鼓励。现在，我们宿舍的同学说，我竟然是宿舍里面最能说话的一个，很感谢我的室友。在班上，我的话少，但和同学们相处时却感觉到很轻松的状态，不再那么拘谨。

时光总会让人改变和成长，我的性格慢慢的改变，我发现我的成绩也在慢慢的提升。虽然我们以前都不曾相识，但在这里，我们在"大家长"的带领下真的感觉到很幸福。

谢谢大家，也谢谢我们相聚的感动，谢谢我们之间的友情和大爱给了我们一个笑着追梦的机会。

今天 我想说

各位家长，老师、同学：

大家好。我叫吕春伟。今天站在这里不免有些紧张和激动，古有元宵佳节庆团圆，今有家长会上聚团圆。一年的时间，过得很快，感谢大家再次相聚在美丽的靖远一中，相聚在这充满爱与希望的珍珠之家。去年的家长会场景历历在目，今天，我想给大家分享一下我的珍珠之旅。

同学们，三年的朋友，一生的帮手。我们因为缘分走在了一起，成了一家人。当你烦恼时，有人鼓励你；当你伤心时，有人安慰你；当你生病时，有人照顾你。师生情、同学情如同一杯浓烈的酒，晶莹剔透，此生永鉴。

聚是一团火，散是满天星。这一年我们笑过，也躲在角落里哭过，但我们从未放弃，我们坚信：未来的自己，一定会感激现在吃苦的自己。学习的课堂上、运动会的赛场上……我们的心凝聚在一起，团结就是我们最靓丽的风景线。

最后我想给大家说：我们虽不是富人的孩子，但我们可以成为富人的祖先，我们的身上肩负着几代人的希望，请大家相信我——我能行！

今天 我想说

尊敬的各位家长、老师,亲爱的同学们:

大家好。我是石金菊。在这个班里的时光总觉得过得很快。开学的第一课,班主任就教了我们两个字:"诚信"。这两个字一直伴随着我到现在,而且我会让这两个字一直伴随着我的一生。这一年多的时间,让我感受最大的就是从班主任身上学习了很多:坚持不懈、勤奋刻苦、脚踏实地、积极上进……好像只要我们有的,他都有;我们没有的,他也同样具备。谢谢您,班主任,您辛苦了。在您的鼓舞和启发中,我们不断进步,我们愈加奋发。我曾在我的日记本上写过这样的话:老班,不是我们不争气,而是您太努力,我们有时跟不上您的步伐。但我们看着您奋斗的背影,不管未来有多难,只要您在前面,我们就绝对紧紧跟在后面。就像别的代课老师说的:做小朱老师的学生,就要像小朱那样奋斗!

我们不能掉队,也不会掉队。苦了、累了,我们就想想父母,父母比我们苦累的多。感谢在座的各位家长,正是因为您的不放弃,我们才有了拼前程的机会。我们不会放弃,为了爷爷奶奶、爸爸妈妈的殷切期盼,为了老班默默付出,为了同学们的相互支持,也为了不辜负自己做人的良心。

谢谢大家。

今天 我想说

敬爱的爷爷奶奶、叔叔阿姨、老班,我的老爸,亲爱的小伙伴们:

大家好。我叫赵中蕊。今天是个特殊的日子,我相信我们都有一种特殊的感觉,那就是珍藏在我们心中那份特殊的情谊。这也是一年多来我感受最深的一个词:"情谊"。相互的帮助和支持、关怀和鼓励,身边总会有人陪伴,总不会觉得孤单。辛苦的老班,校园里到处都能见到您忙碌的身影,不失时机地为我们争取一些难得的机会,丰富我们的知识、开拓我们的眼界,提升我们的素养,我们敬佩您,但我们要说:"老班,别太累了。"在这里嘛,借这个机会我想感谢我的父母,女儿以前不懂事,谢谢你们用真情温暖我不太成熟的心,不懂事的我有时会惹你们生气,每一次,你们都用包容原谅了我。今天,我想对父母说:以后,我一定会做一个懂事的孩子。爸爸妈妈多保重身体,谢谢爸爸妈妈。还有可爱的伙伴们,感谢大家相互的鼓励和真诚的相伴。有你真好,谢谢大家。

今天 我想说

敬爱的各位家长,老师,同学们:

大家好。我叫段格瑞。今天我想说:天冷了,但我们的心不冷,因为我们有对未来火一样的梦想和希望,我们将会以一颗滚烫的心面对未来。

榜样就在身边,看看周围每一个努力的人,谁都没有理由放弃,梦想的铁锤一直都在敲打着我们懒惰的脑袋,希望的大钟一直在提醒着我们向着美好的生活奋斗。

妈,您每次开学都对我说:"好的开端是成功的一半。到了学校就好好学习。"我铭记着这句话,它真的很有用,时时提醒着我,现在我觉得这两句话很好。

妈,您是不是发现我现在变得开朗了,似乎长大了,高中生活我很开心,我们一起快乐的上课、熬夜、吃饭、背课文,室长每天都会准时的叫我起床,我们无话不说，真的很棒。

前一段时间，班主任给我们看了衡水二中的激情跑操视频，又一次振奋了我们的精神，有时看着同学们背课文时扯破嗓子专注的吼，心里觉得快乐，也很享受。高强度的打造这个班，让每一个学生都出彩，我很支持，这样我们做事会更有原则，成为真正的人中精英，我们也很需要这种锻造和提高，因为我们到高二了。努力的班主任就是我们的偶像，那种拼搏的精神就是我们的榜样，那种对生活积极向上的态度就是我们追求的目标。

好好奋斗，奋斗一个美好的未来！这就是我对妈妈和大家的承诺，相信我，我一定行！谢谢。

今天 我想说

尊敬的爸爸、各位家长、老师，同学们：

大家好。我是宋成慧。感谢大家来参加这次家长会，我想对大家说：十几年来，我们都在慢慢长大和慢慢变化。上了高中，我们和家长在一起的时间越来越少了，在这里，我们习惯和愿意将自己的事说给同学、老师听，我已长大了，也知道为家里考虑了。

我承认，我曾是一个不懂事的孩子，也不是一个让父母放心的孩子，在班里也不是一个乖孩子，我没有班上的同学努力和刻苦，有时候觉得高考还早，等高三了再努力。但现在，我发现我错了，真的。我想在这里对爸爸说：可怜天下父母心，我不再让您担心了，我要学会为家庭着想，为父母考虑，我以后会好好努力。最后祝老班工作顺利、各位家长身体健康，同学们学习进步。谢谢

今天 我想说

尊敬的爷爷奶奶，叔叔阿姨，老班还有同学们：

大家好。我叫荣春丽，大家都喜欢叫我"翠花"，就是《熊出没》里面

的那个翠花，是不是很独特？一年多的时光，瞬间即逝，但是这里发生的一切，却在我们的生命里留下了永远不灭的印记，而这些就是我们缅怀青春最好的痕迹了。初中的时候向往高中，美慕城里面的高中生：一个女生、骑着车子、穿着校服、飘飘长发在街上翩然而过，看起来听起来都美观。

后来来到这里，上了高中。一开始的军训把我们晒得很黑，再后来的学习、考试、玩耍，不管怎样大家都乐在其中。至于睡眠嘛，我们宿舍的女生睡眠质量都很好，晚上熬到12点，倒头就呼呼大睡，早上闹铃响了好几遍才能听见。最美的就是周末，宿舍集体补觉，早上能睡到8点。

这是我们的第二次家长会。想想第一次开家长会的时候，我们的心里面都忐忑：以前家长会谈成绩，家长个个脸色凝重，家长会后，成绩好的，家长乐开了花；成绩不好的，家长满脸严肃，怪吓人的。也有同学告诉我说：家长会上成绩差的学生就像受批斗和审判的"囚犯"，只有两个字——悲惨。于是我就紧张了，害怕了。但是，高中的家长会，班主任总是会不经意给我们很多惊喜和意外：不谈成绩的家长会，内容丰富的让人感觉就像参加了一次盛会，竟然有好多值得点"赞"的地方。会后，还能吃到我妈给我做的好吃的。家长会过了，好吃的也吃过了，才感觉到：那没谈成绩的家长会给人一种无形的力量，就是你没有理由不好好学习，好好生活。

在这里，就像一个大家庭，我们在这个圈子里面，谁有谁的角色，都尽心尽力的演绎着。班主任绝对是一个严父的角色，在学习、生活、做人等方面绝不松懈，追求完美，自然我们这些学生也就不会差了，这对我们而言是一种幸运。

家里人一直觉得我很乖，最起码看面相我就乖嘛。所以爸爸妈妈从来就不担心我做什么出格的事情。我知道我也要好好努力的。姐姐也告诉我：人好比一张弓，一直紧着、松着，都不好，要学会找到一个适合自己的度，发挥最大的能量。我会好好记下的。

最后，我在书上看到了这样一句话送给大家：请享受所有无法回避的痛苦，的确，如果上帝要让你承受，你压根就无力躲避，那么还不如不躲。正视你所有的痛苦吧，说不定有意想不到的收获呢。再加上一句：你以前痛苦吗？痛苦；你现在痛苦吗？不痛苦。不痛苦就要学会享受和努力哦。谢谢大家。

今天　我想说

尊敬的爷爷奶奶、叔叔阿姨，亲爱的班主任以及我那些认真的同学们：

大家好。我叫赵丽春。上高中以来，我感觉最大的就是班上同学的集体荣誉感特别强，每一位同学都很自觉，个个是榜样，所以班级就特别强。

老班，这一年的光阴中您为我们做了很多事情，实在是辛苦了。您就像我们真正的"二师兄"，在我们浮躁的时候，狠狠的用一盆"冷水"给我们冲冲凉，让我们冷静下来；在我们迷茫时，又花费大量的时间给我们的心里几缕希望的阳光，不断地用激情点燃我们内心的斗志。就在这周星期三的晚上，"二师兄"又给我们打鸡血——为我们找了很多学校的励志视频，让我们学习同样是高中学生的那种激情和斗志，希望我们也成为"鹰一样的个人，狼一样的团队。"

在这一年当中，我真的感觉自己长大了，我不再任性的做事，学会了规划自己的时间，一个很明显的例子就是我在初中的时候，从来不给自己安排事情，每次都是老师安排我做。初中三年的周末我几乎没有翻过书。上高中的这些日子，每当看着周晓婷她们每天急匆匆学习的身影，我不由得也跟上了她们的脚步，融入了这个团队。也是每天匆匆地来到教室翻翻书、练练字，如今的我，已经成为一位有责任心、知道自觉学习的学生。就利用周末学习的这一点，我能做到，我都有点不敢相信。

最后我要感谢大家的支持和鼓励。

谢谢大家。

今天 我想说

尊敬的爷爷奶奶、叔叔阿姨,亲爱的同学们:

大家好。我是袁正宝。高中生活悄无声息但五彩缤纷,总是在出其不意之间带来诸多惊喜,享受着青春独特的悸动。从书本知识到做人的道理,尤其在做人方面收获的更多。以前都是"唯成绩论英雄",教怎么个如何做人,我基本上没有概念。班主任说失去灵魂的优秀是一种祸害,每个人都要心存感恩。今天,我的爸爸在台下看着我,今天我要说的就是,让我的父母对我放宽心,在这个集体当中,有我的兄弟、战友,我们每一天都在拼搏和战斗,乐此不疲。有着一样奇葩的舍友,友好的同学以及我们敬爱的班主任,感谢您,没有您就没有我们这个班级,就没有我们那么多的快乐和温馨,慢慢的,我们都知道了"诚信""道德""感恩"的重要性,您希望我们成为栋梁之材。我们也一定会加倍的努力,实现心中的梦想。

谢谢大家。

今天 我想说

尊敬的各位家长、老师、同学们:

大家好。我叫魏向瑞。我想在这里说:谢谢你们,你们辛苦了。

一年多的时间,过得好快。我的成绩虽然不是太好,但我一直在努力的赶上。我想,只要每天进步一点点,收获一点点,等到高考的时候,也会有一个好结果的。今天,我想说:每一棵参天的大树都需要一个庞大的根系,我们之所以进步的慢,就是因为我们扎下的根不深。但你们要相信,我们终有一天会成长成为一棵能为你们挡风遮雨的参天大树。

最后,我感谢大家在我爸爸生病的时候,大家给予经济上的巨大帮助,我希望在场的每一个人都能面向太阳,让心灵洒满阳光,积极地、勇敢的面对生活。

谢谢大家。

今天 我想说

敬爱的爷爷奶奶、各位家长、老师、同学们：

大家好。我叫万晓盈，在这里我很激动的给大家汇报一下我这一年多来的学习和生活情况。我觉得我的学习节奏已经适应了高中生活，虽然有时候会出现一些情绪上的波动，但我都会及时的调整。再次给大家一个建议：有一个强大的心理素质可以让人受益无穷，如果我们不能自己调整或者从书本上找到一个很好的条件方法，那我们就需要一个优秀的心理辅导老师是绝对必要的。当然，我们的老班绝对就是最佳人选了，至少我是获益颇多的，在这里感谢老班。

我是个在生活上比较随性的人，因此在学习方面不会注重表面，譬如说我的书写就比较潦草和凌乱，因此每次考试下来都因为看不清楚字迹损失了很多分。班主任和任课老师一遍一遍地给我辅导、让我改正，同学们也说有些乱。说实话，真的要谢谢老师和同学们，规范答题、书写工整、字迹清楚太必要和关键了。一年多的时间，磨掉了我的诸多棱角，也给我留下了终生难忘的记忆。现在，我虽然依旧是大大咧咧的性格，可在一定程度上开始学着照顾自己，保护自己，也学会了理财，学着规划自己的未来，学着逐渐迈开前进的步伐。感谢善良的老班和友好的同学们，也请妈妈放心，我记得我们母女所有的伤痛，我记得我们母女走过的所有时光，我一定会积极的面对未来。在这里我想说：妈妈感谢您给予我生命，感谢高中美好的相遇，感谢大家对我的帮助和关心。

妈妈，我爱您。谢谢大家。

今天 我想说

尊敬的爷爷奶奶、各位家长、老师、同学们：

大家好。我叫李祯，很荣幸了加入了这个团队，很自豪的和伙伴们一起努力奋斗。这一年来，我最大的收获就是学会了说：我可以、我能行！

知识改变命运，努力成就未来，拼搏铸就辉煌。每个人都或大或小有一个梦，在校园里面，我们每天过着宿舍——教室——食堂三点一线的日子，虽然紧张但很充实。想想自己的从前，作为子女，和父母犯起浑来和父母顶嘴，让父母生气。现在想起来心里很后悔，滴水之恩当涌泉相报，父母数十年如一日的辛苦操劳，不为别的，就为了我们这些孩子，我们是没有理由不尊重和孝敬父母的。

就我个人而言，我很敬佩老师这份职业。老师，是人类灵魂的工程师，日复一日，年复一年为我们传道授业解惑。也许是因为班主任的努力我们才过得更充实。班主任是一个优秀的老师。有的时候，我真的想当一名像班主任这样的好老师。

因为有爱，所以要努力冲向远方；因为有爱，所以要奋力奔跑；今后的路还很长，我们要珍惜现在拥有的，用现在努力给未来一个满意的答卷。最后，我向各位家长问好、向班主任致敬，也祝愿我的兄弟姐妹团结拼搏赢未来。谢谢大家。

今天 我想说

尊敬的各位家长、老师、同学们：

大家好。我是曾爱静。转眼间，从高一的开朗明快到如今的沉着稳健；从高一的活泼飞快到现在的从容冷静。我们慢慢的长大了，懂得了老师的良苦用心，懂得了妈妈的不易与艰辛，懂得了家庭的重担，懂得了责任和担当。一年来，珍珠之家的兄弟姐妹相互支持、帮助和鼓励着对方，虽然我们不是最优秀的，而我更是平凡的那一个。但我坚信，只要我们付出了、努力了、坚持了，就一定会成功的。我不是一个聪明的孩子，也不是最有能力的，但我相信我是一个最有毅力的、最能努力的孩子，我想，即使困难重重，我也会拼尽全力。

三年的高中生活，不长、不短，三年的时光决定着我们的命运，过好了就是我们最好的"成人礼"，走不好，那便是人生的"无底洞"。三年，不苦、不累、没滋味。我知道，高考会为努力的人准备一份丰厚的礼物，会为努力的人圆梦，让我们的家庭改变命运，让我们的亲人变得幸福。我想这就是我的梦，也是我们的梦。相信我们一定会成功，不负青春不负梦，不负流年不负卿。

以前，妈妈总会嫌弃我吊儿郎当的，但其实我是一个很有原则的人。今日事、今日毕，有目标、沉住气、悄悄干，我相信我的梦一定能实现。最后，谢谢大家的倾听，我要给妈妈说一声：妈妈，我在学校吃得好、睡得好，也一定能学的好。您在家多保重身体，按时吃饭、不要太劳累。谢谢大家。

今天 我想说

尊敬的班主任、各位家长，各位同学：

大家好。我是王兆萍。首先借此机会真诚的感谢老师和同学们对我的关心支持、鼓励和帮助。在这里，我感触最深的就是"团结"两个字。我们是一个优秀的班集体，每天跟着激情不减的班主任，感觉动力很足。也许我的成绩并不理想，我也在努力地往上赶。伴着星星我早早地来到学校学习，夜深人静的时候我依然在坚持，就是吃饭的时候也是以最快的时间吃完，挤时间学习。我努力了、我付出了，我也想考一个理想的成绩，能对得起自己、家人，还有我亲爱的老师和同学们。

今天，我想说：努力是肯定的，报答父母的养育之情、回报老班的教诲之恩、感谢伙伴们的深情友谊也是肯定的。

谢谢大家。

今天 我想说

尊敬的班主任、各位家长，各位同学：

大家好。我叫李姣姣。感谢大家在这寒冷的冬天和我们一起坐在这个温暖的教室。时间就像指间的细沙飞快地流逝，我们一天天长大，也一天天懂事，跌倒了，爬起来继续战斗，我们是一个坚强的团队，一个友爱的集体。

老班说，我们拥有了别人所没有拥有的，所以我们要坚持别人不能坚持的。我们不是官二代，也不是富二代，我们只有一颗努力向上的心。

今天，我想说：态度决定高度，端正姿态，脚踏实地，仰望星空。未来一定是属于我们的。

谢谢大家。

今天 我想说

尊敬的班主任，各位家长以及亲爱的同学们：

大家好。我叫杨天缜，是这个光荣集体当中的一员。时光易逝，上一次的家长会似乎就在昨天，今天看着每位家长脸上洋溢的微笑我们都感觉到很高兴，我们欣慰地感觉到，这是多么强大的一个家长团队啊。

作为首届珍珠班的学生，我感到无比的骄傲和自豪，我和大家一起努力，和大家一起拼搏，师生之间越来越是那种情深意切的好朋友了。

今天我想说：优秀的集体是由优秀的团队打造出来的。我们一定在班主任的带领下，创造一个更加优秀的明天。我想，这也是各位家长希望的。

谢谢大家。

今天 我想说

尊敬的各位家长、老师、同学们：

大家好。我是白治明。我很幸运地成为这个团队的一员。在这个团队里面，给我感觉最深的是，同学们虽没有优厚的物质条件，却能用自己的优秀和努力拼出一个精神饱满的世界来。

对于我们这些同学来说，可能只有学习是最好解决实际问题的"金钥匙"了，学习就是我们的未来。我们每一个人都是家庭的希望，家族的未来。因此，我们要有一颗比任何人都渴望学习的热情和信心，我们不输给任何人，我们也不畏惧任何困难。在这里共同战斗了一年，我们不抛弃、也不放弃，师生之间没有疏远、没有陌生，在这里一切都是美好的。

感谢班主任那些辛苦的旅程，是您将我们差点熄灭的火种重新聚在了一起，为我们重新点燃了希望，感谢您一直陪伴在我们身边，引领我们走向人生的高处。我们今天相聚在这里，确确实实是因为"爱"，谢谢您，班主任。

最后，我想给老师和各位家长说：请你们放心，我们一定会以辉煌的成绩来汇报你们的付出。

谢谢大家。

善缘 予人玫瑰的馨香

生命的意义在于付出,在于给予,而不是在于接受,也不是在于争取。

——巴金

"赠人玫瑰、手留余香,余香久远、回味无穷。"爱不仅仅只是一种内心的感动,而是一种真实地行动。

记下这些曾经的经历,我想这不仅是发生在身边的故事,而是成长过程中一份特殊的礼物。

做"珍珠班"的班主任,不仅是精神上的付出,也要准备好物质上的帮扶。垫付学杂费、给学生伙食费、为同学们买资料、准备小礼物,包括请同学们吃饭等等,都需要班主任像一个真正的"家长"一样处处关心、无私付出,有的时候甚至超过了对待自己的孩子。

记得有一次,班长的爷爷给我打来电话说:"朱老师,您给娃娃的钱太多了,我害怕娃娃拿上钱乱花。"我说:"没事,钱是存在卡上的,需要的时候该花就花,我也相信同学们不会乱花钱的。"

后来,班长经常告诉我钱都花哪了,并将一个贴满收据的本子给我看,他说是爷爷帮他整理的,爷爷告诉他:当班长,尤其是对钱财一定要谨慎,不敢乱花,花了的一定要有证据。我欣慰的笑了,看着那个如会计记账簿的班费本子，我告诉我的班长，因为放心，我才这么做，记账簿留给自己，也许这是一份特殊的礼物。

一份特殊的班费。

2016年9月20日的下午，链家集团的副总裁贾生平女士一行来校看望"珍珠生"，在和同学们交流中了解到班上情况后，给班长留下了两千块钱的班费。

对于这特殊的两千元班费，在我心里那是一份爱的给予，我们一定要使用得有价值和意义。我和班上的九位组长一起讨论，最后决定买一些高考用的资料书。在大家推荐的一些高考复习资料书目中，我们选择了《成功密码》，九个组分别订一套，每套8本，一共9期。也感谢为我们征订资料的黄女士以3.5元的优惠价每期都负责任地邮寄给我们。每一次收到书籍，我们都将邮寄来的发票和清单保留下来。因为，那不仅仅是一张张收据，更是一张张感恩和传递爱心的清单。

链家集团的几位爱心人士，每次来靖远的时候，要么选择下午放学后和同学们一起吃饭，要么就是静静地走进校园和同学们见见面，给一些鼓励，或带给同学们一些礼物，然后就悄悄地离开。

接受别人的帮助，我们要懂得珍惜和感恩，传递别人的爱心，是一种高尚的美，更是一种博大的胸怀。在"珍珠班"接受爱、传递爱的美不是单向的，而是双向的。高三毕业的时候，让我惊喜的是，同学们将用过的《成功密码》大多都按次序、认真地摆放在"大爱书屋"的书架上，并告诉我说："老班，这个资料真的不错，等高二、高一的学弟学妹们到高三了肯定能用上的。"

心懂才能心动，这何尝不是一种爱的接力，我想也是对"予人玫瑰"最好的回报了。

高三第一学期的时候，为了能让同学们早早地备战高考，我为每一位同学购买了一套《三年模拟五年高考》的资料，希望他们能不负青春对他们的期望。

到了雪花飘落的冬季，我们也会收到一些爱心人士捐助的衣物。不管新旧与否，在寒冷的冬天，我们总会感到一种爱的温度。

一位同学在一份感谢信里面这样写道："相遇的陌路人，却有着家的情。大老远的来就是为了看我们一眼，然后给我们一些礼物并留下一些鼓励的话。我们曾经并不相识，但却是那份真情深深地感动着我们。予人玫瑰、手有余香，有一天，等我们有了帮助别人的能力，我们一定不会放过那些给予的机会，因为我从你们的身上看到了给予比接受更为有福的道理。爱你们，也祝福你们永远年轻、永远快乐……爱你们的小珍珠"。

其实，有些事情，只要你坚持的去做了，还是会有人和你一起做。有些事情，只要你执着的坚持了，还是会有福报赐予你恩泽。

有一句话这样说：人生不过是你的几次伸手，和你的几次予人温暖。如果我们每一个人都能学会把爱传递给别人，那么每次你的举手之劳，也会反过来在你需要的时候帮助你。曾经的你伸手帮助别人，那么今后的你，也许是可以拥抱世界的。

在这个班里，有太多值得感恩的事情值得铭记。

在我刚建立"珍珠之家"和"大爱书屋"的时候，白银市侨联的张秘书长给同学们准备了一个非常漂亮的电源插座，供同学们给小台灯充电；爱心妈妈慈善会和崇世基金会的阿姨们积极为筹建"大爱书屋"出谋划策，那些捐赠来的书籍除了我和同学们自己整理而外，学校的景老师和田老师也来主动帮我们做整理、粘贴标签等工作，后来还掏钱买了一些文具给孩子们……当然，这样的事情很多，学校的陶老师、马老师等，不论是捐资衣服还是买一些文具给孩子们，都是值得我们感谢的。在这里，也感怀学校修剪花草和看门房的三位临时工。2016年高考结束，高三的毕业生将大量的书籍、作业本和一些垃圾丢弃在宿舍里，三位大爷清扫时累的汗流浃背，班上的几位男生主动帮着清理，后来几位大爷将那些书籍卖了钱，硬是将460元钱给了班上的同学，我知道几位大爷打临工不容易，当我把钱拿着还给他们的时候,其中有一位大爷对我说:"你们班的娃娃懂事,不嫌脏、不怕累,能帮我老汉一把,有人情味啊,钱是个啥啊。"

后来,修剪花草的那位大爷离开学校到别的地方打工去了,走的时候,大爷特意来找我:"我老了,干不动了,今天就走了,这个冬瓜给你,这是我自己种的,好好带那些娃娃,教育就是积德行善,好人终有福报!"

一位老人,转身走了,留给校园那馥郁的花草在风雨中飘摇,祝福老人的生活中也常留那些花草的芬芳!

高一年级第一学期,时近初冬,时任中共靖远县委组织部副部长的苏其智先生来学校为同学们做了一场励志报告,并为同学们赠送了12期《读者》。苏部长是靖远县若笠乡人,从一个贫困家庭走出来的"若笠塬上人",热衷于写作,到我们高三的时候依然牵挂着这些孩子。

也就是在那一年的冬天,中国人民大学几位没有留下姓名的同学,从我带过的一位同学那里了解到这个班的情况,她们捐助了一整箱书籍邮寄给同学们。后来,我在微信上和那位"cheny"同学联系,知道她是班上的一

位很有爱心的团支部书记。就用这位同学微信圈里的一张截图上面的话祝福那些心中有爱、与人为善的同学们吧：

有彼此劝勉，相互激励，为你鼓掌，为你加油！

高二第二学期期末考试期间，学校语文组的高老师打电话给我，说是近几天有一批博士生来靖远，有一位博士生她女儿认识，看有没有必要联系一下，让那位博士生到班里面和同学们做一下分享交流，也给同学们加加油。

我试着用高老师给我的电话号码联系，让我想不到的是，一切好似有一种似曾相识的感觉，没有推辞、更没有拒绝，简单的几句话，联系的是一位同学，结果却有一个博士生团队全部响应。那天晚上，一个博士团队走进"珍珠班"进行了一个小时的分享和交流，活动结束，我带她们到"珍珠之家"和"大爱书屋"看了看，顺便也讲起了"珍珠引路"项目和这些同学"家的故事"。当我送各位同学走出校门的时候，有一位博士生提出要捐资帮助一位贫困学生的想法。后来，这位中国农业大学的博士生也联系部分同学为"大爱书屋"捐赠了一部分书籍，其中在一本书的扉页上写了这样一句话：

致珍珠班的弟弟妹妹：立身以立学为先，立学以立身为本，我在北京等你们！

——中国农业大学 王坤立 2016.10.25

在"珍珠班"里发生了很多值得铭记和感念的事情。校园里的老师因为同学们的"礼节"感动过，因为同学们的"努力"感怀过，也因为同学们的"成绩"而惊叹过……总之，一切似乎就像一个祥和、曼妙的梦境一样，但这的确很真实。

一个微笑、一个手势，一句鼓励、一段寄语，一本书籍、一盏台灯、一段暖心的故事,只言片语记录的只是曾经发生在这里的记忆,更多的是珍藏在心灵深处那感悟人性良知的财富。

中国,一个文明古国,互帮互助是传统美德,正如歌中唱的那样:最美的是一颗愿意帮助别人的心,最快乐的是一件帮助别人的事。

金银财宝不算真富,团结友爱才是幸福。陪伴这些孩子的日子,的确很幸福。至少,我们都在奋力的拼搏和坚持。虽然也有不顺心的时候,但都是"爱"默默的在融化那些困难和挫折,一起努力的路上,总会有那些不经意的善缘悄悄地来到我们身旁。

予人玫瑰的馨香

久久 在空气中回荡

也许没有人会在意

那种味道的悠长

爱 和生命一样

那泛着光的

思量

却在血液里

永恒 流淌

情谊 实习老师的尺素

人外表的优美和纯洁,应是内心的优美和纯洁的表现。

——别林斯基

2016年暑期,我校与西北师范大学首次签订了《UGS"三位一体"协同创新的卓越教师培养协议书》,西北师范大学的第57届联合编队教育实习学生如期来到学校进行为期五十天的实习工作。

这是一位西北师范大学实习生留在这里特殊、也特别的礼物。

一位来学校实习的大学生,一个已经保送进入名牌大学的准研究生,一段难忘的实习经历,一份留在我们记忆深处的情谊。实习结束的时候,她留了两封书信给我们。一封书信是希望孩子们好好读书、努力学习,实现梦想,回报社会。另一封书信是留给我的,同时告诉我她在网上为每位同学定购了一枚精美的清华大学书签,希望留作纪念。也许,她是希望我们能真正地开启求索的"心灵之门",也许是鼓励孩子们不要虚度年华,顺利地实现在高中时的梦想。

一封书信,因为善良,教育的光影留了一抹永不褪色的记忆!

致亲爱的小朱老师

亲爱的小朱老师：

　　侬好！

　　月有阴晴圆缺，人有悲欢离合，这是我们每个人都逃不出的怪圈。短暂的实习期已满，临别之际，总有感言……

　　生活中90%的事都是我们无法掌控和预料的，我们作为偌大社会关系网络中的一个单个的个体，所能把控的也只有剩下的10%。有时甚至就连这仅有的10%也与我们最初预设的轨道相背离。但是，有时脱轨的生活似乎别有洞天，往往会目睹到别样的景致，采摘到别样的果实，拾遗到别样的心情。而我，来到靖远一中实习就是生活的偏轨。在实习之前，我打算留在兰州市内就近的一所中学实习，但由于各种原因，冥冥之中来到了靖远一中。而事实证明，能来到靖远一中实习纯属我的幸运。可以说，是这个秋日上天对我最好的馈赠。因为在这短短四十多天的实习期内让我遇见了一群"晶莹剔透"的小珍珠，在他们一个个渴求知识的眼神和质朴的笑容里，我感受到的是希望和力量。他们的一颦一笑就像秋日里凉爽的风一样净化着我的心灵，也好似紧箍咒般时刻促使着我要做一名师德高尚、专业素质精良的合格实习教师。而更幸运的是我在这里遇到了珍珠生口中的"珍珠爸爸"——小朱老师，又一个我人生之中的导师。

　　和实习队员一样，初见老师时就觉得老师好年轻、好帅气，尤其是那一双大花眼睛，可好看了。然而我是个怪胎，出于以往的惯性，对于貌美的男子我一直存有偏见，这似乎已成了一种本能的条件反射，难以克服。然而，老师第一次在乌兰堂那一段对于靖远一中教育发展史和教育发展现状以及教育发展未来的讲话刷新了我对老师的偏见。原来您是一位心系家乡教育事业发展，有着深深忧患意识和大局意识的一线人民教师。满满地，我开始扔掉我愚蠢的不能再愚蠢的偏见，试图以一个全新的视角认识老师。在乌兰堂散会回宿舍后发现老师在宿舍成员名单的左上角留下了自己的电话号码，又为我们亲自做了实习生证以作标识和留念。各项工作安排得心细如发，周到细致，再一次让我深深地鄙视自己的无知和专断。就这样，我变得开始佩服老师了。而且随着相处的时日越多，这种萌发于内心的崇敬之意越发强烈。

幸福总是来得太突然，10月8日早晨我很幸运地被分为您的指导学生。作为初出茅庐的我，很期待得到您的专业指导，也迫切地想探索您独具特色的教学风格背后的奥秘所在。10月9日，您给我和曹兆凤同学分享了您教思想政治课的经历，从最初的不知所措到慢慢地摸索出一套易于学生接受的、通俗易懂的识记方法和教学模式，才最终形成自己的教学特色，被学生认可和接受。这其中的艰辛和孤独大概只有老师才会懂得。有一句话说得好："英雄往往是被嘲笑过来的。"因为没有和这个大队伍保持一致的队形，所以总免不了被作为"另类"相看，但老师还是坚持下来了。因为坚持，老师换来了今天的成就，不是功成也不是名就，而是一种源于师生的认同感和肯定。您对思想政治四本书的内容了如指掌，行云流水般的讲解，而且能将政治、经济、文化以及生活与哲学的知识融会贯通的讲解，形成了自己的知识体系，实在让我们佩服。那天听着听着我们都傻眼了，原来政治课还可以这样风趣地讲出来，原来四本书之间的内容是那样关联到一起的。我不禁在想，这么优秀的政治老师待在这儿实在屈才了，像这样的千里马不是我们高校目前所急需的吗，老师完全可以去高校担任思想政治教育公共理论课的老师，而且会100%受到广大学生的热捧。可其实我知道，老师是情系故乡，心系靖远一中之人，怎可像我所想的这般随意。就这短短的面授，足以让我这个小屁孩消化好几天了。惊叹之余就是深深的反思，反思之余又是对您的无尽崇拜，原来这就是智慧与美貌并存啊。您的专业素养着实让我钦佩，可是我失望的是老师没有亲自听我讲课，我知道是老师太忙的缘故，可是感性压过了我的理性，我多么希望老师能亲临课堂听我讲一节课，然后挑出一大堆毛病让我改进，这才是实习生该走的成长之路。

不过我又自我安慰的想，应该是老师信任我，才肯这么放心的让我讲课吧，对，一定是这样的，哈哈。

　　上课之余，我特别想来办公室向老师多讨教讨教，因为在我看来老师是个无尽的"宝藏"，老师是个善于讲真故事的人，而我是个善于听故事的人，特别是关于真善美的故事。可是无奈老师是学校的办公室主任，身兼重任、工作繁忙。为了不打扰老师，我只好隔天来一次或者早晨来办公室坐坐，聆听老师的分享。10月11日上午，老师给我讲了申请和组建"珍珠班"的故事，没有任何的粉饰和浮夸，包括如何一步步改造他们的不良习气，教他们如何养成良好的习惯，如何做家访工作，以及如何开阔孩子们的眼界等等。当您讲完之后，再一次彻彻底底地颠覆了我对您的认识。因为在我的观念里，爱心、耐心、细心似乎是不可能和高颜值挂钩的，也不可能和主任这个头衔挂钩的，而您的大爱和无私再一次给了我一记响亮的耳光，顿时觉得自己怎么这么偏执、那么狭隘。您的高度是我无法衡量的，您的博爱与伟岸更是我无法想象的，因为我的脑容量再大也没有资格去界定和诠释您大爱于行的所作所为。此时，在我的眼里只有一个为了贫困孩子的未来而四处奔波、操碎了心的人民心中的好老师，只有一位被学生们口口声声称为"珍珠爸爸"的慈父。一切外在的娇容在如此纯净的灵魂面前都只能夹着尾巴，您的人格魅力笼罩了一切、驱走了一切，也征服了一切，至少彻底征服了我这个心胸狭隘的小生。10月18日早晨，您花了近两个小时的时间再次给我分享了组建珍珠班的来龙去脉，以及您与"珍珠生"的点点滴滴，还有您担任第一届班主任时关于《魅力五班》的事迹，最精彩的莫过于您大学时代的风云历程了。您以一位亲历者的身份一字一句娓娓道来，真实而又奇幻，我边听边在脑海中复原当时的场景，就在这幻想与现实的交错中又一次接受了心灵的洗涤。

　　教师生涯路漫漫，一路走来您始终不忘初心，不忘每一个被遗忘在教育路上的"小珍珠"，不忘在这物欲横流的世界里让自己的灵魂跟上时代的步伐，与身体同行。这一切的不可能都让您变成了可能，变成了现实，您把一颗颗遗忘在角落的"小珍珠"捡回了学校，给了他们成长的机会，给了他们无限的可能，给那些困于黑暗中的贫困家庭带来了希望和光明，也为靖远一中教育事业的发展注入了新鲜血液，而这期间没有利欲之心，没有发财之梦，一切源于您的初心，源于您作为一名人民教师的责任和担当，源于您作为一名靖远人的良知与美德。在我的眼里，您就像个单纯的孩子一样，憋足了劲只顾风雨兼程，不仅在您的心里住着个小孩，您的言谈举止无不体现了您的真和善，您喜欢吃零食，不喜欢跷二郎腿，永远是两脚交叉在一起放着，不抽烟、没见您喝酒，衣着简单，喜欢谈笑风生，没有官腔，更没有官架子，与办公室主任这个头衔和身份似乎格格不入，或许在您的眼中这些外在的修饰都是泡沫吧。这也是我一直叫您朱老师而不是朱主任的缘故，主任仅仅是个外加的头衔而已，老师才是发自内心的尊称，也只有老师、"珍珠爸爸"这些称呼才与您的气质相符、品性相合。可是天下没有不散的筵席，离别将近，我再也不能静静地坐在办公室听您讲故事了，再也不能喊您一声朱老师了，所以在此写这份辞别信以作留念和感谢。

感谢遇见，感谢老师的所有分享，您给予我的不仅仅是一个个鲜活的故事，更是蕴含在其中的人生哲学。人生的价值不在于一味地索取，而在于付出，做人要常怀感恩之心，长存感激之情，这样才能行之久远。也是老师让我懂得了师德师风的重要性，作为孩子们现实生活中的榜样和未来的引路人，作为教师一定要具备师德高尚、业务精湛这两项过硬的素质，如此才能做一个学生心中爱戴的好老师。除此之外，您教会了我作为一名教师一定要敬业，因为敬业才会不断反思教育中存在的问题，才会发现问题、分析问题，从而解决问题。因此，敬业是每一位教师应该坚守的职业操守，也是每一个职业人应该恪守的职业道德。作为在象牙塔里待久了的我，能正式踏上职业路之前得到这么鼓舞的锦囊，实在是人生一大幸事。在未来的日子里，我会带着这些故事和启迪一路前行，不忘初心。作为回馈，我将这枚清华大学的纪念物——俗称"金钥匙"送给老师，钥匙上面印有清华大学的校训"自强不息，厚德载物"，恰恰靖远一中校门外那八个黄色醒目的大字也是"自强不息，厚德载物"。我知道老师对靖远教育发展的现状有深深地思考和忧患意识，也一心想推动学校再创往昔的辉煌佳绩，希望这枚钥匙能给老师带来好运。钥匙上有轻微的刮痕，那是在我身上带久了的缘故，东西很小、很不起眼、很廉价但愿老师不要介意。

提笔至此，也该收尾了，最后以朋友的口吻（有点自以为是的感觉）再烦琐几句。老师平时忙，但是每天早上一杯40摄氏度温开水是必须要喝的，早餐也是必须要吃，无论多忙，无论早餐合不合口味都要吃一点。不善待自己、何以善待他人，何以善待您千辛万苦捡回的那些"小珍珠"，何以成为他们坚强的后盾。愿老师在以后的日子里身体健康、工作顺利、家和万事兴，也祝愿"小珍珠"们能健健康康、快快乐乐地成长，能在高考中取得理想的成绩！以后如果有时间和余力的话，我定会回来看望这些"小珍珠"的。

See you!

您指导的学生+粉丝：张鲜鲜

2016年10月23日

黄河儿女情爱融于行

善良 校园欺凌的戒尺

> 植稂莠于腴土,不能使为嘉禾;种梧梓于硗土,不能使为荆棘。
>
> —— 陈确

2016年4月28日,国务院教育督导委员会办公室印发了《关于开展校园欺凌专项治理的通知》,首次从国家层面开始对校园欺凌现象进行专项治理。近几年,当我们在"让灵魂跟上教育的脚步"这个问题上拨开云雾的时候,"校园欺凌"已悄然成为另一种席卷校园的寒流,让人心头一颤,真是"乍暖还寒时候,最难将息。"

"校园欺凌"事件对师生人身、生理、心理、名誉、权利、财产等实施的侵害行为屡见于新闻报道,情节恶劣令人发指,公然录制视频在网上炫耀让人瞠目结舌。校园内外戾气蔓延,殃及师生群体,血淋淋的极端例子让人无语凝噎、心惊胆寒。到底是什么动了他们的"奶酪",让他们在漠视生命的不归路上"惊世骇俗"?

时势推移,西风东渐,以往的"安贫乐道"在全力以赴的"脱贫致富"面前逊色了不少,这是时代潮流的必然,还是时代逆流的偶然?应该说一个健全的社会,是一个富而好礼的社会。古人云:"善教天下者,止于尽德而已。"道德崩溃的边缘,我们只能依靠法律划定的界限,殊不知,法治不能彻底解决思想道德的桎梏。斯迈尔在《品格的力量》一书中说:"正是道德这个火车头牵引着整个世界滚滚向前,而希望就是这个火车头不可缺少的燃料。如果没有希望，那我们的前途只能是地狱。"这个物欲横流的社会，似乎总会有追求"高大上"的"土豪"情结和"羡慕嫉妒恨"的"拽酷帅"心理，道德的底线在哪里？人们内心的希望到底在哪里？

当教育民主被哄抬到一个不切实际的高度之后，教育就成了一个什么人都可以指手画脚的行业。从事阳光下最伟大的事业的教师，在年少轻狂的少男少女面前，在媒体尖刻的文字面前，教育神圣的外衣被撕扯成令人望而生厌的黑斗篷，教师在情与理的缝隙中苦苦挣扎，在冷冰冰的"唯分数论"游戏中画地为牢。原先，教师手握戒尺；现在，教师心存戒尺。惩戒功能的丧失，美丽的校园并不都是人人知书达理的理想胜景，倒是平添了几分恐怖的江湖阴云。没有了高悬在头顶的"达摩克里斯之剑"，一些人性的恶习公开的表现出来，甚至是肆无忌惮。

课本的说教，比不上网络游戏和影视文学的生动和形象，青少年的道德底线和价值评判在"风情万种"的炫耀中"横刀立马""见血封喉"。青年一代万千宠爱集一身的价值取向错觉，再加上功利化的盲目攀比和青春期的逆反冲动，那种要风有风要雨得雨的"法器"突然有一天没有了"法力"，孩子的心灵田园，丧失了感恩的思想，只有唯我独尊的莠草没有约束地漫延。不能承受任何轻视嘲弄，更不能承受肉体和精神挫折的脆弱心理。或是无法应对，躲避退让，最终成为忍气吞声的被伤害者；或是恼羞成怒，愤然出击，"以其人之道还治其人之身"，选择"江湖械斗"方法来解决问题。青春期的"血气方刚"在"刀光剑影"中误了卿卿性命，留守儿童、失独家庭、空巢老人……一系列的社会问题频发，校园是社会的缩影，学校教育有责任，家庭教育失当、社会环境失守、舆论喉舌偏锋同样难辞其咎。

"校园欺凌"正是"生命教育"被"功利教育"所欺凌的阵痛，我们不能让"校园欺凌"的空间成为蛮荒之地。为了不让我们的孩子成为校园欺凌的主角、为了万千家庭、也为了我们民族的未来，"校园欺凌"需要德法兼治，需要全社会的共同担当！

奋斗 没有退路的人生

如果你过分珍爱自己的羽毛，不使它受一点损伤，那么你将失去两只翅膀，永远不再能够凌空飞翔。

—— 雪莱

我在上高中的时候，发生了这样一件事。高二那年，我们的数学老师换了好几个，有一位学习成绩非常不错的同学，他总觉得数学老师给我们讲的题太简单。有一次，新"上任"的数学老师在黑板上刚写了一道题，他就在草稿本上写出了答案，并且写了一句话：天下本无事，庸人自扰之，便离开教室出门而去。结果，那一节课老师不高兴，学生没心情。

后来，这位同学因为自己的个性或者说我们并知道发生了什么事情，有些神志不清的样子。家长来带他回去的时候，我们知道他家的境况不是很好。那时，也许我们都年少，只是觉得成了一种回忆。但是现在想起来，确切地说是从我当了老师之后总觉得有些遗憾。我也曾给我的学生讲起那个发生在我身边的故事，末了，我会给学生讲一句：其实天才与疯子之间仅有一线之隔。但我会更用心的告诉同学们：师生之间更应该相互了解，相互尊重。

是的，贫困的生活环境也许能给我们不同的习惯和性格。当老师的这些年也曾听同行们说，一个经常犯错误的孩子后面，肯定有一个经常犯错误的家庭，反过来讲也是成立的。我在带班的时候也碰到过这样的学生和这样的家长。那时候想,谁会故意制造一个犯错误的家庭,谁又会将自己的孩子无缘无故的培养成一个"坏蛋"呢?

知道"珍珠班"这个项目后,我突然有一种"想尝试改变"的欲望。那些残破、贫困家庭的孩子更需要我们去关注,如果任由其发展,我想有些事情不是他们想犯错误,而是他们根本就不知道自己做的本身就是一种错误。

贫穷落后注定就要挨打,贫穷落后注定就会"短精神",都说人穷志不穷,但当物质贫困到了极点的时候,"志"又在哪里?

贫穷,物质和精神的贫穷都会让人走上歧途,甚至走向死亡。但当我们对贫穷伸出一条关爱的"红丝带"时,贫穷就像抓住了救命的稻草一样。而这条"红丝带"的结点最扎实的就是教育,而不是纯粹物质的施舍和精神的寄托。

每当我和"珍珠生"交流沟通的时候,那些年少的心灵里有时会冒出几份对尘世愤怒和不平的怨气,我就觉得是该进行思想教育的时候了。我告诉他们,不是社会对我们不公平,而是我们心中积累了太多的怨气,可能大多数都是因为物质贫富的差别。其实没必要那样怨天尤人。我们应该庆幸健康地来到这个美好的世间,让我们安静地坐在教室里,和所有的人享受一次公平竞争的机会,那就是认真地接受良好的教育,参加高考,参加那唯一一个不看脸的考试,拿到那一张没有贴贫富标签的学历证书。

想要认识社会,首先必须得学会认识自己。尼采在《道德的系谱》中说:"我们无可避免跟自己保持陌生,我们不明白自己,我们搞不清楚自己,我们的永恒判词是'离每个人最远的,就是他自己。'——对于我们自己,我们不是'知者'……"我们不需要刻意地把自己当作一个"知者",我们只需要在面对所遇到的事情时,多从自身反思,寻找解决的办法就已经足够了。"临渊羡鱼,不如退而结网。"阻碍自己走向成功的最大敌人其实就是自己,是自己的心境。常言道,境由心生,"曲则全,枉则直,洼则盈,敝则新,少则多,多则惑",弯曲便会周全,反过来弯曲便会伸直,

低洼更容易充盈，陈旧更容易创新，少取便会获得，贪多便会迷惑。说到底，人生境界的高低不在于个人社会地位的高低，而在于一种心态。这便是"曲直之间，运用之妙，存乎一心。"也所谓"曲到好处方为上。"

对于那些青春年少的生命，也许是从生命的开始就在一种幽怨的环境中长大。但是，要想有所成就，改变"贫穷"，就必须用自己全新的思想改变自己，甚至是改变自己亲人的有些错误的思想，且不要再一错再错。

我告诉我的学生，人生就是一场修行，错的就是错的，对的就是对的，而错与对的标准并不是个体认知，而是要经过社会实践的检验。成长的路上学会倾听别人的经验，学会借鉴他人的做法，合不合自己的口味另当别论，但不要拿自己判断是非的标准轻易否定了别人的主张和见解。

佛家有云：屋宽不如心宽，身安不如心安。可爱的同学们一定要学会认识自己和改变自己，人生没有退路，只有向前才是我们追求的本真。

惜福 第五十一颗珍珠

真正的幸福只有当你真实地认识到人生的价值时,才能体会到。

——穆尼尔·纳素夫

高一新生开学的第五周。那一天,我正在办公室备课,听有学生在门口喊"报告"。

进来的是一个很腼腆但喜欢笑的女孩。我问她有事吗?她开始低着头不说话,我又问了一次,她抬起头只是对着我笑。

我问到第三次的时候,她说她叫魏孔娜,她想上"珍珠班"。

我问她为什么现在问这个问题,她说她之前没有勇气报名,成绩也不好。

我笑了,我说开学这么长时间了,"珍珠班"的名额已经超额了,怎么办啊。

她笑了笑说:"我听我们班同学说您人好,您能想办法。"

一句话,我笑了,我都不知道对她这个理由怎么解释了。

我简单的对她说了一下"珍珠班"的标准和要求,告诉她"珍珠班"的每一孩子都是一个一个家访过的,再说,开学已经五周了,"转班"确实不是一件容易的事。

我解释了好长时间,她还是进门时的那个表情。我问及她的家庭状况,她手里面用一页草稿纸密密麻麻地写了一些情况,递给我。

"老师,您帮帮我……"我抬头再看她时,他没有笑,而是呆呆地看着我。

"好,我先看看你写的材料"一时不知自己心里到底是什么滋味,因为这种眼神在我家访的时候太熟悉了。

"老师,珍珠班有我同学,叫万晓盈"。

"是吗?你俩初中一个班?"

"是的,她给我说的,让我找一下您。"

"好,你先将家庭的详细情况写给我,我一定给你想办法。"

"谢谢老师啊,谢谢。"她拿着那页纸连着鞠了好几个躬,转身高高兴兴地跑着离开了。

坐在办公室里,我问自己:你有啥办法解决吗?可又想了想:那你有什么理由来拒绝她吗?

之后的两周时间里，魏同学给我写了厚厚的一份家庭介绍材料，我答应她：先好好考期中试，不管考得好与坏，我尽力而为。

随后，"珍珠班"的集体活动，我也叫她来参加，就和万晓盈坐在一起。后来一位关系很好的同事告诉我说他班上的一位同学说，"珍珠班"也有找关系的，说魏同学就是我的亲戚。

我笑了，我给那位同事说：你信吗？

那一晚，我和那位同事坐了好长时间，也聊了关于"珍珠班"的一些事，我告诉他：所有珍珠班的学生，在我申请这个项目前保证一个都没见过，魏同学也不是我亲戚。

受人非议，压力当然有，但我也不愿意做那么多解释，因为我没有时间在那些流言蜚语中纠缠和浪费我的时间，我还有很多重要的事去做，别人怎么说咱管不着，从家访这些学生开始，我就深刻的体会了一把难处，不过，我选择了坚持，我只是觉得努力做好自己该做的事情就好。

他告诉我：今年大家都在谈论这个班的事情，也听说有领导反对。

"你也反对吗？"

"我不反对，这个班你带又不是我带，哈哈……"

有人反对又能怎样，"珍珠班"已经组建起来了，没办法，夹道之马，只有努力向前了，我一直认为是个好事情。

同事笑了，"我支持你！"

2015年的10月份，北京崇世基金会的黄崇美女士、爱心妈妈慈善会的颜奴如女士，赵马冰如女士等一行来校访视。当我谈起魏同学申请进"珍珠班"一事的时候，黄阿姨问了一句："朱老师，她的成绩很不好，进'珍珠班'，你要吗？"我说：要，他家那种状况，不帮，她就上不了学了。

当时黄阿姨笑了，说："好啊，你要，我们就要了。"大家都笑了，我便邀请大家在家访其他珍珠生的时候专门去家访一下魏同学的家。大家说，这也是很有必要的。

那次去魏同学家，大概中午时分，我们给魏同学的大姐拨通电话，说是在距离魏同学家的不远处的路边她母亲在那里等我们。我们便将车的颜色，几辆车告诉她。

结果那一次，我们的车都过去了，魏同学的母亲没有看见，我们返回来的时候，近距离的见到魏同学的母亲，才知道魏同学母亲的双眼不太好，看不清东西。

到了魏同学的家，进门看见新盖的几间房，也就是个框架。魏同学的母亲说是政府帮助建的，房子的框架是建起来了，但是家里没钱装门窗。西面是几间非常破旧的土坯房，房子的窗户用纸糊着，撩起门帘进到屋内，三面墙上裂开的缝隙都能隐约地看到外面的光亮，只有一面墙上密密麻麻的填满了五六个孩子的奖状，屋子的地下堆放着一些粮食，是魏同学家的所有积蓄了。

几位家访的阿姨都看哭了，一个孤苦的女人带着七个女儿，还拼命地供着几个女儿上学，太不容易了。

在魏同学家待了好长一段时间，几位阿姨鼓励魏同学的母亲，让她坚强的供几个孩子上学，艰苦的生活很快就会过去的。

离开魏同学家的时候，魏同学的大姐从外面打工赶了回来。我们中午找了一家小饭馆简单的用餐，魏同学的大姐一定要热情的掏钱请我们吃饭，我说：留下，留下供妹妹上学，该帮的我们一定会帮。没想到，魏同学的姐姐给我电话中充了100多元的电话费。我明白魏同学姐姐的用心良苦，我也只有用另一种方式给魏同学更多地回报了，因为我知道魏同学的姐姐打工挣钱不容易。

想想那件事，我还是感谢魏同学大姐对妹妹的那一份情谊。这或许就是当姐姐的一份责任和担当吧，但这份责任和担当是否会发生在其他姊妹的身上呢？

魏同学这样回忆她的成长：我是一名普通的中学生。所谓家家都有一本难念的经，现在我就讲讲我家的故事。我家住在靖远县北滩镇刘梁村，家乡经济欠发达，家庭收入甚微，仅靠家里的几亩薄田，平时家里没有什么特别经济收入，只有大姐在外打工，靠着微薄的收入接济家里。我是家里的老六，刚出生不到六个月，父亲就撒手人寰，留给我们的是无尽的悲伤和艰难的未来。那时，我们姐妹六人，大姐刚刚九岁，家里的脊梁柱倒塌了，但生活还得继续，妈妈用她瘦弱的肩膀挑起了支撑家庭的重担。

不到一年的时间，母亲就积劳成疾，她无力下地种田，只好将土地租给别人，换来两百元钱去买中药，但妈妈病情还未见好转，家徒四壁的我们一下吃的没了，学也没法上了，即使这样困难妈妈也依然坚持让我们姐妹念书。妈妈厚着脸皮从邻居家要吃的，向学校领导和镇政府的人求情，求他们能让我们几个去上学，又跑东跑西的向亲戚借钱供我们姐妹读书。那几年，妈妈就这样拖着病体为我们家的生活到处奔波，每到暑假，妈妈带着我们到处摘豇豆、摘枸杞赚钱。因为天气炎热，也因为我们年龄小，好几次我们都中暑住院了，结果摘豇豆、摘枸杞挣的钱全部都用到看病上了，有时候还不够，那是我们最痛苦的事情了。

那些年，我不愿意多讲，因为太伤心的缘故吧。"落后就要挨打"，贫穷就免不了让人欺负。有一次，妈妈被邻居打了，只记得很严重，妈妈叫来舅舅准备后事，让舅舅想办法抚养我们，能抚养几个就抚养几个，不能扶养就想办法送到孤儿院。那些过往的记忆，曾多少次深深地刺痛着我的心，后来，老天可怜我们，妈妈的病有了好转，但是妈妈的眼睛有时候就看不见东西了。

后来，妈妈为了我们上学，也为了养家糊口，经别人介绍为我们找了一个继父。谁料那不是幸福的到来，而是悲剧刚刚开始。继父来我们家的第二年，妈妈又给我们生了一个小妹妹。继父找了各种理由不让我们姊妹上学，那时候大姐才15岁，继父逼着去煤矿干活，妈妈拼命地维护着我们姊妹，可是，就在小妹妹两个月的时候，继父一走了之。

这些年，我们坚持着过，大姐都30岁了，她早已过了婚嫁的年龄，但她为了这个家常年在外打工，苦供着我们姊妹几个上学。这些年，家里和我们姊妹的花销都是姐姐累死累活苦来的，长姐如母，大姐为我们付出的太多，也牺牲了太多，大姐的这些恩情，我们几个做妹妹的，怕是这辈子都还不清了，我们只有好好努力学习，以后报答母亲和大姐的恩情。

说实在话，每到学校放假的时候，我都不知道该怎么办，特别是放寒假。因为家里就那么几间土坯房，而且是摇摇欲坠。夏天的时候还可以在院子里，或者找个其他地方住，但冬天的时候，妈妈和我们姊妹七个，那个窄小的土炕根本就装不下我们。去年的时候，镇政府帮助我们家贷款、补贴盖房。虽然我们连做门窗的钱都没有，但最起码有了一个不漏雨的家了。

现在二姐在沈阳药科大学读书，三姐在甘肃中医药大学上学，四姐和五姐都在上高中，我也已经顺利地考入高中，小妹妹也上小学二年级了。

有人说我们家是"七仙女"，我只想说，如果有来生，我还是要做妈妈的女儿，我们家苦是苦，但我们都不放弃追求美好生活的信仰。

品味人生百味，我不知道是啥滋味，太多的苦不想说，因为心里很疼。

最后我要说的是您——尊敬的小朱老师，敬爱的班主任。

一份温暖，一份爱；一份关心，一份情。您一句句温馨的话语，浸润着我的心灵，让我永远珍藏在心里。

我不知道如何来表达我对您的谢意，所以，我写这封信来表达我的敬意。

记得还未进"珍珠班"之前，我每天都对"珍珠班"这个班级出于一种羡慕和好奇，很渴望能够进入"珍珠班"学习，但那个时候，真的是一种渴求，只是想一想而已，因为我的成绩不是太好，也没有认识的人可以为我说情。

可是，梦想是要有的，而且很快就实现了。

我找您，您认真的问我一些家庭的情况和生活的状况。当您告诉我，愿意帮助我，我能进入"珍珠班"的那一刻，我都不敢相信自己的耳朵，那一天的晚上我一夜没有睡，想想坐在"珍珠班"的教室里面，就像梦游一样，不敢相信那是真实的。

直到期末考试的时候，我才回过神来，我真的是在"珍珠班"。一种享受，在这温馨如家的环境里面，真的是一种享受，我能体会到这里不一样的班风，您一句一句给我们鼓励，给我们教诲，真正让我体会到了：这个社会还是有温情和温暖的。

您一次一次帮助我，一次又一次的鼓励我……我都铭记在心。

我还没有进入"珍珠班"，您带着全班同学去爬乌兰山，却没有忘记带上我。真的令我很感动。您为了帮我进入"珍珠班"而受到其他老师误解时，您不争也不辩，只是笑笑而已，那时我流泪了，我和您的确非亲非故，我不知道别人为什么会那样想。当然，您更没有因为我的成绩差而将我拒之门外，当我说自己成绩低怕影响班级平均分时，您笑着说："我都不怕，你怕啥，好好学习就行。"我不知道您的内心有多强大，每天在校园里奔波，还要抽出时间关心和帮助同学们，更不会轻易地放弃那一个同学，而且对工作永远是那么拼命。

高中，成了我一生当中最值得回忆的一串故事了。感谢老班对我所做的一切，感谢您让我有了一次重生的机会，我一定会好好学习，用心做人的。

高一第一学期期中考试过后，我找吴校长和张校长，谈了魏同学的家庭情况，我给领导汇报，如果放弃对这位同学的帮助，魏同学就面临辍学的危险，太可惜了。当然，我也明白学校的规章制度，学校规定不能随意"调班"，更别说是成绩不高的同学了。

我是一个不愿意向别人求情的人，这一次，我总觉得是我们教育人应有的一份责任，尽管我不知道学校有多少个这样的学生，但这一位同学我确实详细了解和家访过了，帮一把，有可能改变命运；不闻不顾，更可能将那位同学的命运改变，但那种改变，想想也让人揪心自责，良心不安。

有人传说，我和魏同学到底是我啥亲戚，费尽周折要调班破坏学校规矩。

我不知道如何去解释和回答，我也没有去解释和回答。

很幸运，魏同学成了第51颗珍珠。

魏同学自从进"珍珠班"后，学习非常刻苦和努力，成绩最好的时候考到了全年级前300名。她的话不多，但总是笑呵呵的，而且对同学特别好。

有一次她病了，是轻微的中风，她的两个姐姐来看她，她给我发了一条信息："班主任，谢谢您，也不知道为什么，只想发个短信向您说一句谢谢，希望您天天快快乐乐，幸福安康。"

第51颗珍珠，高考结束后，通过自己的努力，顺利考入了吉林工商学院，她在高考后给我发了这样一条信息：

尊敬的班主任，高中三年已经过去了，在这三年里经历了许多，也学到了许多。一直想给您写一份感谢信，但是迟迟没有落笔，今天，想好好写一份感谢信来表达一下我对您的感谢。

尊敬的班主任：

您好！

首先很感谢能够遇见您，遇见您是我莫大的幸运，正是因为有您，我的家庭经济负担才有所减轻，我才有学上，也很感谢您能够陪伴我们度过高中三年，陪着我们度过高三那一段难熬的日子。2015年那个国庆节，我很幸运能够进入"珍珠班"，这个大家庭给予了我很多，在"珍珠班"度过的这三年里，正像您说的，不是特殊而是特别。我原本以为我可以通过我的努力考一个我想要的成绩，但最终未能如愿，辜负了您和家人对我的期望，虽有些遗憾，但我很满足。您对我的关怀与帮助让我感动万千，如果我当时不能进入"珍珠班"，我很难想象现在我会是怎样的，大学都考不上，可能连上学的机会都没有了。正是因为您一次又一次的支持与帮助，让我感到整个世界充满了温度，才成就了现在的我。您是我生命中的贵人和恩人，无论我身处何方，我都会常常惦记着您。我会在大学里好好学习，努力为自己打造一个无悔人生。若以后能有时间，我定会常来看您。

　　老师，您的爱，像一股暖流，永远温暖着我的心；您的爱，又像一把熊熊燃烧的火焰，照亮我学习的前程，我将终生难忘！您永远是我们每一个人的"珍珠爸爸"，我们每一个人都会以您为榜样，努力到无能为力，拼搏到感动自己。相信：有爱走遍天下，不放弃就有希望！

　　祝：老班天天快乐！工作顺利！永远健康！也要注意按时吃饭哦！

　　也许，在我们每一个人的生命历程中都会遇到帮助和支持我们的好心人。第51颗珍珠，他有一位好母亲，也有几个好姐姐。我在一本书上看到过这样一句话：当你富裕的时候，不要得意骄傲，因为一切是无常的；当你贫穷的时候，不要伤心沮丧，因为一切是无常的。人世间，没有永生的富裕，也没有万世的贫穷，努力了，人生也就富裕了。

　　禅宗有一句话说：爱出者爱返，福往者福来。富裕和贫苦都不是永生的，生命的曲折也许会告诉一个人如何去惜福，命运的轮回或许会让人懂得什么叫作善恶，总之，岁月安好，静待花开。

释怀 有你真好的因果

> 勿以恶小而为之，勿以善小而不为。惟贤惟德，能服于人。
>
> ——刘 备

有爱走遍天下，不放弃就有希望。"珍珠班"以严明的纪律、严格的标准、严谨的作风和幸福快乐的生活理念倡导学生在爱与感恩的教育中实在塑人品、实践出真知、实力赢人生。

爱心、感恩、诚信、励志是珍珠班德育教育的关键词。"珍珠班"正是用充满正能量的品德教育促进学生核心素养的提升和人文情怀的培养。一句关爱的话语、一张唯美的卡片、一首感恩的歌曲、一部励志的影片、一堂精彩的班会、一次快乐的分享、一起励志的远足、一本暖心的日记、一台爱心的电脑、一套暖心的服装、一摞捐赠的书籍、一间温馨的大爱书屋、一处幸福的珍珠之家……学生在爱心捐赠中感悟爱的释放，在悠游书海中体味爱的馈赠，在品质教育中感知命运的灵动，在美丽的一中感受教育暖流的涌动，放飞梦想、筑梦远航……

"世界有朵最美的花，那是青春吐芳华"。电影《芳华》的热映唤起了人们对美好青春的赞美。对于教育来说，"芳华"永在；对于老师来说：芳华，除了点亮自己"芳华"的事业外，还要培养一届又一届"芳华"的学生。

就像于洁老师说的，教师的芳华延续在学生的青春里，永远都不会老去。

成全我们教育人的，正是让我们日日喜忧的学生。

在每一天里，我都会告诉自己，今天的每一个坚持，都是为你未来的梦想大厦增砖添瓦。面对梦想，我们力所能及的首先是：自己做好，做好自己。

一个个小珍珠，恰似乌兰山上的那些可爱的小红花，在爱的春天里争奇斗艳，在夏的暖阳里淡淡的盛开。

人生长途漫漫，我们不可能每一步都走得那么完美，摔上几跤，走几段弯路，并非坏事，至少让我们品尝了挫败，增添的阅历，让我们的人生多姿多彩。

不要轻易暴露内心脆弱，学会承受应该担当的一切；不要轻易述说生活的狼狈，学会面对杂乱无序的现实；不轻易虚度每一天的光阴，因为那都是你余生中的第一天；不要轻易向世界妥协，它让你哭，你要在坚持中让自己笑。只要我们能承担、不逃避、会珍惜、心坚强，人生就不会太苍白。

有时，我会想起历经战争洗礼的苏格拉底，他和他的弟子，弟子的弟子成了"希腊三贤"。他是一个卓越的教师，一个天才的演说家，也是一个热诚的爱国者。

高度的修养表现出他为人坦诚，不强人从己，不好为人师。然而，他却以"不信雅典的神，蛊惑青年"而被判处死刑，主动的用自己的行动来实践对真理和正义的维护。

没有背叛德行，没有苟且偷生向邪恶屈服。他成了希腊历史的一盏耀眼的明灯。

也许生与死都是两种释然的解脱。"生当作人杰，死亦为鬼雄"，"泰山"与"鸿毛"的价值，世世代代都在轮回。

人生最大的悲剧不是物质的贫穷，而是精神的匮乏；对于一个团队来说，最大的悲剧不是人种的差异，而是领导者的思想导向。苏格拉底殉道式的受难，激起了人类社会对自身的批判和反思。

苏格拉底幸福的一生，他凭借自己的智慧与引领让身边的人也活在幸福之中。他得到的不是面包和鸡蛋的恩惠，他得到的是人类社会对他的尊重和理解。

"有的人活着，他已经死了；有的人死了，他还活着……"，时代的变迁最经受不起折腾的便是决策者的"天南海北""呼风唤雨""我行我素"。苏格拉底把自己的沉思与教育家的责任结合在一起，从自知到知人，从知者到智者。自始至终坚持着理性与德行。他不是一个教室里面辛勤的教书匠，而是一个人类社会不取报酬也不设馆的社会道德教师。

认识自己，这是苏格拉底一生的追求，也是对整个世界生灵的呐喊。他对求知者"我只知道自己一无所知"的回答响彻云霄，他"产婆"一样的精神，即使在自己面对死亡的时候也安慰别人不要悲伤。何等的胸襟，何等的气派！

教育是把我们内心的良知勾引出来的工具和方法，最有效的教育方法不是告诉人们答案，而是向他们提问……这个世界上，除了阳光、空气、水和笑容，我们还需要什么呢！

人生不易、实当努力，心存感恩、永远带着梦想前行，不论走到哪里，只要心中有爱，未来，一定会很美！

一句"有你真好"，相聚是缘分，惜缘是本心；

一句"感谢有你"，爱心处处在，日日是好日。

清歌 绚丽洁白的顿悟

> 把自己的私德健全起来,建筑起"人格长城"来。由私德的健全,而扩大公德的效用,来为集体谋利益。
>
> ——陶行知

正在高三时,也是正在"爬山"时。在距离高考仅仅一百天的时间里,所有的同学都在为"高考"发起最后的冲锋。进入高三年级的教学区,楼道里、教室里、书本上、课桌上……到处都挂着或是贴着冲刺高考的条幅、标语或者便签。

走进珍珠班的教室,当然那温馨如家的教室里面也贴了好多励志的标语或者是鼓励的语言。我问同学们:面对高考我们还需要什么?同学们望着我说,什么都不需要,因为我们已经准备好了。

看着教室的后墙上那挂了三年的标语:爱使我们相聚在一起。我也想再做几条"霸气"的标语,一位同学给我递了一张小纸条,上面写着:"班主任,一条足够了,那是我们梦开始的地方,那也是我们追梦的源泉和力量。"也有同学们告诉我:老班,您不用再花钱做条幅,誓言和梦想都在,在这里、在这里。几位同学一边说一边拍着胸脯,指着脑袋。

一时,我没有说话。因为我害怕一张口,泪水就流下来。我默默地走出

贝壳里的梦／点亮生命与爱同行

了教室,蓦然回首和这些"小伙伴"一起的三年,一切都恍如昨天。也正如启程时背起背包的豪情一样,一路繁华的痕迹都已在心的泥土里生根发芽。光阴终会带走它能带走的一切,但带不走的那些深埋在灵魂里面的牵绊,那些,才是真正属于我的——陪伴"珍珠"的日子,风景这边独好!

日落息,日出作,春播夏锄秋收获。6月,一个很平常的月份,但对那些"十年寒窗"的学子来说,不亚于一次生命的重生,尤其是那些经历苦难、历经挫折的孩子。

有同学告诉我:老师,纵然繁华三千,看淡即是云烟。我知道,这是安慰的话语,但我还是禁不住问他:看淡的高考是个什么样的颜色?散尽的硝烟是个什么样的战场?有多少个十年让我们坚定信仰?高考过后那一滴泪的惆怅,不是尘埃里的沙砾,也许是你不知归途的海浪。高考,我们这一群人等得太久,"不放弃就有希望",我们都要学会改变,因为你不能改变别人,只有改变自己,只有"书山有路"才是通往成功的坦途,至少现在就是这样!

三年的时间，也许我们并没有太多的时间来得及回头看，但我们一起同行，人生之路脚下走，生活之味心间流，风霜雪雨、酸甜苦辣、细心品味。我告诉同学们：我们没有靠山，我们自己就是山；我们没有资本，我们就努力地赚资本。有时候，我们还要感谢我们的"一穷二白"，因为我们不需要涂改以前的人生，只彩绘未来的蓝图。只有靠自己，人生才不会输得一塌糊涂。

　　我突然又想起了王老的那一句"不一样就是不一样"。但此时此刻却有了新的顿悟：和不一样的人在一起，就会有不一样的人生；你对人生的态度不一样，人生就给你的色彩不一样。感谢生活给了我这三年不一样的"遇见"，也感谢命运给了我一次"捡回珍珠"的机会。

　　一个班主任的三年，也许值得一个老师一生的顿悟。

　　当我坐在办公桌前，写下这些文字的时候，心中几多酸楚，因为这三年，太多的记忆一股脑儿的挤上心头，一时多少感怀，不禁潸然。这也许是我心灵的懦弱，或许是我内心的胆怯。但更多的是离别的情愫，我感谢这三年的磨砺，也珍重那些感性的生活。对于那些"小珍珠"来说，高中，仅仅是一个驿站，未来的路怎样，只有靠自己去打拼。站在这个驿站向即将远去的他们挥手，只有默默地送给他们最美好的祝福。我想，再苦的生活也总能找出一点甜来的，一路走过的那些积淀，多多少少会有些痕迹。一路，且行且珍惜，不要辜负自己，也别亏待了光阴。

　　陪伴"小伙伴"的这一路，走的执着，走的扎实。曾经在笔记本上写下：愿所有的相遇，都恰逢其时；愿所有的选择，都恰如其分。在翻开时，似乎也有遗憾在心头，但在距离高考的这一百天里，还是祈愿那些遗憾都有转机。

　　心若向阳，必生温暖；心若哀凄，必生悲凉。没有了爱，就没有了恨，也就没有了心之本、意之根。人生不必太感慨，想开便是晴天。人生又何尝活的不是一种心情。纵然人生如戏，凡事都来不及彩排，但我们还是有权利去演好自己的这个角色。

旅途快要到终点，生活会给自己另一种选择。也许这又是一种轮回！

为了不要忘却的记忆，我还是想把这些记忆留下。因为对抗遗忘的撕裂，谁也不会超越永恒。那些琐碎的、片段的、关于生活和记忆的絮语，都是一种生命的借镜。

红了樱桃，绿了芭蕉的时光对每一个生命都一样，但这一路似乎更多的是歌声悠扬……

一曲清歌，三年的相守。绚丽洁白的顿悟，竟是那让人"惊起一身冷汗"的话语，你若决定灿烂，那倒影也会美得让人惊叹。所以，再也不要把好的东西留到特别的日子才用，你活着的每一天都是特别的日子。这正像莫言说的那样：其实我们每天早上睁开眼睛时，都要告诉自己这是特别的一天。每一天，每一分钟都是那么可贵。有句台词说：你该尽情地跳舞，好像没有人看一样。你该尽情地爱人，好像从来不会受伤害一样。也许生活本就该如此。我知道，我的生命更多的属于教育，因为深沉地爱着我选择的职业，在坚守着我为之奋斗的事业。就像我在《珍珠缘》里写的那样：

生命的颜色

注定是洁白的

站在牧马场的边缘

凝望苍穹的悠远

我似乎嗅到了

地平线那边海潮的味道

也许是牧马场的沙粒

从清风的臂弯里

溜进了蚌的怀抱

不经意间

捧在了我的手心

裹进了我的心窝

暮天远

西风劲

千里流云

万里烟波

那堪沧海月明时

蓝田日暖去

只缘锦瑟华年

绽放生命

纯洁的光华～

素笔 一纸烟雨的繁华

生命，那是自然付给人类去雕琢的宝石。

——诺贝尔

选择用文字来记录一些值得铭记的回忆和感悟，这也许是自己的一个习惯。

从一个文科生到一个理科生，再从一个理科生到文科生。不同阶段的选择，完全因为自己的个性，也因此走了不少的弯路。那些深一脚浅一脚的成长历程，虽艰难我却一点也不后悔。因为那些经历沉淀了一种执着和追求的态度，激励着我迎难而上。

很小的时候，父亲经常会在我的炕头贴一个小纸条，写上一些诸如"一日学、一日功，一日不学十日空""有理不在声高""鸟儿美在羽毛，人美在内心"等短短的句子鼓励我好好学习、天天向上。

那时候，觉得那些短小的句子写得真好。父亲告诉我：那是做人做事的智慧。

于是，便在自己的小本本上每天都记录着那些"神奇"的语言。

慢慢地长大，父亲写下的一些词语，就没有那么好懂了。比如"政通人和""道法自然"等，那时候只是看看也就罢了。父亲说长大了慢慢就会明白，当然也需要知识和阅历的积累。那时候，也就有了学习文科的想法。

高中的时候，想坚持学文科，但那时候的"文科生"似乎有另一层意思，没有多少文科生受到老师的欢迎，就是亲戚朋友听见"文科生"三个字都头疼。

其实，文科生也有文科生的梦想。我就是其中一个。那时候，诗词歌赋风花雪月，那是校园言情里的文科；经天纬地治国安邦，那是文科生眼中的自己。但是，那个年代就是对理科"无能为力""走投无路"了才去选择文科。一位关系很好的同学得知我选择文科之后给我的来信说："去吧，追求你2B的文艺青年去吧，自此以后，你一定会成为文字堆里的战斗机……"。当然我给那位同学的回信中少不了大发感慨。但是，谁能轻易的剔除掉时代的烙印，至少我没有。

后来，一位好心的老师告诉我说："学文科可选择的大学少、专业少，就业率也不高，你为什么要选择文科呢？"后来因为自己为"文科生同样为国之栋梁"的一篇感慨文章彻底断送了自己上文科的梦想。一时，我没有找不到自己人生的"坐标"，自不量力的抗争让我在县城的大街上流浪了好长一段时间。

那一段时光，我真的感觉到了生命的窒息，走投无路的自己便成了那个时代、我们那个县城的第一代"网民"。就像一位同学指着PC机告诉我的那样："回头吧，这就是理科生创造的奇迹。"

最后，我还是屈服了那个时代、那个环境对我的态度：选择了理科。

现在想来就像《凉凉》里面的歌词一样：

入夜渐微凉 繁花落地成霜

你在远方眺望 耗尽所有暮光

不思量 自难相忘

夭夭桃花凉 前世你怎舍下

这一海心茫茫 还故作不痛不痒不牵强

……

走上学习理科的路,确实走的艰难。

因为,强迫自己做一件自己不喜欢的事情,确实需要极大的勇气和斗志。在学习理科的那些日子里,唯一让自己觉得有存在感的就是,语文老师拿着我写的作文读给大家听。也就是那种鼓励让我在学习理科的岁月里坚守到高考结束。

记得高考前的某一天,班主任和我们几个同学在校园里坐下闲聊,至今我不知道具体都聊了些什么,但有一句话是说我的,说我可能是理科生里面的文科特长生。也许那句话对别的同学不重要,但对于我,真的太重要了。

后来,我在填报大学志愿和专业的时候,还是坚持选择了文科。

其实,心的方向,每个人都是可以掌控的,只是看你是否愿意去那么做了。

在我世界里,不是一尘不染,只是习惯喜欢素色、淡雅、阳光、清简、执着。让一段情一直跟随一辈子的其实不是时间,是心;只要心愿意,自然就可以。

时间在流逝,岁月在褪色。说是命运让我走进了教师这个行列,还不如说是坚守和努力让我有了选择教师这个行业的机会。当然,也是因为感恩,感谢当初的化学老师杜进福老师,感谢当初的赵得璧校长,给了我一次进入这个伟大职业的机会。也正因为如此,我才执着于教育这个事业当中。努力,是为了不辱使命;感恩,是因为不忘初心。

回首过往,岁月匆匆,花开花落,缘聚缘散,都不过是人生修行里的一课。每一次的遇见和邂逅都是有理由的。不论是擦肩而过后的薄凉,还是执手相看的泪眼,对于光阴来说,也不过是岁月里的一抹风景而已。只有在哪一场场的相遇,一次次的离别,一回回的懂得之后,才会在心里留存了那些点点滴滴的感动。也许是时光的一席氤氲舍不得困扰你的梦,所以将我的人生划定在了一纸烟雨的圈子里面。

选择理科,尽管走的很难。但命运却给我打开了另一扇窗。正像班主任老师说的那一句话一样,我是理科生里面的文科特长生,在那个年代,轻

贝壳里的梦 / 点亮生命与爱同行

提素笔，侵染一纸烟雨繁华，我收获了很多，除了事业，也包括爱情。所以，我很感谢那个时代对我的态度。因为，它用流年的曲折赐予我后半生的幸福。似乎，那段经历就如厚厚的沃土，深埋了一颗爱的种子，在时光的轮回里，那支洁白的花朵成为我一生不悔的眷恋。

岁月如歌，轻轻地来，淡淡地走，留下浅浅地生命痕迹。流年未央，莺歌婉转，低吟浅唱着人生的起起伏伏，执一支生命的素笔，在岁月的长河里舞墨作画。岁月在记忆的缝隙里游走，时光被墨迹淡淡的写在纸上。人生恰似一杯茶茗，苦苦的味道后是淡淡的香甜，但你要懂得品味。

人生山一程水一程，走过的坑坑洼洼将会是岁月里深深浅浅的印记，只有经过了崎岖的山路，才能体会到脚下的踏实，只有敢于迎风而上，才有搏击巨浪的魄力。回想过往的青春，深一脚、浅一脚的"酒窝大道"还好没有扭伤青春的腰，正如人生是一场充满意义的旅行，虽未繁花似锦，也许只是一幅淡淡的农家水墨画，在简约的墨迹里素胚勾勒，但只要我们学会去珍惜和发现，瘦水青山也嫣然是一幅世外桃源的风光。

浮生若梦，岁月无常，经历过纷繁复杂之后，万事终将归于简单与平淡。简单是一种风格，平淡是一种态度。不要奢求起起伏伏的人生都是波澜壮阔，

让生活在平淡的日子里享受美好,让流年在柔弱的笔尖下记下温存又何尝不是一种人生的涂鸦。

生命,那是自然付给人类去雕琢的宝石。其实,幸福就藏在那些雕琢的线条里,我们不要因为那些线条的浅薄而忘记精心雕琢,也不要不在乎那些细小的线条的印痕,也许正是那些沟沟壑壑的纵横才是你生命升华的轨迹。

时光在浅淡的笔墨里游走,岁月在清脆的歌声里沉浸。花开花落,都有定数,草枯了,会长绿,人老了,却回不到过去。四季是一支变幻的笔,一划,春暖花开;再一挥,便是落叶纷飞。可年轮,是一圈刻上岁月的风车,风起时,就是转眼经年,物是人非。如今的懵懵懂懂、年少风华,累月后不过是人生旅途中里的一抹香茗,再回首时,用一颗淡淡的心,看人世浮华。

人生的舞台,每个人都是演员,若有不同,只是出场的机会不同罢了,若会争取,学会准备,整个舞台都是你的,俗话说:心有多大,舞台就有多大,调整自己的心态,把微笑留给他人,把舞台留给自己。走自己想走的路,爱自己想爱的人,过自己想过的生活,笑看流年,让岁月沉浸在微笑的容颜里。

流年未央,落笔成殇。坐在岁月的转角,聆听生命里的成长,那开在心中的花,温润了时光,淡忘了过往。人生,在流年的歌声里婉转,在静美的风景里沉醉,潮起潮落间,处之淡然,安之若素,执一支岁月的素笔,点亮人生,绘淡生活。

人生斑斓百年,悟得素笔流香。或许,写满文字的那张薄纸是我灵魂的栖息地。

伴着这游走的岁月,我又告别了人生的三年。一切都变得那么快,紧握的素笔似乎难以赶上时代的风尘。流年清浅,没有人握得住天长地久的岁月,没有人能听懂风泣的声音,但我还是喜欢"楼开万里眸,泻黄河入胸,拓得无边气象"的霸气;"山耸一支笔,展青天作纸,书成大块文章"的豪情。

黄河儿女情爱融于行

坚持，坚持，再坚持！

在字里行间游走，游走在字里行间。

为逝去的岁月，留一些风尘的痕迹，不为别的，只为芸芸众生中的那一抹相遇。

或许，真的会有另一种灵魂的相遇，也会拿一支素笔，淡然地接受生活赐予的温度，用手中的笔墨，渲染墨香的豪放与婉约，将自己置放在宁静的港湾，以荷的姿态洞悉生命的真谛，仰望生活、紧握时光让平淡和自然与生命同行。

三年的"旅途"，我看到了不同的风景，体验了不一样的风土人情。我害怕随着时光的流逝淡忘了倏然。所以，我用笔不舍昼夜的记下，是因为：心念着另一处风景。是因为：这一路的景色静美的像一片散淡的云朵，雅致得像一幅写意的丹青，独特的像一首凝固的诗行，让人特别享受这里柔软的时光。初见，便如故，即使偶尔地逃离，寻一抹天上云间的好去处，心生欢喜。

花开无度，花落无声。岁月的袖手，掩藏了哪一季醉人的墨香？

不必羡慕别人的风景有多美，我只需要自己独特的韵味，就是一支素笔，莫慌莫急，即便等待的人已经缺席，不悲不喜，我已从容，天涯孤旅，终需自己一步一个脚印去走完。或许，一个人的风景，恰到好处；或许，一个人的风景，才是久别的重逢。洗去铅华，执一支素笔，继续描绘属于自己的风景。

一纸烟雨，纷飞了笔尖慢慢沉淀下来的情愫，淡漠了繁华，温暖了浮华，也美醉了我的"青春"。

旅途 一路圣洁的风景

人的一切都应是美的，外貌、衣裳、灵魂、思想。

——契诃夫

旅行，不会轻装出发；一个人的旅行，更不会把背包轻易地放下。

一扇贝壳，柔软的身体却不得不受不安分的沙砾的摩擦，然终有一日，会有闪烁迷人的珍珠绽放出耀眼的光彩。

一位旅行者、一个背包，一串贝壳，沿着那条"珠宝商"踏开的路一直往前走。

风起的大西北，到了春天的时候便是尘沙四起，有时遮天蔽日，那也许就是世界上唯一的黄土高原给那些乡土最美的赐予了。周末的时候和几位好友约定登山，那也是一个风起的日子，灰蒙蒙的天、不太大的风夹杂着熟悉的泥土气味在身体周围打转。快到中午的时候，同行的几位好友都径自下山回家了，而我站在那里，似乎嗅到了那泥土里特别的香味，真的很特别。

捧一抔黄土，再闻闻，一小股风吹过呛得我只掉眼泪，那是我长这么大第一次那样亲近地闻那干燥的泥土。

沙尘笼罩在厚厚的乌兰山上，眯缝着眼睛也看不清远方是什么，但我知道，山的那边依然是山。

去年的入冬，我带着珍珠班的孩子一起上山，也是在那座山丘上，那帮孩子肆无忌惮的唱着、笑着、跳着。我告诉他们，在我们看不到的地方帮助我们的那些爱心人士正从那里起飞，飞到另一个需要她们帮助的地方，我们向着她们离去的方向望一眼，挥一挥手，也算是给那些叔叔阿姨的致敬。

那一天，我们一起旅行，从山的这一头，到山的那一头，玩够了、疯够了，就带着一路的欢笑和一身的臭汗回学校休息。

时间过得真快，一晃就是一年多的时间了。望着远山，我似乎又走进了家访时的沟沟坎坎、坑坑洼洼，那些挣扎在贫困漩涡中努力的人啊，不管怎样，能走出贫困的泥淖也算是一个巨大的成功。

那一刻，我也想到了自己。那时候我们家在三座土山梁的中间，小学三年级的时候我们就要到几公里以外的地方去上学，那时候父亲就经常站在门前的那个山梁上看着我回家，偶尔学校有事放学时间推迟的时候，父亲总会出现在学校的大门口接我，其实那时候我上学的小学没有大门，就只是一条长长的土墙，中间那个最大的缺口就算是校门了，学校规定其他的小缺口不准进出的。

后来我上了初中，就离家更远了，10多公里的路程，一周回家一次。在我的记忆里，每个周末父亲要么在学校的门口等我，要么就是站在门前的那个山梁上看着我回家。

黄河儿女情爱融于行

那时候，从村前哪座山绕过去看到父亲站在那个山梁上远远的望着我，我就会有满身的力量，感觉心里非常踏实，于是蹦蹦跳跳地回家。在家住一个晚上，美美的吃上一顿"荷包蛋"泡馍，第二天上学的时候背上几个锅盔，父亲要么送我，要么站在那个山梁上目送我远去。

那种记忆，一直到我上大学的时候。而现在，每次回老家的时候，再也不见父亲站在那个山梁上看着我回家。空荡荡的山洼，光秃秃的山梁，每次回家看着那曾经给我力量和希望的地方，内心极度伤悲。

今年，是父亲去世的第十个年头。想起我从公安警员到人民教师的转行，父亲告诉我：你管不了坏人，就去教好人，让好人不要变成坏人，也同样是对社会的贡献。那之后，我努力地考教师资格证，庆幸的是那时候的赵得璧校长和杜进福校长看了我的简历和大学的成绩宽容的接纳了我，给了我一次当教师的机会。细细想来，很感怀也很感谢两位校长对自己的关心和支持。这些年来，我默默地努力和坚持，很多动力都源于两位校长对我当初的期望。

站在山梁上任思绪放飞，山顶的风似乎有些大了。但那种任风吹的感觉真的好长时间没有享受过了。往事历历在目，一件件、一桩桩，心中五味杂陈，但总归我还是在努力地看着远方。相信：再大的沙尘也将会是那个季节特别的礼物，对于整个四季来说，那种经历也只会成为别样的年华。

静静的坐在山梁上，心却已远游。也许那是一次孤独的旅行，沉沉的背包让自己拼命地挣扎，但我的背包里是我不想放下的太多梦想，我不会丢下梦想踽踽独行，总觉得梦想再沉那也是我人生向前的信仰。猛然间想起了吴贵栋校长对我说过的一句话：埋头拉车，抬头看路。也许我是一个不太会盘算抬头看路的人，只适合埋头拉车，但我也很满足。就像现在，即使抬头了，也看不见远方的路到底在哪里。抓一把黄土，扬起，看看风向，只渴望我拉车的路上少一些歪风已足够。

站起身来，拍拍身上的尘土，转身下山，梦想依然在肩上。教育的路上，即便是一趟苦行，也要行之有方，行之有道。更何况，走在捡回珍珠的这条路上，我倒觉得在平凡的日子里，遇见了最美的意外，苦——又从何来！

祝福 愿今生永如初见

黄河儿女情爱融于行

2018年高考悄然来临，没有战火也没有硝烟，只有静静地等待……

美丽五月天很快地就过去。进入六月，我告诉大家，这是青春最美的一个花季，因为就在这个月我们会享受十多年拼搏换回来的幸福和甜美，会去参加高考，那个我们等待和十余年的"机会"。

6月1日，整装再出发。我在网上为同学们购置了"毕业季·青春不散场"清爽的T恤衫，宣告我们开启高考模式，调整心态，沉着安泰，亦巧亦慧，金榜题名。

6月2日的那天晚上，我们安排了一次座谈会，当然，也算是高考的"惜别晚会"了。"不要回忆过去的悲伤，今晚，我们共同展望美好的未来。"我说："同学们高兴我就高兴，同学们不高兴，我就会……。"同学们大声地笑着，说我们永远会让您高兴，听着就让人热血沸腾了。那晚我们玩得很"嗨"，同学们说，在他们心里"老班"一直是很严肃的，没想到那天晚上也像个孩子一样玩得很开心。是的，三年的陪伴，在临别离的时候，只是想让大家开开心心地去参加高考。

6月3日，天气阴沉沉的，空中不时飘下一些雨花，一年一度的欢送毕业生演出正常进行。我和另一位同事还有两名同学主持。这一年做主持别有滋味，因为我站在台上可以直接看见台下高声呐喊的"珍珠生"和那些热情似火的高三同学们。对"珍珠生"来说,我是班主任,对其他的高三毕业生而言,我是科任老师,我也是年级部管理团队的"服务生",一晃悠就是三年,多多少少还是有感情的。

毕业文艺演出有一个节目叫"生如苔花",在我主持的时候,心生感动,一时暖心的情谊涌上心头,我说出袁枚的那首《苔》,没想到台下几乎所有的师生都一起大声朗诵:白日不到处,青春恰自来,苔花如米小,也学牡丹开。那种来自内心深处的声音,让我在台上一时无法控制内心的情感,些许的停顿和凝噎,因为我是一个很业余的主持人,面对我陪伴和共同拼搏三年的学生,还是有些激动,但很快,我也控制住了,报了下一个出场的节目,匆匆下台,台下依然在飘荡的呐喊声,震耳欲聋。几位服务的同学说我"激动了",我说,是雨太大,是雨花朦胧了双眼。

那天下午大家都很放松,我和同学们聊了很多,但我不知道具体说了什么,因为那天真的有些"醉"了……

6月4日，下午我和同学们聊了一些愉快的，或者是高考前的一些事情，再一次对学习笔记、试卷等进行了集中整理，也进行了一阵"疯狂英语"阅读。傍晚的时候，靖远的知名音乐教育人杜春晓老师来到教室和学生们一起同唱《烛映苔花香》，这首歌曲是靖远一中退休教师周玉林先生作词，杜春晓老师作曲用一个月的时间用心谱成的。旋律响起：我是一株小小小小的苔花……我秉承生命的圣意，不为利己，也要为她……我要开花，我要开花，我要向牡丹一样开花……

动了心的人才会感悟到那动了情的旋律，歌声飘荡、掌声响起，过往的感动永不会在心灵的深处打烊，泪水在眼眶里涌动，那一句句动人心弦的歌声，虽然不是很高亢，但一定让人会铭记一生。

6月5日，高考前的注意事项和动员。那天，我们一直坚持完成了最后一个晚自习，原来装扮一新的教室，因为高考，有些布置的东西要取下来。瞬间，我感觉回到了三年前的第一个晚自习，同样没有布置的教室，同样干干净净的教室和桌面，同学们似乎也在等待新的学期老班的"动员令"和那些崭新的课本。

我扫视那一个个太熟悉的面孔，三年的时光倏然而过，我看到的不再是稚嫩的迷茫，而是剑未出鞘的勇士，我感觉到了这个"军团"的势不可挡的气场，因为，这一场战争等待的时间太长，是勇士才会"亮剑"疆场，那种黎明前的安静，不需要太多的声音，有"出发"两个字足够。

6月6日，我们在学校的录播室里面做了"毕业季，青春不散场"为主题的"最后一课"，靖远县电视台记者刘文清对首届"珍珠班"学生做了专访，感谢雷艳玲记者的全程报道，也感谢"靖远教育"微信公众号主编马得明的支持。

"最后一课"，我没有敢参与到同学们中间，只是坐在后台默默地看着。因为：我怕我哭！真的，在高考的前一天，我还是想让同学们看到我"打了鸡血"一样的阳光。因为，走上台，我试了好几次，我想给同学们一种鼓

励,可是每当走上台转身的那一刹那,我也不知道为什么,总会有一种想流泪的感觉,我试着控制了好多次,但一次也没有成功,即使我在后台看那些孩子的时候,都会感怀,所以,最后一课,我做了一次忠实的听众和看客,静静地看着镜头中的孩子,满脑子高中三年一起走过的记忆碎片……有时的心伤,不是懦弱,只有经历了才知道,我知道这些孩子真的长大了,不管他们的未来到底怎样,但一起走过的这三年,对于我自己而言,是一趟彻底清洗心灵的旅程,也是幸福的。

6月7日和8日,高考的两天,每天上午、中午和傍晚我都会去宿舍里看一看那些孩子,做一些啰里啰唆的提醒,不会谈论成绩,但会提醒一些临考前的逐一事项后便匆匆离去。

6月8日最后一场英语考试结束,我在宿舍楼下面我见到了那些一样可爱的学生,那些笑容是我最希望看到的了。我们相聚在学校的乌兰堂,我问同学们的第一句话是:"同学们,有遗憾吗?" "没有——"

有这两个字就足够了,同学们说,除了语文比较难些而外,高考应该会考出最好的分数。

同学们笑了,我乐了!看着大家的笑脸,我知道 2018 年高考,我们是志在必得了。因为,高中,我们没有留下太多的遗憾,那就是我们曾经追逐的理想。

……

估分、看志愿、总结分数段……我又开始了婆婆妈妈的讲"选好志愿,等于多考了几十分"的叮嘱,因为明天上午十点高三学生要全部离校,填报志愿的逐项事宜还是要给同学们提醒的。

晚上,努力了好久都无法入睡,索性就坐起来写下这篇文章:祝福,愿今生永如初见。

可是,今夜无眠,思绪确有些凌乱。高中三年中那些纷飞的画面一股脑儿的涌进脑际,无法拒绝也无法阻挡,也无法筛选。

阒阒往事,那些点点滴滴的经历在血脉里流淌,过往的一切,无法重新演绎,留给自己的,只是在游走的岁月中慢慢地去品尝和回味。

三年的高中生活,经历了更多,高考前的这个夜晚,有一种释然但也有更多的期待,虽说高考是人生历程中的一个驿站,但这个驿站的确让人"胆战心惊"。

一届特殊的毕业生,一次特别的教育经历,浮生如斯,情至极致,深深触动灵魂的是心底留存的那些难以忘却的人和事。

51 位"珍珠生",51 个努力和奋斗的轨迹。三年的高中生活,我们追求完美,但免不了些许的遗憾。但我们约定:我们不会为了那些"遗憾"的事做无谓的"牺牲",也许这就是"幸存者偏差"的逻辑吧。因为,我们走着一条不寻常的路,我们追求的是"最后的微笑"。

去缕缕缺憾,那些不在重来的光阴在指尖上溜走,那些愈走愈远的背影,我直觉心里无限的惋惜,毕竟,一个人的成功不是独自的我行我素和想当然。

教育不是万能的,教育的过程,我可以晓之以理、动之以情,但我毕竟不是万能的神，我只是想说：孩子，有情不必终老，无情未必决绝，因为留在记忆深处，永远是初见时彼此的微笑，因为——爱使我们相聚在一起……

这个三年，不管是擦肩而过、还是握手言欢，能遇见本身就是意外的惊喜，而相处，就是满满的幸福。

黄河边上那个背着爱心背包的"育珠"人，将这三年的光阴都收拾在灵魂的行囊里，一点一滴，时时想起；一颦一笑，刻骨铭心。感谢上苍给予我力量，也感谢上天赐予的那些意外的幸运。这一段旅程的结束，对我们做教师的来说，又是一个新的开始，三年的高中生活，没有留下太多的遗憾，足以；彼此鼓励着走过，无憾！

教育便是如此，一处心怡处处景；一片丹心玉壶情。掬不住的如烟往事，道不完的沧海桑田，总有一句话、一件事或者一首歌会让人泪水潸然。然而，那些沾满泪珠的生命原野，不是懦弱和悲切，而是大河弘风的温润和光阴烟雨的潋滟。

六月盛景，夏花已开，加油，孩子们！高考的成功，只是你们又站在了一个新的起点上，心存感恩、敬畏生命，生命不息、奋斗不止，戒骄戒躁，卓尔先行，人生的光亮才不被熄灭。

当然，我也要为自己加油，因为这三年只是我的责任和担当，未来，教育的使命一直都在！

末了，用"珍珠生"周晓婷同学的一首小诗作个结尾：

夜的静谧光的美

伴一盏青灯　　　　　　　　舞动生命的翅膀

聆听岁月的重量　　　　　　梦儿编织信仰

　　　　　　　　　　　　　书写未来的倔强

风儿浅浅吟唱

播洒青春的芬芳　　　　　　心念彼岸辉煌

叶儿弥漫余香　　　　　　　我心飞翔　何妨

鼓浪与天齐　静水流深

　　大河鼓浪、光影天齐,静水流深、劲流涌动。清华大学老校长梅贻琦说:"学校犹水也,师生犹鱼也,其行动犹游泳也。大鱼前导,小鱼尾随,是从游也。从游既久,其濡染观摩之效,自不求而至,不为而成。"教育是一种态度,更是一种修养与境界。每一位教育的生命个体只有在教育本身的唯美中感悟人性的良知,才能彰显教书的情怀、育人的心力和教育的魅力。电影《无问西东》里有一句台词说:"如果提前了解了你要所面对的人生,你是否还会有勇气前来?"我会回答:风雨无阻。

　　少年强则中国强,少年怎么才能强?少年智则中国智,少年怎么才能智?作为一名合格的人民教师,不仅仅是在讲台、课堂中感悟和坚守,更要是在教育的过程中能影响和改变更多人追求美好未来的责任和担当，教育学生"读书明理"，养成良好的做人、学习和生活习惯，努力做一位教书育人的"明师"。

2018年1月20日，一份具有深远历史意义的教育文件出台，让全国1500多万教师备受鼓舞。这就是中共中央、国务院印发的《关于全面深化新时代教师队伍建设改革的意见》，这是新中国成立以来党中央出台的第一个专门面对教师队伍建设的里程碑式的政策性文件。《意见》明确指出，要让"广大教师在岗位上有幸福感、事业上有成就感、社会上有荣誉感，教师成为让人羡慕的职业"。新时代，广大教师应该肩负起时代赋予我们新的使命振奋前行。

静以修身身自清　俭以养德德自成

——朱永贵

教育的理想与价值

> 追求理想是一个人进行自我教育的最初的动力,而没有自我教育就不能想象会有完美的精神生活。我认为,教会学生自己教育自己,这是一种最高级的技巧和艺术。
>
> ——苏霍姆林斯基

《幸福理想宗教》里面有这样一句话:"没有对个人生活的热情关切,没有对学生精神生活的深思熟虑、细致入微和知轻知重的洞察力,也就没有真正的教育。"

人活着要有一种精神,三年高中的教与学,仅仅是实现理想的一种短暂的经历,但这种"短暂"却与生命的长远息息相关。所以,你不要淡漠了高中的这三年。作为教师,舍弃一些可有可无的花架子,在教育实践中找到一条务本求实的路子,勇敢地走下去;作为学生,珍惜一切可能出现的学习机会,在努力拼搏中拼出一条人生精彩的路子。高中阶段是人生非常重要的阶段,因为在一个人成长的转型期,高中三年是你一生当中最后一次有机会在班主任、老师每天地陪伴下接受教育。这可能也是一个人成长过程中将大量的精力投入到学习中的重要阶段。高中这三年,也是一个人的才智和心灵微妙的转型期。

作为一名人民教师,在教育教学的岁月里,我也有自己的教育理想,就

是培养和陪伴我的学生,让他们在高中这个阶段不要留下太多的遗憾,努力地做一个同学们信得过、靠得住的好老师。

  我告诉我的学生,你的心灵是美好的,你的生活就是灿烂的。一切美好的愿望都在于自己追求美好生活的那种心境。一个苦闷的人,人生岂会精彩。正像王华老师说的那样:"一个没有远大理想和崇高生活目标的人,就像一只没有翅膀的鸟,一台没有马达的机器,一盏没有钨丝的灯泡。"美好的理想会带着一个人不断地奔跑,哪怕是绊倒了,也会很快地爬起来继续向前跑,因为,梦想就在前方。

  高三第一学期开学的时候,我和几位同学坐下来聊天,说起了"理想"这个好像令人捉摸不透的东西。同学们也问及我的教育理想,当我简单地谈了一些的时候。有一位同学问我:老师,我问的是您的教育理想,不是"我们"。我笑着对他们说:没有学生的教师还能称得上是教师吗?没有学生的价值还有老师的价值吗?没有学生,连教师这个职业都没有了,那我的教育理想是什么呢?所以,我要说的教育理想是离不开你们这些学生的。

当然,培养和陪伴是自身一种追求价值的存在方式;高中,不要留下太多的遗憾,那也是另一种追求价值的渴望。我也问及同学们的理想。同学们都说自己的理想不是那么具体,在高中阶段好像就是考一所理想的大学了。我告诉他们,考大学只是一个过程,并不是我们人生的最终理想。理想是饱含了智慧和对生活的态度的。我也告诉他们,在他们人生成长的过程中,理想不是做了多少事,而是要成为怎样一个人。

我说,正像我们学校的校训一样:"靖志如山,笃行致远。"作为教师和学生"立志要如山,行道要如水;为学要笃行,做人要致远。"不如山,不能坚定;不如水,不能曲达。校训里饱含了代代尊师的良知祈愿,也包含着莘莘学子的价值追求。20世纪90年代,温家宝同志在靖远视察工作的时候,远远看见学校教学楼上屹立的"耸翠楼"三个字,情不自禁地说:"那是一座人才辈出的学府。"学校办学以来,世界杰出女科学家、中国科学院院士、国家干部、中将少将、教授专家、各行各业,的确是人才辈出,正像校友常生荣将军留给学校的墨宝:"乌兰耸翠,芳及九州"一样。

都说教育的核心是"爱"。但要学会或者说心甘情愿地付出"爱",不是理想主义的乌托邦。对工作、对生活、对未来……大爱不仅源于对美好生活的向往,更是人的一种胸襟和态度。苏霍姆林斯基说:人类的精神与动物的本质区别在于,我们在繁衍后代的同时,在下一代身上留下自己的美、理想和对于崇高而美好的事物的信念。作为一个教育人,就是在学生的身上注入信仰和价值的理想,让他们的人生闪出光亮。都说"干一行、爱一行。"简简单单的语言,却有着伟大的外延。而这一句话之所以伟大,完全在于那个"爱"字。那个"爱"字,我想正是一个教育人最伟大也最平凡的理想,也是最朴实最美的价值体现了。

也许,每一个人都有自己不同的理想,这也就决定着他人生的航船驶向哪个方向。但不管怎样,我告诉我的学生,不管你的船是个什么模样,你一定要悬起"真、善、美"的风帆,摇起信心和爱心的橹,昂起头颅驶向理想的彼岸，在芸芸众生的尘世间实现你人生的价值。

教师，用一身正气弘扬正能量，用教育的理想实现理想的教育，仰不愧于天，俯不怍于人，守住灵魂的底色，是一个教师的脊梁，也是一个教师永远可以高贵活着的资本。

每一位教师都是学生心灵的导师，刚刚过去的这三年，一个特别的班级、51名可爱的学生，他们来自靖远县15个乡镇的农村，物质的紧缺、经济的拮据、亲人的伤逝、家庭的凄苦没有让他们追求美好生活的理想跌倒在半路上。这三年，我们一起走过，其实是那些孩子深深地教育了我，是那些孩子让我真正懂得了教育对于一个人活着的意义，一个意志坚强并且有追求的学生，至少他是一个有能力和信心活下去的人。

也许，这就是教育的价值，师生个体之间的相互促进和相互影响，共同为推动社会发展付出努力，付诸行动。在高中这个特定的教育教学环境中，促进学生健康成长和培育学生的审美能力，以及在诸多的公益性活动中对提升学生认知和智力的发展、道德与社会性的发展非常重要。

2017年10月27日，"首届区域育珠论坛"在河北开滦市第一中学举办。我告诉同学们，那是"寒门学子"的幸运，也是整个教育的幸运。那一刻，从心底里感谢张丽钧校长：遇珠之缘、求珠之切、淘珠之苦、捍珠之艰、培珠之慧、育珠之乐、献珠之慰、捡珠之望……学校创办珍珠班的历程及取得的成就成为开滦一中九十华诞最美的礼物之一。我想，那不仅仅是一场或者一次关注贫困家庭学生的区域育珠论坛，而是一次崇尚生命教育最暖心的盛会，是一次体现教育公平价值的真实再现。王建煊先生说"喜乐的心乃是良药，忧伤的灵魂使骨枯干。"爱就是在别人需要的时候看到自己的责任，伸手去帮扶一把。教育，关注的是每一个发展的生命个体，教育，就是为了那些发展的生命个体服务的。

是的,占领教育的"高地"需要一个卓越的"领袖"和强大的"兵团"。对于学校而言,每一位老师和每一名学生的成长和发展似乎都要放到学校层面上去关注。爱因斯坦说:一个人对社会的价值首先取决于他的感情、思想和行动,对增进人类利益起多大作用。我想这对于教师更实用。

匆匆的,和这些孩子在一起,三年的陪伴已经结束。但愿每次的回忆,对生活都不感到负疚。想对这些孩子说的就是:

沉沉的黑夜都是白天的前奏

生活的理想

就是为了理想的生活

过去的痛楚相对未来的幸福又能算得了什么

坚持着走 走着坚持

人生应该如蜡烛一样

从顶燃到底

一直都是光明的……

教育的贫穷与富有

> 要想学生好学,必须先生好学。唯有学而不厌的先生才能教出学而不厌的学生。
>
> ——陶行知

教育的贫穷会让一个人、一个家族、一个民族贫弱下去,可能是物质,但绝对是精神;教育的富有能让一个人、一个家族、一个民族强大起来,抑或是物质,但绝对是精神。

诺贝尔和平奖获得者特雷莎修女在演讲中说:人类缺少爱是导致世界贫穷的根本原因。我们教育也一样,缺少爱的教育就缺少进步和发展的动力源,当然,教育的"爱",需要关爱,需要意志和力量,更需要坚守和付出。

三年前,我第一次和这些孩子一一聊天的时候,其实就是坐下来倾听他们在诉说自己的身世或者家事。那时候他们大多谈的都是对社会不公的冷落和抱怨,对家庭破落的遗憾和愤慨。我问那些可爱的学生:"你告诉老师这么多,重揭过去的伤疤,你是不是心里觉得更痛。"大多数学生给我的回答是这样的:老师,从前我没有给任何人说过,也没有人喜欢听这些。以前就是自己说出来,得到的也是我们性格偏激、暴躁的表现。今天能说出来,我们觉得也是一种解脱吧。

解脱？在这些孩子的心里，十几年憋在心里的话，想说没人听，今天能说出来是一种解脱。那一刻，我觉得倾听也会给那些可爱的孩子满满的力量。静静地走进这些学生的心灵，也许他们在过去的时光里连一个"倾听的对象"都没有找到。而在这里，他们能找到一种"解脱"，难道这不是一种灵魂的救赎吗？

有一次，一位同学这样告诉我：老师，我以后一定要学心理学，我要研究一下我们家里为什么这样贫苦。我说，你应该研究一下别人为什么那么富有，以后成功了，不要去研究为什么那般贫苦，家家都有本难念的经，好不容易找到"甜"一些的生活，你又何必再选择"苦"呢？本想给那位同学一些鼓励，结果那位同学说，或许研究的过程心里不苦。我说，人生就怕没追求和走下去的坚定信心，既然心中有了梦想，那首先要给梦想搭建一个基本的平台，就是要顺利地跃过"龙门"，给未来一个追梦的机会，她高高兴兴地走了。

那以后我在想，教育到底能改变人的什么？教育最终能在人类社会的发展中起到什么作用？对一个个体、一个社会的教育和感化，在道德与功利的博弈中找到适合一个人发展的路子，一个社会发展的路子何其不容易。但这个路子还要坚持的找寻下去。

"老师，教育真的能改变命运吗？"这是高三开学前一天，一位同学给我发的一条短信。我说能，一定能。好长时间，也没有过回音，我有点担心，连着发了好几个鼓励和支持的短信，就换来一个"嗯，好，老师"的回信。我心里纳闷，这位同学也太不懂"礼尚往来"了，但是我更担心的是那位同学又碰见了什么事情，又有些想不开的。我急切地打电话过去，竟然是"嘟嘟，嘟嘟"的声音，电话接不通，我连着又发了几条短信。心里着急只因为那位同学表现一直很好，但因家庭贫困的原因曾有过辍学的想法。

培养和转化一个人的思想不容易，对这些可爱的孩子，有时候真的会有一种如履薄冰的感觉。放心不下，可那位同学的联系方式就只有那么一个电话号码。那就继续发信息：从不怕困难到树立信心，从面对挫折到不要放弃，从表现良好到人生的美妙，从青春易逝到懂得珍惜……短信发到第九条的时候，她终于回信息了："老师，开学我想和您谈一谈。"

开学第一天的晚自习，那位同学找我谈起了关于家庭的有些事情，她说她想出去打工，也算是一种逃避吧。

我让那位同学把想说的都说了，我告诉她：正因为家庭的贫苦才能给我们足够大的力量，让我们寻求改变目前的这种现状。高考，对我们来说是一种捷径，不要轻易地放弃。我和她谈了苏秦、匡衡、车胤、孙康……最后告诉她：放弃学业就是放弃对追求幸福生活的主动权，都说"条条大路通罗马"，有些人本身就在"罗马"，而通往"罗马"的十字路口太多，给我们这些寒门学子的选择到底有多少？要想继续贫苦，继续在别人的脚下谋生可以放弃学业；要想实现自己的人生梦想，那就想好用付出常人十倍、百倍的努力去读书。以后，不管是物质还是其他方面，我会尽全力帮助你完成学业，只要你有信心和勇气。

那一天，那位同学哭得很伤心。我也告诉她：以后我不想看到我的学生"哭"，我盼望着我的学生"笑"。她问我："老师，您对我有信心吗？"我说："有，我对我的每一个学生都非常有信心！"

在她很恭敬的给我鞠了一躬，转身走的时候。我给她写了两句话让她带上：

记住：当你弯下腰的时候，那是你给了自己一次抬头的机会。不要认为教育的成本太高，因为你未来的资本和教育的成本是成正比的。

也许这就是教育给一个人的思考和转变；也许这就是教育给一个人的贫穷与富有；也许这就是一个人在教育的这条路上做出的价值判断和价值选择。

认真的回想，现在没有几个同学再像以前沮丧了，更多的是阳光、青春的笑容和自觉、自信的正气和豪气。有时候,反倒是我问大家:你们苦吗,你们会号啕大哭吗?同学们都笑了。说:苦,苦得很呐;哭,还哭呢……男生们会说:"男儿有泪不轻弹",女生们会说:"我们都是花木兰"……每每听见这样的声音,看着那些可爱的学生无拘无束的开心,心里暖暖的。

有时候,我和同学们聊天。我说教育真的会让一个人变得很富有,只要你选择了努力和坚持,没有什么可以阻挡我们追梦的脚步,也没有什么能摧毁我们前进的信念,因为我们是一个团队,是一个充满爱的团队,是一个迎难而上的团队,也是一个战无不胜的团队。我说,人生就是一个哭着来,笑着离去的磨砺过程。漫漫人生路,有沧桑,但也含有沉香。洗净铅华,清韵犹存,经年以后,依旧斑斓。在人生的不同阶段,选择坚持和努力一定不会错,伟大是平凡积累的,幸福是心情带来的,富有是心志决定的。

闲煮岁月,细品时光。一转眼,这些可爱的孩子就高中毕业了。一起走过的那些日子,于卑微中活的善良、活的精彩,也没有在青春的时候迷失了方向。我相信,梦的天堂在远方,但路的起点在当下,学会珍惜、学会把握,面对揪不住的时光,衔不住的岁月,不敢轻易地让灵魂流浪。高中的三年,不仅仅是一个人一辈子的责任,而是三生三世的担当。所以,高中的三年,我们都要学会在教育的丝丝缕缕中找寻那富有的因子,给自己一个满意的"考卷",也是给一生一个圆满的解答。

都说,境由心生,是的,心中若有桃花源,何处不是水云间。《大学》有云:"心不在焉,视而不见,听而不闻,食而不知其味。"一切美德,若不在我们内心扎根,就会流于虚伪;一切知识,若不能在我们的心里留下印记,也只能过眼云烟。人的一生,若没有用心思考过,那就没有真正的活过。

孔子曰:夫子循循然善诱人,博我以文,约我以礼,欲罢不能。这三年,我们一起走过,也是一起追问和思考过。虽说人人自有定盘针,万化根源总在心。但是,我们并不为曾经的苦难所累,我们选择一起努力,一起向着改变我们命运的方向努力。路,要靠自己走,不依赖。幸福,要靠自己悟,不抱怨。成败,只是人生调味品,要看开。得失,都是身外之物,要放下。

高中的驿站即将成为一种回忆,下一站还要同学们自己坚持走。不能亲自陪伴,但还是要祝福《孩子,总有一段人生,你要自己扛下去》:

每个人总要有一段人生,

谁也靠不住,谁也靠不上,只有自己扛着走下去。

人生永远就是这个样子,

在别人的眼里,看到的都是蝴蝶飞舞的风光,

而只有你自己才明白破茧成蝶的痛苦。

原来成熟就是,

不必说,自己扛,

远行的路上,冷暖自知!

教育的无奈与冷漠

一个人只能为别人引路,不能代替他们走路。

——罗曼·罗兰

教育不是万能的,因为人不是万能的。教育只是精神上的救赎,虽非物质上的给予,但胜似物质上馈赠。

很小的时候就听老人讲:"学习全靠自用功,先生只是个引路人。"父亲也曾是一名教师,在我很小的时候,父亲在家乡那所小学校门口的左右写了大大的八个字:改变命运,报效祖国。父亲说:此地穷乡僻壤,但非刁民之乡;祖辈民风淳朴,但凡有远大报负者,必为教育之功;穷乡不能穷教育,僻壤不能避功名;桑梓大地本属大明皇族,然厥功毁于兵燹;我辈复改变命运以图报国之志,非教育莫属。

也许是因为父辈们对教育的关注和热心,在我们那小小的村庄里,男女十有八九都是大学生。想想曾经的那些启蒙老师,大多都是民办教师而且学历不是很高,我们这一辈都是遵循着"严师出高徒"的训示在教鞭下长大的。但时代不同,大可不必同日而语,仅此回忆而已。再说教育是关乎未来的事业,教育的任务就是为当下和未来的社会培养有为的传承者。有人说,今天的青年一代,他们的生活方式和思维方式已经大大不同于上一代人，因此对他们的培养方式也必须得顺应时代的改变而改变。

是的，这些年，教育的生态环境变化得很快。教育概念、教育形态、教育方式、师生关系、课堂构架，包括家庭教育等等。面对这些深刻的变革，青年一代是否有足够的准备，或者说我们这些教育人是否有足够的准备。种种变革是彻底颠覆了传统教育还是在有所保留的基础上创新发展。这些年，关于教育的新理念、新模式层出不穷，教师培训接受的新观点、新方法让人眼花缭乱。有些地方的教育一直走在前面，后面跟着的就是紧跟时代的步伐的学习者。有的学"上"去了，有的学"下"来了。有人说：成功的教育模式是可以复制的；有人说：教育不是一朝一夕的，慢慢来；也有人说：怎么搞的，学生一届不如一届了……

面对扑面而来的新课程改革，不管是创造了教育"神话"的，还是"带着镣铐跳舞"的；不论是"穿新鞋走老路"的，还是"没走老路又没穿上新鞋"的，都有足够的理由为自己填补那些被"质疑"的缺口。当然，教育办的好不好，群众的眼睛是雪亮的。

我所在的这个学校地处大西北的教育文化大县靖远县，这所学校始建于1942年5月，自20世纪50年代就是为数不多的"甘肃省重点学校"，曾经辉煌一时。其实说曾经也只不过十几年前的时间。20世纪90年代初期，就有省状元花落这里，1995年、2003年、2004年学校的高考上线总人数位居全省第一，2011年高考依然能夺取"白银市文理科双状元"，文理科学生能创造全省第9和第4的好成绩。可是随着新课改的全面实施，教育理念更新不及时、师资补充不到位、教师结构不平衡、硬件设施不达标、制度体系不健全、教学评价不科学、学科结构不均衡、教研培训跟不上等原因，教师队伍没有形成阶梯式的提升和发展，教育教学有了诸多瓶颈的问题。2013年高考，靖远县高考理科状元的名次历史性地跌落至全省四百多名。那之后，随着国家贫困片区政策的倾斜，每年有一至两名同学考入全省前150名，被清华、北大等名校录取，文科也游离于全省四、五百名。2018年高考，县理科第一排名全省 260 名，文科第一排名全省 355 名。2019 年，新高考模式全面推行，我们是否还在左顾右盼中"得过且过"呢。我相信，随着新时代的到来，新考改会比新课程改革的挑战更大，当然，机遇也会更多。

教育的发展有它自身的规律。教育质量地提升归根结底是教师队伍的综合素养的提升。当然，在这个队伍里面校长对教育认识的高度和格局、理念和决策至关重要。校长就像同心圆的圆心一样，只有用自身前瞻性和科学性的规划为半径，将教师队伍团结为一个不同角度但半径相同的实心球体，教育教学的发展势头才势不可挡。因为，每一个教师都是一束光，有序、科学的将这些光束聚集起来，那将会是一个耀眼的光源，照耀和引领着莘莘学子向着"光"的方向全力拼搏。

当然，教育最大的无奈就是将一群教育人折腾得筋疲力尽，质量还上不去。社会、家庭和不同的个体；功利、舆论和浮躁的心态；师资、生源和学校运转的保障；理念、制度和老好人的圈子管理等等，问题比比皆是者。但是，教育本身对不同的地方和环境都是公平的，教育本身是没有偏见的。谁觊觎教育的功利，谁将被教育所抛弃。这也许就是教育客观存在对那些"撞钟和尚"的冷漠。

中国教育数千年的积淀，任何地方和任何学校都有自己存在和发展的文化、教育基因，学别人的只可能是借鉴，绝非自我发展的本真，因为教育的主导者——人是不一样的。模式是能照搬的，但"人"是不能照搬的。所以，面对教育不是无能为力。教育工作者是一个特殊而重要的群体，之所以特殊而重要就是因为每一个教育人的手中都"捏"着成百上千、甚至是数以万计家庭的命运，甚至是民族的未来和国家复兴的希望。"教师是人类灵魂的工程师"这种表达并不为过，需要我们每一个教育人去践行和发扬这种荣光。

人生一世，草木一秋，在抱怨中遗憾终生，在功利中玩弄一生，在努力中奋斗一生，时光催人老，春风带新芽，时光流逝，光阴不会因为你的抱怨和埋怨给你增加一个你"白日做梦"的夙愿；谁也不会将自己的幸福罩到你的头上，把拼来的价值奉在你的手上，谁都不会，谁也不能。习近平总书记在2018年的新年致辞中说：幸福都是奋斗出来的。是的，我们教育人的价值更容易创造，因为，我们整天面对的是鲜活的青年一代，整天都会在"早晨八九点钟的太阳"照耀下生活和工作，我们的教育对象充满希望和阳光，那我们就是很容易缔造希望和阳光的"人类灵魂工程师"。

纪伯伦说：你的心灵常常是战场。在这个战场上，你的理性与判断和你的热情与嗜欲开战。这是价值判断和价值选择的道理。正像歌德说的那样：谁若游戏人生，他就一事无成；谁不能主宰自己，便永远是一个奴隶。所以，幸福来的得快，也走得快。放手让你郁闷、牢骚一天，你会给整个世界留下什么，什么都不会。但你会给身边的人和家庭留下更多的郁闷和牢骚。没有抱怨出来的成功，亦没有蹉跎出来的辉煌。

这三年的班主任工作，先后有三位同学因为家庭的经济情况想放弃学业，但最终都回到课堂上了。其中有一位同学对我说："老师，读书有啥好的，费钱还让家里面操心。我不想上学了，我的一个初中同学没有考上高中，听说赚了大钱了，我想去闯一闯。早些赚钱，改变家庭面貌。"还有一位同学是这样表现的：书往地上一摔、一句："我不念了。"就想着回家去了。后来我和这位同学的父亲打电话沟通的时候，他父亲告诉我："我们这个村至今还没有出来一个大学生，大儿子初中毕业没有上高中，前两年让'传销'给骗去了，害死人呢。现在就指望这个孩子了，他要不念书了，我们可就完了。"但也有家长质疑学习到底有什么用，也不是很支持让孩子继续求学。其实，有时候面对学生的教育，还要去和家长面对面，给家长做很多的工作，因为家长也需要真正的教育。

坐而思，起而行。做班主任的这些年，每一届学生都会给我不一样的感触,这三年也一样,是很特别的三年,也是再一次触动我心灵的三年。一次一次的谈心,一次一次的家访,总想着:只要这些孩子不放弃学业,任何事情我都会尽全力去做、去帮的。虽然生活给了这些孩子经济上或者精神上的冷漠,世俗也并没有因为这些孩子的辍学给予他们更多的怜悯,但我尽心尽力地去做了。至少,这三位同学现在都已经考上了理想的重点大学。

《反思教育》指出,要重新定义教育、知识和学习。教育应以人文主义为基础,以尊重生命和人类尊严、权利平等、社会正义、文化多样性、国际团结和为可持续的未来承担共同责任。我们要将教育的本质定义为:实现生命的价值和提升人生活的质量。要超越狭隘的功利主义和经济主义,让教育人过上有尊严而幸福的生活。知识经济时代的今天,谁会在知识的靠椅上打盹?谁会在教育的温床上呼呼大睡?

尽管千年的道不尽,万年的诉不完,教育是一个伴随人类社会发展亘古不变的话题,哪个时代都不会将教育遗弃在被遗忘的角落。重视教育就是重视人类社会的发展,这决定了一个民族、一个国家的高度和格局。

知识是可以传授的,但人生的智慧需要唤醒和点燃,一个优秀的教师更需要唤醒和点燃,因为一个优秀的教师他会点燃别人的心灯,照亮莘莘学子前进的方向。马云说这个时代"教很好,育不够",我们要清晰地看到:没有哪一个行业不被指责和抱怨的,只有我们自己对得起自己,尊重自己,真正地爱自己的职业,也才构建起一个值得尊重和强大的团队。

世界那么大,你要去看看,首先要掂量一下你所拥有的资本,特别是自身的素养。世界不是谁想看就看的,也不是谁想转就转的。当然,教育也一样,不是谁想怎么样就怎么样的,一个人、一个集体的幸福和价值不是恨出来的,更不是玩出来的,而是奋斗出来的。

不要对教育冷漠,否则就会受到冷漠教育带来的惩罚。社会道德滑坡,公民道德堕落,关键就是教育的失德和失衡。素质教育常常被人诟病,有些教育人抱着"唯分数"的稻草极端地追求功利主义为自己创造所谓的"业绩"和"辉煌",这也难怪社会关于"扶不扶"的大讨论一浪高过一浪。让我们每一位教育人反思的是:讨论过后呢? 教育是让人成为人的事业,学校理应成为一片净土,一方道德的高地,至少我们做教师的要坚守,也理应坚守。2018 年 5 月 2 日,习近平总书记在北京大学师生座谈会上说,高素质教师队伍是由一个一个好老师组成的,也是由一个一个好老师带出来的。古人说:"师者,人之模范也。"在学生眼里,老师是"吐辞为经,举足为法",一言一行都给学生以极大影响。

　　国无德不兴,人无德不立。扭曲的灵魂,奢望太阳来赐予你正直的影子,那是徒劳的。知了的吟唱为何使人厌烦? 因为它只会重复自己的名字。有的时候,不是外界对我们冷漠,而是因为我们自己;不是教育对我们无奈,而是因为我们自己!

教育的修养与境界

> 一个人若是年轻而且孤独，完全专心于学问，虽然"不能自给"，却过着最充实的生活。
>
> ——艾芙·居里

教育本身是否具有自己的修养和境界，应该是有的，因为教育的主体是人。人是有修养和境界的。从这个层面上讲，教育的修养和境界即为教育人的修养和境界。

修养和境界，怎样才能提升？

孟子云：修身以养性。一个人的道德品质，思想情操，精神境界，业务能力等方面的自我修炼和自我培养就是修养。显然，"自我""修炼"是核心词。

儒家八字箴言：修齐治平、格致正诚，修身为根本；《诫子书》亦讲"夫君子之行，静以修身、俭以养德。"古罗马的哲学家西塞罗说：修养置于身心，犹如食物之于身体。良好的修养乃立身之本，其决定着个人的成功与失败。而一个教师良好的修养，关乎千万个学习的前途和未来，从这个层面上说，一个教师的修养，也是一个家庭、一座城市和一个国家文明进步的标志。

教师这个职业本身就是一种禅悟和修炼。曾子说："人而好善，福虽未至，祸其远矣。"《六祖坛经》上说：一切福田，都离不开心地。心田上播种下善良的种子，总会有一天会开花结果的。是的，积善之家必有余庆，积不善之家必有余殃。我曾追问，一个教师的一生追求的是什么？给这个世间的价值和自身的索取到底是什么？有心插花、无心插柳的无奈和惊艳到底给一个教师的福报是什么？

后来，想明白了：教师就是要一直坚持着、善良地走下去。只问自心，对得起家庭，对得起共同为人生拼搏相伴的那些有缘和无缘的人，当然包括身边的教师和那些可爱的学生。因为，人和事，都是相互的，当善良遇见善良的时候，这个世界就会美得让人陶醉，即使偶遇丑恶，那善良的种子或者花香一定会淹没那些邪恶的气息。

墨香、素笔、冰心……一切那么简单和平凡，孤独却不觉得孤单，淡薄却不觉得浅薄。那些浸润墨香的书籍就像一生相伴的爱人一样，总是那么知书达理、贤惠可人；那些韵律跳动的字符如同宝贝儿子的微笑一样，总是那么招人喜爱、古灵精怪。用文字敲打我灵魂的记忆，用书香熏陶我良知的温存，行不言之教，从善如流，做一个思想自由、高贵独立的圆融的孤独者，即使一个人在"瓦尔登湖"的水畔上散步，那也有属于我自然和纯洁的灵魂。

喜欢上读书，也许是父亲那些"小纸条"给我刻骨铭心的记忆。也因为那些字里行间带给我的喜、怒、哀、惧、爱、恶、欲。也因为喜欢上读书，让我没有了其他的爱好。

过去的那些记忆，有苦也有甜，但我喜欢回忆甜的，因为我知道只有看着前方，面向暖阳，人生才不会成为生活的垃圾箱和情感的垃圾桶。

一幕一幕过去的支光片羽，并不时常想起，但在那些可人的日子里，总是无处不在的浮现在脑海。是的，忘记是一种背叛，孤独是一种恩赐。细细想来，曾经也以一个"愤青"的姿态站在时代的风口浪尖向世界宣告：青春不会痛的誓言和豪迈，可是那些抓狂的记忆却让光阴撕裂得伤痕斑斑。后来，学会了向着光不断的成长。是那一本一本的书籍填满了我的胸膛，

让我在面对那些好书，在接受那些"高尚的人"谈话的时候，总是觉得"面红耳赤"。再后来，也就有了"大丈夫行事，论是非，不论利害；论顺逆，不论成败；论万世，不论一生。"的豪气和即使坠落，也应该有落日般华丽的拼搏。

"存天理，去人欲。"我们也许达不到那种境界，但存天理，去物欲应该能做到的。因为在这个物欲横流的尘世也流行着这样一种病——物欲症，热衷于追求物欲享受，威胁着我们的感情、友谊、家人、社区和环境。治疗这种病的办法，就是让这些人重新投入大自然的怀抱，据说，这种做法对物欲症的治疗有神奇的疗效。

教师的修养在于其留给人们的自然流畅之感，即在师生的人格感染中、心灵碰撞中、理解倾听中、真诚激励中，润物无声地完成了教育的使命。古人云：其身正，不令而行。讲的就是垂范的作用。身教是"不教而教"的首要方法。

教师，那种"腹有诗书气自华"的书卷气必须得留住，那是一种修养，是一种顿悟。只有那些清醒的语言和墨香才能让我们在物欲横流的世界里保持一份宁静淡泊的情怀，在集体的盲目疯狂中保持一种理智和清醒。也

才能在"为天地立心,为生民立命、为往圣继绝学,为万世开太平"的圣人古训中让自己的灵魂大气起来,幸福而有尊严的活着,在日复一日的职业修养中传送生命的气息,唤醒莘莘学子美好的"善根"和尊重生命的良知。因为,基本人格、基本道德和基本情感的养成需要"面对一丛野菊花而怦然心动的情怀。"

这不正是需要禅悟和修行吗?要么行万里路苦行顿悟,要么静静地禅坐悟道。但不管是那奔走的柏拉图还是静坐的王阳明,都离不开那道法自然的纯净和美好。育人如种田,一切福田,都需要内心的高贵和修养。教师也一样,因为教育这个职业承载着千万个家庭的梦想,肩负着民族和祖国未来的重任。

修远以周流　其道大光

　　善待生命，岁月静好，三千繁华也只不过是弹指刹那，百年过后也只不过是一抔黄沙，但那些过往的经年碎影至少会在生命的原野里留下爱与善良的种子，静待花开。

　　不问烟雨、不负幽梦，在清简如水的光阴里，将岁月尽量打磨成心灵深处最美的风景，只为那恬淡的安然给生命的回眸几多宁静和祥和。教育的旅程中，捧一缕岁月的花香，悟一世人性的温良，一曲清歌，绚丽洁白的顿悟；感悟教育生命的况味，余韵悠然，其道大光。

　　回首陪伴"珍珠生"的这三年，感动、感悟和感触都深深地珍藏在记忆的深处，教育路漫漫，来日方长，但一切都如红日初升，裔裔皇皇。

贝壳里的梦 / 点亮生命与爱同行

大爱传千古　真情耀八荒
——行走在"捡回珍珠"的路上

背起爱心的背包　相信路在脚下
走在乡间的路上　轻剪一路繁花
陪伴珍珠的日子　风景这边独好
感悟人性的良知　笑看流年如风
回首幸福的旅程　人生若如初见

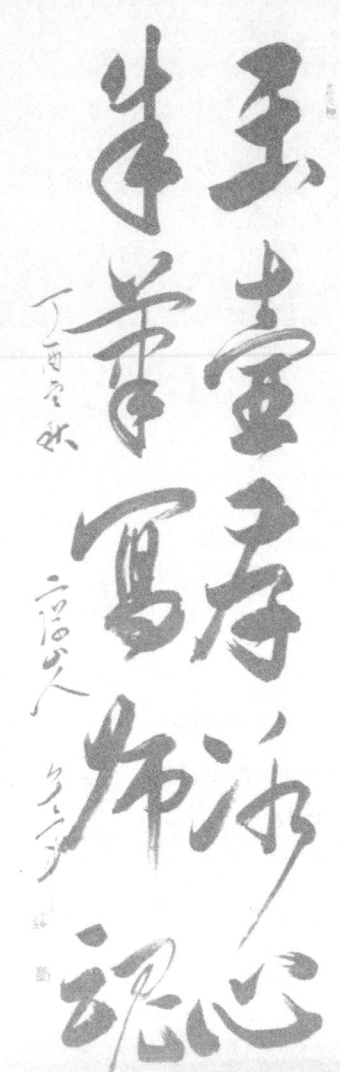

教育 最直接最彻底的精准扶贫

习近平总书记最牵挂的人是谁?

2017年1月24日,习近平总书记在河北省张家口的张北县看望困难群众的时候说:"现在的脱贫啊,不能胡子眉毛一把抓了,要精准,真正叫扶真贫,真扶贫,这也是我一直牵挂的事情,也是我每到一处必须看的。"

——习近平总书记"最牵挂的是人民群众,尤其是困难群众。"

2013年11月,习近平总书记到湖南湘西考察时首次作出了"实事求是、因地制宜、分类指导、精准扶贫"的重要指示。2014年3月,习近平总书记参加两会代表团审议时强调,要实施精准扶贫,瞄准扶贫对象,进行重点施策。2015年9月9日,习近平总书记给"国培计划(2014)"北京师范大学贵州研修班参训教师的回信中讲:希望广大教师牢记使命、不忘初衷,扎根西部、服务学生,努力做教育改革的奋进者,教育扶贫的先行者,学生成长的引导者,为贫困地区教育事业发展,为祖国下一代健康成长继续作出自己的贡献。2015年10月16日,习近平总书记在减贫与发展高层论坛上强调,中国扶贫攻坚工作实施精准扶贫方略,增加扶贫投入,出台优惠政策措施,坚持中国制度优势,注重"六个精准",确保贫困人口到2020年如期脱贫,并提出扶贫开发"贵在精准,重在精准,成败之举在于

精准"。

走上讲台十余年的时间,我没有想过"教育"与"精准扶贫"之间有什么关系。也许是与班上51名"精准扶贫户"有关吧。

一个特别的班级,来自靖远县十八个乡镇农村贫寒家庭的51名同学。三年前,当我走乡串户来到那些贫苦家庭的时候,院落的低矮残破、家庭的支离破碎、亲人的悲欢离合……让人不忍的是那些贫苦家庭的生活状况,让人欣喜的是寒门之中的那个努力向上的学子。在我的内心深处越发坚定教育对于解决贫困的重要性。

走进那些贫苦学生的家门,那些破落的院落和现代乡村格格不入。虽然,每一个家庭都被纳入"精准扶贫户"的扶持范围,政府不遗余力的给予帮扶,但对那些身体残疾、生活不能自理,精神障碍、大病卧床不起,突发横祸、家庭支离破碎的农户来说,追求美好生活的希望在哪里?

"家家都有本难念的经",而这种物质匮乏、精神受伤的"经",也许只有主人公才能深深体会到其中的"五味杂陈"。

欲哭无泪的伤神,哭干眼泪的神伤,有时候精神的摧残比任何物质的困顿都有摧毁力。特别是那些因病、因生理和精神等原因造成的贫苦家庭,且不论物质资源的稀缺,就精神层面的打击也足以让人颤抖,但就在那样的家庭,一批意志坚强、学习刻苦、拼搏向上的孩子一直在努力。

在流走的岁月里,我和这些孩子共同努力度过了高中三年。作为班主任的我,不论是从物质方面,还是从精神层面,都试图在教育的空间里找到和创造一个最适合帮助这些孩子成长的环境,最大限度地给这些学生提供物质上的帮扶和精神上的鼓励,希望他们不要在高中留下太多的遗憾。三年中,孩子们团结、努力,用自身的行动和感念缔造着一个"心怀感恩,敬畏生命"的班集体和"有你真好"的"珍珠之家",我看到了孩子们洗净铅华的从容和宁静致远的气度,孩子们的超常表现让我们这个班级屡次夺得年级第一名,获得市县先进班集体,尤其在各类公益活动中表现突出,被老师和家长称为"道德品质好、学习风气好、学科成绩好"的"三好班集体"。只有经历过,才感悟到那些荣誉和口碑的来之不易,看着这些孩子一天一天地长大,有时候觉得我不是在培养51个孩子,而是面对51个家庭、51个家族,甚至是我们这个民族的希望和国家的未来。

高中三年,恰似一趟风雨无阻的旅途,许多唯美的遇见和惊艳的意外让我在绚丽洁白的顿悟中认知:我们没有选择出生的权利,但我们每一个人都有创造美好未来的机会。教育是扇没有上锁的大门,没有贫富之分,物质的紧缺尽管让那些孩子捉襟见肘,但没有退路的人生让他们在希望的路上展翅上腾。

是教育,给了他们公平竞争的机会;是教育,给了他们希望;是教育,给了他们内心的力量;是教育,给了他们在跌倒时重新站起来的坚强;是教育,给了他们创造美好未来的荣光。

孩子们的经历和努力有时让人真的很"心疼",不是因为他们物质上的贫苦，而是他们在实现梦想路上的"玩命"和汗流浃背。

文武之道、一张一弛，我们学累了的时候，一起去爬山、一起去春游、一起去远足、一起去野炊、一起看着电影哭、一起唱着歌儿笑、一起在酷热的夏季参加"夏令营"、一起在寒冷的冬季分享"珍珠情"……一千多个日日夜夜，我们一起翻越了书山、游过了书海，教育的神奇力量的确势不可挡，五十一个孩子、五十一个家庭、五十一个家族的未来，教育，又何尝不是人类走向文明的"永动机"。也许只有教育，才能让一个人真正的在自觉、自信的内驱力中卓尔先行，不断创造和实现人生的价值。

温家宝同志曾在会见北京师范大学首批免费师范生时，提出的"穷人教育学"的概念。他说："希望教育部门、学校和老师更多地关注贫困家庭和孩子。让所有贫困家庭的子女都能上学真正享有受教育的平等权利，这就是穷人教育学。"念兹在兹、人饥我饥。每天看着这些可爱的孩子努力拼搏，有时候，同学们因贫苦造成的各种心理一时不能释然，班上也出现过不少问题。每一次，我都会绞尽脑汁的想办法，并用自己的经历和这个美好时代给人们的大好机会和孩子们交流、沟通，争取用最短的时间、最有效的做法鼓励他们调整心态，健康、快乐地成长成才。

我给同学们讲自己以前的亲身经历，以前和我一起成长的伙伴因为家庭的贫苦早早辍学的不在少数。同学们告诉我，如果不是"义务教育"，他们几乎没有上学的机会，也告诉我"老师，您是知道的，如果没有学校和好心人的帮扶，我是不会来读高中的。"

是的，目前义务阶段的入学率很高，升学率也很高。学生从一年级一路"顺利"的到九年级毕业，学习成绩好一些的学生，考入普通高中或者职业学校继续学业。没有被高中和职业学校录取的孩子，因为没有再复读的机会，只能辍学进入社会，在最需要"教育"的年龄，早早的错过了"引路人"，我们只能祝福那些孩子在社会教育的大熔炉里"自用功"，珍惜青春芳华，在这个美好的新时代里实现自己的人生价值，贡献自己的力量。

当然,作为校园中的"引路人",可以这样说,一个学校教师队伍的整体素养代表了这一学校的未来和高度,因为教师这个职业的长期性和稳定性是学校不能忽视的,尤其是教师队伍"梯级"结构的形成更不容忽视。谈到教师,就不能说新课改、新考改、新课标、新教材。近些年,教育改革密集进行,如何才能准确、到位的回答:"为谁培养人?培养什么人?怎么培养人?"的问题,说到底就是政策、体制、经济、环境、师资、生源的问题,但地方政府的政策导向和教师队伍的问题是最核心和最基本的。

就我所在的这个地区而言,县域内四所高中不同程度的都有教师结构失衡、老龄化严重、教师补充缺口大、负债办学等问题存在。前些年,我们这个地区高中教师资源紧缺,高中教师的补充是从当地义务教育阶段抽调、借调老师进高中授课。结果,义务教育阶段培养的优秀教师被抽调、借调出去,义务教育阶段的师资补充不力,导致义务阶段的教师队伍结构也不均衡,很多义务教育阶段的学校为了解决"代课难"的问题,想尽办法聘请民间"代课老师"。似乎就是为了完成一个"娃娃有人看、课堂有人转"的教学任务。另外,被抽调、借调到高中的部分教师不能很快适应高中的教育教学,甚至就不能胜任高中的教育教学,结果可想而知。

近年来,为了解决教师队伍补充的问题,各个地方都出台配套政策引进教育人才和整合教育资源,但现实情况是:一般师范院校要经过复杂的考招程序才能进入学校从教;公费师范生"零"条件、高待遇招聘,真正能签订协议来学校的寥寥无几。

有些地方为了招收公费师范生不惜一切代价"高薪抢挖",这是地方政策的失衡还是教育体制的偏颇?国家培养"公费师范生"的初衷绝不是为了让各个地区用10万、20万甚至更高的"标价"去"高薪抢挖"。之所以出现这种"高薪抢挖",其实就是教师资源的紧缺的外在表现。

2007年开始实行的"免费教育师范生"政策,直到2018年3月将"免费师范生"改称为"公费师范生",履约任教服务期调整为6年。不论是"免费"还是"公费"都是为"培养造就一大批优秀中小学教师创造条件。"

国家师范院校的毕业生，"公费师范生"和"自费师范生"都应该成为教育治本工程的主力军，至少应该有一个共同"走上讲台"立德树人的体制和评价体系去规范。

俗话说，万丈高楼平地起，基础教育根基不牢，一个地区的教育大厦就会摇摇欲坠。20世纪八十年代初，国家为了缓解农村中小学师资严重不足的压力，国家从初中考试选拔优秀的毕业生进入中等师范学校，真正地将最优秀的人力资源倾斜给了教育。这个政策一直持续到上世纪九十年代末。让人心灵震撼的是，在十余年的时间里，全国近四百万的优秀初中毕业生涌进学历不高的中等师范学校。然而，他们"犹如蒲公英的种子播撒在了祖国的东南西北中，成为中国当代教育最坚固的基石，也成就了一段教育振兴的幸福时代。"

响应国家号召，也许就是为了一张"饭票"，走进偏远的农村，为中国基础教育埋头苦干。想想那个时代，能考上中等师范院校的同学都是初中毕业生中的前几名学生。我在一篇文章里看到过这样的话语："中师生毕业季，传来了初中同学考上重点大学的消息，而三年前这些同学的学习成绩都没有自己好，这样的命运反差，曾深深地刺激过每一个中师毕业生——他们毕竟只有十八岁，正是做梦的年龄，但梦提前终结，他们只能弯下腰去，做一块垫脚石。"录取初中最优秀的毕业生成为中国基础教育的排头兵，是值得致敬的。因为那些优秀的中师生："他们优秀，却走出了一条平凡而清贫的道路。"也为造就国家之栋梁人才奉献和牺牲了他们的青春、甚至是生命。

教育，是面向全社会的，也是面向所有人的。义务教育也不仅仅就是为了完成"义务教育"而去义务。教育的根本在教师，师资的紧缺说到底就是教育资源的稀缺性，而这种稀缺会导致一个地方的经济、文化不能紧跟时代的发展，而被远远地甩在后面。

黄炎培在平民教育的追求是:"使无业者有业,使有业者乐业。"一个贫穷落后的地方也许是因为环境的贫穷而贫穷,但绝对不是那里住着世世代代贫穷的人。

回想自己从小长大的那个村庄,小学的前两年,村里穷的连教室、课桌椅都没有,每一个学生在家长的帮助下在平地上挖一个坑坐下去就是自己的"座位"了。即使是那样的条件,也有一群执着于教育或者是为了养家糊口的民办教师为我们"遮风挡雨",教我们认字算数,有的甚至用自己一生践行了一个教育者真正的价值。

父亲,曾经作为家乡的一名民办代课教师,他对教育"改变命运"的执着一直坚持到生命的最后一刻。他也用毕生的精力践行着"再穷不能穷教育"的诺言。30 年前,我出生的那个村庄有一千多口人。30 年后的变化可谓天壤之别,细细品来,完全是因为父辈那一代人,通过教育培养了一批又一批大学生走出大山,等我们这一代人长大了,便将父母亲人孝敬在身边,让他们安度晚年,这样一来,家乡的人都去了五湖四海,30 年前脱贫的梦想,在 30 年后,真正实现了脱贫,至少是物质上的。而那片养育了我们的土地,如今也不是"谁家刨谁家的地,谁家挖谁家的坑"了,而是在乡村振兴战略的大好机遇中,瓜田万亩,良田万顷,家乡的"接班人"正在用另一种勤劳和智慧创造着家乡另一种繁荣的景象。

自从父亲去世以后,很长时间我都不知道怎样表达我对父亲的感恩和思念,多少次回到家乡,看着那里的山和那里的水,初心不忘。这几年,我也在用心的思考,一个千年的小镇,历经秦时明月汉时风,为什么会在 30 的情随事迁中消逝,那一切都源于教育。都要感谢父亲在那片热土上附身教育,一句"改变命运、报效祖国"的誓言,让那个西部边远的小山村尊师重教、彻底的脱贫。

2016 年的 9 月 27 日,我幸运地被靖远县教育局推选为"白银市首届美德教师"候选人,参加由白银市教育局、市文明办、团市委、市妇联、市关工委联合举办的"白银市'美德教师'表彰大会暨师德师风道德讲堂活动",并荣幸地作为代表作了"静水流深,爱融于行"的主题报告,用"教育是最直接、最彻底的精准扶贫"的主体内容和来自三县两区的同仁们交流、分享如何做新时代的"四有"好老师,如何做好学生物质的帮扶和精神的引领。

学生是立学之本,师者成立学之道。交流和分享的那些语言和内容只源于自己对教师这个职业的热爱和对教育这份事业的挚爱。一字一句,都是行走在教育一线感悟的积累和灵魂的积淀,不忘初心,争做"四有老师",是对教育工作者本真的召唤。习近平总书记说:"一个人遇到好老师是人生的幸运,一个学校拥有好老师是学校的光荣,一个民族源源不断涌现出一批又一批好老师则是民族发展的根本依靠、未来依托。"可不是吗?真善美作为人生的最高追求,不为名利所动,不向虚荣折腰,耐住寂寞做踏实的学问,严谨仔细出成果,这为当今功利而浮躁的社会保留了一股清流,为学生树立了良好榜样、当好了他们的镜子,仁爱之师必将对学生负责,对民族负责。

《中共中央国务院关于实施乡村振兴战略的意见》日前印发,对实施乡村振兴战略进行了全面的部署。《意见》强调:提高农村民生保障水平,优先发展农村教育事业。这是改革开放以来的第二十个、新世纪以来的第十五个指导"三农"工作的中央一号文件。是的,实施乡村振兴战略,是真正解决人民日益增长的美好生活需要和不平衡不充分的发展之间矛盾的必然要求。物质的支持和帮扶,目的是为了改造人的精神认知,只有让人在这个美好的时代产生极强的内驱力,乡村全面振兴、农村强、农村美、农民富才能真正的实现。因为,物质的帮扶只能解决一时之困,解决不了一世之需。

中国进入20世纪的标志性事件应该是教育变革,中国进入新时代的关键节点是现代教育体制的改革。当前,优先发展教育事业,掷地有声,振聋发聩，我们应该欣喜遇见这个伟大的时代，通过教育造就更多的人才，把人力资本开发放在首要的位置，走教育兴村、教育兴乡、教育兴县的路子才是解决贫困根本问题的路子。因为，教育不是生产型的营销行业，教育，应该成为人力资源培育的"孵化器"，而教师队伍才真正是"孵化器"的强大动力源。

我的一位同事曾这样说：现在的乡下学校并非硬件不硬，而是"软件"太软，尤其是教师队伍。

教师发展学校，这才是"教育生长"的力量，这才是每一个学校必须抓住的根本。也有人说，抓住教师队伍建设的根本就是要给学校很多的钱。我曾在一篇文章中这样写道：学校质量不高、声誉不好，难道是缺钱起到了根本的作用吗？诚然，就是给某一所学校一个亿或者几个亿，那所学校就能立刻成为一所名校、教育教学质量会马上提升吗？

说到底，教师是学校发展、教育改革的主力军，才是实现教育公平、教育生态保护的主力军。

当前，新课程教育教学改革逐步深入，高考新政已全面推开，丰富多彩的改革模式在全国范围内竞相参观学习。似乎，教师的培训很大一部分就是走出去听听专家的报告，看看那些教育名校。可是，在培训之后呢？自己的学校会因为这些派出去学习的教师改变什么呢？毋庸置疑，这种做法能提升教师个体的综合素养，但对于学校整体，就显得势单力薄了。因为，教师在自己提升的同时，即使朝着学校改革的层面去想了，似乎也是作用不大，因为决策层没有深刻的领会。所以，教师培训就变成了一种"教师福利大家挨着训"的形式。从这个层面上讲，对决策层的系统培训是更有必要的。"学校在窗外"，正像人大附中校长周建华说的：教学理念顶天，教学基本功立地。职业化、专家型的校长时代已经来临，"校长队伍"可以说是一个地方教育的"旗杆"，当然也是"舵手"。培训有必要在教师轮训的基础上考虑到"校长队伍"的培训和教育管理团队的培训。因为只有校长的理念和素养达到教育所需要的高度，校长才会带领教师团队对学校的发展做出科学地规划和指导，老师才会在一种明确目标指引下个性化学习和自主参与，最终达到互动和整合促进教育模式的转变。

势在必行的教育改革，走着走着就感觉寸步难行，究其原因，大多都是因为没有认真的研究和开发"校本资源"，所谓的改革只是人云亦云的跟上做或者不做，没有深入地去发现和整合现有的教育教学资源。最终导致没有穿上"新鞋"，也没有走老路，摸着石头过河，甚至是抱着"和尚撞钟"的思维得过且过。

近些年，国家加强"三级课程"建设，推行特色校创建工程。但很大一部分学校还是在"唯名校论""唯分数论"的思维指导下抱着"高考指挥棒""宁死不屈"。其实，对于一个学校的教育来说，"一俊遮百丑"的名校精英的确"一览众山小"，但"天下寒士俱欢颜"的二本升学率和不要辛酸了"衣带渐宽终不悔"的青春芳华才是"桃李门墙芳九州"。

进入学校的每一个学生都有公平成才和成功的机会。一个学校各种"重点班""尖子班"越办越多，刻意地将学生分开、将教师分层，把教育的不自信全部寄托在层出不穷的"重点班""尖子班""稳定生源"上，殊不知"机关算尽""反误了卿卿性命"。

把一件不容易的事情做好才是伟大的。培养一批优秀的学生确实是一项伟大的工程，在他们最困难的时候帮他们一把就称得上是"雪中送炭"。教育的资源在全国范围内确实有差异，但我们总不能抱着这种"差异"不作为，一方水土养育一方人，我不想在这里列举多少薄弱学校成为全国名校的案例，只有一个想法就是：既然看着锅里的，想着碗里的，那就行动起来"搭锅起灶"，"打扫干净屋子请客。"

千年教育，传承的是文化的火种，流淌的是民族的血脉。每个时代虽然都有它所独有的教育烙印和文化印记，但薪火相传的教育自觉和教育自信是亘古不变的。《奏定学堂章程》（癸卯学制）拉开了华夏现代学制的帷幕，科举制度变成了历史，不在属于它的那个时代，全国各地遍设学堂、广开民智，巍巍华夏教育之风蔚然，一大批杰出的教育家层出不穷。到了今天这个年代，在"钱学森之问"的探寻中，中国教育走上了一个更高层次的阶梯，改革、创新、多元、互联网＋等等，但不论是怎样的风云突变，教育要给教师向上的力量，释放学校办学的能量，自上而下的只是方向和政策，自下而上的才是教育走向"人民满意"的基石和阶梯。

"万般皆下品，唯有读书高"这句话有错吗？试想，各行各业如果没有人去读书是个什么样子。我也曾参观和学习过很多的学校，我更喜欢看那些有书籍的地方：教研室的书架、集体备课室的记录簿，喜欢看那些学校的图书馆、阅览室，喜欢看教师办公桌上摆放的书籍，也会关注学生的读书角。

我要说的是应试教育只是一种能力，不是一种模式，它没有像恶魔一样恐怖。应试教育只是素质教育的一种能力。没有哪个国家的教育是只学不考、不用成绩来评价的，我们要正确的面对应试教育。曾在一次学术交流会休息的间隙，有教师义愤填膺的抨击现行高考制度和应试教育，并义正词严的列出多少"危害"。试问：您有什么好的模式来解决这些所谓的"危害"呢？我想，最为宝贵的建议就是当你提出问题的时候，也告诉大家解决问题的办法。

写到这里，我突然想起了一个人，那就是曾经喊出"不尊重老师，哪里来的好教育"的柳袁照校长，虽然柳校长卸任了，但他这句话的确给我们这些教育者留下了很多的思考和启示。社会尊重教育，为何不尊重教师？他说：边读书、边行走、边写作，做有生命质感的老师。也许正是应了那句话：读书是教师最好的修行。当然，另一则消息也让人振聋发聩："教育面临最可怕的问题是教师自己。"敬畏之心、专业之力、行为之范的自我弘扬和培育需要一种崇高的教育信仰和自觉的教育情怀。正像杨春林老师说的那样："教育"这件事，突破口在教师。教师需要先做到自我改变和突破，才能更好地帮助学生的成长。你变了，学生就变，教育生态就在变。

常言道：能知足者，天不能贫。干一行、爱一行，正如美国教育家杜威在《教育者的责任》中说的那样：教师不是把知识教给学生就算完事的，他一定要培养学生对学问的兴趣和热忱。我们做教师的伟大不在于教师本身的"拯救"功能，而在于在"大爱"的教育底色中，通过直接现实性的教与学实践过程激发学生的自我教育、自我管理和自我卓越的能力，如此才能找到"得天下英才而育之"的乐趣，也才能找到教育的幸福感、自豪感和归属感，才能彻底的实现生命意义和生命价值存在的"精准扶贫"。

教育改变命运，教育是最大的民生。自己幸运地成为一名教师，真的要感谢这个美好的时代。孔子曰："大学之道，在明明德，在亲民，在至于至善"；杨东平教授曾说：教育首先是基于一种人类情感，教育是一种人道主义的博大爱心和悲悯情怀。我们教师又何尝不是在做一束"光"的教育，正如盗火者普罗米修斯里的赞歌一样：

沉重的铁链只能锁住你的身躯，
却怎能锁住那颗坦荡无私的心！
难道仅仅是物质的火种吗？
不，你给予我们的
是生生不息的精神火种！

教师 最伟大最荣耀的金牌职业

教师承担着传播知识、传播思想、传播真理的历史使命，肩负着塑造灵魂、塑造生命、塑造人的时代重任，是教育发展的第一资源是国家富强、民族振兴、人民幸福的重要基石。

——摘自2018年1月31日中共中央、国务院印发的《关于全面深化新时代教师队伍建设改革的意见》

教师是立教之本，兴教之源。国势之强于人，人才之成出于学。国家的现代化必然需要教育的现代化，而教育的现代化离不开优秀的教师队伍。

十九大报告指出："建设教育强国是中华民族伟大复兴的基础工程，必须把教育事业放在优先位置，加快教育现代化，办好人民满意的教育。"习近平总书记曾称赞教师是人类历史上最古老、最伟大、最神圣的职业之一，称"国将兴，必贵师而重傅"。新时代，国家把教育事业与民族复兴紧密联系在一起，强调教育事业优先发展，这是对教育的特殊定位，充分体现了我们党对教育的高度重视与关怀。因事而化、因时而进、因势而新。教育是民生之基、国之根本，必须把教育事业放在优先位置，加快教育现代化，办好人民满意的教育。同时也明确提出：加强师德师风建设，培养高素质教师队伍，倡导全社会尊师重教。

司马光说："经师易遇，人师难遇。"之所以要说教师是最伟大最享受的金牌职业，首先是我们教育者本身要珍惜这份职业、看得起这份职业，也要深深地爱着这份职业。其次是因为教师对人类个体的塑造，对社会、国家乃至世界的形成有着非常重要的作用。

教师这份职业的伟大在于能救赎人的灵魂，给予人类社会一种良知的浸润，在于"利他性"。我们常常会说：教师发展，师德为要。其实，一个人、一个民族、一个国家，立德树人才是最稳定和最长效的民生大计。作为一名教师，以德立身是榜样、以德立学是引领、以德施教是良知、以德育德是根本。正像有一句话说的那样：生活不只有眼前的苟且，还有诗和远方的田野。三尺讲台的耕耘，不会忘记心中的那方净土，更不会"冷落"了讲台下的莘莘学子。

自己曾经也有很多其他的爱好，在走上讲台以后的日子，好多的爱好都随风而去。也许是没有过多的时间去迎合那些爱好，也许是教师这个职业本身就是对自己的一种"束缚"。每天在学校的时间都超过14个小时，真的没有太多的时间在学校以外的地方去"流浪"。于是，自己的爱好仅仅就剩下读书、思考和随便写一些东西了。也许是因为"你一旦今日停止读书，明日就将停止教学"那句话吧。

给生命一种力量，给灵魂一个方向。教师应该有人文和儒雅的情怀。教育教学中，传道授业解惑需要更多的知识去满足学生的需求，只有将丰厚

的科学文化知识内化为自己的骨肉,才能更深地感受到教育的浪漫和深邃,伟大和享受,也才能通过那些沉甸甸的厚重和阳光般的自信给学生一种力量和超越。正像苏霍姆林斯基说的,我们这行职业和劳动工艺的精神基础和哲学基础就是这样,为了在学生眼前点燃一个知识的火花,教师本身就要吸取一个光的海洋,一刻也不能脱离那永远发光的知识和人类智慧的太阳。如是,只有在宁静的教育育人过程中才能细细地品味自己和学生的相互润泽,感悟岁月年轮与自己特有的教育情怀的对话。

有人说,做一个优秀和幸福的教师不容易。其实,并不难。什么样的教师是优秀的教师?我觉得有两点,一是自己是否有"爱教师"这个工作的强烈意识;二是自己的品格素养和业务能力能不能到大家的肯定和认同。做好自己,在所处的环境里面尽力地做好自己得到别人的尊重就是优秀和幸福的化身。

有时候,我们也不要苛求太多,因为所有的教师都亲自教不完所有的学生,所有的学生也不可能都亲身体验所有老师的授课。王君老师说:"教师的深度幸福,一定是在和孩子们的深度交往中产生的。"只有当了班主任,才可能拥有这种"深度交往",一个热爱班主任工作的人,她想老也老不了,即使形象老了,心灵也老不了。常丽华老师说:教育无他,唯念兹在兹。

老师个人的力量总是有限的，但我们只要知道目标和方向，和孩子一起朝前走，孩子会远远超过我们。这也许就是一个好老师的影响力和价值，除了自身的胸怀还有能容人的气度。在我们从事教学的过程中，有的学生会因为喜欢一个老师的教学风格或者知识魅力喜欢上这一门功课。也有非常喜欢这门学科但因为不喜欢老师授课的风格和魅力而厌恶这门学科。其实，教育也是人性好恶的一种体现，教育何尝不是一次人生的修行。

教育难于安静，在于外界的"喧嚣"，也在于内在的"争吵"。各行各业，都有自己的品牌和尊严，价值和魅力。教师同样也要有。肖培东老师说：享受生活、享受教育，这才是教育的美好姿态。也有人说，古今中外，多少伟大的人把老师夸赞，春蚕、红烛、太阳底下最光辉的职业、人类灵魂的工程师……可惜的是，在我们教师中间也有人在讥讽这些赞美，我不知道是一种自欺欺人还是愤世嫉俗，自己都看不起自己的人、自己都看不起自己这个职业的人，本身就是低俗、庸俗、粗俗和不值得赞美的。有时候觉得，一个行业的浮夸和倒塌大多数都是来自于围城内"脑残"的"自虐"。

民间有"俗以天地君亲师五者合祀，比户皆然"。儒家经典《白虎通义》强调：人有三尊，君父师是也。荀子说："国将兴，必贵师而重傅；国将衰，必贱师而轻傅。"但是我想说：社会重教不尊师是因为我们教师中间的那些披着教师外衣的"稗草"，至少我们这些为人师者不能身在福中不知福。

我们是人民教师，从事的是一个最伟大最荣耀的金牌职业。我们把全部身心放回本位，学会认识自己，静心思考、潜心育人。作为教师，有国家政策的支持也要有自身的努力，尊重自己的这份职业，让自己时刻保持立德正心的良知。正像那句话说的："只有自尊、自重，才能赢得别人对我们老师的尊重。"

有人说，现在的农村学校硬件高大上，缺的，是"高大上"的教师。重视教育，就是要重视教师，重视教育的师资公平。望子成龙的家长"千方百计"的择校，谁又是为了哪所学校盖得漂亮不漂亮而争相奔走的。21世纪教育研究院院长杨东平先生说，中国的根基在农村，农村的希望在教育，教育的关键是教师。"用得上、留得住"的教师不再是"看着几个农村娃"，而是文明的传播者，或许是一个地方真正变得"高大上"的原动力。教育就是让教师在孩子的心底里埋下一颗爱与善良的种子，总有一天那颗种子会发芽。

教育需要创新，更需要继承，教师的能力和水平、态度与素养，不仅仅完全依靠"走出去"的学习和培训，更需要校本资源的开发、整合和创新，教师需要灵魂的涵养，更需要生活的"静养"，因为"教育非他，乃心灵的转向。"需要教师"善为人师者，既美其道又慎其行。"

最近《光明日报》刊登了一篇文章《努力做中华民族"梦之队"的筑梦人》，再一次阐述了好老师应该具备的有理想信念、有道德情操、有扎实学识、有仁爱之心的"四有"标准，为教师队伍建设发展指明了前进的方向和根本遵循，要求广大教育人要准确把握习近平总书记关于新时代教师队伍建设改革的重要论述的丰富内涵：

明师道，师道的核心是深沉的爱国情怀；铸师魂，师魂的根本是坚定的理想信念；讲师德，师德的本质是高尚的道德情操；怀师爱，师爱的源泉是宽厚的仁爱之心；强师能，师能的基础是扎实的专业知识；重师智，师智的特征是强烈的创新意识。

习近平总书记说："全社会都要关心知识分子、尊重知识分子，营造尊重知识、尊重知识分子的良好社会氛围。"教育部党组书记、部长陈宝生在全国政协十二届五次会议教育界别联组会上表示："教育质量是尊敬出来的，没有对老师的尊敬和对学生的尊重，就没有好的教育质量。"是的，让最优秀的人到教育战线上去，也只有最优秀的人汇聚到教育战线，我们才能为这个民族培养出一代又一代的栋梁之材。

教书 最本真最修心的雕塑工程

为天地立心，为生民立命，为往圣继绝学，为万世开太平。

——张载

何为"教书"？教书，意即教学生学习功课。

教：敎，jiao，从孑，不从孝（爻、子）从攵（攴，pu，戒尺打学生）。以攴施教，"教"使人孤独，孑然一身，哪个做学问的人不孤独。通效、敩、敩（xiao）。敩，从学从攴。教以学为敩，同效。教，从爻从子从攴(pu)，上所施、下所效也。子承爻（天地万物变动、生生不息的规律）言是传，身是教。身体力行是教，以身作则是教，正身明法是教，上行下敩（xiao, 效）是敎。教以学为旨。学，以臼、爻、冖、子结构，寓意上面对变化（规律）的磋磨（沉淀）。学然后知不足，知不足然后能自反也，知不足所谓觉悟也。记又曰：教然后知困，知困然后能自强也，故曰教学相长也。

"孝"与"攴"联合起来表示"全天听命于老师"。本义：全身心跟着老师（学习）。转义：老师全天授业，全职老师传授知识。转义的引申：培育学生成为社会有用的人。说明："教"的造字本义表示"学生对待老师要像在家里尊奉父母一样"。俗语有"一日为师终身为父"的说法，即视老师为父母。

学习：是指通过阅读、听讲、思考、研究、实践等途径获得知识或技能的过程。学习分为狭义与广义两种：狭义：通过阅读、听讲、研究、观察、理解、探索、实验、实践等手段获得知识或技能的过程，是一种使个体可以得到持续变化（知识和技能，方法与过程，情感与价值的改善和升华）的行为方式。例如通过学校教育获得知识的过程。广义：是人在生活过程中，通过获得经验而产生的行为或行为潜能的相对持久的行为方式。百度百科词条里面对学习的好处这样概括：人从出生到死亡学习从未间断，从哇哇学语开始慢慢通过学习了解这个世界。学习作为一种获取知识交流情感的方式，已经成为人们日常生活中不可缺少的一项重要的内容，尤其是在二十一世纪这个知识经济时代，自主学习已是人们不断满足自身需要、充实原有知识结构，获取有价值信息，并最终取得成功的法宝。

功课：在词典里面有这样的解释：一是古代对属下工作成绩的考核。《韩非子·八经》："有道之主听言，督其用，课其功，功课而赏罚生焉，故无用之辩不留朝。"《汉书·薛宣传》："宣考绩功课，简在两府，不敢过称以奸欺诬之罪。"二是佛教语。指每日按时诵经念佛等事。唐·惠能《坛经·机缘品》："汝若但劳劳执念以为功课者，何异氂牛爱尾！"。三是借指每日必做的事情。元·张养浩《山坡羊》曲："向岩阿，且婆娑，琴书笔砚为功课。"叶圣陶《病夫》："现在他要上这级数极多的转折扶梯，更是艰难的功课。"四是指按规定程序所做的事。《红楼梦》第八十回："吉时已到，请宝玉出去奠酒，焚化钱粮，散福。功课完毕，宝玉方进城。"五是学生按照规定学习的课业。元·白朴《墙头马上》第三折："老夫心中闷倦，后花园内走一遭去，看孩儿做下的功课咱。"丁玲《团聚》："她进了学校，功课最好，人人夸她，她很会交际。"

教书，教学生学习功课，就是教师身体力行、正身明法、以学为旨、知困自强，面对学生，通过考核评价、每天都用一颗善心去规范学生的言行举止，用真善美的戒尺提醒学生经历阅读、听讲、思考、研究、实践等获得知识或技能的过程，达到获得经验而产生的行为或行为潜能的相对持久的行为方式，并勉励学生将学习作为一种获取知识交流情感的方式而存在的一种综合教育能力。

说白了，教书是一种修行，也是一种能力，教书的过程本身就是一种修心。当然，这种能力和修心的背后潜含着教师内在的教育素养和人文情怀。我非常受教张祖庆老师的那句话：教书，不是看你自身这桶水装多少，而是看你怎么带学生去找水，只要能以自己的方式，带着学生去寻找"清洁的水源"，让源头活水汨汨而来，你便是最优秀的教师。

教书不是一个简简单单的看书和说书的过程，也没有多少捷径可走。我也曾试着在众多名师的身上找到立竿见影的终南捷径，也想从各种教育神话中找到药到病除的灵丹妙药，甚至也喜欢上"心灵鸡汤"给自己加油鼓劲，但最终我感悟到的是：基础越是不扎实，就越是迷恋技巧，越是迷恋技巧就越是难以走出知识结构的泥淖。所以在教书这个层面上我赞同"基础不牢，地动山摇""素养不高，好逸恶劳"的说法。

是的，每一个阶段，每一年，我们面对的学生都不一样。也许我们所教授课本上的知识并未改变，但用怎样的方式传授那些课本中的知识，确实需要我们站在时代的前沿学会改变我们自身授业解惑的模式。

修远以周流其道大光

"岁岁年年花相似,年年岁岁人不同"。在今天这个信息发展多元化的时代,谁都不是一把"万能的钥匙",教育教学过程中我们要做好的就是在陪伴学生的过程中,了解学生,为学生引路、指路,即使在回首告别的时候,也不要忘了提醒一下他们行走的方向。另外,在教学生学习功课的同时,千万不要抛弃了优秀的文化传统。从历史沿传下来的优秀思想、文化、道德、风俗、艺术、制度以及行为方式等,对人们的社会行为有无形的影响和控制作用。传统是历史发展继承性的表现,在有阶级的社会里,传统具有阶级性和民族性,积极的传统对社会发展起促进作用,保守和落后的传统对社会的进步和变革起阻碍作用。而优秀只是一种主观看法,泛指人某一特质突出、出色或品行、成绩等非常好。优秀的传统是打造卓越素养的基础和根基,优秀一旦内化成为一种"素养",那种内在的品质就会稳定下来影响更多的人。

教书的过程如雕塑的工艺,雕、刻、塑三种创制方法要综合运用。面对不同材质的雕刻材料,要创造出具有一定空间的可视、可触的艺术形象,借以反映社会生活、表达艺术家的审美感受、审美情感、审美理想的艺术,达到艺术创造的目的,这就需要"因材施教",也要能"人尽其才",物有所值。其实,教师在育人的过程中不仅传道授业解惑,也有培养一种真善的美学在里面,这样才能"各美其美、美人之美,美美与共"。这就需要我们有一颗"匠心"。需要我们专注于教育教学的整个过程,全身心投入,精益求精、一丝不苟的完成每一个环节,塑造每一个有生命个性的个体。

谈到"工匠",我想起了另一个词语"教书匠"。"教书匠"自然是由"教书"和"匠"组合起来的一个词语。

以前,也听很多人在讲:这一辈子可不能就当个教书匠等等之类的话。自己倒不觉得"教书匠"这个词有什么不好。但仔细一查,很是让人惊诧:教书匠,汉语词汇,出自《儿女英雄传》,意为教师。《儿女英雄传》第三七回:"从不肯存那'通称本是教书匠,到处都能雇得来'的浅见。"

教书匠，对教师的贬称，亦用作谑称。

惊诧之余，再想想那些"要当教育家，不当教书匠"的豪言壮语。我想绝大多数的老师都会成为一线的"士兵"，而非这个行业的"将军"了。为什么"匠"字在遇到"教师"这个称谓的时候，就这般"轻蔑"了呢？

想来应该有时代的烙印但也有教师自身的不足。古之以"天地君亲师"尊崇老师这个称谓，之所以要让"教书匠"也称谓大国的"工匠"，确实需要我们代代尊师，不忘初心、不辱使命，用属于"老师"这个身份的精神为广大教师队伍正己修身，"得天下英才而育之"。

前一段时间看了一本书，是被评为美国最佳教师弗兰克·迈考特写的《教书匠》，他用一颗纯粹的教育心和发自对学生的爱，赢得了学生和整个社会对他的尊重。我想能做到这样的老师在写书取名的时候是不会轻易"妄自菲薄"的。

回头再看看关于教书的那些词语，雕琢一个器物和培养一个人比起来，那个更难一目了然。器物雕琢失败了可以重来，可是面对我们那些有着"唯一性"的孩子呢？

教书，教学生学习功课，不是简简单单的说教，而是启智、点燃和引领。"教"人需要自身不断的学习和顿悟，需要自身不断的修行和付出。教也是学，学即是教，如此才能教学相长。教，不仅仅是一个人的"独角戏"；

甘肃省靖远县第一中学鸟瞰图

学，也不是一个人的"单打独斗"。现在倡导学习型、专家型的教师，我想这是对的，只有自身努力的学习，才能给学生"细水长流"的熏陶和引领，或者给学生一个找到更多"水源"的方法和技巧。而这种教与学则是要在符合时代的规则中进行，老师专注地去完成培养学生的使命。我想这要感谢"校长职级制"，让校长的管理能力、科研能力和对学校的经营能力都达到一定的水平，也才能真正做到以身作则，专心躬身于教育的"功课"中，同广大教师一起为了教育界的"大国工匠"而努力奋斗。

习近平总书记说："教师做的是传播知识、传播思想、传播真理的工作，是塑造灵魂、塑造生命、塑造人的工作。教师不能只做传授书本知识的教书匠，而要成为塑造学生品格、品行、品位的'大先生'。"《礼记·中庸》中说：天命之谓性；率性之谓道；修道之谓教。千百年来，好的教育家并非是"职务级别"决定的，好的教育家也不在"官场"。因为教育这个行业本身就不是把"为官之道"天天挂在嘴边上的。在我看来，教书就是要不忘优秀的中华传统文化，在育人上重视做人优秀的品质教育，有教无类、因材施教、寓教于乐，教学相长，认真的研究每一个学生、每一个班、每一个学校，认真雕琢和做好属于自己一片天地的"适合"教育，做一个堂堂正正的"教书匠""大先生"，善莫大焉。

育人 最博爱最无私的情智园丁

> 做老师就要执着于教书育人，有热爱教育的定力，淡泊名利的坚守。
>
> ——习近平

教师这个职业的目的是育人，教师的职责中育人是第一位的。《礼记》中说："师者也，教之以事而喻诸德也。"作为一名教师，要注重德才兼修，不仅要授学生"谋事之才"，更要传学生"立世之德"。正所谓："才者，德之资也；德者，才之帅也。"

教育部部长陈宝生同志在回答中央人民广播电台记者提问时说："中国教育进入世界中上行列意味着中国教育的个子大了，骨架壮了，颜值高了，排位靠前了，这是我们多年教育发展积累的结果。"那么，我们该如何去"育人"呢？

"育才造士，为国之本"。《国家中长期教育改革和发展规划纲要（2010—2020年）》明确提出"全面发展与个性发展的统一"的方针，提出"树立人人成才观念，面向全体学生，促进学生成长成才。树立多样化人才观念，尊重个人选择，鼓励个性发展，不拘一格培养人才。"显而易见，那种整齐划一、千篇一律、无视个性的育人模式随着时代的发展终将会成为历史。

现代教育需要给莘莘学子提供更多成长成才的机会和平台。21世纪教育研究院院长杨东平先生说:"教育的真谛和真正目标,就是帮助人自我认识、自我发现,进而自我实现,做最好的自己。"

教育是一个长期的工程,育人是一个长期的过程。在我的身边有一位出色的班主任老师,从我第一天走上教育这个岗位就见证着他"带班,首先要从学生的心灵里走一遍"的带班哲学。在我的从教历程中,我也曾努力向这个目标迈进。但是,真正要做到,的确特别困难。或许是老天给了我一个彻底走进学生心灵的机会,在刚刚过去这三年的班主任工作中,每每靠近一名同学的心灵深处,都是对自我一次心灵的净化和感悟。正如王建煊先生说的:"捡回一颗珍珠,点亮一个生命。"物质虽匮乏但精神不能虚脱,面对那些贫困家庭的孩子,我深深的认识到:那不是和一群孩子的高中三年,而是和那些孩子家庭、甚至是他们家族的三生三世。

责任和担当、初心和使命,我所能做的就是和这些孩子一起,在高中的这三年站在同一条起跑线上,手拉手、心连心地奋力拼搏,不要留下太多关于学习和生活、成绩与梦想的遗憾。于是,我在课余的时间更多的去看书、翻阅和学习更多有利于教育的书籍。可是,翻阅的那些资料终归还是别人的,我深刻的领悟到:教育好一个学生,不需要太多高深的理论,只有善于倾听、交流沟通、相守陪伴和给他们一种榜样的力量才可以让他们在信任和希望中产生极强的内驱力,向着自己人生的方向努力。

我也知道,育人的过程不仅仅是一对一的,而是一个团队对另一个团队的影响。从高一的时候"大爱书屋"给了我们更多和高尚同行、名人对话的机会。我知道,那些书籍的墨香和滋养也许比我的说教更有说服力。

我是曾经的你,你是未来的我。也许,我给不了他们阳光,但我还是要努力用微弱的"烛光"引导他们走在追寻阳光的路上。

培养一个人不轻松,但毁掉一个人,似乎太容易。尤其是在教育这个圈子里。所以,作为一名教师就是要用更多的时间去发现那些孩子心灵的闪光点,耐心陪伴和细心引导,尤其是在做人处事上,至少要将那些孩子培养成一个合格的公民。

我在网络上看到了这样一种说法："把时间放在脸上，成就了美女。把时间放在学习上，成就了智慧；把时间用在市场，成就了经营；把时间用在家庭，成就了亲情。把时间放在牌场，成就了赌徒；把时间放在酒场，成就了酒鬼。时间是公平的，心在哪，时间在哪，行动在哪，收获就在哪！"而我们教师，是把时间放在哪儿了呢？

常言道：舍，可以养福；静，可以启智。

学期的周而复始，从三月的一点新绿，到秋天满地的落叶，再到北风呼啸着吹起冰封的雪花，要问教师的时间都去了哪儿。时间似乎没有青春与衰老，她用冷艳的轮回将一个人的青春和光阴慢慢的消逝。回忆渐行渐远，但回忆的内容，大多就是都是在校园里。

叶圣陶先生说：教育是农业不是工业。就是要让我们教育者当好"园丁"的角色，精心呵护和培育那些祖国的花朵，而是不功利性的将他们打造成"考分"的机器和"获利"的皮囊。华东师大的杜成宪教授说："如果把学生看成是种子，把我们所做的种种教育工作看作是给种子提供各种生长条件，这一过程本身是充满了魅力的。尤其是当种子开花结果的时候，会给我们这些'农夫'带来莫大的喜悦。"

中国，自孔子开创有教无类、人皆可以为圣贤的先河以来，或许21世纪那些颇为壮观的中青年教育家群体显得十分耀眼。也是这个时代教育伴着多元化趋向最繁华的一道风景线。不慌不忙的时光，催促着每一个教师匆匆的脚步，总害怕慢了些就是暗淡了岁月、蹉跎了光阴；总害怕慢了些就是耽误了学生、贻误了成绩。

我们学校虽然背山面水，但有多少教师闲来静对青山、慢看云卷，止步河畔、领略飞舟。生活单一的轨迹记录着这个世间的寒暖与悲欢，也记录着那些学子的努力和坚强。

我曾看了一篇文章，是对学生家长带有一种批评性的文章。我在想，那些家长当时受教育的情况不知怎样，一个好家长也是教育出来的，不是天生的。

而我们在怀疑那些家长的综合素养的时候，是否更深层次地想过那些家长以前教育的故事。所以，教育是长效的，是连续的，教育是民族振兴和社会进步的基石，是建设社会主义精神文明的重要措施。教育能培养德智体美劳全面发展的社会主义接班人，教育是国民大计、是民生大计。教育具有选择、传递、创造文化的特定功能，通过对受教育者的"传道授业解惑"能把文化传递给下一代，因而教育关乎未来。

一个家长没有教育理念，只能说受教育，或者接受教育的机会少了。如果我们的国民父母人人都能谈出符合时代发展和社会进步的很多教育理念、人才观念，那这个社会还需要老师这个职业吗？

教师，把最美的青春献给了小学、中学和大学，也把最闪亮的光阴留在了小学、中学和大学。城市、乡村……总有那么一群人在坚守：他们，默默地奉献，守住了山野闭塞之地的书声琅琅，培育了五湖四海的行业精英。风华正茂，用自己的情智和热情把汗水洒在讲台上，为的不是自己生活的美好，而是为了别人美好的生活。

教师，是文化自信和文化自觉的风向标。中国还有300万个默默无闻的乡村教师，几十年如一日的坚守在清贫艰苦的岗位上。中国还有8亿多的中国农民依然坚守在祖国的热土上。培育一个好教师，就是在帮助一批心怀梦想的学生；培育一个好教师，就是在守护一个地区寻求改变的希望；从一个人到一群人，从小家到大家，每一个付出都值得期待，每一个好教师的情智亮光都会成为一群人的"光源"，一群好教师的璀璨，就是在照亮乡村和城市的未来……

笔端清浅非清闲，书香明志存高远。我们做教师的，虽不是万能的上帝，但也不会做无能的鼠辈。育人是我们的本色，育人是我们的大爱。

教师是需要全社会重视的。教育区别与企业的一个显著特征就是：教育是公益的，而企业是盈利的。人民教师，把中华民族优秀的教育观念继承下来，把正确的教育的理念发扬光大，没有哪个满腹牢骚的老师培养出一大批杰出的学生。教师，不要想着在觊觎和抱怨中成就自己的价值，享受教师这个职业本身带来的幸福感。

育人的态度。都说态度决定高度。这不仅仅是教育人要谈的，这是全社会人要承担的。在这十多年的教师工作中，我觉得，育人就是让受教育的对象有一种正确面对挫折、困难和勇于追求美好生活的态度。三年的高中，就是一个过程。作为我们教师自己也一样。对自己生活的态度、对待自身工作的态度、对待社会是非的态度和对未来的态度。其实，这些态度会在经意和不经意间就传递给了身边的学生、家人和朋友。

自信是人生重要的精神支柱。赵桂霞老师说：做一名学生喜欢的老师，不需要多大的技巧，关键是态度！而一个教师对待教育和对待学生的态度就是"爱"，钱梦龙、魏书生、李镇西、孙维刚等教育大家正是有了对教育痴心不改的"爱"，才让他们实现了人生的飞跃。

育人的精神。人活着，不能没有一种精神。而每个人活着的精神都不一样。爱与信任，我想就是我们作为老师心灵圣洁的原动力。

朱永新老师曾在"教育的九大定律"里这样写道：你的学校没有气势磅礴的教学大楼，没有让莘莘学子足不出户就可以神游天下的互联网，甚至没有像样的课桌课椅，但你有"跟困难作斗争其乐无穷"的精神，有"黄土高坡也能长出参天大树"的充分信心，有"鸡窝里飞出金凤凰"的不灭梦想，你就会迎难而上，变不利为有利，造就一个个敢于放眼天下、胸怀全球的"国际化的现代中国人"。我曾经到过一些老少边穷地区进行教育考察，一方面为他们的贫困落后而揪心，另一方面，也为那些"咬定青山不放松"的"教育人"的可贵精神和他们创造的非凡成绩叹为观止。"匹夫不可夺"的"爱心"让他们也拥有了一份独特的风景和辉煌。我从中着实受到了巨大的启发。

育人的艺术。育人是一种特别的艺术，是心灵和心灵的对话和创作。陪伴在学生身边，不是哑口无言，而是用自己人生的阅历和知识的情智给学生启发和引领。

我是一个喜欢鼓励学生阅读的人。因为自己知识的储备面对这些祖国的花朵，只能是杯水车薪，有些观点和理念不一定适合每一位学生。我会经常鼓励他们阅读名著佳作，希望他们驰游书海，找到自己心灵的芳草地，让他们"与高尚的人"时时对话和成长。

培养学生阅读的习惯，那也是一种教育，而且是心灵上的。苏霍姆林斯基说过：学校，首先意味着书籍。学校里可能什么都足够多，但如果没有为人的全面发展及其丰富的精神生活所需要的书，这还不算是学校。"大爱书屋"的悠游书海，胸怀大爱，伴随着我们一起成长，让那些杰出的人物和优秀的作品时时与我们为伴，与这些同学今后的人生相伴。

不同的书籍会引领学生不同的人格定位，有时候们不需要过多的诉说，学生都会自觉朝着全面而有个性化的方向努力。我想，这也正是这个时代所需要的。

如果说育人是为了让学生更好的思维和更好的生活，那么教育就是为了让人类的未来更加灿烂和辉煌。

进入高三，我告诉我的学生，以前是拼我们生活的资本，那接下来的时间就是创造奇迹的时刻了。因为，我相信：奇迹是人创造的，我们经历了足够多、我们已经做好了足够的准备。

我在写这篇文章的时候，已是冬天。这个寒冬似乎比往年更寒冷，但与文字相暖，生命的山水也不觉得冰凉与寂寞。蓦然回首，问问自己收获最富裕的是什么？似乎，只有曲曲折折的那些经历。

云有云的漂泊，风有风的流浪。现代教育的培养目标如果用陈鹤琴老师的话来表达就是：做人、做中国人、做现代中国人。人生之旅，各有各的方向，但教师育人的方向只有一个，那就是：加强公民意识教育，树立社会主义民主法治、自由平等、公平正义理念，培养社会主义合格公民。说得简单直白一些就是：我们要努力去培养一个有感恩之心和敬畏之情的好人。

如果按照雅思贝尔斯："教育的本质意味着：一棵树摇动另一棵树，一朵云推动着另一朵云，一个灵魂唤醒另一个灵魂。"的说法，似乎，我们教师——是一个教育者，也应该更是一个受教育者。教育不只是考试、分数、升学和谋生，教育应该是充满爱的情感和生命的温度，在教师榜样的引领下，循序渐进地对孩子心灵的培育，成为一种良好修行的幸福职业人。

1991年，一个农村女孩"大眼睛"苏明娟"我要上学"渴望的目光打动了中国人的心，200多万贫困儿童因"希望工程"捡回了希望。正是这双"大眼睛"唤醒了更多人的关爱和责任心，也让一个民族看到了更多的希望。当年，拍这张照片的解海龙曾说："只有'大眼睛'看到了希望，我们这个社会才有希望。"

从这个层面上说，教育是属于整个社会的，整个社会关注教育的同时，更应该关心和用"爱"的方式支持教育。正如"捡回珍珠计划"创办人王建煊先生曾说的那样：个人脱离贫困要靠教育、国家富强也靠教育，全人类生活水平的提高靠教育，我们中国必须由人口大国转变为人力资源强国，其方法当然还是教育。他也曾说，世界最公平的事莫过于死亡。人一生下来就在死亡的路上排队，一步一步迈向死亡，当死亡来临时，什么名和利、一切的一切都化为乌有,唯有爱可以留存在人间,在人的心里。我们每一个人都有义务将我们的国家从人口大国创造成一个爱心大国。王建煊先生将一生所有的积蓄全部用于慈善,用于帮扶那些需要帮助的贫困家庭的孩子,2015年获"港澳台慈善基金会第十届爱心奖"实至名归。

爱是能力,也是选择。一张照片、一个人,也许只是对教育贡献和价值的一个缩影,但我们都要深刻的感悟到"没有教育,就没有未来"的神圣使命,奠定孩子的"教育底色",让优秀的教育火种扎根肥沃的教育土壤里,闪耀在世界的东方。

我的任教科目是高中思想政治,我很感谢这门学科给我那么多经济、政治、文化、法治和哲学上的感悟和启示。学习方法、答题技巧、华夏文明、诸子百家、政策方针、为人处事、民俗宗教、草原荒漠、田园水乡、诗词歌赋、杂文趣事……每一次走上讲台几乎都有一种冲动。

一个从遥远偏乡一路走来的山里娃,带着乡土的气息穿行在繁华的市井之中,也曾渴望醉美的青春如同席慕容笔下的《七里香》,在淡淡的乡愁里,找寻那份青春独有的纯洁和淡雅,正如她在"祈祷词"里写的那样:

我知道这世界不是绝对的好

我也知道有别离 有衰老

然而我只有一次的机会

上主啊 请俯听我的祈祷

请给我一个长长的夏季

给我一段无瑕的回忆

……

是啊,长长的夏季,经历过高考的人也许会对这"长长的夏季"别有一番滋味在心头。从20世纪的八十年代走来,蓦然回首,没有那么多可以回忆的花样年华和秀美回忆,只有在汪国真的"只要青春还在,我就不会悲哀,纵使黑夜吞噬了一切,太阳还可以重来"的鼓励中一路前行,只有在洛湃

"穿上牛仔裤我要去流浪,迷人的黄土中为我问候远方"的激励中远走他乡。所有的唯美、纯净和永恒并非与生俱来,感谢我的老师、感谢那些伴我成长的书籍,也感谢那些恰同学少年的芳华学子。

感谢有你,陪我山水间;

有你真好,伴我天地行。

育人,无问西东、但问真心,因为"我是曾经的你,你是未来的我"。感谢教育路上那些美丽的遇见,感谢生命中那些博爱、无私的情智园丁,教育的白天洒满阳光、教育的黑夜里也会有那一盏一盏的烛台在闪着光,只要我们愿意去点亮你心中的信仰,教育就在身旁,正像《I Will Survive》那首歌唱的:

My persuasion(我的信念)

Can build a nation(能造就一个国度)

Endless power(无穷的力量)

Our love we can devour(我们的爱我们能承担)

……

I'm not gonna give up(我不会放弃)

I'm not gonna stop(我不会停歇)

I'm gonna work harder(我会更加努力)

……

鼓声 仍在激扬　□ 周玉林

题记：我们不计较鼓声能传多远，而击鼓则是我们的天职。

（一）

一曲青春永葆的长歌
一丛异香馥郁的花朵
那——
由远而来的鼓声呢
咚咚咚　如荼如火

（二）

弯弯曲曲的山路哟
浅浅深深的沟壑
断续村镇　田舍错落
此刻　是谁　是谁
仆仆风尘　壮行如歌
他在寻找　在寻找

在寻找什么……

哦——
那是怎样的情景呀
忆起来了
凄楚中　双眉紧锁
无奈中　长夜枯坐……
夫妻俩抚慰不了儿子的心呀
"我要上学，我要读书
我要读书，我要上学……"
炕沿边儿子频频地跺脚……
院中的杨树呀
也心酸了
寒风中哆哆嗦嗦

是呀

"我要上学"
年华啊 可不能白白流过
青春啊 万万莫可蹉跎
祖国的未来和希望
我们当责无旁贷地栽培 护呵

（三）

和煦的阳光能融化冰霜
肺腑之言
自有沁人心脾的芬芳
炕头上知心话汩汩流淌
心与心的碰撞啊
便催生出新的希望

捡回来了——
一粒粒珍珠汇拢来了
每一粒都诠释着大爱无疆
水在起舞哟
山也歌唱
而鼓声仍在穿梭 仍在激扬

抖落昔日的风尘
涤荡尽稚嫩的忧伤
迎春花开了
迎春花为谁而放 为谁而放
我们原本是珍珠哟

是珍珠就要闪闪发光

珍珠班的娃子们
远远地回眸
回眸老屋和爹娘
耳边 鼓声咚咚
依然悠长而嘹亮
来之不易啊
这普惠之爱 这柔柔之光
幼小的心灵啊
由此拓成无涯的海疆
将感恩的种子啊
深深地珍藏 珍藏

（四）

哦——
这就是家 这就是家呀
百鸟朝凤啊 葵花向阳
欢快 如同泉流沸沸扬扬
温馨 和谐 团结 向上
同学们亲如兄妹
老师的关爱一如爹娘

我们不矮一点点
我们奋进在同一起跑线上

我们自重 自爱 自信 自强
广袤无垠的天空
永远属于奋飞的翅膀

弹指一挥间 三年
三年 我们不知道什么叫漫长
三年 不忘初心呀 砥砺伴同荣光
三年 鼓声落地生根
三年 感恩 激发出无尽的正能量
三年 铸就了一部传奇
三年 圆了珍珠们成才的梦想

（五）

击鼓人啊
您如父亲一样坚守
荡春风 播雨露 洒阳光
捡回珍珠——捡回珍珠——
是您矢志不渝的担当
珍珠班的娃子们惦念您啊

连同他们的家乡和爹娘
滴水之恩当涌泉相报啊

更何况
这纯贞无瑕的爱
无——涯——无——疆——
无涯 无疆

（六）

哦——人生
足下的路该伸向何方
咚咚咚……
爱是永恒的星辰哟
鼓声仍在激扬
仍——在——激——扬——
激——扬——……

2018年5月

周玉林，男，1942年出生，甘肃靖远人，靖远一中退休教师。白银市作家协会会员，著有《甘泉之约》一书。被评为"平川好人""甘肃好人"。

千磨万砺出珍珠——读《贝壳里的梦》后

□ 李晓

《贝壳里的梦》一书讲述的是朱生龙老师和他的"珍珠班"高中三年的故事,透过一个个家访实录、教学反思和教育案例,我们能真切的感受到朱老师作为教育人的担当、情怀和信念。教育是心灵的事业,没有爱就没有教育,《贝壳里的梦》,我想这不仅是那些"珍珠生"的"梦",也是我们教育人的"梦",教育情怀——这是他生活的中心,文字的母题。通过阅读这本书的文稿,我清晰地看到了一个教育实践的思考者和思考教育的实践者:有思考,有做法,有体验,有感悟……有感于朱老师的爱心和执着,赋诗一首曰:

德水弘风起,乌兰花木深。

烛光照长夜,大爱铸师魂。

漫漫捡拾路,殷殷赤子心。

珍珠赖磨砺,俊彦出寒门。

2018年6月

李晓,字化之,又字宰北,网名法泉酒仙。1964年生于甘肃靖远。本科学历。中学语文高级教师。先后出版诗文集《鹿鸣集》《桃李春晓》。系中华诗词、中国楹联学会会员,甘肃作家协会会员。白银市诗词楹联协会副主席。

丹心华章 馨香久远——欣阅朱生龙老师《贝壳里的梦》

□ 陈建平

欣阅朱生龙老师《贝壳里的梦》文稿,感动不已。

师者,传道授业解惑,乃本分。而生龙老师言:"教育的这条路上,虽修远以周流,但能附身于教育这个职业,我是幸运的,也是幸福的。"生龙老师教育情怀,肩负时代赋予的责任,行走在教书育人的大道上,从走上讲台那一刻起,怀一颗素然之心,坚守培育生命的阵地,陪伴一届又一届学子。

生龙老师勤学,博闻识广,仁爱至上。结缘"捡回珍珠计划",任靖远一中首届"珍珠班"班主任,孜孜以求,倾心护理,打造属于靖远地区的"捡回珍珠计划",任劳任怨,无私奉献。历时三载有余,走遍靖远县十八个乡镇,不辞辛劳、寻访觅珠,赤心怜才,点滴弘文,汇成江河。他心系学子,诲人不倦,情怀至真,爱心熠熠。

爱心,师者之灵魂。多少个日夜,晨曦灯下,情洒教苑,呵护学子,怜恤大义,弘风扬帆,设珍珠之家,建大爱书屋,协理领导,打造品牌,哺育优才,不忘初心。倡达乡土民俗,编著一中校史,溯源砥砺,翰墨行舟,铸魂启智,豁达包容,修远求索,任重而行,教育平台,展示丰采。

生龙老师的教育情怀浓缩于《贝壳里的梦》,丹心华章,馨香久远。

2018 年 6 月

陈建平,男,生于 1965 年 10 月,靖远县东湾镇人。靖远一中高级教师、甘肃省作家协会会员、《靖远教育》(双月刊)主编、靖远县志受聘人员、靖远县地方民俗文化学会负责人、甘肃省地名研究中心专家。

"文"与"礼"是梦的双翼

□ 苏其智

对于靖远一中"珍珠班"同学们的境遇,我感同身受,故此热烈地珍视着"珍珠班",总想为"珍珠班"传递正能量。受班主任朱生龙老师相邀,曾到"珍珠班"现身说法作励志报告,每去一次,内心便经历一次"爱的教育"的洗礼!

《贝壳里的梦》讲述的故事,朱老师也曾和我分享过。但这本书的内容不仅仅是一名教师和几十个孩子成长的教育纪实,而是放大和再现了教育的价值和意义。书的初稿出来后我细细阅读了数遍,每一次,都让我热泪盈眶,热血澎湃,情不能自已,更让"我的双眼因流多泪水而愈益清明,我的内心因饱经风霜而愈益温厚!"

自古以来,人们将"立德、立功、立言"列为干事创业的最高成就,"珍珠班"正是成就了教育盛事之三部曲——作为助力教育的爱心事业,立德自不待言;首届"珍珠班"的孩子们已经考上了大学,走上了更加光明开阔的人生道路,立功有目共睹;旨在光大爱心教育的《贝壳里的梦》的著述,正是立言之举!

《论语》曰:"博我以文,约我以礼"。我认为此书最大的教育意义之一,就是教给了同学们两个大字:一个是"文",一个是"礼"!

文,就是教育文化。越更世事,越发强烈感受到教育不可估量的无比威力,越想高唱"教育万岁"的赞歌!人们常说吃亏了,其实要说真正的最大的吃亏,就是吃了未能接受教育、没有文化的亏。所以,不管世事如何艰难,唯有将命运牢牢掌握在自己手里,毅然决然立下首先接受教育、进而接受越多越不嫌多、越高越不嫌高的求学志向,以此趟出一条生存与发展的人生大道。这个"文"字,朱老师带领"珍珠班"的同学们做到了,善莫大焉!

礼,就是道德准则和行为规范。正如康德所说:"世界上有两件东西能震撼人们的心灵:一是我们心中崇高的道德标准,一是我们头顶上灿烂的星空。"人生在世,境遇百端,任何人不管遭遇如何艰难困苦,都要内心阳光不灰暗、行为中正不偏激、态度积极不颓废,都要遵从社会的准则,都要始终对社会、对真理、对未来抱有美好希望,都要毫不犹豫地选择真理指引的方向前进。这个"礼"字,朱老师带领"珍珠班"的同学们也做到了,德莫大焉!

美哉,贝壳里的梦想!

博我以文,激扬了草根孩子的求学梦想,造就了幸福人生的知识根基!

壮哉,梦想的缔造者!

约我以礼,养成了阳光少年的处世美德,树立了有为人生的精神路标!

2018 年 11 月

苏其智,男,汉族,靖远县若笠乡人。长期从事组织人事与教育文化工作,曾任中共靖远县委组织部副部长,现任靖远县文学艺术界联合会主席。崇尚教育与文化,勤于读书与写作,著有《山塬风》散文集。

老师 我们走在您三年前走过的路上

三年前的那个夏天，老班顶着炎炎烈日挨家挨户的家访，其中的辛苦，只有老班自己知道。老班说，刚开始，他也有过抱怨，但是走访了几家后，他也懂了，他懂得了每一个贫穷的孩子家里的辛酸，他开始认认真真地家访，深入了解每一个孩子的家庭状况。后来的三年里，他就像我们的父亲一样，为我们每一个小珍珠送上最贴心的关爱与照顾。

他不是富人，他只是学校一位普通的教师，家里有妻子孩子需要照顾，但是，他依旧在我们没有生活费的时候自己掏腰包给我们吃饭。三年前，我们相遇在靖远一中教学楼五楼的那间班牌叫做"爱心妈妈崇世珍珠班"的教室里，一周的军训，让我们更加熟悉彼此，从那时开始，我们开始了一起努力拼搏的日子。

三年里，我们一起为我们的梦想打拼。贫穷，让我们没有财力治病，班里好多伙伴都有着或大或小的疾病，每次有人生病，伙伴们都会陪着去看病买药，送上温暖的关心；学习上的问题，再也不用担心没有人教，伙伴们乐于助人的精神，在班里发挥的淋漓尽致……转眼间，我们毕业了，与老班，代课老师，伙伴们无法再像以前一样朝夕相伴，共同奋斗。让人欣喜的是全班五十一名同学有四十九名考上了大学。老班，代课老师以及社会各界爱心人士的一片苦心总算没有被我们辜负。

家乡有举办升学宴的习俗，很多同学的家族里已经很多年没有出现过哪怕一个大学生，所以班里好多伙伴们家里都有举办升学宴。可是，甘肃今年暴雨太多,我们在去"非洲小王子(我们班的南玉虎同学,因为皮肤黝黑,我们习惯叫他的昵称)"家的路上被洪水阻挡,每一位小伙伴们没有抱怨,脱了鞋袜,挽起裤脚趟过洪水,在"非洲小王子"的带领下步行二十几里路,花费三个多小时,终于在深夜十点多抵达他家。第二天上午,"非洲小王子"的升学宴在炮声中开始,他身穿写有"热血"的短袖,身上披着火红的被面,他家乡的习俗是给家里的长辈敬酒端茶,为长辈献上自己的心里话,他是那个村上的第一个大学生,村里面来了好多人。当大家欣喜地祝福他时,他深深地跪在了地上,为长辈们磕头。跪在地上的他,眼里写满了真诚与感恩,长跪不起的他对奶奶说的那些话,催下了在场所有人的泪水。

小王子,加油,你会为家庭争光,为家族争光,为全村争光,为我们"珍珠生"争光!因为,不畏艰辛,是我们作为"寒门学子"的必备素质……

老班,三年前,您的辛苦,我们终于亲身体验了,您的辛苦,我们懂了。三年中,您将您的梦和我们的梦一同安放在"贝壳里",您没有成为"寒门"外的看客,您守护和陪伴在我们"灵魂的栖息地"里给予我们心灵无尽的力量。

如今,考上大学的我们,就像贝壳里的珍珠被别人找到一样,终于可以"重

见天日"。感谢老班,感谢关心我们的任课老师,感谢社会各界爱心人士。因为你们,我们在爱的怀抱里成长;因为你们,我们的生命被重新点亮。

三年前,老班雨雪无阻,挨家挨户地家访,我们没有被抛弃和遗忘;

三年中,老班说努力到无能为力,拼搏到感动自己,我们一起和命运抗争;

三年后,我们走在老班三年前曾走过的路上,为每一个考上大学的小伙伴送上"金榜题名"地祝福。我们笑了,我们哭了,我们也懂了,并不是因为那些生硬的"分数",而是人性的温良和对生命的敬畏。

短短三年的时光,老班说:贝壳里的珍珠,既然经受了磨砺,总会有出彩的机会。是的,人心向暖,"寒门"不寒,我们将会在彼此的关爱和祝福中走向另一处"驿站",再次聆听那个被风吹过的季节,深深浅浅,却让我们一生留恋……

感谢这三年,我们的爱,不会搁浅,我们的约定永远不会干涸,永远——不会!

2018届首届"珍珠班"学生 马舒心 等

后　记

　　生如蜡烛，我愿意燃烧起来，从顶燃到底，一直都是光明的。当我写完这些文字的时候，已是一年之中飞雪的季节了。想想刚刚过去的这些年，"三冬兰若读书灯，想见太清绝。纸帐地炉香暖，傲一窗风月。"幸运地遇上了这个新时代，感谢所有关注教育的大爱之人，感谢那些可爱的学生给我努力向上的动力，也感谢教育给了我一次特别的经历，收获了别样的幸福。

　　在我写这篇后记的时候，妻子和儿子在另一间书房里面正在回放罗大佑时隔20年后演唱的《你的样子》。那是罗大佑先生收录在《爱人同志》专辑里面的歌曲。小儿子不知咿咿呀呀的在说些什么，大儿子说：妈妈，您看那个人唱得多深情！

　　是的，深情是因为至情啊。儿子哪知道，那是一首伴着我们这一代人成长的歌曲。歌声柔柔的从开着的门缝中飘进来，那个皱着眉，微闭双眼，低沉、沙哑、充满沧桑和磁性的声音，又陶醉在那个一如当初，唱尽了沧桑过往和生命的厚重里：不变的你，伫立在茫茫的尘世中……

白岩松说:"通过罗大佑的音乐,我可以让自己再年轻一回,在歌声中找到多年前的自己,他的歌适合在很个人的空间中,安静地去面对和回忆。"如今,这一段捡回"珍珠"的旅途已经结束,我想起了罗大佑先生的另一首歌曲《野百合也有春天》:仿佛如同一场梦,我们如此短暂的相逢,你像一阵春风轻轻柔柔,吹入我心中……

心存感恩、敬畏生命,生活在继续,教育在继续。我们没有选择出生的权利,但我们每一个人都有创造美好未来的机会。教育是扇没有上锁的大门,没有贫富之分;高考是场不会刷脸的考试,没有等级之别。"捡回珍珠计划"的创办人王建煊先生说"我们都是击鼓的人",葡萄牙作家佩索说:"写下便是永恒。"每一种声音、每一个故事、每一则启示、每一份感悟……都是一种记忆,也是一种思考,而这些记忆又是我平凡生命中又一个难以忘怀的风景。捡回"珍珠"的这条路,用爱心、责任、奉献铸就的一土一石,包含着深情和感念,也走得认真、走得扎实。

教育,需要我们教育工作者做的很多。2018年7月16日,我受邀在浙江省新华爱心教育基金会的"珍珠之家"作了"静水流深,爱融于行"的主题报告。感谢那些胸怀大爱、乐为人梯的教育人为这个时代所做出的努力。正如这本书中记录的那些人和那些事一样,是一种经历,是一种情怀,更是一种精神,惟愿我们教育人能更进一步亲近教育的诗和远方。

传递大爱精神、启迪团队智慧,悦纳教育情怀,感谢关心和支持教育的各界人士,感谢浙江省新华爱心教育基金会对我本人的关爱和对本书出版发行的鼎力支持,感谢王建煊先生和张克让校长及几位爱心人士在百忙之中撰写序文,感谢王松山先生题写书名,感谢常生荣将军、刘正旭校长为本书题词;感谢周玉林、李晓、陈建平、苏其智几位老师的关心,也感谢刘文清、马得明为书稿提出修改意见,感谢各位编辑的辛勤付出;感谢唐韵鹏、李婵娟、曹柳、王恺、钱鋆鸾等老师为本书提供部分照片,并对本书的出版给予热心帮助和大力支持。

在爱中行走,不求被爱,但去爱!

感谢的很多,感恩的也很多,今天是大儿子的生日,就此草草落笔,做一后记,因为我也要去做一次特别的祝福了。

2018 年 12 月 3 日

感谢我的家庭!

烛映苔花香

苇 杭 词
杜春晓 曲

1=F 4/4 深情感恩地

(1 1 7 6 6 - | 7 6 5 6 6 - | 1 1 1 2 7 6 6 | 7 6 5 6 6 - |
1 1 7 6 6 - | 7 6 5 6 6 - | 1 1 1 2 7 6 6 | 2 2 5 6 6 -) |

6 3 2 1 7 7 7 7 6 | 5 6 6 - | 6 1 1 6 1 2 5 2 | 3 - - - |
我是一株小小小小的苔 花，我的家 潮湿低 洼。

2 1 2 1 2 2 3 21 | 2 3 2 - - | 2 3 2 1 2 2 5 6 | 6 - - - |
我 秉承生命的圣意圣 意， 不为自利更要为 她。

3 5 6 - | 7 6 3 - - | 2 1 2 - | 5 6 3 - - |
啊   啊   啊   啊

2 2 2 2 3 2 1 2 5 | 3 - - - | 2 2 2 2 3 2 1 2 2 | 5 6 6 - - |
春阳无私的温 煦着我， 烛光柔柔地映照我的 面 颊。

6 1 1 6 2 2 3 5 2 | 3 5 3 - - | 2 3 2 1 2 2 5 6 | 6 - - - |
我 膜拜生命的圣意圣 意， 不为自利更要为 她。

1 1 1 1 6 3 2 2 | 5 5 5 3 2 3 3 | 2 2 2 2 1 5 2 3 | 5 5 5 3 5 6 6 |
回报是我的初 心,感恩真诚无 瑕;回报是我的初 心,感恩真诚无 瑕。

1 1 7 6 6 - | 7 6 5 6 6 - | 1 1 1 2 7 6 6 | 7 6 5 6 3 - |
我要开 花， 我要开 花， 要像牡丹一 样， 一样开 花。

2 2 2 1 2 - | 5 5 3 2 3 - | 5 5 2 3 5 6 3 | 7 6 5 6 6 - :|
我要开 花， 我要开 花， 要像牡丹一 样， 一样开 花。

1 7 6 6 5 6 6 | 1 7 6 6 5 6 6 | 1 1 1 2 7 6 6 | 2 1 5 6 6 - |
咿咿 咿咿咿咿 咿咿 咿咿咿咿 要像牡丹一 样，一样开 花。

5 6 6 - - | 5 6 6 - - | 2 1 2 1 5 6 6 | 5 6 6 - - ||
开 花， 开 花， 我 也要开 花， 开 花。

"秉承生命的圣意，不为自利，更要为她……"感谢"甘肃好人"周玉林老师作词、中国民族管弦乐学会会员、靖远县第六中学杜春晓老师作曲。这首在"珍珠生"中传唱的原创歌曲，感动的不仅仅是我们自己，我想，更应该是我们这个时代！

不忧不惧　未来可期

时光清浅，向爱则暖。《贝壳里的梦》发行伊始，感谢浙江新华爱心教育基金会在"捡珍珠"微信公众号发推文——《贝壳里的梦》：新书众筹、公益预售。自媒体时代惊人的魅力，也让一个"草根"在"碎片化"的空间中留下了蛛丝马迹。所有的经历让我想起那个"沉睡的珍珠诗人"，但"玉在山而草木润，渊生珠而崖不枯"，是故"靖共尔位、好是正直"，不忧不惧、未来可期！

灵魂的遇见，是最美的意外；我以光阴为媒，转身，许你一世繁华！